U0878484

现代名家经典

胡适散文经典

胡适 著

新疆生产建设兵团出版社

图书在版编目（CIP）数据

胡适散文经典 / 胡适著. — 五家渠 : 新疆生产建设兵团出版社， 2019.5（2023.5 重印）
ISBN 978-7-5574-1241-8

Ⅰ. ①胡… Ⅱ. ①胡… Ⅲ. ①散文集－中国－现代 Ⅳ. ① I266

中国版本图书馆 CIP 数据核字（2019）第 007330 号

胡适散文经典

著　　者　胡　适
责任编辑　张召利
出版发行　新疆生产建设兵团出版社
地　　址　新疆五家渠市迎宾路 619 号
邮　　编　831300
电　　话　0994-5677185
发　　行　0994-5677116
传　　真　0994-5677519
印　　刷　河北鑫彩博图印刷有限公司
开　　本　16 开
印　　张　20
字　　数　288 千字
版　　次　2019 年 5 月第 1 版
印　　次　2023 年 5 月第 2 次印刷
书　　号　ISBN 978-7-5574-1241-8
定　　价　50.00 元

目　录

人物随想

文学小品

讲演录

导读

辛茜

1891年12月17日未时（清光绪十七年），胡适在江苏省松江府川沙县（于1992年撤销），今上海市浦东新区出生。他原名嗣糜，学名洪骍，字希疆，后改名胡适，字适之。1894年（光绪二十年），中日甲午战争爆发，胡适随母亲回祖籍安徽省徽州绩溪县上庄村，进家塾读书。胡适接受的是私塾教育，他的父亲虽然在他3岁多的时候就离开了人世，但就是在这极短促的时间里，父亲胡传依然在繁忙的军政事务之余，亲自教自己目不识丁的妻子和不到3岁的儿子胡适识字，识字卡片是他用楷书书写的红纸方字。遗憾的是胡适的父亲不幸病逝于厦门。那一年，他的妻子已经能认1000多字，不到4岁的儿子胡适认了700多字。八九岁时，胡适已将"四书五经"全部通读，并且能熟读成诵很多内容。12岁时胡适离开家乡到上海进入西式学校读书，不但连跳几级，补上了其他课程，且总能名列前茅。19岁时，胡适通过竞争激烈的庚子赔款留学考试赴美留学，国文成绩100分。除了父亲对他幼时的早期教育，母亲对他的培养教诲也使他终生难忘。父亲临终立下遗嘱，胡适天资聪颖应令他读书，胡适的母亲始终遵照执行，每天很早叫他起床上学，让他第一个到学堂独自诵读一两个小时。

胡适12岁时，母亲硬着心肠送他随哥哥一起去上海读书，不想，此后14年间，胡适竟然只回家了三次，可见十几岁便独自外出求学的胡适强烈的求知欲和对读书浓厚的兴趣。随后，在哥伦比亚大学读了四个学期的农科专业之后，胡适毅然转为文学专业。因为，他发现后者才是自己更感兴趣，并愿意为之付诸毕生精力的。1915年胡适进哥伦比亚大学，追随实用主义哲学家约翰·杜威，深受其影响。1917年，他完成博士学位论文《古代中国逻辑方法之进化》毕业回国。其实，在留学美国期间，胡适就早已心心念念，思考着中国文学的问题。在美国，他感到了中西文化在现代文明进程中的不同表现，立下了“再造文明”的宏愿，主张针对具体问题，以渐进方式推动中国文化的解放和改造，并为实现此目标奋斗一生。

胡适是著名的思想家、文学家、哲学家，以倡导“白话文”，领导新文化运动闻名于世。1917年胡适任北京大学教授，参加编辑《新青年》。1919年他接办《每周评论》，主张改良主义，挑起问题与主义论战。1920年他离开《新青年》，在南京大学暑期学校讲学。1922年任北京大学教务长兼代理文科学长，创办《努力周报》，与蔡元培、李大钊、陶行知、梁漱溟等联名发表《我们的政治主张》。五四运动后，他同接受马克思主义的知识分子李大钊、陈独秀等分道扬镳，由“问题与主义之争”为开端，倡导改良。

胡适一生学术活动卓著，在文学、哲学、史学、考据学、教育学、伦理学、红学诸方面都做出了开拓性的贡献。作为“五四”新文化运动的倡导者之一，胡适首先提出用白话文取代文言文，率先创作了第一部白话新诗集《尝试集》、第一部白话散文剧本《终身大事》、第一部以现代科学方法研究中国哲学史的哲学著作《中国哲学史大纲（上卷）》，出版了第一部用白话翻译的外国文学作品集《短篇小说》，并最早提出使用标点符号。

胡适在20世纪中国由传统向现代发展的过程中，起到了积极的传承、启蒙作用。胡适的散文创作，在中国现代散文发展史上自成一格，其成就超过了他的戏剧、小说乃至新诗创作。1917年初，胡适在《新青年》杂志上发表了《文学改良刍议》，这是胡适倡导文学革命的第一篇文章；是他同响应新文化运动的有志青年展开的一次讨论；是他以《新青年》为阵地，吹响的第一声号角，是向文言文的正式开战。《文学改良刍议》的主要内容有：一曰，须言之有物；二曰，不摹仿古人；

三曰，须讲求文法；四曰，不作无病之呻吟；五曰，务去滥调套语；六曰，不用典；七曰，不讲对仗；八曰，不避俗字俗语。此后，这“八事”成为胡适一贯主张的文学理念，对文坛日趋没落的仿古文风而言，有着极为明显的现实意义。文学革命是新文化运动的组成部分，以白话文取代文言文，是新文化运动的目标，对推广白话文做出了不可磨灭的推动作用。接着，胡适又陆续创作发表了《历史的文学观念》《论小说及白话韵文》《建设的文学革命论》，继续探索白话文的发展，在创作中不断实践、不断摸索。回国后，胡适面对中国实情，深感失落，但他并没有悲观绝望，还是看到了中国的些许进步。杂感《归国杂感》等叙述与议论相得益彰。《易卜生主义》中有针对法律、宗教、道德的思考，胡适有着清醒的认识，在细致如实的表现中，反映出易卜生充满斗争精神的勇气和独立不羁的人格。文章还通过对易卜生主义的肯定，提醒当时的国人，特别是知识阶层要睁开眼睛看社会，尤其要看清社会的各种弊端，呼吁社会容忍独立人格的存在。1919 年，胡适发表《多研究些问题，少谈些“主义”》一文，主张改良主义，提出“大胆假设，小心求证”的历史研究方法，引发了著名的“问题与主义”之争。号召大家多想解决问题的办法，不要总是空谈。胡适求真务实的精神，虽然在当时激越的思想界有些格格不入，但是，如同他的对于独立人格的存在需要宽容的态度一样，不要空谈的务实思想，至今都有着重要的现实意义。

散文创作中的随笔杂谈小品，是胡适弘扬新文化，反思传统文化的体会与见解，可窥见胡适的心路历程、人生经历，体现在“新文化”道路上遇到的坎坷与曲折，如《新思潮的意义》《五四运动纪念》《中国文艺复兴运动》；对中国传统文化进行反思并与近代西方文明进行对比的《我们对于西洋近代文明的态度》《漫游的感想》；讽刺军阀专制与保守的《人权与约法》《南游杂忆》；揭露现实社会黑暗与不合理的《李超传》；针砭国民性弱点的《差不多先生传》；提倡民主、自由、科学，大力宣扬自由主义思想的《科学的人生观》《自由主义》；关心爱护青年，对青年寄予厚望的《少年中国之精神》《赠与今年的大学毕业生》《中学生的修养与择业》等，均渗透着胡适的实验主义哲学观和自由主义精神，具有反封建、弘扬民主自由的积极意义。

人物随想类的散文是胡适怀旧念故的叙述散文，不仅表现出了所叙人物的风采，也有胡适对朋友的真挚感情，为人为文的精神。《九年的家乡教育》是一篇回忆童年如何接受教育的文字，文中最富感染力的是对于“我的母亲”的描绘。母亲的仁慈质朴、母亲的忍辱负重、母亲的深明事理，都清晰地印在胡适幼小的心中，而母亲对要求胡适接受良好教育的坚持，对胡适而言，至关重要。胡适在这篇文章中倾注了对母亲的深情，表达了对母亲的热爱与崇敬。胡适坦言：“我在我母亲的教训之下住了九年，受了她的极大极深的影响。我十四岁（其实只有十二岁零二三个月）便离开她了，在这广漠的人海里闯荡了二十多年，没有一个人管束过我。如果我学得了一丝一毫的好脾气，如果我学得了一点点待人接物的和气，如果我能宽恕人、体谅人——我都得感谢我的母亲。”在《我的信仰》中，胡适对母亲又做了细致具体的描绘。他说自己独自在外求学，所带着的“只是一个母亲的爱，一个读书的习惯，和一点点怀疑的倾向”。《许怡荪传》通过回忆和挚友许怡荪的交往，流露出对朋友的怀念之情，虽是缅怀之文，却没有一味地沉浸在悲伤之中，反而透出一种积极向上的蓬勃之气。

游记，是胡适散文中最具文学性的文字，阅尽了他的人生经历，融入了他对人生、对社会的深刻思考，显得厚重而沧桑。其中《漫游的感想》《庐山游记》等都贯穿着他穷其一生追求的“再造文明”的精神主线，即对西方文明的赞赏、对东方文明的批判、对理想之中国社会的期望。

讲演录，记录的是胡适各时期的演讲，是胡适自“五四”以来，在中国历史舞台上发出的铿锵之声，是思想的利器，表达了他关于文学革命、关于自由主义、关于“再造文明”的理想。

胡适的散文具有鲜明的个性特征，以思想性、学识性见长。语言平实清新、晓畅明白，处处可见思想之光辉。胡适学贯中西、强闻博记、学识渊博，其深厚的国学功底、开阔的视野，使他在广泛接触西方文化，师从著名哲学家约翰·杜威的学习过程中，不仅对西方文化有了深入的认识和理解，而且在急剧变化的时代潮流的激荡下，参与了自“五四”

新文化运动以来的几乎所有思想文化界的活动。丰富的人生阅历、得天独厚的因素，使他在散文创作中得以从古今中外浩瀚的学海中汲取养分、撷取素材，不仅使作品内容充实饱满，而且有力地表达了他富于时代精神的新思想、新见解和新方法。

胡适的散文从来不故弄玄虚、刻意雕饰，而是有感而发，无华丽辞藻的堆砌，使人读来顿生亲切自然之感。胡适的散文没有陈词滥调，也不故作高深，对问题的揭示往往直截了当，直抒胸臆，很容易使人把握文章的精神，看似平淡，却经得住再三咀嚼。如《差不多先生传》，用平常语、平常心，切近生活的事例将“差不多先生”刻画得入木三分，也将国人凡事“差不多”就行的态度表现得淋漓尽致，使人觉得这“差不多先生”不是某一个具体的人，却又分明是我们每一个中国人。为了做到明白晓畅，胡适常采取从事实入手或直接用事实说话的写法。如其《归国杂感》《贞操问题》《漫游的感想》等，均以生活中司空见惯的现象，表达自己的思想。周作人在评价胡适的散文时曾说：“中国散文中现有几派，适之仲甫一派的文章清新明白，长于说理讲学，如像西瓜之有口皆甜。”

作为白话文的提倡者，胡适一直坚持用白话文写作。在胡适看来，古文是一种已死的语言，不能有效传达思想；只有白话文才能顺应时代，符合大众所需。胡适坚持写白话散文并推动了白话散文的发展，从而奠定了他在现代散文发展史上的地位。胡适于 1922 年 3 月写的《五十年来中国之文学》一文曾专门提到“五四”以来散文创作的成就：“白话散文很进步了。长篇议论文的进步，那是显而易见的，可以不论。这几年来，散文方面最可注意的发展，乃是周作人等提倡的‘小品散文’。这一类的作品，用平淡的谈话，包藏着深刻的意味：有时候很像笨拙，其实却是滑稽。这一类作品的成功，就可彻底打破那‘美文不能用白话’的迷信了。”

1962 年 2 月 24 日，胡适心脏病猝发，病逝于台北市。同约翰·杜威一样，胡适一生所崇尚与追求的人生意义与哲学，就是怎样能使人类养成“创造的智慧”，怎样能使人有创造的思想力。

随笔杂谈

文学改良刍议

今之谈文学改良者众矣，记者末学不文，何足以言此？然年来颇于此事再四研思，辅以友朋辩论，其结果所得，颇不无讨论之价值。因综括所怀见解，列为八事，分别言之，以与当世之留意文学改良者一研究之。

吾以为今日而言文学改良，须从八事入手。八事者何？

一曰，须言之有物。

二曰，不摹仿古人。

三曰，须讲求文法。

四曰，不作无病之呻吟。

五曰，务去滥调套语。

六曰，不用典。

七曰，不讲对仗。

八曰，不避俗字俗语。

一曰须言之有物

吾国近世文学之大病，在于言之无物。今人徒知“言之无文，行之不远”，而不知言之无物，又何用文为乎？吾所谓“物”，非古人所谓“文以载道”之说也。吾所谓“物”，约有二事：

（一）情感　《诗序》曰，“情动于中而形诸言。言之不足，故嗟叹之。嗟叹之不足，故咏歌之。咏歌之不足，不知手之舞之，足之蹈之也”。此吾所谓情感也。情感者，文学之灵魂。文学而无情感，如人之无魂，木偶而已，行尸走肉而已（今人所谓“美感”者，亦情感之一也）。

（二）思想　吾所谓“思想”，盖兼见地、识力、理想三者而言之。思想不必皆赖文学而传，而文学以有思想而益贵；思想亦以有文学的价值而益贵也：此庄周之文，渊明、老杜之诗，稼轩之词，施耐庵之小说，所以敻绝[1]千古也。思想之在文学，犹脑筋之在人身。人不能思想，则虽面目姣好，虽能笑啼感觉，亦何足取哉？文学亦犹是耳。

文学无此二物，便如无灵魂无脑筋之美人，虽有秾丽富厚之外观，抑亦末矣。近世文人沾沾于声调字句之间，既无高远之思想，又无真挚之情感，文学之衰微，此其大因矣。此文胜之害，所谓言之无物者是也。欲救此弊，宜以质救之。质者何？情与思二者而已。

二曰不摹仿古人

文学者，随时代而变迁者也。一时代有一时代之文学。周秦有周秦之文学，汉魏有汉魏之文学，唐宋元明有唐宋元明之文学。此非吾一人之私言，乃文明进化之公理也。即以文论，有《尚书》之文，有先秦诸子之文，有司马迁、班固之文，有韩、柳、欧、苏之文，有语录之文，有施耐庵、曹雪芹之文。此文之进化也。试更以韵文言之：《击壤》之歌[2]，《五子》之歌[3]，一时期也。《三百篇》之诗，一时期也。屈原荀子卿之骚赋，又一时期也。苏李[4]以下，至于魏晋，又一时期也。江左之诗[5]流为排比，至唐而律诗大成，此又一时期也。老杜、香山之“写实”体诸诗（如杜之《石壕吏》《羌村》，白之《新乐府》），又一时期也。诗至唐而极盛，自此以后，词曲代兴。唐五代及宋初之小令，此词之一时代也。苏柳（永）辛姜之词，又一时代也。至于元之杂剧传奇，则又一时代矣。凡此诸时代，各因时势风会而变，各有其特长。吾辈以历史进化之眼光观之，决不可谓古人之文学皆胜于今人也。左氏、史公之文奇矣，然施耐庵之《水浒传》视《左传》《史记》，何多让焉？《三都》《两京》[6]之赋富矣，然以视唐诗宋词，则糟粕耳。

此可见文学因时进化，不能自止。唐人不当作商周之诗，宋人不当作相如子云[7]之赋，——即令作之，亦必不工。逆天背时，违进化之迹，故不能工也。

既明文学进化之理，然后可言吾所谓“不摹仿古人”之说。今日之中国，当造今日之文学。不必摹仿唐宋，亦不必摹仿周秦也。前见国会开幕词，有云：“于铄国会，遵晦时休。”此在今日而欲为三代以上之文之一证也。更观今之“文学大家”，文则下规姚曾[8]，上师韩欧[9]，更上则取法秦汉魏晋，以为六朝以下无文学可言，此皆百步与五十步之别而已，而皆为文学下乘。即令神似古人，亦不过为博物院中添几许“逼真赝鼎”而已，文学云乎哉。昨见陈伯严[10]先生一诗云：

涛园抄杜句，半岁秃千毫。
所得都成泪，相过问奏刀。
万灵噤不下，此老仰弥高。
胸腹回滋味，徐看薄命骚。

此大足代表今日“第一流诗人”摹仿古人之心理也。其病根所在，在于以“半岁秃千毫”之工夫作古人的钞胥[11]奴婢，故有“此老仰弥高”之叹。若能洒脱此种奴性，不作古人的诗，而惟作我自己的诗，则决不致如此失败矣！

吾每谓今日之文学，其足与世界“第一流”文学比较而无愧色者，独有白话小说（我佛山人[12]、南亭亭长[13]、洪都百炼生[14]三人而已）一项。此无他故，以此种小说皆不事摹仿古人（三人皆得力于《儒林外史》《水浒》《石头记》，然非摹仿之作也），而惟实写今日社会之情状，故能成真正文学。其他学这个，学那个之诗古文家，皆无文学之价值也。今之有志文学者，宜知所从事矣。

三曰须讲求文法

今之作文作诗者，每不讲求文法之结构。其例至繁，不便举之，尤以作骈文律诗者为尤甚。夫不讲文法，是谓“不通”。此理至明，无待详论。

四曰不作无病之呻吟

此殊未易言也。今之少年往往作悲观，其取别号则曰“寒灰”“无生”“死灰”；其作为诗文，则对落日而思暮年，对秋风而思零落，春来则惟恐其速去，花发又惟惧其早谢。此亡国之哀音也，老年人为之犹不可，况少年乎？其流弊所至，遂养成一种暮气，不思奋发有为，服劳报国，但知发牢骚之音，感唱之文。作者将以促其寿年，读者将亦短其志气，此吾所谓无病之呻吟也。国之多患，吾岂不知之？然病国危时，岂痛哭流涕所能收效乎？吾惟愿今之文学家作费舒特（Fichte），作玛志尼（Mazzini），而不愿其为贾生、王粲、屈原、谢皋羽也。其不能为贾生、王粲、屈原、谢皋羽，而徒为妇人醇酒丧气失意之诗文者，尤卑卑不足道矣！

五曰务去滥调套语

今之学者，胸中记得几个文学的套语，便称诗人。其所为诗文处处是陈言滥调，“蹉跎”“身世”“寥落”“飘零”“虫沙”“寒窗”，“斜阳”“芳草”“春闺”“愁魂”“归梦”“鹃啼”“孤影”“雁字”“玉楼”“锦字”“残更”之类，累累不绝，最可憎厌。其流弊所至，遂令国中生出许多似是而非，貌似而实非之诗文。今试举吾友胡先骕先生一词以证之：

荧荧夜灯如豆，映幢幢孤影，凌乱无据。翡翠衾寒，鸳鸯瓦冷，禁得秋宵几度？幺弦漫语，早丁字帘前，繁霜飞舞。袅袅余音，片时犹绕柱。

此词骤观之，觉字字句句皆词也。其实仅一大堆陈套语耳。“翡翠衾”“鸳鸯瓦”，用之白香山《长恨歌》则可，以其所言乃帝王之衾之瓦也。“丁字帘”“幺弦”，皆套语也。此词在美国所作，其夜灯决不“荧荧如豆”，其居室尤无“柱”可绕也。至于“繁霜飞舞”，则更不成话矣。谁曾见繁霜之“飞舞”耶？

吾所谓务去滥调套语者，别无他法，惟在人人以其耳目所亲见亲闻、所亲身阅历之事物，一一自己铸词以形容描写之。但求其不失真，但求能达其状物写意之目的，即是工夫。其用滥调套语者，皆懒惰不肯自己铸词状物者也。

六曰不用典

吾所主张八事之中，惟此一条最受友朋攻击，盖以此条最易误会也。吾友江亢虎君来书曰：

所谓典者，亦有广狭二义。饾饤獭祭[15]，古人早悬为厉禁；若并成语故事而屏之，则非惟文字之品格全失，即文字之作用亦亡。……文字最妙之意味，在用字简而涵义多。此断非用典不为功。不用典不特不可作诗，并不可写信，且不可演说。

来函满纸"旧雨""虚怀""治头治脚""舍本逐末""洪水猛兽""发聋振聩""负弩先驱""心悦诚服""词坛""退避三舍""无病呻吟""滔天""利器""铁证"，……皆典也。试尽抉而去之，代以俚语俚字，将成何说话？其用字之繁简，犹其细焉。恐一易他词，虽加倍蓰[16]而涵义仍终不能如是恰到好处，奈何？……

此论极中肯要。今依江君之言，分典为广狭二义，分论之如下：

（一）广义之典非吾所谓典也。广义之典约有五种：

（甲）古人所设譬喻，其取譬之事物，含有普通意义，不以时代而失其效用者，今人亦可用之。如古人言"以子之矛，攻子之盾"，今人虽不读书者，亦知用"自相矛盾"之喻，然不可谓为用典也，上文所举例中之"治头治脚""洪水猛兽""发聋振聩"，……皆此类也。盖设譬取喻，贵能切当；若能切当，固无古今之别也。若"负弩先驱""退避三舍"之类，在今日已非通行之事物，在文人相与之间，或可用之，然终以不用为上。如言"退避"，千里亦可，百里亦可，不必定用"三舍"之典也。

（乙）成语　成语者，合字成辞，别为意义。其习见之句，通行已久，不妨用之。然今日若能另铸"成语"，亦无不可也。"利器""虚怀"，

“舍本逐末”，……皆属此类。此非“典”也，乃日用之字耳。

（丙）引史事　引史事与今所论议之事相比较，不可谓为用典也。如老杜诗云，“未闻殷周衰，中自诛褒妲[17]”，此非用典也。近人诗云，“所以曹孟德，犹以汉相终”，此亦非用典也。

（丁）引古人作比　此亦非用典也。杜诗云，“清新庾开府，俊逸鲍参军”，此乃以古人比今人，非用典也。又云，“伯仲之间见伊吕，指挥若定失萧曹”，此亦非用典也。

（戊）引古人之语　此亦非用典也。吾尝有句云，“我闻古人言，艰难惟一死”。又云，“尝试成功自古无，放翁此语未必是”。此乃引语，非用典也。

以上五种为广义之典，其实非吾所谓典也。若此者可用可不用。

（二）狭义之典，吾所主张不用者也。吾所谓“用典”者，谓文人词客不能自己铸词造句，以写眼前之景、胸中之意，故借用或不全切，或全不切之故事陈言以代之，以图含混过去，是谓“用典”。上所述广义之典，除戊条外，皆为取譬比方之辞。但以彼喻此，而非以彼代此也。狭义之用典，则全为以典代言，自己不能直言之，故用典以言之耳。此吾所谓用典与非用典之别也。狭义之典亦有工拙之别，其工者偶一用之，未为不可，其拙者则当痛绝之。

（子）用典之工者　此江君所谓用字简而涵义多者也。客中无书不能多举其例，但杂举一二，以实吾言：

（1）东坡所藏“仇池石”，王晋卿以诗借观，意在于夺。东坡不敢不借，先以诗寄之，有句云，“欲留嗟赵弱，宁许负秦曲。传观慎勿许，间道归应速”。此用蔺相如返璧之典，何其工切也。

（2）东坡又有“章质夫送酒六壶，书至而酒不达”。诗云，“岂意青州六从事，化为乌有一先生”。此虽工已近于纤巧矣。

（3）吾十年前尝有读《十字军英雄记》一诗云，“岂有酖[18]人羊叔子，焉知微服赵主父？十字军真儿戏耳，独此两人可千古”。以两典包尽全书，当时颇沾沾自喜，其实此种诗，尽可不作也。

（4）江亢虎代华侨诔[19]陈英士文有“本悬太白，先坏长城。世无鉏麑，乃戕赵卿”四句，余极喜之。所用赵宣子一典，甚工切也。

（5）王国维咏史诗，有“虎狼在堂室，徒戎复何补？神州遂陆沉，百年委榛莽。寄语桓元子，莫罪王夷甫”。此亦可谓使事之工者矣。

上述诸例，皆以典代言，其妙处，终在不失设譬比方之原意。惟为文体所限，故譬喻变而为称代耳。用典之弊，在于使人失其所欲譬喻之原意。若反客为主，使读者迷于使事用典之繁，而转忘其所为设譬之事物，则为拙矣。古人虽作百韵长诗，其所用典不出一二事而已（《北征》与白香山[20]“悟真寺诗”皆不用一典），今人作长律则非典不能下笔矣。尝见一诗八十四韵，而用典至百余事，宜其不能工也。

（丑）用典之拙者　用典之拙者，大抵皆衰情之人，不知造词，故以此为躲懒藏拙之计。惟其不能造词，故亦不能用典也。总计拙典亦有数类：

（1）比例泛而不切，可作几种解释，无确定之根据。今取王渔洋《秋柳》一章证之：

娟娟凉露欲为霜，万缕千条拂玉塘。
浦里青荷中妇镜，江干黄竹女儿箱。
空怜板渚隋堤水，不见琅琊大道王。
若过洛阳风景地，含情重问永丰坊。

此诗中所用诸典无不可作几样说法者。

（2）僻典使人不解。夫文学所以达意抒情也。若必求人人能读五车书，然后能通其文，则此种文可不作矣。

（3）刻削古典成语，不合文法。“指兄弟以孔怀，称在位以曾是”（章太炎语），是其例也。今人言“为人作嫁”亦不通。

（4）用典而失其原意。如某君写山高与天接之状，而曰“西接杞天倾”是也。

（5）古事之实有所指，不可移用者，今往乱用作普通事实。如古人灞桥折柳，以送行者，本是一种特别土风。阳关、渭城亦皆实有所指。今之懒人不能状别离之情，于是虽身在滇越，亦言灞桥，虽不解阳关渭城为何物，亦皆“阳关三叠”“渭城离歌”。又如张翰因秋风起而思故乡之莼羹鲈脍[21]，今则虽非吴人，不知莼鲈为何味者，亦皆自称有“莼鲈之思”。

此则不仅懒不可救，直是自欺欺人耳！

凡此种种，皆文人之不下工夫，一受其毒，便不可救。此吾所以有“不用典”之说也。

七曰不讲对仗

排偶乃人类言语之一种特性，故虽古代文字，如老子孔子之文，亦间有骈句。如“道可道，非常道；名可名，非常名。无名天地之始，有名万物之母。故常无，欲以观其妙；常有，欲以观其微”。此三排句也。“食无求饱，居无求安。”“贫而无谄，富无而骄。”“尔爱其羊，我爱其礼。”——此皆排句也。然此皆近于语言之自然，而无牵强刻削之迹；尤未有定其字之多寡，声之平仄，词之虚实者也。至于后世文学末流，言之无物，乃以文胜；文胜之极，而骈文律诗兴焉，而长律兴焉。骈文律诗之中非无佳作，然佳作终鲜。所以然者何？岂不以其束缚人之自由过甚之故耶？（长律之中，上下古今，无一首佳作可言也。）今日而言文学改良，当“先立乎其大者”，不当枉废有用之精力于微细纤巧之末，此吾所以有废骈废律之说也。即不能废此两者，亦但当视为文学末技而已，非讲求之急务也。

今人犹有鄙夷白话小说为文学小道者，不知施耐庵、曹雪芹、吴趼人皆文学正宗，而骈文律诗乃真小道耳。吾知必有闻此言而却走者矣。

八曰不避俗语俗字

吾惟以施耐庵、曹雪芹、吴趼人为文学正宗，故有“不避俗字俗语”之论也（参看上文第二条下）。盖吾国言文之背驰久矣。自佛书之输入，译者以文言不足以达意，故以浅近之文译之，其体已近白话。其后佛氏讲义语录尤多用白话为之者，是为语录体之原始。及宋人讲学以白话为语录，此体遂成讲学正体（明人因之）。当是时，白话已久入韵文，观唐宋人白话之诗词可见也。及至元时，中国北部已在异族之下，三百余年矣（辽、金、元）。此三百年中，中国乃发生一种通俗行远之文学。文则有《水浒》《西游》《三国》之类，戏曲则尤不可胜计（关汉卿诸人，人各著剧数十种之多。吾国文人著作之富，未有过于此时者也）。以今世眼光观之，则中国文学当以元代为最盛，可传世不朽之作，当以元代为最多，此可无疑也。当是时，中国之文学最近言文合一，白话几成文学的语言矣。使此趋势不受阻遏，则中国乃有“活文学出现”，而但丁、路得之伟业［欧洲中古时，各国皆有俚语，而以拉丁文为文言，凡著作书籍皆用之，如吾国之以文言著书也。其后意大利有但丁（Dante）诸文豪，始以其国俚语著作。诸国踵兴，国语亦代起。路得（Luther）创新教始以德文译《旧约》《新约》，遂开德文学之先。英法诸国亦复如是。今世通用之英文新旧约乃一六一一年译本，距今才三百年耳。故今日欧洲诸国之文学，在当日皆为俚语。迨诸文豪兴，始以“活文学”代拉丁之死文学。有活文学而后有言文合一之国语也］，几发生于神州。不意此趋势骤为明代所阻，政府既以八股取士，而当时文人如何李七子[22]之徒，又争以复古为高，于是此千年难遇言文合一之机会，遂中道夭折矣。然以今世历史进化的眼光观之，则白话文学之为中国文学之正宗，又为将来文学必用之利器，可断言也（此“断言”乃自作者言之，赞成此说者今日未必甚多也）。以此之故，吾主张今日作文作诗，宜采用俗语俗字。与其用三千年前之死字（如“于铄国会，遵晦时休”之类），不如用二十世纪之活字；与其作不能行远不能普及之秦汉六朝文字，不如作家喻户晓之《水浒》《西游》文字也。

结　论

上述八事，乃吾年来研思此一大问题之结果。远在异国，既无读书之暇晷[23]，又不得就国中先生长者质疑问题，其所主张容有矫枉过正之处。然此八事皆文学上根本问题，一一有研究之价值。故草成此论，以为海内外留心此问题者作一草案。谓之刍议，犹云未定草也，伏惟[24]国人同志有以匡纠是正之。

民国六年一月

（原载于 1917 年 1 月 1 日《新青年》第 2 卷第 5 号，后收入《胡适文存》）

注释

1. 敻（xiòng）绝：犹超绝。
2.《击壤》之歌：上古尧时代的一首淳朴民谣。全文为："日出而作，日入而息。凿井而饮，耕田而食。帝力于我何有哉！"
3.《五子》之歌：出自《尚书・夏书》，是对中国最早的帝王亡国的叹息，体现了中国最早最原始的政治思想，"民惟邦本，本固邦宁"。
4. 苏李：苏指苏武，李指李陵。
5. 江左之诗：指南北朝时期南朝的诗歌。江左指东晋、宋、齐、梁、陈各朝统治的地区。
6.《三都》《两京》：《三都赋》是西晋左思的作品，分别是《吴都赋》《魏都赋》《蜀都赋》；《两京赋》为东汉张衡的作品。
7. 相如子云：西汉著名辞赋家司马相如与扬雄。
8. 姚曾：指姚鼐与曾国藩。
9. 韩欧：指韩愈与欧阳修。
10. 陈伯严：陈三立（1859—1937），字伯严，近代同光体诗派重要代表人物，陈寅恪之父，被誉为中国最后一位传统诗人。
11. 钞胥（chāo xū）：原指专事誊写的胥吏、书手，常用于讥笑抄袭陈言，不能自出新意的人。
12. 我佛山人：清末谴责小说家吴趼人自称我佛山人，代表作品《二十年目睹之怪现状》。
13. 南亭亭长：清末谴责小说家李宝嘉的别号，代表作品《官场现形记》。
14. 洪都百炼生：清末谴责小说家刘鹗的笔名，代表作品《老残游记》。
15. 饾饤（dòu dìng）獭祭：比喻堆砌辞藻。
16. 倍蓰：谓数倍。倍，一倍；蓰（xǐ），五倍。
17. 褒妲：褒姒(bāo sì)与妲己，皆为历史上著名的美人，被认为是红颜祸水的典型。

18. 酖（dān）：本义为嗜酒，引申为耽于享乐，沉溺。

19. 诔（lěi）：古代叙述死者生平，表示哀悼（多用于上对下）的一种文体。

20. 白香山：唐代著名诗人白居易，晚年自号香山居士。

21. 莼（chún）羹鲈脍：莼鲈之思，故事主人公即文中提到的张翰。后多用于喻怀念故乡的心情。

22. 何李七子：前七子，明弘治、正德年间（1488—1521）的文学流派。成员包括李梦阳、何景明、徐祯卿、边贡、康海、王九思和王廷相七人，以李梦阳、何景明为代表。为区别后来嘉靖、隆庆年间出现的李攀龙、王世贞等七子，史称“前七子”。

23. 暇晷（guǐ）：指空闲的时日。暇：空闲；晷：日影，指时光。

24. 伏惟：原意为伏在地上想，此处表示希望。

归国杂感

我在美国动身的时候，有许多朋友对我道："密斯忒胡，你和中国别了七个足年[1]了，这七年之中，中国已经革了三次的命，朝代也换了几个了。真个是一日千里的进步。你回去时，恐怕要不认得那七年前的老大帝国了。"我笑着对他们说道："列位不用替我担忧。我们中国正恐怕进步太快，我们留学生回去要不认得他了，所以他走上几步，又退回几步。他正在那里回头等我们回去认旧相识呢。"

这话并不是戏言，乃是真话。我每每劝人回国时莫存大希望；希望越大，失望越大。所以我自己回国时，并不曾怀什么大希望。果然船到了横滨，便听得张勋复辟[2]的消息。如今在中国已住了四个月了，所见所闻，果然不出我所料。七年没见面的中国还是七年前的老相识！到上海的时候，有一天，一位朋友拉我到大舞台去看戏。我走进去坐了两点钟，出来的时候，对我的朋友说道："这个大舞台真正是中国的一个绝妙的缩本模型。你看这大舞台三个字岂不很新？外面的房屋岂不是洋房？这里面的座位和戏台上的布景装潢岂不是西洋新式？但是做戏的人都不过是赵如泉、沈韵秋、万盏灯、何家声、何金寿这些人[3]。没有一个不是二十年前的旧古董！我十三岁到上海的时候，他们已成了老角色了。如今又隔了十三年了，却还是他们在台上撑场面。这十三年造出来的新角色都到哪里去了呢？你再看那台上做的《举鼎观画》[4]。那祖先堂上的布景，岂不很完备？只是那小薛蛟拿了那老头儿的书信，就此跨马加鞭，却忘记了台上布的景是一座祖先堂！又看那出《四进士》[5]。台上布景，明明有了门了，那宋士杰[6]却还要做手势去关那没有的门！上公堂时，还要跨那没有的门槛！你看这二十年前的旧古董，在二十世纪的大舞台上做戏；装上了二十世纪的新布景，却偏要做那二十年前的旧手脚！这不是一副绝妙的中国现势图吗？”

我在上海住了十二天，在内地住了一个月，在北京住了两个月，在路上走了二十天，看了两件大进步的事：第一件是“三炮台”的纸烟，居然行到我们徽州去了；第二件是“扑克”牌居然比麻雀牌还要时髦了。“三炮台”纸烟还不算稀奇，只有那“扑克”牌何以会这样风行呢？有许多老先生向来学 A、B、C、D 是很不行的，如今打起“扑克”来，也会说“恩德”“累死”“接客倭彭”了！这些怪不好记的名词，何以会这样容易上口呢？他们学这些名词这样容易，何以学正经的 A、B、C、D，又那样蠢呢？我想这里面很有可以研究的道理。新思想行不到徽州，恐怕是因为新思想没有“三炮台”那样中吃罢？A、B、C、D，不容易教，恐怕是因为教的人不得其法罢？

我第一次走过四马路[7]，就看见了三部教“扑克”的书。我心想“扑克”的书已有这许多了，那别种有用的书，自然更不少了，所以我就花了一天的工夫，专去调查上海的出版界。我是学哲学的，自然先寻哲学的书。不料这几年来，中国竟可以算得没有出过一部哲学书。找来找去，找到一部《中国哲学史》，内中王阳明[8]占了四大页，《洪范》[9]倒占了八页！还说了些“孔子既受天之命”“与关地合德”的话。又看见一部《韩非子[10]精华》，删去了《五蠹》和《显学》两篇，竟成了一部“韩非子糟粕”了。文学书内，只有一部王国维的《宋元戏曲史》是很好的。又看见一家书目上有翻译的莎士比亚剧本，找来一看，原来把会话体的戏剧，都改作了《聊斋志异》体的叙事古文！又看见一部《妇女文学史》，内中苏蕙[11]的回文诗足足占了六十页！又看见《饮冰室丛著》内有《墨学微》一书，我是喜欢看看墨家的书的人，自然心中很高兴。不料抽出来一看，原来是任公[12]先生十四年前的旧作，不曾改了一个字！此外只有一部《中国外交史》，可算是一部好书，如今居然到了三版了。这件事还可以使人乐观。此外那些新出版的小说，看来看去，实在找不出一部可看的小说。有人对我说，如今最风行的是一部《新华春梦记》[13]，这也可以想见中国小说界的程度了。

总而言之，上海的出版界——中国的出版界——这七年来简直没有两三部以上可看的书！不但高等学问的书一部都没有，就是要找一部轮船上火车上消遣的书，也找不出！（后来我寻来寻去，只寻得一部吴稚晖先生的《上下古今谈》，带到芜湖路上去看。）我看了这个怪现状，真可以放声大哭。如今的中国人，肚子饿了，还有些施粥的厂把粥给他们吃。只是那些脑子叫饿的人可真没有东西吃了。难道可以把些《九尾龟》《十尾龟》[14]来充饥吗？

中文书籍既是如此，我又去调查现在市上最通行的英文书籍。看来看去，都是些什么莎士比亚的《威匿思商》《麦克白传》[15]，阿狄生[16]的《文报选录》，戈司密[17]的《威克斐牧师》，欧文[18]的《见闻杂记》，……大概都是些十七世纪十八世纪的书。内中有几部十九世纪的书，也不过是欧文[19]、迭更司[20]、司各脱[21]、麦考来[22]几个人的书，都是和现在欧美的新思潮毫无关系的。怪不得我后来问起一位有名的英文教习，竟连 Bernard Shaw[23] 的名字也不曾听见过，不要说 Tchekoff 和 Andreyev 了。我想这都是现在一班教会学堂出身的英文教习的罪过。这些英文教习，只会用他们先生教过的课本。他们的先生又只会用他们先生的先生教过的课本。所以现在中国学堂所用的英文书籍，大概都是教会先生的太老师或太太老师们教过的课本！怪不得和现在的思想潮流绝无关系了。

有人说，思想是一件事，文字又是一件事，学英文的人何必要读与现代新思潮有关系的书呢？这话似乎有理，其实不然。我们中国学英文，和英国、美国的小孩子学英文，是两样的。我们学西洋文字，不单是要认得几个洋字，会说几句洋话，我们的目的在于输入西洋的学术思想，所以我以为中国学校教授西洋文字，应该用一种“一箭射双雕”的方法，把“思想”和“文字”同时并教。例如教散文，与其用欧文的《见闻杂记》，或阿狄生的《文报选录》，不如用赫胥黎[24]的《进化杂论》。又如教戏曲，与其教莎士比亚的《威匿思商》，不如用 Bernard Shaw 的 *Androcles and the Lion*[25] 或是 Galsworthy[26] 的 *Strife* 或 *Justice*。又如教长篇的文字，与其教麦考来的《约翰生行述》

不如教弥尔的《群己权界论》[27]。……我写到这里，忽然想起日本东京丸善书店的英文书目。那书目上，凡是英美两国一年前出版的新书，大概都有。我把这书目和商务书馆与伊文思书馆的书目一比较，我几乎要羞死了。

我回中国所见的怪现状，最普通的是“时间不值钱”。中国人吃了饭没有事做，不是打麻雀，便是打“扑克”。有的人走上茶馆，泡了一碗茶，便是一天了。有的人拿一只鸟儿到处逛逛，也是一天了。更可笑的是朋友去看朋友，一坐下便生了根了，再也不肯走。有事商议，或是有话谈论，倒也罢了。其实并没有可议的事，可说的话。我有一天在一位朋友处有事，忽然来了两位客，是□□馆的人员。我的朋友走出去会客，我因为事没有完，便在他房里等他。我以为这两位客一定是来商议这□□馆中什么要事的。不料我听得他们开口道：“□□先生，今回是打津浦火车来的，还是坐轮船来的？”我的朋友说是坐轮船来的。这两位客接着便说轮船怎样不便，怎样迟缓。又从轮船上谈到铁路上，从铁路上又谈到现在中交两银行的钞洋跌价。因此又谈到梁任公的财政本领，又谈到梁士诒[28]的行踪去迹……谈了一点多钟，没有谈上一句要紧的话。后来我等得没法了，只好叫听差去请我的朋友。那两位客还不知趣，不肯就走。我不得已，只好跑了，让我的朋友去领教他们的“二梁优劣论”罢！

美国有一位大贤名弗兰克令[29]（Benjamin Franklin）的，曾说道：“时间乃是造成生命的东西。”时间不值钱，生命仍然也不值钱了。上海那些拣茶叶的女工，一天拣到黑，至多不过得二百个钱，少的不过得五六十钱。茶叶店的伙计，一天做十六七点钟的工，一个月平均只拿得两三块钱！还有那些工厂的工人，更不用说了。还有那些更下等、更苦痛的工作，更不用说了。人力那样不值钱，所以卫生也不讲究，医药也不讲究。我在北京、上海看那些小店铺里和穷人家里的种种不卫生，真是一个黑暗世界。至于道路的不洁净，瘟疫的流行，更不消说了。最可怪的是无论阿猫阿狗都可挂牌医病，医死了人，也没有人怨恨，也没有人干涉。人命的不值钱，真可算得到了极端了。

现今的人都说教育可以救种种的弊病。但是依我看来，中国的教育，不但不能救亡，简直可以亡国。我有十几年没到内地去了，这回回去，自然去看看那些学堂。学堂的课程表，看来何尝不完备？体操也有，图画也有，英文也有，那些国文、修身之类，更不用说了。但是学堂的弊病，却正在这课程完备上。例如我们家乡的小学堂，经费自然不充足了，却也要每年花六十块钱去请一个中学堂学生兼教英文唱歌，又花二十块钱买一架风琴。我心想，这六十块一年的英文教习，能教什么英文？教的英文，在我们山里的小地方，又有什么用处？至于那音乐一科，更无道理了。请问那种学堂的音乐，是可以增进“美感”呢？还是可以增进音乐知识呢？若果然要教音乐，为什么不去村乡里找一个会吹笛子唱昆腔的人来教。为什么一定要用那实在不中听的二十块钱的风琴呢？那些穷人的子弟学了音乐回家，能买得起一架风琴来练习他所学的音乐知识吗？我真是莫名其妙了。所以我在内地常说：“列位办学堂，尽不必问教育部规程是什么，须先问这块地方上最需要的是什么。譬如我们这里最需要的是农家常识，蚕桑常识，商业常识，卫生常识，列位却把修身教科书去教他们做圣贤！又把二十块钱的风琴去教他们学音乐！又请一位六十块钱一年的教习教他们的英文！那位自己想想看，这样的教育，造得出怎么样的人才？所以我奉劝列位办学堂，切莫注重课程的完备，须要注意课程的实用。尽不必去巴结视学员，且去巴结那些小百姓。视学员说这个学堂好，是没有用的。须要小百姓都肯把他们的子弟送来上学，那才是教育有成效了。”

以上说的是小学堂。至于那些中学校的成绩，更可怕了。我遇见一位省立法政学堂的本科学生，谈了一会，他忽然问道：“听说东文是和英文差不多的，这话可真吗？”我已经大诧异了。后来他听我说日本人总有些岛国习气，忽然问道：“原来日本也在海岛上吗？”……这个固然是一个极端的例。但是如今中学堂毕业的人才，高又高不得，低又低不得，竟成了一种无能的游民。这都由于学校里所教的功课，和社会上的需要毫无关涉。所以学校只管多，教育只管兴，社会上的工人、伙计、账房、警察、兵士、农夫……还只是用没有受过教育的人。社会所需要的是做事的人才，学堂所造成的是不会做事又不肯做事的人才，这种教育不是亡国的教育吗？

我说我的“归国杂感”，提起笔来，便写三四千字。说的都是些很可以悲观的话。但是我并不是悲观的人。我以为这二十年来中国并不是完全没有进步，不过惰性太大，向前三步又退回两步，所以到如今还是这个样子。我这回回家寻出了一部叶德辉的《翼教丛编》[30]，读了一遍，才知道这二十年的中国实在已经有了许多大进步。不到二十年前，那些老先生们，如叶德辉、王益吾之流，出了死力去驳康有为，所以这书叫作《翼教丛编》。我们今日也痛骂康有为。但二十年前的中国，骂康有为太新；二十年后的中国却骂康有为太旧。如今康有为没有皇帝可保了，很可以做一部《翼教续编》来骂陈独秀了。这两部“翼教”的书的不同之处，便是中国二十年来的进步了。

民国七年一月

（原载于 1918 年 1 月《新青年》第 4 卷第 1 号，署名胡适，后收入《胡适文存》）

注释

1. 胡适 1910 年考取官费赴美留学生，1917 年毕业回国，前后七年。
2. 张勋复辟：1917 年 6 月，张勋利用黎元洪与段祺瑞的矛盾，率五千“辫子兵”，借“调停”为名，于 6 月 14 日进北京，并于 7 月 1 日撵走黎元洪，把 12 岁的溥仪抬出来宣布复辟，改称此年为“宣统九年”，通电全国改挂龙旗。这就是史家称的“张勋复辟”。结果复辟仅 12 天即宣告破产。
3. 赵如泉等人皆为京剧或汉剧等中国传统戏曲演员。
4.《举鼎观画》：中国京剧传统剧目，又名《双狮图》，演唐武则天朝徐策义救薛门后裔薛蛟及薛刚、薛蛟起兵清君侧事。
5.《四进士》：京剧传统剧目，又名《节义廉明》。演明嘉靖年间新科进士毛朋、田伦、顾读、刘题四人出京为官事。
6. 宋士杰:《四进士》最初为四本连台本戏，主角是毛朋和杨素贞，经过不断的演出，融化为一本戏，也称为《宋士杰》。宋士杰成为剧中主角。该剧主要高度赞扬和宣传了宋士杰不畏强暴、刚正不阿、路见不平、拔刀相助的义举。

7. 四马路：上海旧时路名，今在福州路。

8. 王阳明（1472—1529）：名守仁，浙江绍兴府余姚县（今属宁波市）人，字伯安，号阳明子，世称阳明先生，中国明代最著名的思想家、哲学家、文学家和军事家，陆王心学之集大成者。

9.《洪范》：《尚书》篇名。旧传为箕子向周武王陈述的“天地之大法”。今人或认为系战国后期儒者所作，或认为作于春秋。

10. 韩非子：战国末期韩国（今河南省新郑）人，法家思想的集大成者。

11. 苏蕙：魏晋三大才女之一，回文诗之集大成者，传世之作仅一幅用不同颜色丝线绣制的织锦《璇玑图》。

12. 任公：梁启超（1873—1929），字卓如，号任公，中国近代哲学家、思想家，著有《饮冰室丛著》。

13.《新华春梦记》：作者杨尘因，“礼拜六派”小说代表作。

14.《九尾龟》《十尾龟》：均系晚清著名的艳情小说，其内容主要描写妓院情况与嫖客的狎妓生活。《九尾龟》曾被胡适称为“嫖界指南”。

15. 即莎士比亚名著《威尼斯商人》与《麦克白》。

16. 阿狄生（Joseph Addison，1672—1719）：英国散文家、诗人、政治家。

17. 戈司密：哥尔德斯密斯（Oliver Goldsmith，1730—1774），英国诗人、剧作家、小说家。

18. 欧文（W. Irving，1783—1859）：美国作家，著有随笔和故事集《见闻杂记》。

19. 欧文：罗伯特·欧文（1771—1858），伟大的空想社会主义者之一，杰出的思想家，同时又是具有杰出才干的实业家。

20. 迭更司：狄更斯（Dickens，1812—1870），19 世纪英国批判现实主义小说家。

21. 司各脱：司各特（Walter Scott，1771—1832），英国小说家、诗人。

22. 麦考来（1800—1859）：英国历史学家、政治家。

23. Bernard Shaw：萧伯纳（1856—1950），爱尔兰杰出的现实主义戏剧作家，1925 年获得诺贝尔文学奖。

24. 赫胥黎：（Thomas Henry Huxley，1825—1895），英国著名博物学家，达尔文进化论最杰出的代表。

25.《安德罗克勒斯和狮子》，萧伯纳的剧作。

26. Galsworthy：高尔斯华绥（1867—1933），英国作家，1932 年获得诺贝尔文学奖。下面提到 *Strife* 和 *Justice* 是他的两部剧本（《斗争》和《正义》）。

27. 穆勒（旧译弥尔）的《论自由》的旧译。

28. 梁士诒（1869—1933）：广东三水人，为“中华民国”时期北洋政府交通、财政高级官员，旧交通系首领，是清末和民国初年非常活跃的一位重要政治人物。

29. 弗兰克令：通译本杰明·富兰克林（1706—1790）,18 世纪美国伟大的科学家和发明家，著名的政治家、外交家、哲学家、文学家和航海家以及美国独立战争的伟大领袖。

30.《翼教丛编》：所收均为光绪二十四年（1898）七月以前叶德辉、梁鼎芬、王先谦等十三人反对变法维新的文章。

易卜生主义

一

易卜生最后所作的《我们死人再生时》（When We Dead Awaken）一本戏里面有一段话，很可表出易卜生所作文学的根本方法。这本戏的主人翁是一个美术家，费了全副精神雕成一副像，名为“复活日”。这位美术家自己说他这副雕像的历史道：

> 我那时年纪还轻，不懂得世事。我以为这“复活日”应该是一个极精致、极美的少女像，不带着一毫人世的经验，凭空地醒来，自然光明庄严，没有什么过恶可除。……但是我后来那几年，懂得些世事了，才知道这“复活日”不是这样简单的，原来是很复杂的。……我眼里所见的人情世故，都到我理想中来，我不能不把这些现状包括进去。我只好把像的座子放大了，放宽了。
>
> 我在那座子上雕了一片曲折爆裂的地面。从那地的裂缝里，钻出来无数模糊不分明，人身兽面的男男女女。这都是我在世间亲自见过的男男女女。（二幕）

这是“易卜生主义”的根本方法。那不带一毫人世罪恶的少女像，是指那盲目的理想派文学。那无数模糊不分明，人身兽面的男男女女，是指写实派的文学。易卜生早年和晚年的著作虽不能全说是写实主义，但我们看他极盛时期的著作，尽可以说，易卜生的文学，易卜生的人生观，只是一个写实主义。一八八二年，他有一封信给一个朋友，信中说道：

> 我做书的目的，要使读者人人心中都觉得他所读的全是实事。（《尺牍》第一五九）

人生的大病根在于不肯睁开眼睛来看世间的真实现状。明明是男盗女娼的社会，我们偏说是圣贤礼仪之邦；明明是赃官污吏的政治，我们偏要歌功颂德；明明是不可救药的大病，我们偏说一点病都没有！却不知道，若要病好，须先认有病；若要政治好，须先认现今的政治实在不好；若要改良社会，须先知道现今的社会实在是男盗女娼的社会！易卜生的长处，只在他肯说老实话，只在他能把社会种种腐败龌龊[1]的实在情形写出来，叫大家仔细看。他并不是爱说社会的坏处，他只是不得不说。一八八〇年，他对一个朋友说：

> 我无论作什么诗，编什么戏，我的目的只要我自己精神上的舒服清净。因为我们对于社会的罪恶，都脱不了干系的。（《尺牍》第一四八）

因为我们对于社会的罪恶都脱不了干系，故不得不说老实话。

二

我们且看易卜生写近世的社会，说的是一些什么样的老实话。第一，先说家庭。

易卜生所写的家庭，是极不堪的。家庭里面，有四种大恶德：一是自私自利；二是依赖性，奴隶性；三是假道德，装腔作戏；四是懦怯没有胆子。做丈夫的便是自私自利的代表。他要快乐，要安逸，还要体面，所以他要娶一个妻子。正如《娜拉》戏中的郝尔茂，他觉得同他妻子有爱情是很好玩的。他叫他的妻子作“小宝贝”“小鸟儿”“小松鼠儿”“我的最亲爱的”等等肉麻名字。他给他妻子一点钱去买糖吃，买粉搽，买好衣服穿。他要他妻子穿得好看，打扮得标致。做妻子的完全是一个奴隶。她丈夫喜欢什么，她也该喜欢什么，她自己是不许有什么选择的。她的责任在于使丈夫欢喜。她自己不用有思想：她丈夫会替她思想。她自己不过是她丈夫的玩意儿，很像叫花子的猴子专替他变把戏引人开心的。（所以《娜拉》又名《玩偶之家》）丈夫要妻子守节，妻子却不能要丈夫守节，正如《群鬼》（*Ghosts*）戏里的阿尔文夫人受不过丈夫的气，跑到一个朋友家去；那位朋友是个牧师，很教训了她一顿，说她不守妇道。但是阿尔文夫人的丈夫专在外面偷妇人，甚至淫乱他妻子的婢女，人家都毫不介意，那位牧师朋友也觉得这是男人常有的事，不足为奇！妻子对丈夫，什么都可以牺牲；丈夫对妻子，是不犯着牺牲什么的。《娜拉》戏内的娜拉因为要救她丈夫的生命，所以冒她父亲的名字，签了借据去借钱。后来事体闹穿了，她丈夫不但不肯替娜拉分担冒名的干系，还要痛骂她带累他自己的名誉。后来和平了结了，没有危险了，她丈夫又装出大度的样子，说不追究她的错处了。他得意洋洋地说道："一个男人赦了他妻子的过犯是很畅快的事！"（《娜拉》三幕）

这种极不堪的情形，何以居然忍耐得住呢？第一，因为人都要顾面子，不得不装腔作势，做假道德遮着面孔。第二，因为大多数的人都是没有胆子的懦夫。因为要顾面子，故不肯闹翻；因为没有胆子，故不敢闹翻。那《娜拉》戏里的娜拉忽然看破家庭是一座做猴子戏的戏台，她自己是台上的猴子。她有胆子，又不肯装假面子，所以告别了掌班[2]的，跳下了戏台，去干她自己的生活。那《群鬼》戏里的阿尔文夫人没有娜拉的胆子，又要顾面子，所以被她的牧师朋友一劝，就劝回头了，还是回家去尽她的"天职"，守她的"妇道"。她丈夫仍旧做那种淫荡的行为，阿尔文夫人只好牺牲自己的人格，尽力把他羁縻[3]在家。后来生下一个儿子，他母亲恐怕他在家学了他父亲的坏榜样，所以到了七岁便把他送到巴黎去。她一面要哄她丈夫在家，一面要在外边替她丈夫修名誉，一面要骗她儿子说他父亲是怎样一个正人君子。这种情形，过了十九个足年，她丈夫才死。死后，他妻子还要替他装面子，花了许多钱，造了一所孤儿院，做她亡夫的遗爱。孤儿院造成了，把她儿子唤回来参与孤儿院落成的庆典。谁知她儿子从胎里就得了他父亲的花柳病的遗毒，变成一种脑腐症，到家没几天，那孤儿院也被火烧了，她儿子的遗传病发作，脑子坏了，就成了疯人了。这是没有胆子，又要顾面子的结局。这就是腐败家庭的下场！

三

其次，且看易卜生的社会的三种大势力。那三种大势力：一是法律，二是宗教，三是道德。

第一，法律。法律的效能在于除暴去恶，禁民为非。但是法律有好处也有坏处。好处在于法律是无有偏私的；犯了什么法，就该得什么罪。坏处也在于此。法律是死板板的条文，不通人情世故；不知道一样的罪名却有几等几样的居心，有几等几样的境遇情形；同犯一罪的人却有几等几样的知识程度。法律只说某人犯了某法的某某篇某某章某某节，该得某某罪，全不管犯罪的人的知识不同，境遇不同，居心不同。《娜拉》戏里有两件冒名签字的事：一件是一个律师做的，一件是一个不懂法律的妇人做的。那律师犯这罪全由于自私自利，那妇人犯这罪全因为她要救她丈夫的性命。但是法律不问这些区别。请看看两个“罪人”讨论这个问题：

（律师）郝夫人，你好像不知道你犯了什么罪。我老实对你说，我犯的那桩使我一生名誉扫地的事，和你所做的事恰恰相同，一毫也不多，一毫也不少。

（娜拉）你！难道你居然也敢冒险去救你的妻子的命吗?

（律师）法律不管人的居心如何。

（娜拉）如此说来，这种法律是笨极了。

（律师）不问它笨不笨，你总要受它的裁判。

（娜拉）我不相信。难道法律不许做女儿的想个法子免得她临死的父亲烦恼吗？

难道法律不许做妻子的救她丈夫的命吗？我不大懂得法律，但是我想总该有这种法律承认这些事的。你是一个律师，你难道不知道有这样的法律吗？柯先生，你真是一个不中用的律师了。

（《娜拉》一幕）

最可怜的是世上真没有这种入情入理的法律！

第二，宗教。易卜生眼里的宗教久已失了那种可以感化人的能力；久已变成毫无生气的仪节信条，只配口头念得烂熟，却不配使人奋发鼓舞了。《娜拉》戏里说：

（郝尔茂）你难道没有宗教吗？

（娜拉）我不很懂得究竟宗教是什么东西。我只知道我进教时那位牧师告诉我的一些话。他对我说宗教是这个，是那个，是这样，是那样。（三幕）

如今人的宗教，都是如此。你问他信什么教，他就把他的牧师或是他的先生告诉他的话背给你听。他会背耶稣的祈祷文，他会念阿弥陀佛，他会背一部《圣谕广训》[4]。这就是宗教了！

宗教的本意，是为人而作的。正如耶稣说的："礼拜是为人造的，不是人为礼拜造的。"不料后世的宗教处处与人类的天性相反，处处反乎人情。如《群鬼》戏中的牧师，逼着阿尔文夫人回家去受那荡子丈夫的待遇，去受那十九年极不堪的惨痛。那牧师说，宗教不许人求快乐，求快乐便是受了恶魔的魔力了。他说，宗教不许做妻子的批评丈夫的行为。他说，宗教教人无论如何总要守妇道，总须尽责任。那牧师口口声声所说是"是"的，阿尔文夫人心中总觉得都是"不是"的。后来阿尔文夫人仔细去研究那牧师的宗教，忽然大悟，原来那些教条都是假的，都是"机器造的"！（《群鬼》二幕）

但是这种机器造的宗教何以居然能这样兴旺呢？原来现在的宗教虽没有精神上的价值，却极有物质上的用场。宗教是可以利用的，是可以使人发财得意的。那《群鬼》戏里的木匠，本是一个极下流的酒鬼，卖妻卖女都肯干的。但是他见了那位道学的牧师，立刻就装出宗教家的样子，说宗教家的话，做宗教家的唱歌祈祷，把这位蠢牧师哄得滴溜溜地转。（二幕）那《罗斯马庄》（*Rosmersholm*）戏里面的主人翁罗斯马本是一个牧师，后来他的思想改变了，遂不信教了。他那时想加入本地的自由党，不料党中的领袖却不许罗斯马宣告他脱离教会的事。为什么呢？因为他们党里很少信教的人，故想借罗斯马的名誉来号召那些信教的人家。可见宗教的兴旺，并不是因为宗教真有兴旺的价值，不过是因为宗教有可以利用的好处罢了。

第三，道德。法律宗教既没有裁制社会的本领，我们且看“道德”可有这种本事。据易卜生看来，社会上所谓“道德”不过是许多陈腐的旧习惯。合于社会习惯的，便是道德；不合于社会习惯的，便是不道德。正如我们中国的老辈人看见少年男女实行自由结婚，便说是“不道德”。为什么呢？因为这事不合于“父母之命，媒妁[5]之言”的社会习惯。但是这班老辈人自己讨过许多小老婆，却以为是很平常的事，没有什么不道德。为什么呢？因为习惯如此。又如中国人死了父母，发出讣书，人人都说“泣血稽颡”[6]“苫块[7]昏迷”。其实他们何尝泣血？又何尝“寝苫枕块”？这种自欺欺人的事，人人都以为是“道德”，人人都不以为羞耻。为什么呢？因为社会的习惯如此，所以不道德的也觉得道德了。

这种不道德的道德，在社会上，造出一种诈伪不自然的伪君子。面子上都是仁义道德，骨子里都是男盗女娼。易卜生最恨这种人。他有一本戏，叫作《社会的栋梁》（*Pillars of Society*）。戏中的主人名叫褒匿，是一个极坏的伪君子：他犯了一桩奸情，却让他兄弟受这恶名，还要诬赖他兄弟偷了钱跑脱了。不但如此，他还雇了一只烂脱底的船送他兄弟出海，指望把他兄弟和一船的人都沉死在海底，可以灭口。

这样一个大奸，面子上却做得十分道德，社会上都尊敬他，称他做“全市第一个公民”“公民的模范”“社会的栋梁”！他谋害他兄弟的那一天，本城的公民，聚了几千人，排起队来，打着旗，奏着军乐，上他的门来表示社会的敬意，高声喊道：“褒匿万岁！社会的栋梁褒匿万岁！”这就是道德！

四

其次，我们且看易卜生写个人与社会的关系。

易卜生的戏剧中，有一条极显而易见的学说，是说社会与个人互相损害；社会最爱专制，往往用强力摧折个人的个性，压制个人自由独立的精神；等到个人的个性都消灭了，等到自由独立的精神都完了，社会自身也没有生气了，也不会进步了。社会里有许多陈腐的习惯，老朽的思想，极不堪的迷信，个人生在社会中，不能不受这些势力的影响。有时有一两个独立的少年，不甘心受这种陈腐规矩的束缚，于是东冲西突想与社会作对。上文所说的褒匿，当少年时，也曾想和社会反抗。但是社会的权力很大，网罗很密；个人的能力有限，如何是社会的敌手？社会对个人道："你们顺我者生，逆我者死；顺我者有赏，逆我者有罚。"那些和社会反对的少年，一个一个的都受家庭的责备，遭朋友的怨恨，受社会的侮辱驱逐。再看那些奉承社会意旨的人，一个个的都升官发财，安富尊荣了。当此境地，不是顶天立地的好汉，决不能坚持到底。所以像褒匿那般人，做了几时的维新志士，不久也渐渐地受社会同化，仍旧回到旧社会去做"社会的栋梁"了。社会如同一个大火炉，什么金银铜铁锡，进了炉子，都要熔化。易卜生有一本戏叫《雁》（*The Wild Duck*），写一个人捉到一只雁，把它养在楼上半阁里，每天给它一桶水，让它在水里打滚游戏。那雁本是一个海阔天空逍遥自得的飞鸟，如今在半阁里关久了，也会生活，也会长得胖胖的，后来竟完全忘记了它从前那种海阔天空来去自由的乐处了！个人在社会里，就同这雁在人家半阁上一般，起初未必满意，久而久之，也就惯了，也渐渐地把黑暗世界当作安乐窝了。

社会对于那班服从社会命令，维持陈旧迷信，传播腐败思想的人，一个一个的都有重赏。有的发财了，有的升官了，有的享大名誉了。这些人有了钱，有了势，有了名誉，就像老虎长了翅膀，更可横行无忌了，更可借着"公益"的名义去骗人钱财，害人生命，做种种无法无天的行为。易卜生的《社会的栋梁》和《博克曼》（*John Gabriel Borkman*）两本戏的主人翁都是这种人物，他们钱赚得够了，然后掏出几个小钱来，开一个学堂，造一所孤儿院，立一个公共游戏场，"捐二十磅金去买面包给贫人吃"（《社会的栋梁》二幕中语）。于是社会格外恭维他们，打着旗子，奏着军乐，上他们家来，大喊"社会的栋梁万岁"。

那些不懂事又不安本分的理想家，处处和社会的风俗习惯反对，是该受重罚的。执行这种重罚的机关，便是“舆论”，便是大多数的“公论”。世间有一种最通行的迷信，叫作“服从多数的迷信”。人都以为多数人的公论总是不错的。易卜生绝对地不承认这种迷信。他说“多数党总在错的一边，少数党总在不错的一边。”（《国民公敌》五幕）一切维新革命，都是少数人发起的，都是大多数人所极力反对的。大多数人总是守旧麻木不仁的；只有极少数人，有时只有一个人，不满意于社会的现状，要想维新，要想革命。这种理想家是社会所最忌的。大多数人都骂他是“捣乱分子”，都恨他“扰乱治安”，都说他“大逆不道”；所以他们用大多数的专制威权去压制那“捣乱”的思想志士，不许他开口，不许他行动自由；把他关在监牢里，把他赶出境去，把他杀了，把他钉在十字架上活活地钉死，把他捆在柴草上活活地烧死。过了几十年几百年，那少数人的主张渐渐变成多数人的主张了，于是社会的多数人又把他们从前杀死钉死烧死的那些“捣乱分子”一个一个地重新推崇起来，替他们修墓，替他们作传，替他们立庙，替他们铸铜像。却不知道从前那种“新”思想，到了这时候，又早已成了“陈腐的”迷信！当他们替从前那些特立独行的人修墓铸铜像的时候，社会里早已发生了几个新派少数人，又要受他们杀死钉死烧死的刑罚了！听以说“多数党总是错的，少数党总是不错的”。

易卜生有一本戏叫作《国民公敌》，里面写的就是这个道理。这本戏的主人翁斯铎曼医生从前发现本地的水可以造成几处卫生浴池。本地的人听了他的话，觉得有利可图，便集了资本造了几处卫生浴池。后来四方的人闻了这浴池的名，纷纷来这里避暑养病。来的人多了，本地的商业市面便渐渐发达兴旺。斯铎曼医生便做了浴池的官医。后来洗浴的人之中，忽然发生一种流行病症；经这位医生仔细考察，知道这病症是从浴池的水里来的，他便装了一瓶水寄予大学的化学师请他化验。化验出来，才知道浴池的水管安得太低了，上流的污秽停积在浴池里，发生一种传染病的微生物，极有害于公众卫生。斯铎曼医生得了这种科学证据便做了一篇切切实实的报告书，请浴池的董事会把浴池的水管重行改造，以免妨碍卫生。不料改造浴池须要花费许多钱，又要把浴池闭歇一两年；浴池一闭歇，本地的商务便要受许多损失。所以本地的人全体用死力反对斯铎曼医生的提议。他们宁可听任那些来避暑养病的人受毒病死，却不情愿受这种金钱的损失，所以他们用大多数的专制威权压制这位说老实话的医生，不许他开口。他做了报告，本地的报馆都不肯登载。他要自己印刷，印刷局也不肯替他印。他要开会演说，全城的人都不把空屋借他做会场。后来好容易找到了一所会场，开了一个公民会议，会场上的人不但不听他的老实话，还把他赶下台去，由全体一致表决，宣告斯铎曼医生从此是国民的公敌。他逃出会场，把裤子都撕破了，还被众人赶到他家，用石头掷他，把窗户都打碎了。到了明天，本地政府革了他的官医；本地商民发了传单不许人请他看病；他的房东请他赶快搬出屋去；他的女儿在学堂教书，也被校长辞退了。这就是“特立独行”的好结果！这就是大多数惩罚少数“捣乱分子”的辣手段！

五

其次，我们且说易卜生的正义。易卜生的戏剧不大讨论政治问题，所以我们须要用他的《尺牍》做参考的材料。

易卜生起初完全是一个主张无政府主义的人。当普法之战（一八七〇至一八七一年）时，他的无政府主义最为激烈。一八七一年，他有信与一个朋友道：

……个人绝无做国民的需要。不但如此，国家简直是个人的大害。请看普鲁士的国力，不是牺牲了个人的个性去买来的吗？国民都成了酒馆里跑堂的了，自然个个都是好兵了。再看犹太民族：岂不是最高贵的人类吗？无论受了何种野蛮的待遇，那犹太民族还能保存本来的面目。这都因为他们没有国家的缘故。国家总得毁去。

这种毁除国家的革命，我也情愿加入。毁去国家观念，单靠个人的情愿和精神上的团结做人类社会的基本，——若能做到这步田地，这可算得有价值的自由起点。那些国体的变迁，换来换去，都不过是

弄把戏，——都不过是全无道理的胡闹。（《尺牍》第七九）

易卜生的纯粹无政府主义，后来渐渐地改变了。他亲自看见巴黎“市民政府”（Commune）的完全失败（一八七一），便把他主张无政府主义的热心灭了许多（《尺牍》第八一）。到了一八八四年，他写信给他的朋友说，他在本国若有机会，定要把国中无权的人民联合成一个大政党，主张极力推广选举权，提高妇女的地位，改良国家教育，要使脱除一切中古陋习（《尺牍》第一七八）。这就不是无政府的口气了。但是他自己到底不曾加入政党。他以为加入政党是很下流的事（《尺牍》第一五八）。他最恨那班政客，他以为“那班政客所力争的，全是表面上的权利，全是胡闹。最要紧的是人心的大革命。”（《尺牍》第七七）

易卜生从来不主张狭义的国家主义，从来不是狭义的爱国者。一八八八年，他写信给一个朋友说道：

知识思想略为发达的人，对于旧式的国家观念，总不满意。我们不能以为有了我们所属的政治团体便足够了。据我看来，国家观念不久就要消灭了，将来定有一种观念起来代它。即以我个人而论，我已经过这种变化，我起初觉得我是挪国人，后来变成斯堪丁纳维亚人（挪威与瑞典总名斯堪丁纳维亚），我现在已成了条顿人[8]了。（《尺牍》第二〇六）

这是一八八八年的话。我想易卜生晚年临死的时候（1906），一定已进到世界主义的地步了。

六

我开篇便说过，易卜生的人生观只是一个写实主义。易卜生把家庭、社会的实在情形都写出来，叫人看了动心，叫人看了觉得我们的家庭、社会原来是如此黑暗腐败，叫人看了觉得家庭社会真正不得不维新革命——这就是“易卜生主义”。表面上看去，像是破坏的，其实完全是建设的。譬如医生诊了病，开的一个脉案，把病状详细写出，这难道是消极的破坏的手续吗？但是易卜生虽开了许多脉案，却不肯轻易开药方。他知道人类社会是极复杂的组织，有种种绝不相同的境地，有种种绝不相同的情形。社会的病，种类纷繁，绝不是什么“包医百病”的药方所能治得好的。因此他只好开了脉案，说出病情，让病人各人自己去寻医病的药方。

虽然如此，但是易卜生生平却也有一种完全积极的主张。他主张个人须要充分发达自己的天才性，须要充分发展自己的个性，他有一封信给他的朋友兰戴说道：

我所最期望于你的是一种真益纯粹的为我主义。要使你有时觉得天下只有关于我的事最要紧，其余的都算不得什么。……你要想有益于社会，最好的法子莫如把你自己这块材料铸造成器。……有的时候我真觉得全世界都像海上撞沉了船，最要紧的还是救出自己。（《尺牍》第八四）

最可笑的是有些人明知世界“陆沉”[9]，却要跟着“陆沉”，跟着堕落，不肯“救出自己”！却不知道社会是个人组成的，多救出一个人便是多备下一个再造新社会的分子。所以孟轲说“穷则独善其身”，这便是易卜生所说“救出自己”的意思。这种“为我主义”，其实是最有价值的利人主义。所以易卜生说：“你要想有益于社会，最好的法子莫如把你自己这块材料铸造成器。”《娜拉》戏里，写娜拉抛弃了丈夫儿女飘然而去，也只为要“救出自己”。那戏中说：

（郝尔茂）……你就是这样抛弃你的最神圣的责任吗?

（娜拉）你以为我的最神圣的责任是什么？

（郝）还等我说吗？可不是你对于你的丈夫和你的儿女的责任吗？

（娜）我还有别的责任同这些一样的神圣。

（郝）没有的。你且说，那些责任是什么。

（娜）是我对于我自己的责任。

（郝）最要紧的，你是一个妻子，又是一个母亲。

（娜）这种话我现在不相信了。我相信第一我是一个人，正同你一样。——无论如何，我务必努力做一个人。（三幕）

一八八二年，易卜生有信给朋友道：

这样生活须使各人自己充分发展——这是人类功业顶高的一层；这是我们大家都应该的事。（《尺牍》第一六四）

社会最大的罪恶莫过于摧折个人的个性，不使他自由发展。那本《雁》戏所写的只是一件摧残个人才性的惨剧。那戏写一个人少年时本极有高尚的志气，后来被一个恶人害得破家荡产，不能度日；那恶人又把他自己通奸有孕的下等女子配给他做妻子，从此家累[10]日重一日，他的志气便日低一日。到了后来，他堕落深了，竟变成了一个懒人懦夫，天天受那下贱妇人和两个无赖的恭维，他洋洋得意地觉得这种生活很可以终身的。所以那本戏借一个雁做比喻，那雁在半阁上关得久了，他从前那种高飞远举的志气全消灭了，居然把人家的半阁做它的极乐国了！

发展个人的个性须要有两个条件。第一，须使个人有自由意志。第二，须使个人担干系，负责任。《娜拉》戏中写郝尔茂的最大错处只在他把娜拉当作“玩意儿”看待，既不许她有自由意志，又不许她担负家庭的责任，所以娜拉竟没有发展她自己个性的机会。所以娜拉一旦觉悟，恨极她的丈夫，决意弃家远去，也正为这个缘故。易卜生又有一本戏，叫作《海上夫人》（*The Lady From The Sea*），里面写一个女子哀梨妲少年时嫁给人家做后母，她丈夫和前妻的两个女儿看她年轻，不让她管家务，只叫她过安闲日子。哀梨妲在家觉得这种不自由的妻子，不负责任的后母，是极没趣的事。因此她天天想跟人到海外去过那海阔天空的生活。她丈夫越不许她自由，她偏越想自由。后来她丈夫知道留她不住，只得许她自由出去。她丈夫说道：

（丈夫）……我现在立刻和你毁约，现在你可以有完全自由拣定你自己的路子。

……现在你可以自己决定，你有完全的自由，你自己担干系。

（哀梨妲）完全自由！还要自己担干系！还担干系咧！有这么一来，样样事都不同了。

哀梨妲有了自由又自己负责任了，忽然大变了，也不想那海上的生活了，决意不跟人走了（《海上夫人》第五幕）。这是为什么呢？因为世间只有奴隶的生活是不能自由选择的，是不用担干系的。个人若没有自由权，又不负责任，便和做奴隶一样。所以无论怎样好玩，无论怎样高兴，到底没有真正乐趣，到底不能发展个人的人格。所以哀梨妲说，有了完全自由，还要自己担干系，有这么一来，样样事都不同了。

家庭是如此，社会、国家也是如此。自治的社会，共和的国家，只是要个人有自由选择之权，还要个人对于自己所行所为都负责任。若不如此，决不能造出自己独立的人格。社会国家没有自由独立的人格，如同酒里少了酒曲，面包里少了酵，人身上少了脑筋，那种社会国家绝没有改良进步的希望。

所以易卜生的一生目的只是要社会极力容忍，极力鼓励斯铎曼医生一流的人物（斯铎曼事见上文四节）；要想社会上生出无数永不知足，永不满意，敢说老实话攻击社会腐败情形的“国民公敌”；要想社会上有许多人都能像斯铎曼医生那样宣言道：“世上最强有力的人就是那个最孤立的人！”

社会国家是时刻变迁的，所以不能指定哪一种方法是救世的良药：十年前用补药，十年后或者须用泻药了；十年前用凉药，十年后或者须用热药了。况且各地的社会国家都不相同，适用于日本的药，未必完全适用于中国；适用于德国的药，未必适用于美国。只有康有为那种“圣人”，还想用他们的“戊戌政策”来救戊午的中国；只有辜鸿铭那班怪物，还想用二千年前的“尊王大义”来施行于二十世纪的中国。易卜生是聪明的人，他知道世上没有“包医百病”的仙方，也没有“施诸四海而皆准，推之百世而不悖”的真理。因此他对于社会的种种罪恶污秽，只开脉案，只说病状，却不肯下药。但他虽不肯下药，却到处告诉我们一个保卫社会健康的卫生良法。他仿佛说道：“人的身体全靠血里面有无量数的白血球的白血轮时时刻刻与人身的病菌开战，把一切病菌扑灭干净，方才可使身体健全，精神充足。社会国家的健康也全靠社会中有许多永不知足，永不满意，时刻与罪恶分子宣战的白血轮，方才有改良进步的希望。我们若要保卫社会的健康，须要使社会里时时刻刻有斯铎曼医生一般的白血轮分子。但使社会常有这种白血轮精神，社会绝没有不改良进步的道理。”一八八三年，易卜生写信给朋友道：

十年之后，社会的多数人大概也会到了斯铎曼医生开公民大会时的见地了。但是这十年之中，斯铎曼自己也刻刻向前进。所以到了十年之后，他的见地仍旧比社会的多数人还高十年；即以我个人而论，我觉得时时刻刻总有进境。我从前每作一本戏时的主张，召集都已渐渐变成了很多人的主张。但是等到他们赶到那里时，我久已不在那里了。我又到别处去了。我希望我总是向前去了。（《尺牍》第一七二）

民国七年五月十六日作于北京

民国十年四月二十六日改稿

（初稿原载于1918年6月《新青年》第4卷第6号，署名胡适，后收入《胡适文存》）

注释

1. 龌龊（wò chuò）：肮脏，卑鄙，丑恶。
2. 掌班：指掌管戏班或妓院的人。
3. 羁縻（jī mí）：笼络，怀柔；束缚，控制。
4.《圣谕广训》：由清朝官方颁布，并运用政治力使之广为刊行的官样书籍。其内文基本上分为康熙《圣谕十六条》与雍正《广训》两个架构。
5. 媒妁（shuò）：说合婚姻的人。
6. 泣血稽颡（sǎng）：指怀着十分沉痛的心情向前来致哀的宾客哭拜并致以谢忱。稽颡：古代一种跪拜礼仪，屈膝下跪，以额触地。
7. 苫（shān）块：“寝苫枕块”的略语。苫，草席；块，土块。古礼，居父母之丧，孝子以草荐为席，土块为枕。
8. 条顿人：泛指日耳曼人及其后裔
9. 陆沉：愚昧迂执，不合时宜。
10. 家累：家庭负担。

贞操问题

一

周作人先生所译的日本人与谢野晶子的《贞操论》（《新青年》四卷五号），我读了很有感触。这个问题，在世界上受了几千年的无意识的迷信，到近几十年中，方才有些西洋学者正式讨论这问题的真意义。文学家如易卜生的《群鬼》和 Thomas Hardy[1] 的《苔史》（*Tess*），都带着讨论这个问题。如今家庭专制最厉害的日本居然也有这样大胆的议论！这是东方文明史上一件极可贺的事。

当周先生翻译这篇文字的时候，北京一家很有价值的报纸登出一篇恰相反的文章。这篇文章是海宁朱尔迈的《会葬唐烈妇记》（七月二十三日北京《中华新报》）。上半篇写唐烈妇之死如下：

唐烈妇之死，所阅灰水，钱卤，投河，雉经者五，前后绝食者三；又益之以砒霜，则其亲试于杀人之方者凡九。自除夕上溯其夫亡之夕，凡九十有八日。夫以九死之惨毒，又历九十八日之长，非所称百挫千折有进而无退者乎？……

下文又借出一件“俞氏女守节”的事来替唐烈妇做陪衬：

女年十九，受海盐张氏聘，未于归，夫夭，女即绝食七日；家人劝之力，始进糜曰，“吾即生，必至张氏，宁服丧三年，然后归报地下”。

最妙的是朱尔迈的论断：

> 嗟乎，俞氏女盖闻烈妇之风而兴起者乎？……俞氏女果能死于绝食七日之内岂不甚幸？乃为家人阻之，俞氏女亦以三年为己任，余正恐三年之间，凡一千 八十日有奇，非如烈妇之九十八日也。且绝食之后，其家人防之者百端。……虽有死之志，而无死之间，可奈何？烈妇倘能阴相之以成其节，风化所关，猗欤[2]甚矣！

这种议论简直是全无心肝的贞操论。俞氏女还不曾出嫁，不过因为信了那种荒谬的贞操迷信，想做那“青史上留名的事”，所以绝食寻死，想做烈女。这位朱先生要维持风化，所以忍心害理地巴望那位烈妇的英灵来帮助俞氏女赶快死了，“岂不甚幸”！这种议论可算得贞操迷信的极端代表。《儒林外史》里面的王玉辉看他女儿殉夫死了，不但不哀痛，反仰天大笑道：“死得好！死得好！”（五十二回）王玉辉的女儿殉已嫁之夫，尚在情理之中。王玉辉自己“生这女儿为伦纪生色”，他看他女儿死了反觉高兴，已不在情理之中了。至于这位朱先生巴望别人家的女儿替他未婚夫做烈女，说出那种“猗欤盛哉”的全无心肝的话，可不是贞操迷信的极端代表吗？

贞操问题之中，第一无道理的，便是这个替未婚夫守节和殉烈的风俗。在文明国里，男女用自由意志，由高尚的恋爱，订了婚约，有时男的或女的不幸死了，剩下的那一个因为生时爱情太深，故情愿不再婚嫁。这是合情理的事。若在婚姻不自由之国，男女订婚以后，女的还不知男的面长面短，有何情爱可言？不料竟有一种陋儒，用“青史上留名的事”来鼓励无知女儿做烈女，“为伦纪生色”“风化所关，猗欤盛矣！”我以为我们今日若要作具体的贞操论，第一步就该反对这种忍心害理的烈女论，要渐渐养成一种舆论，不但永不把这种行为看作“猗欤盛矣”可旌表褒扬的事，还要公认这是不合人情，不合天理的罪恶；还要公认劝人做烈女，罪等于故意杀人。

这不过是贞操问题的一方面。这个问题的真相，已经与谢野晶子说得很明白了。她提出几个疑问，内中有一条是，“贞操是否单是女子必要的道德，还是男女都必要的呢”？这个疑问，在中国更为重要。

中国的男子要他们的妻子替他们守贞守节，他们自己却公然嫖妓，公然纳妾，公然“吊膀子”[3]。再嫁的妇人在社会上几乎没有社交的资格；再婚的男子，多妻的男子，却一毫不损失他们的身份。这不是最不平等的事吗？怪不得古人要请“周婆制礼”来补救“周公制礼”的不平等了。

我不是说，因为男子嫖妓，女子便该偷汉；也不是说，因为老爷有姨太太，太太便该有姨老爷。我说的是，男子嫖妓，与妇人偷汉，犯的是同等的罪恶；老爷纳妾，与太太偷人，犯的也是同等的罪恶。

为什么呢？因为贞操不是个人的事，乃是人对人的事；不是一方面的事，乃是双方面的事。女子尊重男子的爱情，心思专一，不肯再爱别人，这就是贞操。贞操是一个“人”对另一个“人”的一种态度。因为如此，男子对于女子，也该有同等的态度。若男子不能照样还敬，他就是不配受这种贞操的待遇。这并不是外国进口的妖言，这乃是孔丘说的“己所不欲，勿施于人”。孔丘说：

君子之道四，丘未能一焉：所求乎子以事父，未能也；所求乎臣以事君，未能也；所求乎弟以事兄，未能也；所求乎朋友，先施之，未能也。

孔丘五伦之中，只说了四伦，未免有点欠缺。他理该加上一句道：

所求乎吾妇，先施之，未能也。

这才是大公无私的圣人之道！

二

我这篇文字刚才做完，又在上海报上看见陈烈女殉夫的事。今先记此事大略如下：

陈烈女名宛珍，绍兴县人，三世居上海。年十七，字[4]王远甫之子菁士。菁士于本年三月廿三日病死，年十八岁。陈女闻死耗，即沐浴更衣，潜自仰药。其家人觉察，仓皇施救，已无及。女乃泫然曰：“儿志早决，生虽未获见夫，殁或相从地下……”言讫，遂死，死时距其

未婚夫之死仅三时而已。（此据上海绍兴同乡会所出征文启）

过了两天，又见上海县知事呈江苏省长请予褒扬的呈文，中说：

呈为陈烈女行实可风，造册具书证明，请予按例褒扬事。……（事实略）……兹据呈称，……并开具事实，附送褒扬费银六元前来。……知事复查无异。除先给予“贞烈可风”匾额，以资旌表外，谨援《褒扬条例》……之规定，造具清册，并附证明书，连同褒扬费，一并备文呈送，仰祈鉴核，俯赐咨行内务部将陈烈女按例褒扬，实为德便。

我读了这篇呈文，方才知道我们中华民国居然还有什么《褒扬条例》。于是我把那些条例寻来一看，只见第一条九种可褒扬的行谊的第二款便是“妇女节烈贞操可以风世者”；第七款是“著述书籍，制造器用，于学术技艺或发明或改良之功者”；第九款是“年逾百岁者”！一个人偶然活到了一百岁，居然也可以与学术技艺上的著作发明享受同等的褒扬！这已是不伦不类可笑得很了。再看那条例《施行细则》解释第一条第二款的“妇女节烈贞操可以风世者”如下：

第二条：《褒扬条例》第一条第二款所称之“节”妇，其守节年限自三十岁以前守节至五十岁以后者。但年未五十而身故，其守节已及六年者同。

第三条：同条款所称之“烈”妇“烈”女，凡遇强暴不从致死，或羞忿自尽，及夫亡殉节者，属之。

第四条：同条款所称之“贞”女，守贞年限与节妇同。其在夫家守贞身故，及未符年例而身故者，亦属之。

以上各条乃是中国贞操问题的中心点。第二条褒扬“自三十岁以前守节至五十岁以后”的节妇，是中国法律明明认三十岁以下的寡妇不该再嫁；再嫁为不道德。第三条褒扬“夫亡殉节”的烈妇烈女，是中国法律明明鼓励妇人自杀以殉夫；明明鼓励未嫁女子自杀以殉未嫁之夫。第四条褒扬未嫁女子替未婚亡夫守贞二十年以上，是中国法律明明说未嫁而丧夫的女子不该再嫁人，再嫁便是不道德。

这是中国法律对于贞操问题的规定。

依我个人的意思看来，这三种规定都没有成立的理由。

第一，寡妇再嫁问题　这全是一个个人问题。妇人若是对她已死的丈夫真有割不断的情义，她自己不忍再嫁；或是已有了孩子，不肯再嫁；或是年纪已大，不能再嫁；或是家道殷实，不愁衣食，不必再嫁；——妇人处于这种境地，自然守节不嫁。还有一些妇人，对她丈夫，或有怨心，或无恩意，年纪又轻，不肯抛弃人生正当的家庭快乐；或是没有儿女，家又贫苦，不能度日；——妇人处于这种境遇没有守节的理由，为个人计，为社会计，为人道计，都该劝她改嫁。贞操乃是夫妇相待的一种态度。夫妇之间爱情深了，恩谊厚了，无论谁生谁死，无论生时死后，都不忍把这爱情移于别人，这便是贞操。夫妻之间若没有爱情恩意，即没有贞操可说。若不问夫妇之间有无可以永久不变的爱情，若不问做丈夫的配不配受他妻子的贞操，只晓得主张做妻子的总该替她丈夫守节；这是一偏的贞操论，这是不合人情公理的伦理。再者，贞操的道德，“照各人境遇体质的不同，有时能守，有时不能守；在甲能守，在乙不能守”。（用与谢野晶子的话）若不问个人的境遇体质，只晓得说“忠臣不事二君，烈女不更二夫”；只晓得说“饿死事极小，失节事极大”；（用程子语）这是忍心害理，男子专制的贞操论。——以上所说，大旨只要指出寡妇应否再嫁全是个人问题，有个人恩情上，体质上，家计上种种不同的理由，不可偏于一方面主张不近情理的守节。因为如此，故我极端反对国家用法律的规定来褒扬守节不嫁的寡妇。褒扬守节的寡妇，即是说寡妇再嫁为不道德，即是主张一偏的贞操论。法律既不能断定寡妇再嫁为不道德，即不该褒扬不嫁的寡妇。

第二，烈妇殉夫问题　寡妇守节最正当的理由是夫妇间的爱情。妇人殉夫最正当的理由也是夫妇间的爱情。爱情深了，生离尚且不能堪，何况死别？再加以宗教的迷信，以为死后可以夫妇团圆。因此有许多妇人，夫死之后，情愿杀身从夫于地下。这个不属于贞操问题。但我以为无论如何，这也是个人恩爱问题，应由个人自由意志去决定。无论如何，法律总不该正式褒扬妇人自杀殉夫的举动。一来呢，殉夫既由于个人的恩爱，何须用法律来褒扬鼓励？二来呢，殉夫若由于死后团圆的迷信，更不该有法律的褒扬了。三来呢，若用法律来褒扬殉夫的烈妇，有一些好名的妇人，便要借此博一个“青史留名”；是法律的褒扬反发生一种沽名钓誉，作伪不诚的行为了！

第三，贞女烈女问题　未嫁而夫死的女子，守贞不嫁的，是“贞女”；杀身殉夫的是“烈女”。我上文说过，夫妇之间若没有恩爱，即没有贞操可说。依此看来，那未嫁的女子，对于她丈夫有何恩爱？既无恩爱，更有何贞操可守？我说到这里，有个朋友驳我道，“这话别人说了还可，胡适之可不该说这话。为什么呢？你自己曾做过一首诗，诗里有一段道：‘我不认得他，他不认得我，我却常念他，这是为什么？岂不因我们，分定常相亲？由分生情意，所以非路人。海外土生子，生不识故里，终有故乡情，其理亦如此。’依你这诗的理论看来，岂不是已订婚而未嫁娶的男女因为名分已定，也会有一种情意。既有了情意，自然发生贞操问题。你如今又说未婚嫁的男女没有恩爱，故也没有贞操可说，可不是自相矛盾吗”？

我听了这段驳论，几乎开口不得。想了一想，我才回答道：我那首诗所说名分上发生的情意，自然是有的；若没有那种名分上的情意，中国的旧式婚姻决不能存在。如旧日女子听人说他未婚夫的事，即面红害羞，即留神注意，可见她对她未婚夫实有这种名分上所发生的情谊。但这种情谊完全属于理想的。这种理想的情谊往往因实际上的反证，遂完全消灭。如女子悬想一个可爱的丈夫，及到嫁时，只见一个极下流不堪的男子，她如何能坚持那从前理想中的情谊呢？我承认名分可以发生一种情谊，我并且希望一切名分都能发生相当的情谊。但这种理想的情谊，依我看来实在不够发生终身不嫁的贞操，更不够发生杀身殉夫的节烈。即使我更让一步，承认中国有些女子，例如吴趼人《恨海》里那个浪子的聘妻，深中了圣贤经传的毒，由名分上真能生出极浓挚的情谊，无论她未婚夫如何淫荡，人格如何堕落，依旧贞一不变。试问我们在这个文明时代，是否应该赞成提倡这种盲从的贞操？这种盲从的贞操，只值得一句“其愚不可及也”的评论，却不值得法律的褒扬。法律既许未嫁的女子夫死再嫁，便不该褒扬处女守贞。至于法律褒扬无辜女子自杀以殉不曾见面的丈夫，那更是男子专制时代的风俗，不该存在于现今的世界。

总而言之，我对于中国人的贞操问题，有三层意见。

第一，这个问题，从前的人都看作“天经地义”，一味盲从，全不研究“贞操”两字究竟有何意义。我们生在今日，无论提倡何种道德，总该想想那种道德的真意义是什么。墨子说得好：

子墨子问于儒者曰，“何故为乐”？曰，“乐以为乐也”。子墨子曰，“子未我应也。今我问曰，‘何故为室’？曰，‘冬避寒焉，夏避暑焉，室以为男女之别也’，则子告我为室之故矣。今我问曰，‘何故为乐’？曰‘乐以为乐也’。是犹曰，‘何故为室’？曰，‘室以为室也’”。（公孟篇）

今试问人“贞操是什么？”或“为什么你褒扬贞操？”他一定回答道，“贞操就是贞操。我因为这是贞操，故褒扬他。”这种“室以为室也”的论理，便是今日道德思想宣告破产的证据。故我作这篇文字的第一个主意只是要大家知道“贞操”这个问题并不是“天经地义”，是可以彻底研究，可以反复讨论的。

第二，我以为贞操是男女相待的一种态度，乃是双方交互的道德，不是偏于女子一方面的。由这个前提，便生出几条引申的意见：（一）男子对于女子，丈夫对于妻子，也应有贞操的态度；（二）男子做不贞操的行为，如嫖妓娶妾之类，社会上应该用对待不贞妇女的态度来对待他；（三）妇女对于无贞操的丈夫，没有守贞操的责任；（四）社会法律既不认嫖妓纳妾为不道德，便不该褒扬女子的“节烈贞操”。

第三，我绝对地反对褒扬贞操的法律。我的理由是：

（一）贞操既是个人男女双方对待的一种态度，诚意的贞操是完全自动的道德，不容有外部的干涉，不须有法律的提倡。

（二）若用法律的褒扬为提倡贞操的方法，势必至造成许多沽名钓誉，不诚不实，无意识的贞操举动。

（三）在现代社会，许多贞操问题，如寡妇再嫁，处女守贞，等等问题的是非得失，却都还有讨论余地，法律不当以武断的态度制定褒贬的规条。

（四）法律既不奖励男子的贞操，又不惩男子的不贞操，便不该单独提倡女子的贞操。

（五）以近世人道主义的眼光看来，褒扬烈妇烈女杀身殉夫，都是野蛮残忍的法律，这种法律，在今日没有存在的地位。

民国七年七月

（原载于 1918 年 7 月《新青年》第 5 卷第 1 号，署名胡适，后收入《胡适文存》）

注释

1. Thomas Hardy：英国著名小说家托马斯·哈代。后文提到的其作品《苔史》通译为《苔丝》。
2. 猗欤（yī yú）：叹词，表赞美。
3. 吊膀子：吴方言，指调情，勾搭女人。
4. 字：旧时称女子出嫁。

新思潮的意义

一

近来报纸上发表过几篇解释“新思潮”的文章。我读了这几篇文章，觉得他们所举出的新思潮的性质，或太琐碎，或太笼统，不能算作新思潮运动的真确解释，也不能指出新思潮的将来趋势。即如包世杰先生的“新思潮是什么”一篇长文，列举新思潮的内容，何尝不详细？但是他究竟不曾使我们明白那种种新思潮的共同意义是什么。比较最简单的解释要算我的朋友陈独秀先生所举出的新青年两大罪案，其实就是新思潮的两大罪案，一是拥护德莫克拉西先生（民治主义），一是拥护赛因斯先生（科学）。陈先生说：要拥护那德先生，便不得不反对孔教，礼法，贞节，旧伦理，旧政治。要拥护那赛先生，便不得不反对旧艺术，旧宗教。要拥护德先生，又要拥护赛先生，便不得不反对国粹和旧文学。（新青年六卷一号页一〇）

这话虽然很简明，但是还嫌太笼统了一点。假使有人问：“何以要拥护德先生和赛先生便不能不反对国粹和旧文学呢？”答案自然是：“因为国粹和旧文学是同德赛两位先生反对的。”又问：“何以凡同德赛两位先生反对的东西都该反对呢？”这个问题可就不是几句笼统简单的话所能回答的了。

据我个人的观察，新思潮的根本意义只是一种新态度。这种新态度可叫作“评判的态度”。

评判的态度，简单说来，只是凡事要重新分别一个好与不好。仔细说来，评判的态度含有几种特别的要求：

（1）对于习俗相传下来的制度风俗，要问："这种制度现在还有存在的价值吗？"

（2）对于古代遗传下来的圣贤教训，要问："这句话在今日还是不错吗？"

（3）对于社会上糊涂公认的行为与信仰，都要问："大家公认的，就不会错了吗？人家这样做，我也该这样做吗？难道没有别样做法比这个更好，更有理，更有益的吗？"

尼采说现今时代是一个"重新估定一切价值"的时代。"重新估定一切价值"八个字便是评判的态度的最好解释。从前的人说妇女的脚越小越美。现在我们不但不认小脚为"美"，简直说这是"惨无人道"了。十年前，人家和店家都用鸦片烟敬客。现在鸦片烟变成犯禁品了。二十年前，康有为是洪水猛兽一般的维新党。现在康有为变成老古董了。康有为并不曾变换，估价的人变了，故他的价值也跟着变了。这叫作"重新估定一切价值"。

我以为现在所谓"新思潮"，无论怎样不一致，根本上同有这公共的一点——评判的态度。孔教的讨论只是要重新估定孔教的价值。文学的评论只是要重新估定旧文学的价值。贞操的讨论只是要重新估定贞操的道德在现代社会的价值。旧戏的评论只是要重新估定旧戏在今日文学上的价值。礼教的讨论只是要重新估定古代的纲常礼教在今日还有什么价值。女子的问题只是要重新估定女子在社会上的价值。政府与无政府的讨论，财产私有与公有的讨论，也只是要重新估定政府与财产等等制度在今日社会的价值。……我也不必往下数了，这些例很够证明这种评判的态度是新思潮运动的共同精神。

二

这种评判的态度，在实际上表现时，有两种趋势。一方面是讨论社会上，政治上，宗教上，文学上种种问题。一方面是介绍西洋的新思想，新学术，新文学，新信仰。前者是“研究问题”，后者是“输入学理”。这两项是新思潮的手段。

我们随便翻开这两三年以来的新杂志与报纸，便可以看出这两种的趋势。在研究问题一方面，我们可以指出（1）孔教问题，（2）文学改革问题，（3）国语统一问题，（4）女子解放问题，（5）贞操问题，（6）礼教问题，（7）教育改良问题，（8）婚姻问题，（9）父子问题，（10）戏剧改良问题，等等。在输入学理一方面，我们可以指出《新青年》的“易卜生号”“马克思号”，《民铎》的“现代思潮号”，《新教育》的“杜威号”，《建设》的“全民政治”的学理，和北京《晨报》《国民公报》《每周评论》，上海《星期评论》《时事新报》《解放与改造》，广州《民风周刊》等杂志报纸所介绍的种种西洋新学说。

为什么要研究问题呢？因为我们的社会现在正当根本动摇的时候，有许多风俗制度，向来不发生问题的，现在因为不能适应时势的需要，不能使人满意，都渐渐地变成困难的问题，不能不彻底研究，不能不考问旧日的解决法是否错误；如果错了，错在什么地方；错误寻出了，可有什么更好的解决方法；有什么方法可以适应现时的要求。例如孔教的问题，向来不成什么问题；后来东方文化与西方文化接近，孔教的势力渐渐衰微，于是有一班信仰孔教的人妄想要用政府法令的势力来恢复孔教的尊严；却不知道这种高压的手段恰好挑起一种怀疑的反动。因此，民国四五年的时候，孔教会的活动最大，反对孔教的人也最多。孔教成为问题就在这个时候。现在大多数明白事理的人，已打破了孔教的迷梦，这个问题又渐渐地不成问题了，故安福部的议员通过孔教为修身大本的议案时，国内竟没有人睬他们了！

又如文学革命的问题。向来教育是少数“读书人”的特别权利，于大多数人是无关系的，文字的艰深不成问题。近来教育成为全国人的公共权利，人人知道普及教育是不可少的，放逐渐的有人知道文言在教育上实在不适用，于是文言白话就成为问题了。后来有人觉得单用白话做教科书是不中用的，因为世间绝没有人情愿学一种除了教科书以外便没有用处的文字。这些人主张：古文不但不配做教育的工具，并且不配做文学的利器；若要提倡国语的教育，先须提倡国语的文学。

文学革命的问题就是这样发生的。现在全国教育联合会已全体一致通过小学教科书改用国语的议案,况且用国语做文章的人也渐渐地多了,这个问题又渐渐地不成问题了。

为什么要输入学理呢？这个大概有几层解释。一来呢，有些人深信中国不但缺乏炮弹兵船电报铁路，还缺乏新思想与新学术，故他们尽量地输入西洋近世的学说。二来呢，有些人自己深信某种学说，要想它传播发展，故尽力提倡。三来呢，有些人自己不能做具体的研究工夫，觉得翻译现成的学说比较容易些，故乐得做这种稗贩事业。四来呢，研究具体的社会问题或政治问题，一方面做那破坏事业，一方面做对症下药的工夫，不但不容易，并且很遭犯忌讳，很容易惹祸，故不如做介绍学说的事业，借“学理研究”的美名；既可以避“过激派”的罪名，又还可以种下一点革命的种子。五来呢，研究问题的人，势不能专就问题本身讨论，不能不从那问题的意义上着想；但是问题引申到意义上去，便不能不靠许多学理做参考比较的材料，故学理的输入往往可以帮助问题的研究。

这五种动机虽然不同，但是多少总含有一种“评判的态度”，总表示对于旧有学术思想的一种不满意，和对于西方的精神文明的一种新觉悟。

但是这两三年新思潮运动的历史应该给我们一种很有益的教训。什么教训呢？就是：这两三年来新思潮运动的最大成绩差不多全是研究问题的结果。新文学的运动便是一个最明白的例。这个道理很容易解释。凡社会上成为问题的问题，一定是与许多人有密切关系的。这许多人虽然不能提出什么新解决，但是他们平时对于这个问题自然不能不注意。若有人能把这个问题的各方面都细细分析出来，加上评判的研究，指出不满意的所在，提出新鲜的救济方法，自然容易引起许多人的注意。起初自然有许多人反对。但是反对便是注意的证据，便是兴趣的表示。试看近日报纸上登的马克思的赢余价值论，可有反对的吗？可有讨论的吗？没有人讨论，没有人反对，便是不能引起人注意的证据。研究问题的文章所以能发生效果，正为所研究的问题一定是社会人生最切要的问题，最能使人注意，也最能使人觉悟。悬空介绍一种专家学说，如《赢余价值论》[1]之类，除了少数专门学者之外，绝不会发生什么影响。但是我们可以在研究问题里面做点输入学理的事业，或用学理来解释问题的意义，或从学理上寻求解决问题的方法。用这种方法来输入学理，能使人于不知不觉之中感受学理的影响。不但如此，研究问题最能使读者渐渐地养成一种批评的态度，研究的兴趣，独立思想的习惯。十部“纯粹理性的评判”，不如一点评判的态度，十篇“赢余价值论”，不如一点研究的兴趣；十种“全民政治论”，不如一点独立思想的习惯。

总起来说：研究问题所以能于短时期中发生很大的效力，正因为研究问题有这几种好处：（1）研究社会人生切要的问题最容易引起大家的注意；（2）因为问题关切人生，故最容易引起反对，但反对是该欢迎的，因为反对便是兴趣的表示，况且反对的讨论不但给我们许多不要钱的广告，还可使我们得讨论的益处，使真理格外分明；（3）因为问题是逼人的活问题，故容易使人觉悟，容易得人信从；（4）因为从研究问题里面输入的学理，最容易消除平常人对于学理的抗拒力，最容易使人于不知不觉之中受学理的影响；（5）因为研究问题可以不知不觉地养成一班研究的，评判的，独立思想的革新人才。

这是这几年新思潮运动的大教训！我希望新思潮的领袖人物以后能了解这个教训，能把全副精力贯注到研究问题上去；能把一切学理不看作天经地义，但看作研究问题的参考材料，能把一切学理应用到我们自己的种种切要问题上去；能在研究问题上面做输入学理的工夫；能用研究问题的工夫来提倡研究问题的态度，来养成研究问题的人才。

这是我对于新思潮运动的解释。这也是我对于新思潮将来的趋向的希望。

三

以上说新思潮的“评判的精神”在实际上的两种表现。现在要问：“新思潮的运动对于中国旧有的学术思想，持什么态度呢？”

我的答案是：“也是评判的态度。”

分开来说，我们对于旧有的学术思想有三种态度。第一，反对盲从；第二，反对调和；第三，主张整理国故。

盲从是评判的反面，我们既主张“重新估定一切价值”，自然要反对盲从。这是不消说的了。

为什么要反对调和呢？因为评判的态度只认得一个是与不是，一个好与不好，一个适与不适，——不认得什么古今中外的调和。调和是社会的一种天然趋势。人类社会有一种守旧的惰性，少数人只管趋向极端的革新，大多数人至多只能跟你走半程路。这就是调和。调和是人类懒病的天然趋势，用不着我们来提倡。我们走了一百里路，大多数人也许勉强走三四十里。我们若先讲调和，只走五十里，就一步都不走了。所以革新家的责任只是认定“是”的一个方向走去，不要回头讲调和。社会上自然有无数懒人丑夫出来调和。

我们对于旧有的学术思想，积极的只有一个主张——就是“整理国故”。整理就是从乱七八糟里面寻出一个条理脉络来；从无头无脑里面寻出一个前因后果来；从胡说谬解里面寻出一个真意义来；从武断迷信里面寻出一个真价值来。为什么要整理呢？因为古代的学术思想向来没有条理，没有头绪，没有系统，故第一步是条理系统的整理。因为前人研究古书，很少有历史进化的眼光的，故从来不讲究一种学术的渊源，一种思想的前因后果，所以第二步是要寻出每种学术思想怎样发生，发生之后有什么影响效果。因为前人读古书，除极少数学者以外，大都是以讹传讹的谬说，——如太极图，爻辰[2]，先天图[3]，卦气[4]之类——故第三步是要用科学的方法，做精确的考证，把古人的意义弄得明白清楚。因为前人对于古代的学术思想，有种种武断的成见，有种种可笑的迷信，——如骂杨朱[5]墨翟为禽兽，却尊孔丘为德配天地、道冠古今！——故第四步是综合前三步的研究，各家都还它一个本来真面目，各家都还它一个真价值。

这叫作“整理国故”。现在有许多人自己不懂得国粹是什么东西，却偏要高谈“保存国粹”。林琴南先生做文章论古文之不当废，他说，“吾知其理而不能言其所以然”！现在许多国粹党，有几个不是这样糊涂懵懂[6]的？这种人如何配谈国粹？若要知道什么是国粹，什么是国渣，先须要用评判的态度，科学的精神，去做一番整理国故的工夫。

四

新思潮的精神是一种评判的态度。

新思潮的手段是研究问题与输入学理。

新思潮将来趋势，依我个人的私见看来，应该是注重研究人生社会的切要问题，应该于研究问题之中做介绍学理的事业。

新思潮对于旧文化的态度，在消极一方面是反对盲从，是反对调和；在积极一方面，是用科学的方法来做整理的工夫。

新思潮的唯一目的是什么呢？是再造文明。

文明不是笼统造成的，是一点一滴地造成的。进化不是一晚上笼统进化的，是一点一滴地进化的。现今的人爱谈"解放与改造"，须知解放不是笼统解放，改造也不是笼统改造。解放是这个那个制度的解放，这种那种思想的解放，这个那个人的解放，是一点一滴的解放。改造是这个那个制度的改造，这种那种思想的改造，这个那个人的改造，是一点一滴的改造。

再造文明的下手工夫，是这个那个问题的研究。再造文明的进行，是这个那个问题的解决。

民国八年十一月一日晨三时

（原载于 1919 年 12 月 1 日《新青年》第 7 卷第 1 号，后收入《胡适文存》）

注释

1.《赢余价值论》：马克思《剩余价值理论》。

2. 爻（yáo）辰：汉代易学术语。郑玄用乾坤六爻与十二时辰相配合以研究易学，称为爻辰。

3. 先天图：北宋哲学家、易学家邵雍（1011—1077）创“先天学”，以为万物皆由“太极”演化而成。著有《先天图》。

4. 卦气：用易的八卦来表象事物的阴阳对立的静态属性和消长的动态属性。古人把易的卦辞和爻辞看作在描述事物阴阳属性，认为从中可以洞察天机时运。古人把这种方法应用到一年四季寒暑变化上，就是一直传承到现代的，独树一帜的卦气学说。

5. 杨朱：先秦哲学家，主张“贵生”“重己”，重视个人生命的保存，反对他人对自己的侵夺，也反对自己对他人的侵夺。

6. 懵（měng）懂：糊涂无知，不明事理。

信心与反省

这一期（《独立》一零三期）里有寿生先生的一篇文章，题为“我们要有信心”。在这文里，他提出一个大问题：中华民族真不行吗？他自己的答案是：我们是还有生存权的。

我很高兴我们的青年在这种恶劣空气里还能保持他们对于国家民族前途的绝大信心。这种信心是一个民族生存的基础，我们当然是完全同情的。

可是我们要补充一点：这种信心本身要建筑在稳固的基础之上，不可站在散沙之上，如果信仰的根据不稳固，一朝根基动摇了，信仰也就完了。

寿生先生不赞成那些旧人“拿什么五千年的古国哟，精神文明哟，地大物博哟，来遮丑”。这是不错的。然而他自己提出的民族信心的根据，依我看来，文字上虽然和他们不同，实质上还是和他们同样地站在散沙之上，同样地挡不住风吹雨打。例如他说：我们今日之改进不如日本之速者，就是因为我们的固有文化太丰富了。富于创造性的人，个性必强，接受性就较缓。

这种思想在实质上和那五千年古国精神文明的迷梦是同样的无稽的夸大。第一，他的原则“富于创造性的人，个性必强，接受性就较缓”，这个大前提就是完全无稽之谈，就是懒惰的中国士大夫捏造出来替自己遮丑的胡说。事实上恰是相反的：凡富于创造性的人必敏于模仿，凡不善模仿的人决不能创造。创造是一个最误人的名词，其实创造只是模仿到十足时的一点点新花样。古人说得最好："太阳之下，没有新的东西。"一切所谓创造都从模仿出来。我们不要被新名词骗了。新名词的模仿就是旧名词的"学"字："学之为言效也"是一句不磨的老话。例如学琴，必须先模仿琴师弹琴；学画必须先模仿画师作画；就是画自然界的景物，也是模仿。模仿熟了，就是学会了，工具用得熟了，方法练得细密了，有天才的人自然会"熟能生巧"，这一点功夫到时的奇巧新花样就叫作创造。凡不肯模仿，就是不肯学人的长处。不肯学如何能创造？伽利略（Galileo）听说荷兰有个磨镜匠人做成了一座望远镜，他就依他听说的造法，自己制造了一座望远镜。这就是模仿，也就是创造。从十七世纪初年到如今，望远镜和显微镜都年年有进步，可是这三百年的进步，步步是模仿，也步步是创造。一切进步都是如此：没有一件创造不是先从模仿下手的。孔子说得好：

三人行，必有我师焉：择其善者而从之，其不善者而改之。

这就是一个圣人的模仿。懒人不肯模仿，所以决不会创造。一个民族也和个人一样，最肯学人的时代就是那个民族最伟大的时代；等到他不肯学人的时候，他的盛世已过去了，他已走上衰老僵化的时期了，我们中国民族最伟大的时代，正是我们最肯模仿四邻的时代：从汉到唐宋，一切建筑、绘画、雕刻、音乐、宗教、思想、算学、天文、工艺，哪一件里没有模仿外国的重要成分？佛教和他带来的美术建筑，不用说了。从汉朝到今日，我们的历法改革，无一次不是采用外国的新法；最近三百年的历法是完全学西洋的，更不用说了。到了我们不肯学人家的好处的时候，我们的文化也就不进步了。我们到了民族中衰的时代，只有懒劲学印度人的吸食鸦片，却没有精力学满洲人的不缠脚，那就是我们自杀的法门了。

第二，我们不可轻视日本人的模仿。寿生先生也犯了一般人轻视日本的恶习惯，抹杀日本人善于模仿的绝大长处。日本的成功，正可以证明我在上文说的"一切创造都从模仿出来"的原则。寿生说：从唐以至日本明治维新，千数百年间，日本有一件事足为中国取镜者吗？中国的学术思想在她手里去发展改进过吗？我们实无法说有。

这又是无稽的诬告了。三百年前，朱舜水[1]到日本，他居留久了，能了解那个岛国民族的优点，所以他写信给中国的朋友说，日本的政治虽不能上比唐虞，可以说比得上三代盛世。这是一个中国大学者在长期寄居之后下的考语。是值得我们注意的。日本民族的长处全在他们肯一心一意地学别人的好处。他们学了中国的无数好处，但始终不曾学我们的小脚，八股文，鸦片烟。这不够"为中国取镜"吗？他们学别国的文化，无论在哪一方面，凡是学到家的，都能有创造的贡献。这是必然的道理。浅见的人都说日本的山水人物画是模仿中国的；其实日本画自有他的特点，在人物方面的成绩远胜过中国画，在山水方面也没有走上四王[2]的笨路。在文学方面，他们也有很大的创造。近年已有人赏识日本的小诗了。我且举一个大家不甚留意的例子。文学史家往往说日本的《源氏物语》等作品是模仿中国唐人的小说《游仙窟》等画的。现今《游仙窟》已从日本翻印回中国来了，《源氏物语》也有了英国人卫来先生（Arthur Waley）的五巨册的译本。我们若比较这两部画，就不能不惊叹日本人创造力的伟大。如果"源氏"真是从模仿《游仙窟》出来的，那真是徒弟胜过师傅千万倍了！寿生先生原文里批评日本的工商业，也是中了成见的毒。日本今日工商业的长足发展，虽然也受了生活程度比人低和货币低落的恩惠，但他的根基实在是全靠科学与工商业的进步。今日大阪与兰肯歇的竞争，骨子里还是新式工业与旧式工业的竞争。日本今日自造的纺织器是世界各国公认为最新最良的。今日英国纺织业也不能不购买日本的新机器了。这是从模仿到创造的最好的例子。不然，我们工人的工资比日本更低，货币平常也比日本钱更贱，为什么我们不能"与他国资本家抢商场"呢？我们到了今日，若还要抹杀事实，笑人模仿，而自居于"富于创造性者"的不屑模仿，那真是盲目的夸大狂了。

第三，再看看"我们的固有文化"是不是真的"太丰富了"。寿生和其他夸大本国固有文化的人们，如果真肯平心想想，必然也会明白这句话也是无根的乱谈。这个问题太大，不是这篇短文里所能详细讨论的，我只能指出几个比较重要之点。使人明白我们的固有文化实在是很贫乏的，谈不到"太丰富"的梦话。近代的科学文化，工业文化，我们可以撇开不谈，因为在那些方面，我们的贫乏未免太丢人了。

我们且谈谈老远的过去时代罢。我们的周秦时代当然可以和希腊罗马相提并论，然而我们如果平心研究希腊罗马的文学，雕刻，科学，政治，单是这四项就不能不使我们感觉我们的文化的贫乏了。尤其是造型美术与算学的两方面，我们真不能不低头愧汗。我们试想想，“几何原本”的作者欧几里得正和孟子先后同时；在那么早的时代，在二千多年前，我们在科学上早已大落后了！（少年爱国的人何不试拿《墨子》“经上篇”里的三五条几何学界说来比较“几何原本”？）从此以后，我们所有的，欧洲也都有；我们所没有的，人家所独有的，人家都比我们强。试举一个例子：欧洲有三个一千年的大学，有许多个五百年以上的大学，至今继续存在，继续发展，我们有没有？至于我们所独有的宝贝，骈文，律诗，八股，小脚，太监，姨太太，五世同居的大家庭，贞节牌坊，地狱活现的监狱，廷杖，板子夹棍的法庭，……虽然“丰富”，虽然“在这世界无不足以单独成一系统”，究竟都是使我们抬不起头来的文物制度。即如寿生先生指出的“那更光辉万丈”的宋明理学，说起来也真正可怜！讲了七八百年的理学，没有一个理学圣贤起来指出裹小脚是不人道的野蛮行为，只见大家崇信“饿死事极小,失节事极大”的吃人礼教：请问那万丈光辉究竟照耀到哪里去了？

以上说的，都只是略略指出寿生先生代表的民族信心是建筑在散沙上面，经不起风吹草动，就会倒塌下来的。信心是我们需要的，但无根据的信心是没有力量的。

可靠的民族信心，必须建筑在一个坚固的基础之上，祖宗的光荣自是祖宗之光荣，不能救我们的痛苦羞辱。何况祖宗所建的基业不全是光荣呢？我们要指出：我们的民族信心必须站在“反省”的唯一基础之上。反省就是要闭门思过，要诚心诚意地想，我们祖宗的罪孽深重，我们自己的罪孽深重；要认清了罪孽所在，然后我们可以用全副精力去消灾灭罪。寿生先生引了一句“中国不亡是无天理”的悲叹词句，他也许不知道这句伤心的话是我十三四年前在中央公园后面柏树下对孙伏园先生说的，第二天被他记在《晨报》上，就流传至今。我说出那句话的目的，不是要人消极，是要人反省；不是要人灰心，是要人起信心，发下大宏誓来忏悔；来替祖宗忏悔，替我们自己忏悔；要发愿造新因来替代旧日种下的恶因。

今日的大患在于全国人不知耻。所以不知耻者，只是因为不曾反省。一个国家兵力不如人，被人打败了，被人抢夺了一大块土地去，这不算是最大的耻辱。一个国家在今日还容许整个的省份遍种鸦片烟，一个政府在今日还要依靠鸦片烟的税收——公卖税，吸户税，烟苗税，过境税——来做政府的收入的一部分，这是最大的耻辱。一个现代民族在今日还容许他们的最高官吏公然提倡什么“时轮金刚法会”“息灾利民法会”，这是最大的耻辱。一个国家有五千年的历史，而没有一个四十年的大学，甚至于没有一个真正完备的大学，这是最大的耻辱。一个国家能养三百万不能捍卫国家的兵，而至今不肯计划任何区域的国民义务教育，这是最大的耻辱。

真诚的反省自然发生真诚的愧耻。孟子说得好：“不耻不若人，何若人有？”真诚的愧耻自然引起向上的努力，要发宏愿努力学人家的好处，铲除自家的罪恶。经过这种反省与忏悔之后，然后可以起新的信心：要信仰我们自己正是拨乱反正的人，这个担子必须我们自己来挑起。三四十年的天足运动已经差不多完全铲除了小脚的风气：从前大脚的女人要装小脚，现在小脚的女人要装大脚了。风气转移的这样快，这不够坚定我们的自信心吗？

历史的反省自然使我们明了今日的失败都因为过去的不努力，同时也可以使我们格外明了“种瓜得瓜，种豆得豆”的因果铁律。铲除过去的罪孽只是割断已往种下的果。我们要收新果，必须努力造新因。祖宗生在过去的时代，他们没有我们今日的新工具，也居然能给我们留下了不少的遗产。我们今日有了祖宗不曾梦见的种种新工具，当然应该有比祖宗高明千百倍的成绩，才对得起这个新鲜的世界。日本一个小岛国，那么贫瘠的土地，那么少的人民，只因为伊藤博文[3]，大久保利通[4]，西乡隆盛[5]等几十个人的努力，只因为他们肯拼命地学人家，肯拼命地用这个世界的新工具，居然在半个世纪之内一跃而为世界三五大强国之一。这不够鼓舞我们的信心吗？

反省的结果应该使我们明白那五千年的精神文明。那“光辉万丈”

的宋明理学，那并不太丰富的固有文化，都是无济于事的银样蜡枪头[6]。我们的前途在我们自己的手里。我们的信心应该望在我们的将来。我们的将来全靠我们下什么种，出多少力。“播了种一定会有收获，用了力绝不至于白费”：这是翁文灏[7]先生要我们有的信心。

（原载于 1934 年 6 月 3 日《独立评论》第 103 号，署名胡适，后收入《胡适论学近著》）

注释

1. 朱舜水：朱之瑜（1600—1682），明清之际的学者和教育家，字楚屿，又作鲁屿，号舜水。清兵入关后，流亡在外参加抗清复明活动。南明亡后，东渡定居日本，在长崎、江户（今东京）授徒讲学，传播儒家思想，很受日本朝野人士推重。
2. 四王：中国清代绘画史上一个著名的绘画流派，其成员为王时敏、王鉴、王翚、王原祁四人，因四人皆姓王，故称四王。
3. 伊藤博文（1841—1909）：日本近代政治家，第一个内阁首相，任内发动了中日甲午战争。
4. 大久保利通（1830—1878）：日本明治维新的第一政治家，号称东洋的俾斯麦。
5. 西乡隆盛（1828—1877）：日本明治维新的著名政治家，和木户孝允（桂小五郎）、大久保利通并称“维新三杰”。
6. 银样蜡枪头：样子像银子实际是焊锡做的枪头。比喻中看不中用。
7. 翁文灏（1889—1971）：民国时期著名学者，中国早期的著名地质学家，对中国地质学教育、矿产开探、地震研究等多方面有杰出贡献。

写在孔子诞辰纪念之后

我们家乡有句俗话说："做戏无法，出个菩萨。"编戏的人遇到了无法转变的情节，往往请出一个观音菩萨来解围救急。这两年来，中国人受了外患的刺激，颇有点手忙脚乱的情形，也就不免走上了"做戏无法，出个菩萨"的一条路。这本是人之常情。西洋文学批评史也有 deus ex machina[1] 的话，译出来也可说，"解围无计，出个上帝"。本年五月里美国奇旱，报纸上也曾登出旱区妇女孩子跪着祈祷求雨的照片。这都是穷愁呼天的常情，其可怜可恕，和今年我们国内许多请张天师求雨或请班禅喇嘛消灾的人，是一样的。

这种心理，在一般愚夫愚妇的行为上表现出来，是可怜而可恕的；但在一个现代政府的政令上表现出来，是可怜而不可恕的。现代政府的责任在于充分运用现代科学的正确智识，消极地防患除弊，积极地兴利惠民。这都是一点一滴的工作，一尺一步的旅程，这里面绝没有一条捷径可以偷渡。然而我们观察近年我们当政的领袖好像都不免有一种"做戏无法，出个菩萨"的心理，想寻求一条救国的捷径，想用最简易的方法做到一种复兴的灵迹。最近政府忽然手忙脚乱地恢复了纪念孔子诞辰的典礼，很匆遽[2]地颁布了礼节的规定。八月二十七日，全国都奉命举行了这个孔诞纪念的大典。在每年许多个先烈纪念日之中加上一个孔子诞辰的纪念日，本来不值得我们诧异。然而政府中人说这是"倡导国民培养精神上之人格"的方法；舆论界的一位领袖也说："有此一举，诚足以奋起国民之精神，恢复民族的自信。"难道世间真有这样简便的捷径吗？

我们当然赞成“培养精神上之人格”“奋起国民之精神，恢复民族的自信”。但是古人也曾说过：“礼乐所由起，百年积德而后可兴也。”国民的精神，民族的信心，也是这样的；它的颓废不是一朝一夕之故，他的复兴也不是虚文口号所能做到的。“洙水桥前，大成殿上，多士济济，肃穆趋跄”（用八月二十七日《大公报》社论中语）；四方城市里，政客军人也都率领着官吏士民，济济跄跄地行礼，堂堂皇皇地演说，——礼成祭毕，纷纷而散，假期是添了一日，口号是添了二十句，演讲词是多出了几篇，官吏学生是多跑了一趟，然在精神的人格与民族的自信上，究竟有丝毫的影响吗？

那一天《大公报》的社论曾有这样一段议论：

> 最近二十年，世变弥烈，人欲横流，功利思想如水趋壑，不特仁义之说为俗诽笑，即人禽之判亦有几以不明，民族的自尊心与自信力既已荡然无存，不待外侮之来，国家固早已濒于精神幻灭之域。

如果这种诊断是对的，那么，我们的民族病不过起于“最近二十年”，这样浅的病根，应该是很容易医治的了。可惜我们平日敬重的这位天津同业先生未免错读历史了。《官场现形记》和《二十年目睹之怪现状》描写的社会政治情形，不是中国的实情吗？是不是我们得把病情移前三十年呢？《品花宝鉴》[3]以至《金瓶梅》描写的也不是中国的社会政治吗？这样一来，又得挪上三五百年了。那些时代，孔子是年年祭的，《论语》《孝经》《大学》是村学儿童人人读的，还有士大夫讲理学的风气哩！究竟那每年“洙水桥前，大成殿上，多士济济，肃穆趋跄”，曾何补于当时的残酷的社会，贪污的政治？

我们会想到我们三十年前在村学堂读书的时候，每年开学是要向孔夫子叩头礼拜的；每天放学，拿了先生批点过的习字，是要向中堂（不一定有孔子像）拜揖然后回家的。至今回想起来，那个时代的人情风尚也未见得比现在高多少。在许多方面，我们还可以确定地说：“最近二十年”比那个拜孔夫子的时代高明的多多了。这二三十年中，我们废除了三千年的太监，一千年的小脚，六百年的八股，四五百年的男娼，五千年的酷刑，这都没有借重孔子的力量。八月二十七那一天汪精卫先生在中央党部演说，也指出“孔子没有反对纳妾，没有反对蓄奴婢；如今呢，纳妾蓄奴婢，虐待之固是罪恶，善待之亦是罪恶，根本纳妾蓄奴婢便是罪恶”。汪先生的解说是：“仁是万古不易的，而仁的内容与条件是与时俱进的。”这样的解说毕竟不能抹杀历史的事实。事实是“最近”几年中，丝毫没有借重孔夫子，而我们的道德观念已进化到承认“根本纳妾蓄奴婢便是罪恶”了。

平心说来，“最近二十年”是中国进步最速的时代；无论在智识上，道德上，国民精神上，国民人格上，社会风俗上，政治组织上，民族自信力上，这二十年的进步都可以说是超过以前的任何时代。这时期中自然也有不少的怪现状的暴露，劣根性的表现，然而种种缺陷都不能减损这二十年的总进步的净赢余。这里不是我们专论这个大问题的地方。但我们可以指出这个总进步的几个大项目：

第一，帝制的推翻，而几千年托庇在专制帝王之下的城狐社鼠，——一切妃嫔，太监，贵胄，吏胥，捐纳，——都跟着倒了。

第二，教育的革新。浅见的人在今日还攻击新教育的失败，但他们若平心想想旧教育是些什么东西，有些什么东西，就可以明白这二三十年的新教育，无论在量上或质上都比三十年前进步至少千百倍了。在消极方面，因旧教育的推倒，八股，骈文，律诗，等等谬制都逐渐跟着倒了；在积极方面，新教育虽然还肤浅，然而常识的增加，技能的增加，文字的改革，体育的进步，国家观念的比较普遍，这都是旧教育万不能做到的成绩！（汪精卫先生前天曾说：“中国号称以孝治天下，而一开口便侮辱人的母亲，甚至祖宗妹子等。”试问近日受过小学教育的学生还有这种开口骂人妈妈妹子的国粹习惯吗？）

第三，家庭的变化。城市工商业与教育的发展使人口趋向都会，受影响最大的是旧式家庭的崩溃，家庭变小了，父母公婆与族长的专制威风减削了，儿女宣告独立了。在这变化的家庭中，妇女的地位的抬高与婚姻制度的改革是五千年来最重大的变化。

第四，社会风俗的改革。小脚，男娼，酷刑，等等，我已屡次说过了。在积极方面，如女子的解放，如婚丧礼俗的新试验，如青年对于体育运动的热心，如新医学及公共卫生的逐渐推行，这都是古代圣哲所不曾梦见的大进步。

第五，政治组织的新试验。这是帝制推翻的积极方面的结果。二十多年的试验虽然还没有做到满意的效果，但在许多方面（如新式的司法，如警察，如军事，如胥吏政治之变为士人政治）都已明白地显出几千年来所未曾有的成绩。不过我们生在这个时代，往往为成见所蔽，不肯承认罢了。单就最近几年来颁行的新民法一项而论，其中含有无数超越古昔的优点，已可说是一个不流血的绝大社会革命了。这些都是毫无可疑的历史事实，都是“最近二十年”中不曾借重孔夫子而居然做到的伟大的进步。革命的成功就是这些，维新的成绩也就是这些。可怜无数维新志士，革命仁人，他们出了大力，冒了大险，替国家民族在二三十年中做到了这样超越前圣，凌驾百王的大进步，到头来，被几句死书迷了眼睛，见了黑旋风不认得是李逵，反倒唉声叹气，发思古之幽情。痛惜今之不如古，梦想从那“荆棘丛生，檐角倾斜”的大成殿里抬出孔圣人来“卫我宗邦，保我族类”！这岂不是天下古今最可怪笑的愚笨吗？

文章写到这里，有人打岔道：“喂，你别跑野马了。他们要的是‘国民精神上之人格，民族的自信’。在这‘最近二十年’里，这些项目也有进步吗？不借重孔夫子，行吗？”

什么是人格？人格只是已养成的行为习惯的总和。什么是信心？信心只是敢于肯定一个不可知的将来的勇气。在这个时代，新旧势力，中西思潮，四方八面的交攻，都自然会影响到我们这一辈人的行为习惯，所以我们很难指出某种人格是某一种势力单独造成的。但我们可以毫不迟疑地说：这二三十年中的领袖人才，正因为生活在一个新世界的新潮流里，他们的人格往往比旧时代的人物更伟大，思想更透辟，知识更丰富，气象更开阔，行为更豪放，人格更崇高。试把孙中山来比曾国藩，我们就可以明白这两个世界的代表人物的不同了。在古典文学的成就上，在世故的磨炼上，在小心谨慎的行为上，中山先生当然比不上曾文正。然而在见解的大胆，气象的雄伟，行为的勇敢上，那一位理学名臣就远不如这一位革命领袖了。照我这十几年来的观察，凡受这个新世界的新文化的震撼最大的人物，他们的人格都可以上比一切时代的圣贤，不但没有愧色，往往超越前人。老辈中，如高梦旦[4]先生，如张元济[5]先生，如蔡元培先生，如吴稚晖[6]先生，如张伯苓[7]先生；朋辈中，如周诒春[8]先生，如李四光先生，如翁文灏先生，如姜蒋佐[9]先生：他们的人格的崇高可敬爱，在中国古人中真寻不出相当的伦比。这种人格只有这个新时代才能产生，同时又都是能够给这个时代增加光耀的。

我们谈到古人的人格，往往想到岳飞、文天祥和晚明那些死在廷杖下或天牢里的东林忠臣。我们何不想想这二三十年中为了各种革命慷慨杀身的无数志士！那些年年有特别纪念日追悼的人们，我们姑且不论。我们试想想那些为排满革命而死的许多志士，那些为民十五六年的国民革命而死的无数青年，那些前两年中在上海在长城一带为抗日卫国而死的无数青年，那些为民十三以来的共产革命而死的无数青年，——他们慷慨献身去经营的目标比起东林诸君子的目标来，其伟大真不可比例了。东林诸君子慷慨抗争的是“红丸”“移宫”“妖书”[10]等等米米小的问题；而这无数的革命青年慷慨献身去工作的是全民族的解放，整个国家的自由平等，或他们所梦想的全人类社会的自由平等。我们想到了这二十年中为一个主义而从容杀身的无数青年，我们想起了这无数个“杀身成仁”的中国青年，我们不能不低下头来向他们致最深的敬礼；我们不能不颂赞这“最近二十年”是中国史上一个精神人格最崇高，民族自信心最坚强的时代。他们把他们的生命都献给了他们的国家和他们的主义，天下还有比这更大的信心吗？

凡是咒诅这个时代为“人欲横流，人禽无别”的人，都是不曾认识这个新时代的人：他们不认识这二十年中国的空前大进步，也不认识这二十年中整千整万的中国少年流的血究竟为的是什么。

可怜的没有信心的老革命党呵！你们要革命，现在革命做到了这二十年的空前大进步，你们反不认得它了。这二十年的一点进步不是孔夫子之赐，是大家努力革命的结果，是大家接受了一个新世界的新文明的结果。只有向前走是有希望的。开倒车是不会有成功的。

你们心眼里最不满意的现状，——你们所咒诅的“人欲横流，人禽无别”，——只是任何革命时代所不能避免的一点附产物而已。这种现状的存在，只够证明革命还没有成功，进步还不够。孔圣人是无法帮忙的；开倒车也决不能引你们回到那个本来不存在的“美德造成的黄金世界”的！养个孩子还免不了肚痛，何况改造一个国家，何况改造一个文化？别灰心了，向前走罢！

二十三，九，三夜

（原载于 1934 年 9 月 8 日《独立评论》第 117 号，署名胡适，后收入《胡适论学近著》）

注释

1. deus ex machina：（小说戏剧情节中牵强扯入的）解围人物（或事件），意外介入而扭转局面的人。
2. 匆遽（jù）：仓促；急急忙忙。
3.《品花宝鉴》：又名《怡情佚史》，亦题《群花宝鉴》，60 回。作者陈森（约 1797—约 1870），小说描写彼时官绅名士与梨园童伶的浪漫关系。中国古代十大禁书之一，书中涉及同性恋爱情。
4. 高梦旦：参见《高梦旦先生小传》一文。
5. 张元济（1867—1959）：浙江海盐人，被誉为中国出版第一人。
6. 吴稚晖（1865—1953）：原名朓，后改名敬恒，字稚晖，中国近代资产阶级思想家、政治家、教育家、书法家。一生著述颇丰，编有《吴稚晖先生全集》，共 18 册。
7. 张伯苓（1876—1951）：中国著名教育家、中国奥运先驱。一生致力于教育救国，创立天津南开大学。
8. 周诒春（1883—1958）：现代著名教育家，曾任清华大学校长，极力提倡德、智、体三育并举，在清华推行“造就一完全人格之教育”。
9. 姜将佐（1890—1978）：浙江平阳人，中国现代数学教育的先驱。
10. “红丸”“移宫”再加上“梃击”合称为明朝三大案。“妖书”为明末的一大疑案。

心灵自述

我的歧路

梅先生是向来不赞成我谈思想文学的，现在却极赞成我谈政治；孙先生是向来最赞成我谈思想文学的，现在很恳挚地怪我不该谈政治；常先生又不同了，他并非不赞成我谈思想文学，他只希望我此时把全副精神用在政治上。——这真是我的歧路！

我在这三岔路口，也曾迟回了三年；我现在忍着心肠来谈政治，一只脚已踏上东街，一只脚还踏在西街，我的头还是回望着那原来的老路上！伏庐[1]的怪我走错了路，我也可以承认；燕生怪我精神不贯注，也是真的。我要我的朋友们知道我所以“变节”与“变节而又迟回”的缘故，我不能不写一段自述的文章。

我是一个注意政治的人。当我在大学时，政治经济的功课占了我三分之一的时间。当一九一二到一九一六年，我一面为中国的民主辩护，一面注意世界的政治。我那时是世界学生会的会员，国际政策会的会员，联校非兵会的干事。一九一五年，我为了讨论中日交涉的问题，几乎成为众矢之的。一九一六年，我的国际非攻论文曾得最高奖金。但我那时已在中国哲学史的研究上寻着我的终身事业了，同时又被一班讨论文学问题的好朋友逼上文学革命的道路了。从此以后，哲学史成了我的职业，文学做了我的娱乐。

一九一七年七月我回国时，船到横滨，便听见张勋复辟的消息；到了上海，看了出版界的孤陋，教育界的沉寂，我方才知道张勋的复辟乃是极自然的现象，我方才打定二十年不谈政治的决心，要想在思想文艺上替中国政治建筑一个革新的基础。我这四年多以来，写了八九十万字的文章，内中只有一篇曾琦[2]《国体与青年》的短序是谈政治的，其余的文字都是关于思想与文艺的。

一九一八年十二月，我的朋友陈独秀、李守常[3]等发起《每周评论》。那是一个谈政治的报，但我在《每周评论》做的文字总不过是小说文艺一类，不曾谈过政治。直到一九一九年六月中，独秀被捕，我接办《每周评论》，方才有不能不谈政治的感觉。那时正当安福部极盛的时代，上海的分赃和会[4]还不曾散伙。然而国内的"新"分子闭口不谈具体的政治问题，却高谈什么无政府主义与马克思主义。我看不过了，忍不住了，——因为我是一个实验主义的信徒，——于是发愤要想谈政治。我在《每周评论》第三十一号里提出我的政论的导言，叫作《多研究些问题，少谈些"主义"》（《文存》卷二，页一四七以下）。我那时说：

我们不去研究人力车夫的生计，却去高谈社会主义！……不去研究安福部如何解散，不去研究南北问题如何解决，却去高谈无政府主义！我们还要得意扬扬地夸口道："我们所谈的是根本解决。"老实说罢，这是自欺欺人的梦话，这是中国思想界破产的铁证，这是中国社会改良的死刑宣告！

……

高谈主义，不研究问题的人，只是畏难求易，只是懒！

但我的政论的"导言"虽然出来了，我始终没有做到"本文"的机会！我的导言引起了无数的抗议：北方的社会主义者驳我，南方的无政府主义者痛骂我。我第三次替这篇导言辩护的文章刚排上版，《每周评论》就被封禁了；我的政论文章也就流产了。

《每周评论》是一九一九年八月三十日被封的。这两年零八个月之中，忙于病，使我不能分出工夫来做舆论的事业。我心里也觉得我的哲学文学事业格外重要，实在舍不得丢了我的旧恋来巴结我的新欢。况且几年不谈政治的人，实在不容易提起一股高兴来作政论的文章，心里总想国内有人起来干这种事业，何必要我来加一忙呢？

然而我等候了两年零八个月，中国的舆论界仍然使我大失望。一班“新”分子天天高谈基尔特社会主义[5]与马克思社会主义，高谈“阶级战争”与“赢余价值”；内政腐败到了极处，他们好像都不曾看见，他们索性把“社论”“时评”都取消了，拿那马克思——克洛泡特金[6]——爱罗先柯[7]的附张来做挡箭牌，掩眼法！外交的失败，他们确然也还谈谈，因为骂日本是不犯禁的；然而华盛顿会议中，英美调停，由中日两国代表开议，国内的报纸就加上一个“直接交涉”的名目。直接交涉是他们反对过的，现在这个莫名其妙的东西又叫作“直接交涉”了，所以他们不能不极力反对。然而他们争的是什么呢？怎样才可以达到目的呢？是不是要日本无条件地屈服呢？外交问题是不是可以不交涉而解决呢？这些问题就很少人过问了。

我等候两年零八个月，实在忍不住了。我现在出来谈政治，虽是国内的腐败政治激出来的，其实大部分是这几年的“高谈主义而不研究问题”的“新舆论界”把我激出来的。我现在的谈政治，只是实行我那“多研究问题，少谈主义”的主张。我自信这是和我的思想一致的。梅迪生[8]说我谈政治“较之谈白话文与实验主义胜万万矣”，他可错了；我谈政治只是实行我的实验主义，正如我谈白话文也只是实行我的实验主义。

实验主义自然也是一种主义，但实验主义只是一个方法，只是一个研究问题的方法。他的方法是：细心搜求事实，大胆提出假设，再细心求实证。一切主义，一切学理，都只是参考的材料，暗示的材料，待证的假设，绝不是天经地义的信条。实验主义注重在具体的事实与问题，故不承认根本的解决。他只承认那一点一滴做到的进步，——步步有智慧的指导，步步有自动的实验，——才是真进化。

我这几年的言论文字，只是这一种实验主义的态度在各方面的应用。我的唯一目的是要提倡一种新的思想方法，要提倡一种注重事实，服从证验的思想方法。古文学的推翻，白话文学的提倡，哲学史的研究，《水浒》《红楼梦》的考证，一个“了”字或“们”字的历史，都只是这一个目的。我现在谈政治，也希望在政论界提倡这一种“注重事实，尊崇证验”的方法。

我的朋友们，我不曾“变节”；我的态度是如故的，只是我的材料与实例变了。

孙伏庐说他想把那被政治史夺去的我，替文化史夺回来。我很感谢他的厚意。但我要加一句：没有不在政治史上发生影响的文化；如果把政治划出文化之外，那就又成了躲懒的，出世的，非人生的文化了。

至于我精神不能贯注在政治上的原因，也是很容易明白的。哲学是我的职业，文学是我的娱乐，政治只是我的一种忍不住的新努力。我家中政治的书比其余的书，只成一与五千的比例，我七天之中，至多只能费一天在《努力周报》上；我做一段二百字的短评，远不如做一万字《李觏[9]学说》的便利愉快。我只希望提倡这一点“多研究问题，少谈主义”的政论态度，我最希望国内爱谈政治又能谈政治的学者来霸占这个周报。以后我七天之中，分出一天来替他们编辑整理，其余六天仍旧去研究我的哲学与文学，那就是我的幸福了。

我很承认常燕生[10]的责备，但我不能承认他责备的理由。他说：

至于思想文艺等事，先生们这几年提倡的效果也可见了，难道还期望它尚能再有进步吗？

他下文又说“现在到了山顶以后，便应当往下走了”。这些话我不大懂得。燕生决不会承认现在的思想文艺已到了山顶，不能“再有进步”了。我对于现今的思想文艺，是很不满意的。孔丘、朱熹的奴隶减少了，却添上了一班马克思、克洛泡特金的奴隶；陈腐的古典主义打倒了，却换上了种种浅薄的新古典主义。我们“提倡有心，创造无力”的罪名是不能避免的。这也是我在这歧路上迟回瞻顾的一个原因了。

十一，六，十六

（原载于《努力周报》第7期，后收入《胡适文存二集》）

注释

1. 伏庐：孙伏园（1894—1966），原名福源，字养泉，笔名伏庐、松年等，绍兴人，现代散文作家、著名副刊编辑，即本文开篇提到的孙先生。
2. 曾琦（1892—1951），原名昭琮，字慕韩，四川隆昌人，标榜国家主义。曾琦曾将《国体与青年》一书寄给胡适邀其作序，胡适于1919年初为此书作了序文，并且发表在2月24日《晨报》上。
3. 李守常：李大钊（1889—1927），字守常。
4. 分赃和会：指的是1919年上海和会的南北和谈，从1919年2月20日开幕到5月13日正式破裂。
5. 基尔特社会主义：又叫行会主义，产生于20世纪初期的英国，改良主义的一种，当时国内的代表人物为梁启超、张东荪等。
6. 克洛泡特金：现通译克鲁泡特金（1842—1921），俄国革命家和地理学家，无政府主义的重要代表人物之一。
7. 爱罗先珂（1889—1952）：俄国诗人，童话作家，世界主义者，曾于20世纪20年代在北京大学任教。
8. 梅迪生：梅光迪（1890—1945），字迪生，安徽宣城人，现代教育家、学者，即本文开篇提到的梅先生。
9. 李觏：北宋著名儒家学者。
10. 常燕生（1898—1947）：中国青年党首领之一，山西榆次人，即本文开篇提到的常先生。

九年的家乡教育

一

我生在光绪十七年十一月十七日（1891 年 12 月 17 日），那时候我家寄住在上海大东门外。

我生后两个月，我父亲被台湾巡抚邵友濂调往台湾；江苏巡抚奏请免调，没有效果。我父亲于十八年二月底到台湾，我母亲和我搬到川沙住了一年。十九年（1892）二月二十六日我们一家（我母，四叔介如，二哥嗣秬，三哥嗣秠）也从上海到台湾。我们在台南住了十个月。十九年五月，我父亲做台东直隶州知州，兼统镇海后军各营。台东是新设白州，一切草创，故我父不能带家眷去。到十九年底，我们才到台东。我们在台东住了整一年。

甲午（1894）中日战争开始，台湾也在备战的区域，恰好介如四叔来台湾，我父亲便托他把家眷送回徽州故乡，只留二哥嗣秬跟着他在台东。我们于乙未年（1895）正月离开台湾，二月初十日从上海起程回绩溪故乡。

那年四月，中日和议成，把台湾割让给日本。台湾绅民反对割台，要求巡抚唐景崧坚守。唐景崧请西洋各国出来干涉，各国不允。台人公请唐为台湾民主国大总统，帮办军务刘永福为主军大总统。我父亲在台东办后山的防务，电报已不通，饷源已断绝。那时他已得脚气病，左脚已不能行动。他守到闰五月初三日，始离开后山。到安平时，刘永福苦苦留他帮忙，不肯放行。到六月廿五日，他双脚都不能动了。七月初三日他死在厦门，成为东亚第一个民主国的第一个牺牲者！

这时候我只有三岁零八个月。我仿佛记得我父亲死信到家时，我母亲正在家中老屋的前堂，她坐在房门口的椅子上。她听见读信人读到我父亲的死信，身子往后一倒，连椅子倒在房门槛上。东边房门口坐的珍伯母也放声大哭起来，一时满屋都是哭声，我只觉得天地都翻覆了！我只仿佛记得这一点凄惨的情状，其余都不记得了。

二

我父亲死时，我母亲只有 23 岁。我父初娶冯氏，结婚不久便遭太平天国之乱，同治二年（1863）死在兵乱里。次娶曹氏，生了三个儿子，三个女儿，死于光绪四年（1878）。我父亲因家贫，又有志远游，故久不续娶。到光绪十五年（1889），他在江苏候补，生活稍稍安定，才续娶我的母亲。我母亲结婚后三天，我的大哥嗣稼也娶亲了。那时我的大姊已出嫁生了儿子。大姊比我母亲大七岁。大哥比她大两岁。二姊是从小抱给人家的。三姊比我母亲小三岁，二哥三哥（孪生的）比她小四岁。这样一个家庭里忽然来了一个 17 岁的后母，她的地位自然十分困难，她的生活自然免不了苦痛。

结婚后不久，我父亲把她接到了上海同住。她脱离了大家庭的痛苦，我父又很爱她，每日在百忙中教她认字读书，这几年的生活是很快乐的。我小时也很得我父亲钟爱，不满三岁时，他就把教我母亲的红纸方字教我认。父亲做教师，母亲便在旁做助教。我认的是生字，她便借此温她的熟字。他太忙时，她就是代理教师。我们离开台湾时，她认得了近千字，我也认得了七百多字。这些方字都是我父亲亲手写的楷字，我母亲终身保存着，因为这些方块红笺上都是我们三个人的最神圣的团居生活的纪念。

我母亲二十三岁就做了寡妇，从此以后，又过了二十三年。这二十三年的生活真是十分苦痛的生活，只因为还有我这一点骨血，她含辛茹苦，把全副希望寄托在我的渺茫不可知的将来，这一点希望居然使她挣扎着活了二十三年。

我父亲在临死之前两个多月，写了几张遗嘱，我母亲和四个儿子每人各有一张，每张只有几句话。给我母亲的遗嘱上说穈儿（我的名字叫嗣穈，穈字音门）天资颇聪明，应该令他读书。给我的遗嘱也教我努力读书上进。这寥寥几句话在我的一生很有重大的影响。我十一岁的时候，二哥和三哥都在家，有一天我母亲向他们道："穈今年十一岁了。你老子叫他念书。你们看看他念书念得出吗？"二哥不曾开口，三哥冷笑道："哼，念书！"二哥始终没有说什么。我母亲忍气坐了一会，回到了房里才敢掉眼泪。她不敢得罪他们，因为一家的财政权全在二哥的手里，我若出门求学是要靠他供给学费的。所以她只能掉眼泪，终年不敢哭。

但父亲的遗嘱究竟是父亲的遗嘱，我是应该念书的。况且我小时候很聪明，四乡的人都知道三先生的小儿子是能够念书的。所以隔了两年，三哥往上海医肺病，我就跟他出门求学了。

三

我在台湾时，大病了半年，故身体很弱。回家乡时，我号称五岁了，还不能跨一个七八寸高的门槛。但我母亲望我念书的心很切，故到家的时候，我才满三岁零几个月，就在我四叔父介如先生（名玠）的学堂里读书了。我的身体太小，他们抱我坐在一只高凳子上面。我坐上了就爬不下来，还要别人抱下来。但我在学堂并不算最低级的学生，因为我进学堂之前已认得近一千字了。

因为我的程度不算"破蒙"[1]的学生，故我不须念《三字经》《千字文》《百家姓》《神童诗》一类的书。我念的第一部书是我父亲自己编的一部四言韵文，叫作《学为人诗》，他亲笔抄写了给我的。这部书说的是做人的道理。

我把开头几行抄在这里：

为人之道，在率其性。子臣弟友，循理之正。

谨乎庸言，勉乎庸行。以学为人，以期作圣。

……

以下分说五伦。最后三节，因为可以代表我父亲的思想，我也抄在这里：

五常之中，不幸有变，名分攸关，不容稍紊。
义之所在，身可以殉。求仁得仁，无所尤怨。
古之学者，察于人伦，因亲及亲，九族克敦[2]；
因爱推爱，万物同仁。能尽其性，斯为圣人。
经籍所载，师儒所述，为人之道，非有他术：
穷理致知，返躬践实，黾勉[3]于学，守道勿失。

我念的第二部书也是我父亲编的一部四言韵文，名叫《原学》，是一部略述哲理的书。这两部书虽是韵文，先生仍讲不了，我也懂不了。

我念的第三部书叫作《律诗六钞》，我不记是谁选的了。三十多年来，我不曾重见这部书，故没有机会考出此书的编者；依我的猜测，似是姚鼐[4]的选本，但我不敢坚持此说。这一册诗全是律诗，我读了虽不懂得，却背得很熟。至今回忆，却完全不记得了。

我虽不曾读《三字经》等书，却因为听惯了别的小孩子高声诵读，我也能背这些书的一部分，尤其是那五七言的《神童诗》，我差不多能从头背到底。这本书后面的七言句子，如：

人心曲曲弯弯水，世事重重叠叠山。

我当时虽不懂得其中的意义，却常常嘴上爱念着玩，大概也是因为喜欢那些重字双声的缘故。

我念的第四部书以下，除了《诗经》，就都是散文的了。

我依诵读的次序，把这些书名写在下面：

（4）《孝经》。

（5）朱子的《小学》，江永集注本。

（6）《论语》。以下四书皆用朱子注本。

（7）《孟子》。

（8）《大学》与《中庸》（《四书》皆连注文读）。

（9）《诗经》，朱子集传本（注文读一部分）。

（10）《书经》，蔡沈注本（以下三书不读注文）。

（11）《易经》，朱子《本义》本。

（12）《礼记》，陈澔注本。

读到了《论语》的下半部，我的四叔父选了颍州府阜阳县的训导，要上任去了，就把家塾移交给族兄禹臣先生（名观象）。四叔是个绅董[5]，常常被本族或外村请出去议事或和案子；他又喜欢打纸牌（徽州纸牌，每副一百五十五张），常常被明达叔公，映基叔，祝封叔，茂张叔等人邀出去打牌。所以我们的功课很松，四叔往往在山门之前，给我们“上一进书”，叫我们自己念；他到天将黑时，回来一趟，把我们的习字纸加了圈，放了学，才又出门去。

四叔的学堂里只有两个学生，一个是我，一个是四叔的儿子嗣秫，比我大几岁。嗣秫承继给瑜婶（星五伯公的二子，珍伯瑜叔，皆无子，我家三哥承继珍伯，秫哥承继瑜婶），她很溺爱他，不肯管束他，故四叔一走开，秫哥就溜到灶下或后堂去玩了（他们和四叔住一屋，学堂在这屋的东边小屋内）。我的母亲管得严厉，我又不大觉得念书是苦事，故我一个人坐在学堂里温书念书，到天黑才回家。

禹臣先生接受家塾后，学生就增多了。先是五个，后来添到十多个，四叔家的小屋不够用了，就移到一所大屋——名叫来新书屋——里去。最初添的三个学生，有两个是守瓒叔的儿子，嗣昭，嗣逵。嗣昭比我大两三岁，天资不算笨，却不爱读书，最爱“逃学”，我们土话叫作“赖学”。他逃出去，往往躲在麦田或稻田里，宁可睡在田里挨饿，却不愿念书。先生往往差嗣秫去捉；有时候，嗣昭被捉回来了，总得挨一顿毒打；有时候，连嗣秫也不回来了，——乐得不回来了，因为这是“奉命差遣”，不算是逃学！

我常觉得奇怪，为什么嗣昭要逃学？为什么一个人情愿挨饿，挨打，挨大家笑骂，而不情愿念书？后来我稍懂得世事，才明白了。瓒叔自小在江西做生意，后来在九江开布店，才娶妻生子；一家人都说江西话，回家乡时，嗣昭弟兄都不容易改口音；说话改了，而嗣昭念书常带江西音，常常因此吃戒方或吃“作瘤栗”（钩起五指，打在头上，常打起瘤子，故叫作“作瘤栗”）。这是先生不原谅，难怪他不愿念书。

还有一个原因。我们家乡的蒙馆学金太轻，每个学生每年只送两块银元。先生对于这一类学生，自然不肯耐心教书，每天只教他们念死书，背死书，从来不肯为他们“讲书”。小学生初念有韵的书，也还不十分叫苦。后来念《幼学琼林》《四书》一类的散文，他们自然毫不觉得有趣味，因为全不懂得书中说的是什么。因为这个缘故，许多学生常常赖学；先有嗣昭，后来有个士祥，都是有名的“赖学胚”。他们都属于这每年两元钱的阶级。因为逃学，先生生了气，打得更利害。越打得利害，他们越要逃学。

我一个人不属于这“两元”的阶级。我母亲渴望我读书，故学金特别优厚，第一年就送六块钱，以后每年增加，最后一年加到十二元。这样的学金，在家乡要算“打破纪录”的了。我母亲大概是受了我父亲的叮嘱，她嘱托四叔和禹臣先生为我“讲书”：每读一字，须讲一字的意思；每读一句，须讲一句的意思。我先已认得了近千个“方字”，每个字都经过父母的讲解，故进学堂之后，不觉得很苦。念的几本书虽然有许多是乡里先生讲不明白的，但每天总遇着几句可懂的话。我最喜欢朱子《小学》里的记述古人行事的部分，因为那些部分最容易懂得，所以比较最有趣味。

同学之中有念《幼学琼林》的，我常常帮他们的忙，教他们不认得的生字，因此常常借这些书看；他们念大字，我却最爱看《幼学琼林》的小注，因为注文中有许多神话和故事，比《四书》《五经》有趣味多了。

有一天，一件小事使我忽然明白我母亲增加学金的大恩惠。一个同学的母亲来请禹臣先生代写家信给她的丈夫；信写成了，先生交她的儿子带回家去。一会儿，先生出门去了，这位同学把家信抽出来偷看。他忽然过来问我道：“穈，这信上第一句‘父亲大人膝下’是什么意思？”他比我只小一岁，也念过《四书》，却不懂“父亲大人膝下”是什么！这时候，我才明白我是一个受特别待遇的人，因为别人每年出两块钱，我去年却送十块钱。我一生最得力的是讲书：父亲母亲为我讲方字，两位先生为我讲书。念古文而不讲解，等于念“揭谛揭谛，波罗揭谛”[6]，全无用处。

四

当我九岁时，有一天我在四叔家东边小屋里玩要。这小屋前面是我们的学堂，后边有一间卧房，有客便住在这里。这一天没有课，我偶然走进那卧房里去，偶然看见桌子下一只美孚煤油板箱里的废纸堆中露出一本破书。我偶然捡起了这本书，两头都被老鼠咬坏了，书面也扯破了。但这一本破书忽然为我开辟了一个新天地，忽然在我的儿童生活史上打开了一个新鲜的世界！

这本破书原来是一本小字木板的《第五才子》[7]，我记得很清楚，开始便是“李逵打死殷天锡”一回。我在戏台上早已认得李逵是谁了，便站在那只美孚破板箱边，把这本《水浒传》残本一口气看完了。不看尚可，看了之后，我的心里很不好过：这一本的前面是些什么？后面是些什么？这两个问题，我都不能回答，却最急要一个回答。

我拿了这本书去寻我的五叔，因为他最会“说笑话”（“说笑话”就是“讲故事”，小说书叫作“笑话书”），应该有这种笑话书。不料五叔竟没有这书，他叫我去寻宋焕哥。宋焕哥说，“我没有《第五才子》，我替你去借一部；我家中有部《第一才子》，你先拿去看，好吧”？《第一才子》便是《三国演义》，他很郑重地捧出来，我很高兴地捧回去。

后来我居然得着《水浒传》全部。《三国演义》也看完了。从此以后，我到处去借小说看。五叔，宋焕哥，都帮了我不少的忙。三姊夫（周绍瑾）在上海乡间周浦开店，他吸鸦片烟，最爱看小说书，带了不少回家乡；他每到我家来，总带些《正德皇帝下江南》《七剑十三侠》一类的书来送给我。这是我自己收藏小说的起点。我的大哥（嗣稼）最不长进，也是吃鸦片烟的，但鸦片烟灯是和小说书常做伴的，——五叔，宋焕哥，三姊夫都是吸鸦片烟的，——所以他也有一些小说书。大嫂认得一些字，嫁妆里带来了好几种弹词小说，如《双珠凤》之类。这些书不久都成了我的藏书的一部分。

三哥在家乡时多；他同二哥都进过梅溪书院，都做过南洋公学的师范生，旧学都有根柢，故三哥看小说很有选择。我在他书架上只寻得三部小说：一部《红楼梦》，一部《儒林外史》，一部《聊斋志异》。二哥有一次回家，带了一部新译出的《经国美谈》，讲的是希腊的爱国志士的故事，是日本人做的。这是我读外国小说的第一步。

帮助我借小说最出力的是族叔近仁，就是民国十二年和顾颉刚[8]先生讨论古史的胡堇人。他比我大几岁，已“开笔”作文章了，十几岁就考取了秀才。我同他不同学堂，但常常相见，成了最要好的朋友。他天才很高，也肯用功，读书比我多，家中也颇有藏书。他看过的小说，常借给我看。

我借到的小说，也常借给他看。我们两人各有一个小手折，把看过的小说都记在上面，时时交换比较，看谁看的书多。

这两个折子后来都不见了，但我记得离开家乡时，我的折子上好像已有了三十多部小说了。

这里所谓“小说”，包括弹词，传奇，以及笔记小说在内。《双珠凤》在内，《琵琶记》也在内；《聊斋》《夜雨秋灯录》《夜谭随笔》[9]《兰苕馆外史》[10]《寄园寄所寄》[11]《虞初新志》[12]等等也在内。从《薛仁贵征东》《薛丁山征西》《五虎平西》《粉妆楼》一类最无意义的小说，到《红楼梦》和《儒林外史》一类的第一流作品，这里面的程度已是天悬地隔了。我到离开家乡时，还不能了解《红楼梦》和《儒林外史》的好处。但这一大类都是白话小说，我在不知不觉之中得了不少的白话散文的训练，在十几年后于我很有用处。

看小说还有一桩绝大的好处，就是帮助我把文字弄通顺了。那时正是废八股时文的时代，科举制度本身也动摇了。二哥三哥在上海受了时代思潮的影响，所以不要我“开笔”作八股文，也不要我学作策论经义。他们只要先生给我讲书，教我读书。但学堂里念的书，越到后来，越不好懂了。《诗经》起初还好懂，读到《大雅》，就难懂了；读到《周颂》，更不可懂了。《书经》有几篇，如《五子之歌》，我读得很起劲；但《盘庚》三篇，我总读不熟。我在学堂九年，只有《盘庚》害我挨了一次打。后来隔了十多年，我才知道《尚书》有今文和古文两大类，向来学者都说古文诸篇是假的，今文是真的；《盘庚》属于今文一类，应该是真的。但我研究《盘庚》用的代名词最杂乱不成条理，故我总疑心这三篇书是后人假造的。有时候，我自己想，我的怀疑《盘庚》，也许暗中含有报那一个“作瘤栗”的仇恨的意味罢？

《周颂》《尚书》《周易》等书都是不能帮助我作通顺文字的。但小说书却给了我绝大的帮助。从《三国演义》读到《聊斋志异》和《虞初新志》，这一跳虽然跳得太远，但因为书中的故事实在有趣味，所以我能细细读下去。石印本的《聊斋志异》有圈点，所以更容易读。到我十二三岁时，已能对本家姊妹们讲说《聊斋》故事了。那时候，四叔的女儿巧菊，禹臣先生的妹子广菊多菊，祝封叔的女儿杏仙，和本家侄女翠蘋定娇等，都在十五六岁之间；她们常常邀我去，请我讲故事。我们平常请五叔讲故事时，忙着替他点火，装旱烟，替他捶背。现在轮到我受人巴结了。

我不用人装烟捶背，她们听我说完故事，总去泡炒米，或做蛋炒饭来请我吃。她们绣花做鞋，我讲《凤仙》《莲香》《张鸿渐》《江城》。这样的讲书，逼我把古文的故事翻译成绩溪土话，使我更了解古文的文理。所以我到十四岁来上海开始作古文时，就能作很像样的文字了。

五

我小时身体弱，不能跟着野蛮的孩子们一块儿玩。我母亲也不准我和他们乱跑乱跳。小时不曾养成活泼游戏的习惯，无论在什么地方，我总是文绉绉地。所以家乡老辈都说我“像个先生样子”，遂叫我作“穈先生”。这个绰号叫出去之后，人都知道三先生的小儿子叫作穈先生了。既有“先生”之名，我不能不装出点“先生”样子，更不能跟着顽童们“野”了。有一天，我在我家八字门口和一班孩子“掷铜钱”，一位老辈走过，见了我，笑道：“穈先生也掷铜钱吗？”我听了羞愧得面红耳热，觉得大失了“先生”的身份！

大人们鼓励我装先生样子，我也没有嬉戏的能力和习惯，又因为我确是喜欢看书，所以我一生可算是不曾享过儿童游戏的生活。每年秋天，我的庶祖母同我到田里去“监割”（顶好的田，水旱无忧，收成最好，佃户每约田主来监割，打下谷子，两家平分），我总是坐在小树下看小说。

十一二岁时，我稍活泼一点，居然和一群同学组织了一个戏剧班，做了一些木刀竹枪，借得了几副假胡须，就在村田里做戏。我做的往往是诸葛亮、刘备一类的文角儿；只有一次我做史文恭，被花荣一箭从椅子上射倒下去，这算是我最活泼的玩意儿了。

我在这九年（1895—1904）之中，只学得了读书写字两件事。在文字和思想（看下章）的方面，不能不算是打了一点底子。但别的方面都没有发展的机会。有一次我们村里“当朋”（八都凡五村，称为“五朋”，每年一村轮着做太子会，名为“当朋”）。筹备太子会，有人提议要派我加入前村的昆腔队里学习吹笙或吹笛。族里长辈反对，说我年纪太小，不能跟着太子会走遍五朋。于是我失掉了这学习音乐的唯一机会。三十年来，我不曾拿过乐器，也全不懂音乐；究竟我有没有一点学音乐的天资，我至今还不知道。至于学图画，更是不可能的事。我常常用竹纸蒙在小说书的石印绘像上，摹画书上的英雄美人。有一天，被先生看见了，挨了一顿大骂，抽屉里的图画都被搜出撕毁了。

于是我又失掉了学做画家的机会。

但这九年的生活，除了读书看书之外，究竟给了我一点做人的训练。在这一点上，我的恩师就是我的慈母。

每天天刚亮时，我母亲就把我喊醒，叫我披衣坐起。我从不知道她醒来坐了多久了。她看我清醒了，才对我说昨天我做错了什么事，说错了什么话，要我认错，要我用功读书。有时候她对我说父亲的种种好处，她说：“你总要踏上你老子的脚步。我一生只晓得这一个完全的人，你要学他，不要跌他的股。”（跌股便是丢脸，出丑）她说到伤心处，往往掉下泪来。到天大明时，她才把我的衣服穿好，催我去上早学。学堂门上的锁匙放在先生家里；我先到学堂门口一望，便跑到先生家里去敲门。先生家里有人把锁匙从门缝里递出来，我拿了跑回去，开了门，坐下念生书。十天之中，总有八九天我是第一个去开学堂门的。等到先生来了，我背了生书，才回家吃早饭。

我母亲管束我最严，她是慈母兼任严父。但她从来不在别人面前骂我一句，打我一下。我做错了事，她只对我一望，我看见了她的严厉眼光，就吓住了。犯的事小，她等到第二天早晨我眼醒时才教训我。犯的事大，她等到晚上人静时，关了房门，先责备我，然后行罚，或跪罚，或拧我的肉。无论怎样重罚，总不许我哭出声音来。她教训儿子不是借此出气叫别人听的。

有一个初秋的傍晚，我吃了晚饭，在门口玩，身上只穿着一件单背心。这时候我母亲的妹子玉英姨母在我家住，她怕我冷了，拿了一件小衫出来叫我穿上。我不肯穿，她说："穿上吧，凉了。"我随口回答："娘（凉）什么！老子都不老子啊。"我刚说了这句话，一抬头，看见母亲从家里走出，我赶快把小衫穿上。但她已听见这句轻薄的话了。

晚上人静后，她罚我跪下，重重地责罚了一顿。她说："你没了老子，是多么得意的事！好用来说嘴！"她气得坐着发抖，也不许我上床去睡。我跪着哭，用手擦眼泪，不知擦进了什么微菌，后来足足害了一年多的眼翳病。医来医去，总医不好。我母亲心里又悔又急，听说眼翳可以用舌头舔去，有一夜她把我叫醒，她真用舌头舔我的病眼。这是我的严师，我的慈母。

我母亲二十三岁做了寡妇，又是当家的后母。这种生活的痛苦，我的笨笔写不出一万分之一二。家中财政本不宽裕，全靠二哥在上海经营调度。大哥从小就是败子，吸鸦片烟，赌博，钱到手就光，光了就回家打主意，见了香炉就拿出去卖，捞着锡茶壶就拿出去押。我母亲几次邀了本家长辈来，给他定下每月用费的数目。但他总不够用，到处都欠下烟债赌债。每年除夕我家中总有一大群讨债的，每人一盏灯笼，坐在大厅上不肯去。大哥早已避出去了。大厅的两排椅子上满满的都是灯笼和债主。我母亲走进走出，料理年夜饭，谢灶神，压岁钱等事，只当作不曾看见这一群人。到了近半夜，快要"封门"了，我母亲才走后门出去，央一位邻舍本家到我家来，每一家债户开发一点钱。做好做歹的，这一群讨债的才一个一个提着灯笼走出去。一会儿，大哥敲门回来了。我母亲从不骂他一句。并且因为是新年，她脸上从不露出一点怒色。这样的过年，我过了六七次。

大嫂是个最无能而又最不懂事的人，二嫂是个很能干而气量很窄小的人。她们常常闹意见，只因为我母亲的和气榜样，她们还不曾有公然相骂相打的事。她们闹气时，只是不说话，不答话，把脸放下来，叫人难看；二嫂生气时，脸色变青，更是怕人。她们对我母亲闹气时，也是如此。我起初全不懂得这一套，后来也渐渐懂得看人的脸色了。我渐渐明白，世间最可厌恶的事莫如一张生气的脸；世间最下流的事莫如把生气的脸摆给旁人看。这比打骂还难受。

我母亲的气量大，性子好，又因为做了后母后婆，她更事事留心，事事格外容忍。大哥的女儿比我只小一岁，她的饮食衣料总是和我的一样。我和她有小争执，总是我吃亏，母亲总是责备我，要我事事让她。后来大嫂二嫂都生了儿子了，她们生气时便打骂孩子来出气，一面打，一面用尖刻有刺的话骂给别人听。我母亲只装作不听见。有时候，她实在忍不住了，便悄悄走出门去，或到左邻立大嫚家去坐一会，或走后门到后邻度嫂家去闲谈。她从不和两个嫂子吵一句嘴。

每个嫂子一生气，往往十天半个月不歇，天天走进走出，板着脸，咬着嘴，打骂小孩子出气。我母亲只忍耐着，忍到实在不可再忍的一天，她也有她的法子。这一天的天明时，她就不起床，轻轻地哭一场。她不骂一个人，只哭她的丈夫，哭她自己苦命，留不住她丈夫来照管她。她先哭时，声音很低，渐渐哭出声来。我醒了起来劝她，她不肯住。这时候，我总听见前堂（二嫂住前堂东房）或后堂（大嫂住后堂西房）有一扇房门开了，一个嫂子走出房向厨房走去。不多一会，那位嫂子来敲我们的房门了。我开了房门，她走进来，捧着一碗热茶，送到我母亲床前，劝她止哭，请她喝口热茶。我母亲慢慢停住哭声，伸手接了茶碗。那位嫂子站着劝一会，才退出去。没有一句话提到什么人，也没有一个字提到这十天半个月来的气脸，然而各人心里明白，泡茶进来的嫂子总是那十天半个月来闹气的人。奇怪得很，这一哭之后，至少有一两个月的太平清静日子。

我母亲待人最仁慈，最温和，从来没有一句伤人感情的话。但她有时候也很有刚气，不受一点人格上的侮辱。我家五叔是个无正业的浪人，有一天在烟馆里发牢骚，说我母亲家中有事总请某人帮忙，大概总有什么好处给他。这句话传到了我母亲耳朵里，她气得大哭，请了几位本家来，把五叔喊来，她当面质问他她给了某人什么好处。直到五叔当众认错赔罪，她才罢休。

我在我母亲的教训之下住了九年，受了她的极大深刻的影响。我十四岁（其实只有十二岁零两三个月）就离开她了，在这广漠的人海里独自混了二十多年，没有一个人管束过我。如果我学得了一丝一毫的好脾气，如果我学得了一点点待人接物的和气，如果我能宽恕人，体谅人，——我都得感谢我的慈母。

十九，十一，廿一夜

（原载于1930年5月《新月》第3卷第3期，署名胡适，后收入上海亚东图书馆1933年9月初版《四十自述》）

注释

1. 破蒙："开笔破蒙"为我国儒学一种古老相传的启蒙习俗，通常是指给那些进入学习年龄的孩子通过"点破朦胧，笔画朱砂"来对自己的入学老师行礼纪念自己的入学仪式。
2. 克敦：敦厚。
3. 黾（mǐn）勉：亦作"黾俛"，勉励，尽力。
4. 姚鼐（1731—1815）：清代著名散文家，桐城派古文大家，与方苞、刘大櫆并称为"桐城三祖"。
5. 绅董：泛指地方上有势力有地位的人。
6. 揭谛揭谛，波罗揭谛：佛教用语。
7.《第五才子》：金圣叹称《水浒传》为"第五才子书"。
8. 顾颉刚（1893—1980）：江苏人，著名历史学家，民俗学家。现代古史辨学派的创始人，也是中国历史地理学和民俗学的开创者。
9.《夜雨秋灯录》，清朝宣鼎著；《夜谭随笔》，清朝闲斋氏著。均为晚清笔记小说中的知名之作。
10.《兰苕馆外史》：清朝许奉恩著，又名《里乘》，模仿《聊斋志异》。
11.《寄园寄所寄》：清朝赵吉士辑撰。赵吉士，号寄园。
12.《虞初新志》：明末清初张潮编辑，笔记小说，短篇文言小说集。

介绍我自己的思想

我在这十年之中，出版了三集胡适文存，约计有一百四五十万字。我希望少年学生能读我的书，故用报纸印刷，要使定价不贵。但现在三集的书价已在七元以上，贫寒的中学生已无力全买了；字数近百十万，也不是中学生能全读的了。所以我现在从这三集里选出了二十二篇论文，印作一册，预备给国内的少年朋友们做一种课外读物。如有学校教师愿意选我的文字做课本的，我也希望他们用这个选本。

我选的这二十二篇文字，可以分作五组。

第一组六篇，泛论思想的方法。

第二组三篇，论人生观。

第三组三篇，论中西文化。

第四组六篇，代表我对于中国文学的见解。

第五组四篇，代表我对于整理国故问题的态度与方法。

为读者的便利起见，我现在给每一组作一个简短的提要，使我的少年朋友们容易明白我的思想的路径。

一

第一组收的文字是：

演化论与存疑主义

杜威先生与中国

杜威论思想

问题与主义

新生活

新思潮的意义

我的思想受两个人的影响最大：一个是赫胥黎，一个是杜威先生。赫胥黎教我怎样怀疑，教我不信任一切没有充分证据的东西。杜威先生教我怎样思想，教我处处顾到当前的问题，教我把一切学说理想到思想都看作待证的假设，教我处处顾到思想的结果。这两个人使我明了科学方法的性质与功用，故我选前三篇介绍这两位大师给我的少年朋友们。

从前陈独秀先生曾说实验主义和辩证法的唯物史观是近代两个最重要的思想方法，他希望这两种方法能合作一条联合战线。这个希望是错误的。辩证法出于海格尔的哲学，是生物进化论成立以前的玄学方法。实验主义是生物进化论出世以后的科学方法。这两种方法所以根本不相容，只是因为中间隔了一层达尔文主义。达尔文的生物演化学说给了我们一个大教训：就是教我们明了生物进化，无论是自然的演变，或是人为的选择，都由于一点一滴的变异，所以是一种很复杂的现象，决没有一个简单的目的地可以一步跳到，更不会有一步跳到之后可以一成不变。辩证法的哲学本来也是生物学发达以前的一种进化理论；依它本身的理论，这个一正一反相毁相成的阶段应该永远不断地呈现。但狭义的共产主义者却似乎忘了这个原则，所以武断地虚悬一个共产共有的理想境界，以为可以用阶级斗争的方法一蹴即到，即到之后又可以用一阶级专政的方法把持不变。这样的化复杂为简单，这样的根本否定演变的继续便是十足的达尔文以前的武断思想，比那顽固的海格尔更顽固了。

实验主义从达尔文主义出发，故只承认一点一滴的不断的改进是真实可靠的进化。我在“问题与主义”和“新思潮的意义”两篇里，只发挥这个根本观念。我认定民国六年以后的新文化运动的目的是再造中国文明，而再造文明的途径全靠研究一个个的具体问题。我说：

文明不是笼统造成的，是一点一滴地造成的。进化不是一个晚上笼统进化的，是一点一滴地进化的。现今的人爱谈“解放”与“改造”，须知解放不是笼统解放，改造也不是笼统改造。解放是这个那个制度的解放，这种那种思想的解放，这个那个人的解放，是一点一滴的解放。改造是这个那个制度的改造，这种那种思想的改造，这个那个人的改造，是一点一滴的改造。

再造文明的下手工夫是这个那个问题的研究。再造文明的进行，是这个那个问题的解决。

我这个主张在当时最不能得各方面的了解。当时（民国八年）承“五四”“六三”之后，国内正倾向于谈主义。我预料到这个趋势的危险，故发表“多研究问题，少谈些主义”的警告。我说：

凡是有价值的思想，都是从这个那个具体的问题下手的。先研究了问题的种种方面的种种事实，看看究竟病在何处，这是思想的第一步工夫。然后根据于一生的经验学问，提出种种解决的办法，提出种种医病的丹方，这是思想的第二步工夫。然后用一生的经验学问，加上想象的能力，推想每一种假定的解决法应该可以有什么样的效果，更推想这种效果是否真能解决眼前这个困难问题。推想的结果，拣定一种假定的（最满意的）解决，认为我的主张，这是思想的第三步工夫。凡是有价值的主张，都是先经过这三步工夫来的。

我又说：

一切主义，一切学理，都该研究。但只可认作一些假设的（待证的）见解，不可认作天经地义的信条；只可认作参考印证的材料，不可奉为金科玉律的宗教；只可用作启发心思的工具，切不可用作蒙蔽聪明、停止思想的绝对真理。如此方才可以渐渐养成人类的创造的思想力，方才可以渐渐使人类有解决具体问题的能力，方才可以渐渐解放人类对于抽象名词的迷信。（页五〇）

这些话是民国八年七月写的。于今已隔了十几年，当日和我讨论的朋友，一个已被杀死了，一个也颓唐了，但这些话字字句句都还可以应用到今日思想界的现状。十几年前我所预料的种种危险，——“目的热”和“方法盲”，迷信抽象名词，把主义用作蒙蔽聪明、停止思想的绝对真理，——都显现在眼前了。所以我十分诚恳地把这些老话贡献给我的少年朋友们，希望他们不可再走错了思想的路子。“新生活”一篇，本是为一个通俗周报写的；十几年来，这篇短文走进了中小学的教科书里，读过的人应该在一千万以上了。但我盼望读过此文的朋友们把这篇短文放在同组的五篇里重新读一遍。赫胥黎教人记得一句“拿证据来”，我现在教人记得一句“为什么”。少年的朋友们，请仔细想想：你进学校是为什么？你进一个政党是为什么？你努力做革命工作是为什么？革命是为了什么而革命？政府是为了什么而存在？

请大家记得：人同畜生的分别，就在这个“为什么”上。

二

第二组的文字只有三篇：

科学与人生观序

不朽

易卜生主义

这三篇代表我的人生观，代表我的宗教。

易卜生主义一篇写得最早，最初的英文稿是民国三年在康奈尔大学哲学会宣读的，中文稿是民国七年写的。易卜生最可代表十九世纪欧洲的个人主义的精华，故我这篇文章只写得一种健全的个人主义的人生观。这篇文章在民国七八年间所以能有最大的兴奋作用和解放作用，也正是因为它所提倡的个人主义在当日确是最新鲜又最需要的一针注射。

娜拉抛弃了家庭丈夫儿女，飘然而去，只因为她觉悟了她自己也是一个人，只因为她感觉到她“无论如何，务必努力做一个人”。这便是易卜生主义。易卜生说：

我所最期望于你的是一种真实纯粹的为我主义，要使你有时觉得天下只有关于你的事最要紧，其余的都算不得什么……你要想有益于社会，最好的法子莫如把你自己这块材料铸造成器。……有的时候我真觉得全世界都像海上撞沉了船，最要紧的还是救出自己。

这便是最健全的个人主义。救出自己的唯一法子便是把你自己这块材料铸造成器。

把自己铸造成器，方才可以希望有益于社会。真实的为我，便是最有益的为人。把自己铸造成了自由独立的人格，你自然会不知足，不满意于现状，敢说老实话，敢攻击社会上的腐败情形，做一个“贫贱不能移，富贵不能淫，威武不能曲”的斯铎曼医生。斯铎曼医生为了说老实话，为了揭穿本地社会的黑幕，遂被全社会的人喊作“国民公敌”。但他不肯避“国民公敌”的恶名，他还要说老实话。他大胆地宣言：

世上最强有力的人就是那最孤立的人！

这也是健全的个人主义的真精神。

这个个人主义的人生观一面教我们学娜拉，要努力把自己铸造成个人；一面教我们学斯铎曼医生，要特立独行，敢说老实话，敢向恶势力作战。少年的朋友们，不要笑这是十九世纪维多利亚时代的陈腐思想！我们去维多利亚时代还老远哩。欧洲有了十八九世纪的个人主义，造出了无数爱自由过于面包、爱真理过于生命的特立独行之士，方才有今日的文明世界。

现在有人对你们说：“牺牲你们个人的自由，去求国家的自由！”我对你们说：“争你们个人的自由，便是为国家争自由！争你们自己的人格，便是为国家争人格！自由平等的国家不是一群奴才建造得起来的！”

《科学与人生观序》一篇略述民国十二年的中国思想界里的一场大论战的背景和内容。（我盼望读者能参读文存三集里“几个反理学的思想家”的吴敬恒[1]一篇，页一五一——一八六。）在此序的末段，我提出我所谓“自然主义的人生观”（页九二—九五）。这不过是一个轮廓，我希望少年的朋友们不要仅仅接受这个轮廓，我希望他们能把这十条都拿到科学教室和实验室里去细细证实或否证。

这十条的最后一条是：根据生物学及社会学的知识，叫人知道个人——“小我”——是要死灭的，而人类——“大我”——是不死的，不朽的；叫人知道“为全种万世而生活”就是宗教，就是最高的宗教；而那些替个人谋死后的天堂净土的宗教乃是自私自利的宗教。

这个意思在这里说得太简单了，读者容易起误解。所以我把不朽一篇收在后面，专门说明这一点。

我不信灵魂不朽之说，也不信天堂地狱之说，故我说这个小我是会死灭的。死灭是一切生物的普遍现象，不足怕，也不足惜。但个人自有他不死不灭的部分：他的一切作为，一切功德罪恶，一切语言行事，无论大小，都在那大我上留下不能磨灭的结果和影响。他吐一口痰在地上，也许可以毁灭一村一族。他起一个念头，也许可以引起几十年的血战。他也许“一言可以兴邦；一言可以丧邦”。善亦不朽，恶亦不朽；功盖万世固然不朽，种一担谷子也可以不朽，喝一杯酒，吐一口痰也可以不朽。古人说，“一出言而不敢忘父母，一举足而不敢忘父母”。我们应该说“说一句话而不敢忘这句话的社会影响，走一步路而不敢忘这步路的社会影响”。这才是对于大我负责任，能如此做，便是道德，便是宗教。

这样说法，并不是推崇社会而抹杀个人。这正是极力抬高个人的重要。个人虽渺小，而他的一言一动都在社会上留下不朽的痕迹，芳不止流百世，臭也不止遗万年，这不是绝对承认个人的重要吗？成功不必在我，也许在我千百年后，但没有我也绝不能成功。毒害不必在眼前，“我躬不阅，遑恤我后”[2]！然而我岂能不负这毒害的责任？今日的世界便是我们的祖宗集的德，造的孽。未来的世界全看我们自己集什么德或造什么孽。世界的关键全在我们手里，真如古人说的“任重而道远”；我们岂可错过这绝好的机会，放下这绝大的担子？

有人对你说“人生如梦”。就算是一场梦罢，可是你只有这一个做梦的机会。岂可不振作一番，做一个痛痛快快轰轰烈烈的梦？

有人对你说“人生如戏”。就说是作戏罢，可是，吴稚晖先生说得好，“这唱的是义务戏，自己要好看才唱的；谁便无端地自己扮作跑龙套，辛苦地出台，止算作没有呢？”

其实人生不是梦，也不是戏，是一件最严重的事实。你种谷子，便有人充饥；你种树，便有人砍柴，便有人乘凉；你拆烂污，便有人遭瘟；你放野火，便有人烧死。你种瓜便得瓜种豆便得豆，种荆棘便得荆棘。少年的朋友们，你爱种什么？你能种什么？

三

第三组的文字，也只有三篇：

我们对于西洋近代文明的态度

漫游的感想

请大家来照镜子

在这三篇里，我很不客气地指摘我们的东方文明，很热烈地颂扬西洋的近代文明。

人们常说东方文明是精神的文明，西方文明是物质的文明，或唯物的文明。这是有夸大狂的妄人捏造出来的谣言，用来遮掩我们的羞脸的。其实一切文明都有物质和精神的两部分：材料都是物质的，而运用材料的心思才智都是精神的。木头是物质；而刳木[3]为舟，构木为屋，都靠人的智力，那便是精神的部分。器物越完备复杂，精神的因子越多。一只蒸汽锅炉，一辆摩托车，一部有声电影机器，其中所含的精神因子比我们老祖宗的瓦罐，大车，毛笔多的多了。我们不能坐在舢板船上自夸精神文明，而嘲笑五万吨大汽船是物质文明。

但是物质是倔强的东西，你不征服它，它便要征服你。东方人在过去的时代，也曾制造器物，做出一点利用厚生的文明。但后世的懒惰子孙得过且过，不肯用手用脑去和物质抗争，并且编出“不以人易天”的懒人哲学，于是不久便被物质战胜了。天旱了，只会求雨；河决了，只会拜金龙大王；风浪大了，只会祷告观音菩萨或天后娘娘。荒年了，只好逃荒去；瘟疫来了，只好闭门等死；病上身了，只好求神许愿；树砍完了，只好烧茅草；山都精光了，只好对着叹气。这样又愚又懒的民族，不能征服物质，便完全被压死在物质环境之下，成了一分像人九分像鬼的不长进民族。所以我说：

> 这样受物质环境的拘束与支配，不能跳出来，不能运用人的心思智力来改造环境改良现状的文明，是懒惰不长进的民族的文明，是真正唯物的文明。

反过来看看西洋的文明：

> 这样充分运用人的聪明智慧来寻求真理以解放人的心灵，来制服天行以供人用，来改造物质的环境，来改革社会政治的制度，来谋求人类最大多数的最大幸福，——这样的文明是精神的文明。

这是我的东西文化论的大旨。

少年的朋友们，现在有一些妄人要煽动你们的夸大狂，天天要你们相信中国的旧文化比任何国高，中国的旧道德比任何国好。还有一些不曾出国门的愚人鼓起喉咙对你们喊道，“往东走！往东走！西方的这一套把戏是行不通的了”！

我要对你们说：不要上他们的当！不要拿耳朵当眼睛！睁开眼睛看看自己，再看看世界。我们如果还要把这个国家整顿起来，如果还希望这个民族在世界上占一个地位，——只有一条生路，就是我们自己要认错。我们必须承认我们自己百事不如人，不但物质机械上不如人，不但政治制度不如人，并且道德不如人，知识不如人，文学不如人，音乐不如人，艺术不如人，身体不如人。

肯认错了，方才肯死心塌地地去学人家。不要怕模仿，因为模仿是创造的必要预备工夫。不要怕丧失我们自己的民族文化，因为绝大多数人的惰性已尽够保守那旧文化了，用不着你们少年人去担心。你们的职务在进取，不在保守。

请大家认清我们当前的紧急问题。我们的问题是救国，救这个衰病的民族，救这半死的文化。在这件大工作的历程里，无论什么文化，凡可以使我们起死回生、返老还童的，都可以充分采用，都应该充分吸收。我们救国建国，正如大匠建屋，只求材料可以应用，不管它来自何方。

四

第四组的文字有六篇：

建设的文学革命论

尝试集自序

文学进化观念

国语的进化

文学革命运动

词选自序

这里有一部分是叙述文学革命运动的经过的，有一部分是我自己对于文学的见解。

我在这十几年的中国文学革命运动上，如果有一点贡献，我的贡献只在：

（1）我指出了“用白话作新文学”的一条路子。

（2）我供给了一种根据历史事实的中国文学演变论，使人明了国语是古文的进化，使人明了白话文学在中国史上占什么地位。

（3）我发起了白话新诗的尝试。

这些文字都可以表出我的文学革命论，也只是进化论和实验主义的一种实际应用。

五

第五组的文字有四篇：

国学季刊发刊宣言

古史讨论的读后感

红楼梦考证

治学的方法与材料

这都是关于整理国故的文字。

《季刊宣言》是一篇整理国故的方法总论，有三个要点：

第一，用历史的眼光来扩大研究的范围。

第二，用系统的整理来部勒研究的资料。

第三，用比较的研究来帮助材料的整理与解释。

这一篇是一种概论，故未免觉得太悬空一点。以下的两篇便是两个具体的例子，都可以说明历史考证的方法。

《古史讨论》一篇，在我的《文存》里要算是最精彩的方法论。这里面讨论了两个基本方法：一个是用历史演变的眼光来追求传说的演变，一个是用严格的考据方法来评判史料。

顾颉刚先生在他的古史辩的自序里曾说他从我的水浒传考证和井田辩等文字里得着历史方法的暗示。这个方法便是用历史演化的眼光来追求每一个传说演变的历程。我考证水浒的故事，包公的传说，狸猫换太子的故事，井田的制度，都是用这个方法。顾先生用这个方法来研究中国古史，曾有很好的成绩。顾先生说得最好："我们看史籍的整理还轻而看传说的经历确重。凡是一件史事，应看它最先是怎样，以后逐步的变迁是怎样。"其实对于纸上的古史籍，追求其演变的步骤，便是整理它了。

在这篇文字里，我又略述考证的方法，我说：

我们对于"证据"的态度是：一切史料都是证据。但史家要问：

（1）这种证据是在什么地方寻出的？

（2）什么时候寻出的？

（3）什么人寻出的？

（4）依地方和时候上看起来，这个人有做证人的资格吗？

（5）这个人虽有证人资格，而他说这句话有作伪（无心的，或有意的）的可能吗？

《红楼梦考证》诸篇只是考证方法的一个实例。我说：

我觉得我们做红楼梦的考证，只能在"著者"和"本子"两个问题上着手；只能运用我们力所能搜集的材料，参考互证，然后抽出一些比较的最近情理的结论。

这是考证学的方法。我在这篇文章里，处处想撇开一切先入的成见，处处存一个求证据的目的，处处尊重证据，让证据做向导，引我到相当的结论上去。

这不过是赫胥黎、杜威的思想方法的实际应用。我的几十万字的小说考证，都只是用一些“深切而著名”的实例来教人怎样思想。

试举曹雪芹的年代一个问题做个实例。民国十年，我收得了一些证据，得着这些结论：

我们可以断定曹雪芹死于乾隆三十年左右。（约西历一七六五）……我们可以猜想雪芹大约生于康熙末叶（约一七一五——一七二零），当他死时，约五十岁。

民国十一年五月，我得着了《四松堂集》的原本。见敦诚[4]挽曹雪芹的诗题下注“甲申”二字，又诗中有“四十年华”的话，故修正我的结论如下：

曹雪芹死在乾隆二十九年甲申（1764），……他死时只有“四十年华”，我们可以断定他的年纪不能在四十五岁以上。假定他死时年四十五岁，他的生时当康熙五十八年（1719）。

但到了民国十六年，我又得了脂砚斋评本石头记，其中有“壬午除夕，书未成，芹为泪尽而逝”的话。壬午为乾隆二十七年，除夕当西历一七六三年二月十二日，和我七年前的断定（“乾隆三十年左右，约西历一七六五”）只差一年多。又假定他活了四十五岁，他的生年大概在康熙五十六年（一七一七），这也和我七年前的猜测正相符合。

考证两个年代，经过七年的时间，方才得着证实。证实是思想方法的最后又最重要的一步。不曾证实的理论，只可算是假设；证实之后，才是定论，才是真理。我在别处（文存三集，页二七三）说过：我为什么要考证《红楼梦》？

在消极方面，我要教人怀疑王梦阮、徐柳泉[5]一班人的谬说。

在积极方面，我要教人一个思想学问的方法。我要教人疑而后信，考而后信，有充分证据而后信。

我为什么要替水浒传作五万字的考证？我为什么要替庐山一个塔

作四千字的考证？

我要教人知道学问是平等的，思想是一贯的。……肯疑问“佛陀耶舍究竟到过庐山没有”的人，方才肯疑问“夏禹是神是人”。有了不肯放过一个塔的真伪的思想习惯，方才敢疑上帝的有无。

少年的朋友们，莫把这些小说考证看作我教你们读小说的文字。这些都只是思想学问的方法的一些例子。在这些文字里，我要读者学得一点科学精神，一点科学态度，一点科学方法。科学精神在于寻求事实，寻求真理。科学态度在于撇开成见，搁起感情，只认得事实，只跟着证据走。科学方法只是“大胆地假设，小心地求证”十个字。没有证据，只可悬而不断；证据不够，只可假设，不可武断；必须等到证实之后，方才奉为定论。

少年的朋友们，用这个方法来做学问，可以无大差失；用这种态度来做人处事，可以不至被人蒙着眼睛牵着鼻子走。

从前禅宗和尚曾说，“菩提达摩东来，只要寻一个不受人惑的人”。我这里千言万语，也只要教人一个不受人惑的方法。被孔丘、朱熹牵着鼻子走，固然不算高明；被马克思、列宁、斯大林牵着鼻子走，也算不得好汉。我自己绝不想牵着谁的鼻子走。我只希望尽我的微薄的能力，教我的少年朋友们学一点防身的本领，努力做一个不受人惑的人。

抱着无限的爱和无限的希望，我很诚挚地把这一本小书贡献给全国的少年朋友！

十九，十一，二十七晨二时，将离开江南的前一日，署名胡适

（本篇为胡适在 1930 年为《胡适文选》写的自序，后收入《胡适文存》）

注释

1. 吴敬恒：吴稚晖，江苏武进人，近现代著名无政府主义者，政治家、教育家、篆书名家。

2. 我躬不阅，遑恤（huáng xù）我后：如今我自己也不能保住，哪顾得了我的身后事。躬，自己；阅，收容；遑恤，无暇顾及。

3. 刳（kū）木：剖凿木头（用以做舟）。

4. 敦诚：爱新觉罗，敦诚（1734—1791），字敬亭，号松堂，清朝宗室、诗人。著有《四松堂集》等。

5. 王梦阮、徐柳泉：旧红学“索隐派”的代表人物。

我的信仰

一

我父胡珊，是一位学者，也是一个有坚强意志，有治理才干的人。经过一个时期的文史经籍训练后，他对于地理研究，特别是边省的地理，大起兴趣。他前往京师，怀了一封介绍书，又走了四十二日而达北满吉林，进见钦差大臣吴大澂[1]。吴氏是现在见知于欧洲研究中国学问者之中国的一个大考古学家。

吴氏延见[2]他，问有什么可以替他为力的。我父说道："没有什么，只求准我随节去解决中俄界务的纠纷，俾[3]我得以研究东北各省的地理。"吴氏对于这个只有秀才底子，在关外长途跋涉之后，差不多已是身无分文的学者，觉得有味。他带了这个少年去干他那历史上有名的差使，得他做了一个最有价值、最肯做事的帮手。

有一次与我父亲同走的一队人，迷陷在一个广阔的大森林之内，三天找不着出路。到粮食告尽，一切侦察均归失败时，我父亲就提议寻觅溪流。溪流是多半流向森林外面去的，一条溪流找到了手，他们一班人就顺流而行，得达安全的地方。我父亲作了一首长诗纪念这次的事迹，乃四十年后，我在《论杜威教授系统思想说》的一篇论文里，用这件事实以为例证，虽则我未尝提到他的名字，有好些与我父亲相熟而犹生存着的人，都还认得出这件故事，并写信问我是不是他们故世已久的朋友的一个小儿子。

吴大澂对我父亲虽曾一度向政府荐举他为“有治省才能的人”，他在政治上却并未得臻通显，历官江苏、台湾后，遂于台湾因中日战争的结果而割让与日本时，以五十五岁的寿诞逝世。

二

我是我父亲的幼儿，也是我母亲的独子。我父亲娶妻凡三次；前妻死于太平天国之乱，乱军掠遍安徽南部各县，将其化为灰烬。次娶生了三个儿子、四个女儿。长子从小便证明是个难望洗心革面的败子。我父亲丧了次妻后，写信回家，说他一定要讨一个纯良强健的、做庄稼人家的女儿。

我外祖父务农，于年终几个月内兼业裁缝。他是出身于一个循善的农家，在太平天国之乱中，全家被杀。因他还只是一个小孩子，故被太平军掠做俘虏，带往军中当差。为要防他逃走，他的脸上就刺了“太平天国”四字，终其身都还留着，但是他吃了种种困苦，居然逃了出来，回到家乡，只寻得一片焦土，无一个家人还得活着。他勤苦工作，耕种田地，兼做裁缝。裁缝的手艺，是他在贼营里学来的。他渐渐长成，娶了一房妻子，生下四个儿女，我母亲就是最长的。

我外祖父一生的心愿就是想重建被太平军毁了的家传老屋。他每天早上，太阳未出，便到溪头去拣选三大担石子，分三次挑回废屋的地基。挑完之后，他才去种田或去做裁缝。到了晚上回家时，又去三次，挑了三担石子，才吃晚饭。凡此辛苦恒毅的工作，都给我母亲默默看在眼里，她暗恨身为女儿，毫无一点法子能减轻她父亲的辛苦，促他的梦想实现。

随后来了个媒人，在田里与我外祖父会见，雄辩滔滔地向他替我父亲要他大女儿的庚帖[4]。（编者注：胡先生《我的母亲订婚》一章里面，用的是“八字”二字，英文系 Birth date paper，故译庚帖似较贴切。）我外祖父答应回去和家里商量。但到他在晚上把所提的话对他的妻子说了，她就大生气。她说：“不行！把我女儿嫁给一个大她三十岁的人，你真想得起？况且他的儿女也有年纪比我们女儿还大的！还有一层，人家自然要说我们嫁女儿给一个老官，是为了钱财体面而把她牺牲的。”于是这一对老夫妻吵了一场。后来做父亲的说：“我们问问女儿自己。说来说去，这到底是她自己的事。”

到这个问题对我母亲提了出来，她不肯开口。中国女子遇到同类的情形常是这样的。但她心里却在深思沉想。嫁与中年丧偶、兼有成年儿女的人做填房，送给女家的聘金财礼比一般婚姻却要重得多，这点于她父亲盖房子的计划将大有帮助。况她以前又是见过我父亲的，知道他为全县人所敬重。她爱慕他，愿意嫁他，为的半是英雄崇拜的意识，但大半却是想望帮助劳苦的父亲的孝思。所以到她给父亲逼着答话，她就坚决地说：“只要你们俩都说他是好人，请你们俩做主。男人家四十七岁也不能算是老。”我外祖父听了，叹了一口气，我外祖母可气得跳起来，忿忿地说：“好呵！你想做官太太了！好罢，听你情愿罢！”

三

我母亲于1889年结婚，时年十七，我则生在1891年12月。我父殁[5]于1895年，留下我母亲二十三岁做了寡妇。我父弃世，我母便做了一个有许多成年儿女的大家庭的家长。中国做后母的地位是十分困难的。她的生活自此时起，自是一个长时间的含辛茹苦。

我母亲最大的禀赋就是容忍。中国史书记载唐朝有个皇帝垂询张公仪那位家长，问他家以什么道理能九世同居而不分离拆散。那位老人家因过于衰迈，难以口述，请准用笔写出回答。他就写了一百个“忍”字。中国道德家时常举出“百忍”的故事为家庭生活最好的例子，但他们似乎没有一个曾觉察到许多苦恼、倾轧、压迫和不平，使容忍成了一种必不可少的事情。

那班接脚媳妇[6]凶恶不善的感情，利如锋刃的话语，含有敌意的嘴脸，我母亲事事都耐心容忍。她有时忍到不可再忍，这才早上不起床，柔声大哭，哭她早丧丈夫，她从不开罪她的媳妇，也不提开罪的那件事，但是这些眼泪，每次都有神秘莫测的效果。我总听得有一位嫂嫂的房门开了，和一个妇人的脚步声向厨房走去。不多一会，她转来敲我们房门了。她走进来捧着一碗热茶，送给我的母亲，劝她止哭，母亲接了茶碗，受了她不出声的认错，然后家里又太平清静得个把月。

我母亲虽则并不知书识字，却把她的全副希望放在我的教育上。我是一个早慧的小孩，不满三岁时，就已认了八百多字，都是我父亲每天用红笺方块教我的。我才满三岁零点，便在学堂里念书。我当时是个多病的小孩，没有搀扶，不能跨一个六英寸高的门槛。但我比学堂里所有别的学生都能读能记些。我从不跟着村中的孩子们一块儿玩。更因我缺少游戏，我五岁时就得了“先生”的绰号。十五年后，我在康奈耳大学做二年级时，也同是为了这个弱点，而被Doc（Doctor缩读，音与dog同，故用作谐称。译者）的诨名。

每天天还未亮时，我母亲便把我喊醒，叫我在床上坐起。她然后把对我父亲所知的一切告诉我。她说她望我踏上他的脚步，她一生只晓得他是最善良最伟大的人。据她说，他是一个多么受人敬重的人，以致在他间或休假回家的时期中，附近烟窟赌馆都改行停业。她对我说我唯有行为好，学业科考成功，才能使他们两老增光；又说她所受的种种苦楚，得以由我勤敏读书来酬偿。我往往眼睛半睁半闭地听。但她除遇有女客与我们同住在一个房间的时候外，罕有不施这番晨训的。

到天大明时，她才把我的衣服穿好，催我去上学。我年稍长，我总是第一个先到学堂，并且差不多每天早晨都是去敲先生的门要钥匙去开学堂的门。钥匙从门缝里递了出来。我隔一会就坐在我的座位上朗朗念书了。学堂里到薄暮才放学，届时每个学生都向朱印石刻的孔夫子大像和先生鞠躬回家。日中上课的时间平均是十二小时。

我母亲一面不许我有任何种类的儿童游戏，一面对于我建一座孔圣庙的孩子气的企图，却给我种种鼓励。我是从我同父异母的姊姊的长子，大我五岁的一个小孩那里学来的。他拿各种华丽的色纸扎了一座孔庙，使我心里羡慕。我用一个大纸匣子作为正殿，背后开了一个方洞，用一只小匣子糊上去，做了摆孔子牌位的内堂。外殿我供了孔子的各大贤徒，并贴了些小小的匾对，书着颂扬这位大圣人的字句，其中半系录自我外甥的庙里，半系自书中抄来。在这座玩具的庙前，频频有香炷燃着。我母亲对于我这番有孩子气的虔敬也觉得欢喜，暗信孔子的神灵一定有报应，使我成为一个有名的学者，并在科考中成为一个及第的士子。

我父亲是一个经学家，也是一个严守朱熹（1130—1200）的新儒教理学的人。他对于释道两教强烈反对。我还记得见我叔父家（那是我的开蒙学堂）的门上有一张日光晒淡了的字条，写着“僧道无缘”几个字。我后来才得知道这是我父亲所遗理学家规例的一部。但是我父亲业已去世，我那彬彬儒雅的叔父，又到皖北去做了一员小吏，而我的几位哥子则都在上海。剩在家里的妇女们，对于我父亲的理学遗规，没有什么拘束了。他们遵守敬奉祖宗的常礼，并随风俗时会所趋，而自由礼神拜佛。观音菩萨是他们所最爱的神，我母亲是出于焦虑我的健康福祉的念头，也做了观音的虔诚信士。我记得有一次她到山上观音阁里去进香，她虽缠足，缠足是苦了一生的，在整段的山路上，还是步行来回。

我在村塾（村中共有七所）里读书。读了九年（1895—1904）。在这个期间，我读习并记诵了下列几部书：

（1）《孝经》：孔子后的一部经籍，作者不明。

（2）《小学》：一部论新儒教道德学说的书，普通谓系宋哲朱熹所作。

（3）《四书》：《论语》《孟子》《大学》《中庸》。

（4）《五经》中的四经：《诗经》《尚书》《易经》《礼记》。

我母亲对于家用向来是节省的，而付我先生的学金，却坚要比平常要多三倍。平常学金两块银元一年，她首先便送六块钱，后又逐渐增加到十二元。由增加学金这一点小事情，我得到千百倍于上述数目比率所未能给的利益。因为那两元的学生，单单是高声朗读，用心记诵，先生从不劳神去对他讲解所记的字。独我为了有额外学金的缘故，得享受把功课中每字每句解给我听，就是将死板文字译作白话这项难得的权利。

我年还不满八岁，就能自己念书，由我二哥的提议，先生使我读《资治通鉴》。这部书，实在是大历史家司马光于一〇八四年所辑编年式的中国通史。这番读史，使我发生很大的兴趣，我不久就从事把各朝代各帝王各年号编成有韵的歌诀，以资记忆。

随后有一天，我在叔父家里的废纸箱中，偶然看见一本《水浒传》的残本，便站在箱边把它看完了。我跑遍全村，不久居然得着全部。从此以后，我读尽了本村邻村所知的小说。这些小说都是用白话或口语写的，既易了解，又有引人入胜的趣味。它们教我人生，好的也教，坏的也教，又给了我一件文艺的工具，若干年后，使我能在中国开始民众所称为“文学革命”的运动。

其时，我的宗教生活经过一个特异的激变。我系生长在拜偶像的环境，习于诸神凶恶丑怪的面孔，和天堂地狱的民间传说。我十一岁时，一日，温习朱子的《小学》，这部书是我能背诵而不甚了解的。我念到这位理学家引司马光那位史家攻击天堂地狱的通俗信仰的话。这段话说：“形既朽灭，神亦飘散，虽有剉烧舂磨，亦无所施。”这话好像说得很有道理，我对于死后审判的观念，就开始怀疑起来。

往后不久，我读司马光的《资治通鉴》，读到第一百三十六卷中有一段，使我成了一个无神论者。所说起的这一段，述纪元五世纪名范缜的一位哲学家，与朝众竞辩“神灭论”。朝廷当时是提倡大乘佛法的。范缜的见解，由司马光摄述为这几句话：“形者神之质也，神者形之用也。神之于形，犹利之于刃。未闻刃没而利存，岂容形灭而神在哉。”

这比司马光的形灭神散的见解——一种仍认有精神的理论——还更透彻有理。范缜根本否认精神为一种实体，谓其仅系神之用。这一番化繁为简合着我儿童的心胸。读到“朝野喧哗，难之，终不能屈”，更使我心悦。

同在那一段内，又引据范缜反对因果轮回说的事。他与竟陵王谈论，王对他说：“君不信因果，何得有富贵贫贱？”范缜答道：“人生如树花同发，随风而散；或拂帘幌，坠茵席之上；或关篱墙，落粪溷[7]之中。堕茵席者，殿下是也；落粪溷者，下官是也。贵贱虽复殊途，因果竟在何处？”

因果之说，由印度传来，在中国人思想生活上已成了主要部分的少数最有力的观念之一。中国古代道德家，常以善有善报，恶有恶报为训。但在现实生活上并不真确。佛教的因果优于中国果报观念的地方，就是可以躲过这个问题，将其归之于前世来世不断的轮回。

但是范缜的比喻，引起了我幼稚的幻想，使我摆脱了噩梦似的因果绝对论，这是以偶然论来对定命论。而我以十一岁的儿童就取了偶然论而叛离了运命，我在那个儿童时代是没有牵强附会的推理的，仅仅是脾性的迎拒罢了。我是我父亲的儿子，司马光和范缜又得了我的心。仅此而已。

四

但是这一种心境的激变，在我早年不无可笑的结果。1903 年的新年里，我到我住在二十四里外的大姊家去拜年。在她家住了几天，我和她的儿子回家，他是来拜我母亲的年的。他家的一个长工替他挑着新年礼物。我们回到路上，经过一个亭子，供着几个奇形怪状的神像。我停下来对我外甥说："这里没有人看见，我们来把这几个菩萨抛到污泥坑里去罢。"我这带孩子气的毁坏神像主张，把我的同伴大大地吓住了。他们劝我走路，莫去惹那些本来已经濒于危境的神道。

这一天正是元宵灯节，我们到了家中，家里有许多客人，我的肚子已经饿了，开饭的时候，我外甥又劝我喝了一杯烧酒。酒在我的肚子里，便作怪起来。我不久便在院子里跑，喊月亮下来看灯。我母亲不悦，叫人来捉我。我在他们前头跑，酒力因我跑路，作用更起得快。我终被捉住，但还努力想挣脱。我母亲抱住我，不久便有许多人朝我们围拢来。

我心里害怕，便胡言乱道起来。于是我外甥家的长工走到我母亲身边，低低地说："外婆，我想他定是精神错乱了。恐怕是神道怪了他。今天下午我们路过三门亭，他提议要把几尊菩萨抛到污泥坑里去。一定是这番话弄出来的事。"我窃听了长工的话，忽然想出一条妙计。我喊叫得更凶，好像我就真是三门亭的一个神一样。我母亲于是便当空焚香祷告，说我年幼无知无咎[8]，许下如果蒙神恕我小孩子的罪过，定到亭上去烧香还愿。

这时候，得报说龙灯来了，在我们屋里的人，都急忙跑去看，只剩下我和母亲两个人。一会儿我就睡着了。母亲许的愿，显然是灵应了。一个月后，我母亲和我上外婆家去，她叫我恭恭敬敬地在三门亭还我们许下的愿。

五

我年甫十三，即离家上路七日，以求“新教育”于上海。自这次别离后，我于十四年之中，只省候过我母亲三次，一总同她住了大约七个月。出自她对我伟大的爱忱，她送我出门，分明没有洒过一滴眼泪就让我在这广大的世界中，独自求我自己的教育和发展，所带着的，只是一个母亲的爱，一个读书的习惯，和一点点怀疑的倾向。

我在上海过了六年（1904—1910），在美国过了七年（1910—1917）。在我停留在上海的时期内，我经历过三个学校（无一个是教会学校），一个都没有毕业。我读了当时所谓的“新教育”的基本东西，以历史、地理、英文、数学，和一点零碎的自然科学为主。从已故林纾[9]氏及其他诸人的意译文字中，我初次认识一大批英国和欧洲的小说家，司各脱、迭更司、大小仲马、嚣俄[10]，以及托尔斯泰等氏的都在内。我读了中国上古、中古几位非儒教和新儒教哲学家的著作，并喜欢墨翟的兼爱说与老子、庄子有自然色彩的哲学。

从当代力量最大的学者梁启超氏的通俗文字中，我渐得略知霍布士、笛卡儿、卢骚、宾坦、康德、达尔文等诸泰西[11]思想家。梁氏是一个崇拜近代西方文明的人，连续发表了些文字，坦然承认中国人以一个民族而言，对于欧洲人所具有许多良好特性，感受缺乏；显著的是注重公共道德，国家思想，爱冒险，私人权利观念与热心防其被侵，爱自由，自治能力，结合的本事与组织的努力，注意身体的培养与健康等。就是这几篇文字猛力把我以我们古旧文明为自足，除战争的武器，商业转运的工具外，没有什么要向西方求学的这种安乐梦中，震醒出来。它们开了给我，也就好像开了给几千几百别的人一样，对于世界整个的新眼界。

我又读过严复所译穆勒的《自由论》和赫胥黎的《天演论》。严氏所译赫胥黎的论著，于一八九八年就出版，并立即得到知识阶级的接受。有钱的人拿钱出来翻印新版以广流传（当时并没有版权），因为有人以达尔文的言论，尤其是它在社会上与政治上的运用，对于一个感受惰性与儒滞日久的民族，乃是一个合宜的刺激。

数年之间，许多的进化名词在当时报章杂志的文字上，就成了口头禅。无数的人，都采来做自己的和儿辈的名号，由是提醒他们国家与个人在生存竞争中消灭的祸害。向尝一度闻名的陈炯明以“竞存”为号。我有两个同学名杨天择和孙竞存。

就是我自己的名字，对于中国以进化论为时尚，也是一个证据。我请我二哥替我起个学名的那天早晨，我还记得清楚。他只想了一刻，他就说，“‘适者生存’中的‘适’字怎么样”？我表同意；先用来做笔名，最后于1910年就用作我的名字。

六

我对于达尔文与斯宾塞两氏进化假说的一些知识，很容易地与几个中国古代思想家的自然学说连了起来。例如在道家伪书《列子》所述的下面这个故事中，发现二千年前有一个一样年轻，同抱一样信仰的人，使我的童心欢悦：

齐田氏祖于庭，食客千人。中坐有献鱼雁者，田氏视之，乃叹曰：“天之于民厚矣！殖五谷，生鱼鸟以为之用。”众客和之如响。鲍氏之子，年十二，预于次，进曰：“不如君言。天地万物，与我并生，类也。类无贵贱，徒以大小智力而相制，迭相食，非相为而生之。人取食者而食之，岂天本为人而生之，且蚊蚋噆肤[12]，虎狼食肉，岂天本为蚊蚋生人，虎狼生肉者哉？”

1906年，我在中国公学同学中，有几位办了一个定期刊物，名《竞业旬报》，——达尔文学说通行的又一例子——其主旨在以新思想灌输于未受教育的民众，系以白话刊行。我被邀在创刊号撰稿。一年之后，我独自做编辑。我编辑这个杂志的工作不但帮助我启发运用现行口语为一种文艺工具的才能，且以明白的话语及合理的次序，想出自我幼年就已具了形式的观念和思想。在我为这个杂志所著的许多论文内，我猛力攻击人民的迷信，且坦然主张毁弃神道，兼持无神论。

1908年，我家因营业失败，经济大感困难。我于十七岁上，就必须供给我自己读书，兼供养家中的母亲。我有一年多停学，教授初等英文，每日授课五小时，月得修金八十元。1910年，我教了几个月的国文。

那几年（1909—1910）是中国历史上的黑暗时代，也是我个人历史上的黑暗时代。革命在好几省内爆发，每次都归失败。中国公学原是革命活动的中心，我在那里的旧同学参加此等密谋的实繁有徒，丧失生命的为数也不少。这班政治犯有好些来到上海与我住在一起，我们都是意气消沉，厌世悲观的。我们喝酒，作悲观的诗词，日夜谈论，且往往作没有输赢的赌博。我们甚至还请了一个老伶工来教我们唱戏。有一天早上，我作了一首诗，中有这一句：“霜浓欺日淡！”

意气消沉与执劳任役驱使我们走入了种种的流浪放荡。有一个雨夜，我喝酒喝得大醉，在镇上与巡捕角斗，把我自己弄进监里去关了一夜。到我次晨回寓，在镜中看出我脸上的血痕，就记起李白饮酒歌中的这一句：“有人用武力，任出吾身物。”这一句一时也查不出原文。）我决心脱离教书和我的这班朋友。下了一个月的苦功夫，我就前往北京投考用美国退还庚子赔款所设的学额。我考试及格，即于七月间放洋赴美。

七

我到美国，满怀悲观。但不久便交结了些朋友，对于那个国家和人民都很喜爱。美国人出自天真的乐观与朝气给了我很好的印象。在这个地方，似乎无一事一物不能由人类智力做得成的。我不能避免这种对于人生持有喜气的眼光的传染，数年之间，就渐渐治疗了我少年老成的态度。

我第一次去看足球比赛时，我坐在那里以哲学的态度看球赛时的粗暴及狂叫欢呼为乐。而这种狂叫欢呼在我看来，似乎是很不够大学生的尊严的。但是到竞争愈渐激烈，我也就开始领悟这种热心。随后我偶然回头望见白了头发的植物学教授劳理先生诚心诚意地在欢呼狂叫，我觉得如是地自惭，以致我不久也就热心地陪着众人欢呼了。

就是在民国初年最黑暗的时期内，我还是想法子打起我的精神。在致一个华友的信里面，我说道："除了你我自己灰心失意，以为无希望外，没有事情是无希望的。"在我的日记上，我记下些引录的句子，如引克洛浦的这一句："如果希望是麻醉物，恐惧就是作伪者。"又如我自己译自勃朗宁的这一节诗：

从不转背而挺身向前，
从不怀疑云要破裂，
虽合理地弄糟，违理地占胜，
而从不做迷梦的，
相信我们沉而再升，败而再战，
睡而再醒。

一九一四年一月，我写这一句在我的日记上："我相信我自离开中国后，所学得的最大的事情，就是这种乐观的人生哲学了。"一九一五年，我以关于勃朗宁最优的论文得受柯生奖金。我论文的题目是《勃朗宁乐观主义辩》。我想来大半是我渐次改变了的人生观使我于替他辩护时，以一种诚信的意识来发言。

我系以在康奈耳大学做纽约农科学院的学生开始我的大学生涯。

我的选择是根据了当时中国盛行的，谓中国学生须学点有用的技艺，文学、哲学是没有什么实用的这个信念。但是也有一个经济的动机。农科学院当时不收学费，我心想或许还能够把每月的月费省下一部分来汇给我的母亲。

农场上的经验我一点都不曾有过，并且我的心也不在农业上。一年级的英国文学及德文课程，较之农场实习和养果学，反使我感觉兴趣。踌躇观望了一年又半，我最后转入文理学院，一次缴纳四个学期的学费，就是使我受八个月困境的处分。但是我对于我的新学科觉得更为自然，从不懊悔这番改变。

有一科《欧洲哲学史》——归故克莱顿教授那位恩师主持，——领导我以哲学做了主科。我对于英国文学与政治学也深有兴趣。康奈耳的哲学院是唯心论的重镇。在其领导之下，我读了古代近代古典派哲学家比较重要的著作，我也读过晚近唯心论者如布拉特莱，鲍森揆[13]等的作品，但是他们提出的问题从未引起我的兴趣。

1915 年，我往哥林比亚大学，就学于杜威教授，直至一九一七年我回国之时为止。得着杜威的鼓励，我著成我的论文《先秦名学史》这篇论文，使我把中国古代哲学著作重读一遍，并立下我对于中国思想史的一切研究的基础。

八

我留美的七年间，我有许多课外的活动，影响我的生命和思想，说不定也与我的大学课业一样。当意气颓唐的时候，我对于基督教大感兴趣，且差不多把《圣经》读完。1911 年夏，我出席于在宾雪凡尼亚普柯诺派思司举行的中国基督教学生会的大会做来宾时，我几乎打定主意做了基督徒。

但是我渐渐地与基督教脱离，虽则我对于其发达的历史曾多有习读，因为有好久时光我是一个信仰无抵抗主义的信徒。耶稣降生前五百年，中国哲学家老子曾传授过上善若水，水善应万物而不争。我早年接收老子的这个教训，使我大大地爱着《登山宝训》。

1914 年，世界大战爆发，我深为比利时的命运所动，而成了一个确定的无抵抗者。我在康奈耳大同俱乐部住了三年，结交了许多各种国籍的热心朋友。受着像那士密氏和麦慈那样唯心的平和论者的影响，我自己也成了一个热心的平和论者。大学废军联盟因维腊特的提议而成立于 1915 年，我是其创办人之一。

到后来，各国际政体俱乐部成立，我在那士密氏和安格尔的领导之下，做了一个最活动的会员，且曾参加过其起首两届的年会。1916 年，我以我的论文《国际关系中有代替武力的吗？》得受国际政体俱乐部的奖金。在这篇论文里，我阐明依据以法律为有组织的武力建立一个国际联盟的哲理。

我的平和主义与国际大同主义往往使我陷入十分麻烦的地位。日本由攻击德国在山东的领土以加入世界大战时，向世界宣布说，这些领土“终将归还中国”。我是留美华人中唯一相信这个宣言的人，并以文字辩驳说，日本于其所言，说不定是意在必行的。关于这一层，我为许多同辈的学生所嘲笑。及 1915 年日本提出有名的对华二十一条，留美学生，人人都赞成立即与日本开战。我写了一封公开的信给《中国留美学生月报》，劝告处之以温和，持之以冷静。我为这封信受了各方面的严厉攻击，屡被斥为卖国贼。战争是因中国接受一部要求而得避免了，但德国在华领土则直至七年之后才交还中国。

我读易卜生、莫黎[14]和赫胥黎诸氏的著作，教我思考诚实与发言诚实的重要。我读过易卜生所有的戏剧，特别爱看《人民之敌》、莫黎的《论妥协》，先由我的好友威廉思女士介绍给我，她是一直做了左右我生命最重要的精神力量。莫黎曾教我：“一种主义，如果健全的话，是代表一种较大的便宜的。为了一时似是而非的便宜而将其放弃，乃是为小善而牺牲大善。疲弊时代，剥夺高贵的行为和向上的品格，再没有什么有这样拿得定的了。”

赫胥黎还更进一步教授一种理知诚实的方法。他单单是说：“拿也如同可以证明我相信别的东西为合理的那种种证据来，那么我就相信人的不朽了。向我说类比和或能是说无用的。我说我相信倒转平方律时，我是知道我意何所指的，我必不把我的生命和希望放在较弱的信证上。”赫胥黎也曾说过：“一个人生命中最神圣的举动，就是说出并感觉得我相信某项某项是真的。生在世上一切最大的赏，一切最重要的罚，都是系在这个举动上。”

人生最神圣的责任是努力思想得好，我就是从杜威教授学来的。或思想得不精，或思想而不严格的到它的前因后果，接受现成的整块的概念以为思想的前提，而于不知不觉间受其个人的影响，或多把个人的观念由造成结果而加以测验，在理知上都是没有责任心的。真理的一切最大的发现，历史上一切最大的灾祸，都有赖于此。

杜威给了我们一种思想的哲学，以思想为一种艺术，为一种技术。在《思维术》和《实验逻辑论文集》里面，他制出这项技术。我察出不但于实验科学上的发明为然，即于历史科学上最佳的探讨，内容的详定，文字的改造，及高等的批评等也是如此。在这种种境域内，曾由同是这个技术而得到最佳的结果。这个技术主体上是具有大胆提出假设，和（加）上诚恳留意于制裁与证实。这个实验的思想技术，堪当创造的智力这个名称，因其在运用想象机智以寻求证据，做成实验上，和在自思想有成就的结实所发出满意的结果上，实实在在是有创造性的。

奇怪之极，这种功利主义的逻辑竟使我变成了一个做历史探讨工作的人。我曾用进化的方法去思想，而这种有进化性的思想习惯，就做了我此后在思想史及文学工作上的成功之钥。尤更奇怪的，这个历史的思想方法并没有使我成为一个守旧的人，而时常是进步的人。例如，我在中国对于文学革命的辩论，全是根据无可否认的历史进化的事实，且一向都非我的对方所能答复得来的。

九

我母亲于 1918 年逝世。她的逝世，就是引导我把我在这广大世界中摸索了十四年多些的信条第一次列成条文的时机。这个信条系于 1919 年发表在以《不朽》为题的一篇文章里面。

因有我在幼童时期读书得来的学识，我早久就已摒弃了个人死后生存的观念了。好多年来，我都是以一种“三不朽”的古说为满意，这种古说我是在《春秋左氏传》里面找出来的。传记里载贤臣叔孙豹于纪元前五四八年（时孔子还只有三岁。译者按，即鲁襄公二十四年）谓有立德、立功、立言三不朽。此三者“虽久不忘，此之谓不朽”。这种学说引动我心有如是之甚，以致我每每向我的外国朋友谈起，并给了它一个名字，叫作“三W的不朽主义”（三W即Worth，Work，Words三字的头一个字母）。

我母亲的逝世使我重新想到这个问题。我就开始觉得三不朽的学说有修正的必要。第一层，其弱点在太过概括一切。在这个世界上，有多少人其在德行功绩言语上的成就，其哲理上的智慧能久久不忘的呢？例如哥伦布是可以不朽了，但是他那些别的水手怎样呢？那些替他造船或供给他用具的人，那许多或由作有勇敢的思考，或由在海洋中作有成无成的探险，替他铺下道路的前导又怎样呢？简括地说，一个人应有多大的成就，才可以得不朽呢？

次一层，这个学说对于人类的行为没有消极的裁制。美德固是不朽的了，但是恶德又怎样呢？我们还要再去借重审判日或地狱之火吗？

我母亲的活动从未超出家庭间琐屑细事之外，但是她的左右力，能清清楚楚地从来吊祭她的男男女女的脸上看得出来。我检阅我已死的母亲的生平，我追忆我父亲个人对她毕生左右的力量，及其对我本身垂久的影响，我遂诚信一切事物都是不朽的。我们所做的一切什么人，我们所干的一切什么事，我们所讲的一切什么话，从在世界上某个地方自有其影响这个意义看来，都是不朽的。这个影响又将依次在别个地方有其效果，而此事又将继续入于无限的空间与时间。

正如列勃涅慈[15]有一次所说：“人人都感觉到在宇宙中所经历的一切，以及那目睹一切的人，可以从经历其他各处的事物，甚至曾经并将识别现在的事物中，解识出在时间与空间上已被移动的事物。我们是看不见一切的，但一切事物都在那里，达到无穷境无穷期。”一个人就是他所吃的东西，所以达柯塔的务农者，加利芳尼亚的种果者，以及千百万别的粮食供给者的工作，都是生活在他的身上。一个人就是他所想的东西，所以凡曾于他有所左右的人——自苏格拉底、柏拉图、孔子以至于他本区教会的牧师和抚育保姆——都是生活在他的身上。一个人也就是他所享乐的东西，所以无数美术家和以技取悦的人，无论现尚生存或久已物故，有名无名，崇高粗俗，都是生活在他的身上。诸如此类，以至于无穷。

一千四百年前，有一个人写了一篇论“神灭”的文章，被认为亵渎神圣，有如是之甚，以致其君皇敕七十个大儒来相驳难，竟给其驳倒。但是五百年后，有一位史家把这篇文章在他的伟大的史籍中纪了一个撮要。又过了九百年，然后有一个十一岁的小孩偶然碰到这个三十五个字的简单撮要，而这三十五个字，于埋没了一千四百年之后，突然活了起来而生活于他的身上，更由他而生活于几千几百个男男女女的身上。

1912 年，我的母校来了一位英国讲师，发表一篇演说，《论中国建立共和的不可能》。他的演讲当时我觉得很为不通，但是我以他对于母音 O 的特异的发音方法为有趣，我就坐在那里模拟以自娱。他的演说久已忘记了，但是他对于母音的发音方法，这些年来却总与我不离，说不定现在还在我的几千百个学生的口上，而从没有觉察到是由于我对于布兰特先生的恶作剧的模仿，而布兰特先生也是从不知道的。

两千五百年前，喜马拉雅山的一个山峡里死了一个乞丐。他的尸体在路旁已在腐溃了，来了一个少年王子，看见这个怕人的景象，就从事思考起来。他想到人生及其他一切事物的无常，遂决心脱离家庭，前往旷野中去想出一个自救以救人类的方法。多年后，他从旷野里出来，做了释迦佛，而向世界宣布他所找出的拯救的方法。这样，甚至一个死丐尸体的腐溃，对于创立世界上一个最大的宗教，也曾不知不觉地贡献了其一部分。

这一个推想的线索引导我信了可以称为社会不朽的宗教，因为这个推想在大体上全系根据于社会对我的影响，日积月累而成小我，小我对于其本身是些什么，对于可以称社会、人类或大自然的那个大我有些什么施为，都留有一个抹不去的痕迹这番意思。小我是会要死的，但是他还是继续存活在这个大我身上。这个大我乃是不朽的，他的一切善恶功罪，他的一切言行思想，无论是显著的或细微的，对的或不对的，有好处或有坏处——样样都是生存在其对于大我所产生的影响上。这个大我永远生存，做了无数小我胜利或失败的垂久宏大的佐证。

这个社会不朽的概念之所以比中国古代三不朽学说更为满意，就在于包括英雄圣贤，也包括贱者微者，包括美德，也包括恶德，包括功德，也包括罪孽。就是这项承认善的不朽，也承认恶的不朽，才构成这种学说道德上的许可。一个死尸的腐烂可以创立一个宗教，但也可以为患全个大陆。一个酒店侍女偶发一个议论，可以使一个波斯僧侣豁然大悟，但是一个错误的政治或社会改造议论，却可以引起几百年的杀人流血。发现一个极微的杆菌，可以福利几千百万人，但是一个害痨的人吐出的一小点痰涎，也可以害死大批的人，害死几世几代。

人所做的恶事，的确是在他们身后还存在的！就是明白承认行为的结果才构成我们道德责任的意识。小我对于较大的社会的我负有巨大的债项，把他干的什么事情，作的什么思想，做的什么人物，概行对之负起责任，乃是他的职分。人类之为现在的人类，固是由我们祖先的智行愚行所造而成，但是到我们做完了我们分内事时，我们又将由人类成为怎么样而受裁判了。我们要说，“我们之后是大灾大厄”吗？抑或要说，“我们之后是幸福无疆”吗？

十

1923 年，我又得了一个时机把我的信条列成更普通的条文。地质学家丁文江[16]氏所著，在我所主编的一个周报上发表，论《科学与人生观》的一篇文章，开始了一场用差不多延持了一个足年的长期论战。在中国凡有点地位的思想家。全都曾参与其事。到一九二三年终，由某个善经营的出版家把这论战的文章收集起来，字数竟达二十五万。我被请为这个集子作序。我的序言给这本已繁重的文集又加了一万字，而以我所拟议的“新宇宙观和新人生观的轮廓”为结论，不过有些含有敌意的基督教会，却以恶作剧的口吻，称其为“胡适的新十诫”，我现在为其自有其价值而选择出来：

（1）根据于天文学和物理学的知识，叫人知道空间的无限之大。

（2）根据于地质学及古生物学的知识，叫人知道时间的无穷之长。

（3）根据于一切科学，叫人知道宇宙及其中万物的运行变迁皆是自然的，——自己如此的，——正用不着什么超自然的主宰或造物者。

（4）根据于生物学的科学知识，叫人知道生物界的生存竞争的浪费与残酷，——因此叫人更可以明白那“有好生之德”的主宰的假设是不能成立的。

（5）根据于生物学、生理学、心理学的知识，叫人知道人不过是动物的一种；他和别种动物只有程序的差异，并无种类的区别。

（6）根据于生物的科学及人类学、人种学、社会学的知识，叫人知道生物及人类社会演进的历史和演进的原因。

（7）根据于生物的及心理的科学，叫人知道一切心理的现象都是有因的。

（8）根据于生物学及社会学的知识，叫人知道道德礼教是变迁的，而变迁的原因都是可以用科学的方法寻求出来的。

（9）则根据于新的物理化学的知识，叫人知道物质不是死的，是活的；不是静的，是动的。

（10）根据于生物学及社会学的知识，叫人知道个人——“小我”——是要死灭的，而人类——“大我”——是不死的，不朽的；叫人知道“为全种万世而生活”就是宗教，就是最高的宗教。而那些替个人谋死后的“天堂”“净土”的宗教，乃是自私自利的宗教。

我结论道：“这种新人生观是建筑在二三百年的科学常识之上的一个大假设，我们也许可以给他加上‘科学的人生观’的尊号。但为避免无谓的争论起见，我主张叫它作‘自然主义的人生观’。”

“我们在那个自然的宇宙里，在那无穷之大的空间里，在那无穷之长的时间里，这个平均高五尺六寸，上寿不过百年的两手动物——人——真是一个藐乎其小的微生物了。在那个自然主义的宇宙里，天行是有常度的，物变是有自然法则的，因果的大法支配着他——人——的一切生活，生存竞争的惨剧鞭策着他的一切行为，——这个两手动物的自由真是很有限的了。”

“然而那个自然主义的宇宙里的这个渺小的两手动物，却也有他的相当的地位和相当的价值。他用的两手和一个大脑，居然能做出许多器具，想出许多方法，造成一点文化。他不但驯服了许多禽兽，他还能考究宇宙间的自然法则，利用这些法则来驾驭天行，到现在他居然能叫电气给他赶车，以太阳给他送信了。”

“他的智慧的长进就是他的能力的增加。然而智慧的长进却又使他的胸襟扩大，想象力提高。他也曾拜物拜畜生，也曾怕神怕鬼，但他现在渐渐地脱离了这种种幼稚的时期，他现在渐渐明白：空间之大只增加他对于宇宙的美感；时间之长只使他格外明了祖宗创业之艰难；天行之有常只增加他制裁自然界的能力。”

“甚至于因果律之笼罩一切，也并不见得束缚他的自由。因为因果律的作用，一方面使他可以由因求果，由果推因，解释过去，预测未来；一方面又使他可以运用他的智慧，创造新因，以求新果。甚至于生存竞争的观念也并不见得就使他成为一个冷酷无情的畜生，也许还可以格外增加他对于同类的同情心，格外使他深信互助的重要，格外使他注重人为的努力，以减免天然竞争的残酷与浪费。总而言之，这个自然主义的人生观里，未尝没有美，未尝没有诗意，未尝没有道德的责任，未尝没有充分运用创造的智慧的机会。”

（原载于 1931 年 1—2 月美国《论坛》月刊。作者自译本收入 1931 年上海良友图书印刷公司出版的《中国四大思想家信仰之自述》）

注释

1. 吴大澂（1835—1902）：江苏吴县（今江苏苏州）人。清代学者，金石学家，书画家。

2. 延见：召见。

3. 俾（bǐ）：使。

4. 庚帖：旧时婚俗将写有男女双方姓名、籍贯、生辰八字及祖宗三代姓名的红色柬帖称为“庚帖”。

5. 殁（mò）：死。本义为死于非命（未及寿终而死）。

6. 接脚媳妇：妻子死后，再娶的女子叫作“接脚女”。

7. 粪溷（hùn）：粪坑，厕所。

8. 无咎：没有过失，无所归罪。

9. 林纾（1852—1924）：福建闽县（今福州市）人，近代文学家、翻译家。以意译外国名家小说见称于时。

10. 嚣俄：法国大文学家雨果。

11. 泰西：犹极西。旧泛指西方国家，一般指欧美各国。

12. 蚊蚋（ruì）：吸血昆虫。噆（zǎn）：叮咬。

13. 鲍森揆：通译鲍桑葵（1848—1923），英国哲学家、美学家，表现主义美学代表之一。

14. 莫黎：通译莫莱（1838—1923），英国政治家。

15. 列勃涅慈：通译莱布尼兹。

16. 丁文江（1887—1936）：地质学家、地质教育家，中国地质事业的奠基人之一。

逼上梁山

——文学革命的开始

一

提起我们当时讨论“文学革命”的起因，我不能不想到那时清华学生监督处的一个怪人。这个人叫作钟文鳌，他是一个基督教徒，受了传教士和青年会的很大的影响。他在华盛顿的清华学生监督处做书记，他的职务是每月寄发各地学生应得的月费。他想利用他发支票的机会来做一点社会改革的宣传。他印了一些宣传品，和每月的支票夹在一个信封里寄给我们。他的小传单有种种花样，大致是这样的口气：

“不满二十五岁不娶妻。”

“废除汉字，取用字母。”

“多种树，种树有益。”

支票是我们每月渴望的；可是钟文鳌先生的小传单未必都受我们的欢迎。我们拆开信，把支票抽出来，就把这个好人的传单抛在字纸篓里去。

可是钟先生的热心真可厌——他不管你看不看，每月总照样夹带一两张小传单给你。我们平时厌恶这种青年会宣传方法的，总觉得他这样滥用职权是不应该的。有一天，我又接到了他的一张传单，说中国应该改用字母拼音；说欲求教育普及，非有字母不可。我一时动了气，就写了一封短信去骂他。信上的大意是说："你们这种不通汉文的人，不配谈改良中国文字的问题。你要谈这个问题，必须先费几年工夫，把汉文弄通了，那时你才有资格谈汉字是不是应该废除。"

这封信寄出去之后，我就有点懊悔了，等了几天，钟文鳌先生没有回信来，我更觉得我不应该这样"盛气凌人"；我想，这个问题不是一骂就可完事的。我既然说钟先生不够资格讨论此事，我们够资格的人就应该用点心思才力去研究这个问题。不然，我们就应该受钟先生的训斥了。

那一年恰好东美的中国学生会新成立了一个"文学科学研究部"（Institute of Arts and Sciences），我是文学股的委员，负有准备年会时分股讨论的责任。我就同赵元任[1]先生商量，把"中国文字的问题"作为本年文学股的论题，由他和我两个人分作两篇论文，讨论这个问题的两个方面：赵君专论"吾国文字能否采用字母制，及其进行方法"；我的题目是"如何可使吾国文言易于教授"。赵君后来觉得一篇不够，连作了几篇长文，说吾国文字可以采用音标拼音，并且详述赞成与反对的理由。他后来是"国语罗马字"的主要制作人；这几篇主张中国拼音文字的论文是国语罗马字的历史的一种重要史料。我的论文是一种过渡时代的补救办法。我的日记里记此文大旨如下：

（一）汉文问题之中心在于"汉文究可为传授教育之利器否"一问题。

（二）汉文所以不易普及者，其故不在汉文，而在教之之术之不完。同一文字也，甲以讲书之故而通文，能读书作文；乙以徒事诵读不求讲解之故而终身不能读书作文。可知受病之源在于教法。

（三）旧法之弊，盖有四端：

（1）汉文乃是半死之文字，不当以教活文字之法教之。（活文字者，日用语言之文字，如英法文是也，如吾国之白话是也。死文字者，如希腊、拉丁，非日用之语言，已陈死矣。半死文字者，以其中尚有日用之分子在也。如犬字是已死之字，狗字是活字；乘马是死语，骑马是活语。

故曰半死之文字也。）旧法不明此义，以为徒事朗诵，可得字义，此其受病之源。教死文字之法，与教外国文字略相似，须用翻译之法，译死语为活语，前谓“讲书”是也。

（2）汉文乃是视官的文字，非听官的文字。凡一字有二要，一为其声，一为其义：无论何种文字，皆不能同时并达此二者。字母的文字但能传声，不能达意；象形会意之文字，但可达意而不能传声；今之汉文已失象形会意指事之特长，而教者又不复知说文字。其结果遂令吾国文字既不能传声，又不能达意。向之有一短者，今乃并失其所长。学者不独须强记字音，又须强记字义，是事倍而功半也。欲救此弊，当鼓励字源学，当以古体与今体同列教科书中；小学教科当先令童蒙习象形指事之字，次及浅易之会意字，次及浅易之形声字。中学以上皆当习字源学。

（3）吾国文本有文法。文法乃教文字语言之捷径，当今鼓励文法学，列为必须之学科。

（4）吾国向不用文字符号，致文字不易普及；而文法之不讲，亦未始不由于此，今当力求采用一种规定之符号，以求文法之明显易解，及意义之确定不易。（以上引一九一五年八月二十六日记）

我是不反对字母拼音的中国文字的；但我的历史训练（也许是一种保守性）使我感觉字母的文字不是容易实行的，而我那时还没有想到白话可以完全替代文言，所以我那时想要改良文言的教授方法，使汉文容易教授。我那段日记的前段还说：

当此字母制未成之先，今之文言终不可废置，以其为仅有之各省交通之媒介也，以其为仅有之教育授受之具也。

我提出的四条古文教授法，都是从我早年的经验里得来的。第一条注重讲解古书，是我幼年时最得力的方法（见《四十自述》，页四四—四六）。第二条主张字源学是在美国时的一点经验，有一个美国同学跟我学中国文字，我买一部王筠[2]的《文字蒙求》给他做课本觉得颇有功效。第三条讲求文法是我崇拜《马氏文通》[3]的结果，也是我学习英文的经验的教训。第四条讲标点符号的重要也是学外国文得来的教训。我那几年想出了种种标点的符号，一九一五年六月为《科学》作了一篇《论句读及文字符号》的长文，约有一万字，凡规定符号十种，在引论中我讨论没有文字符号的三大弊：一为意义不能确定，容易误解；二为无以表示文法上的关系；三为教育不能普及。我在日记里自跋云：

吾之有意于句读及符号之学也久矣。此文乃数年来关于此问题之思想结晶而成者，初非一时兴到之作也。后此文中，当用此制。七月二日。

二

以上是一九一五年夏季的事。这时候我已承认白话是活文字，古文是半死的文字。那个夏天，任叔永[4]（鸿隽），梅觐庄（光迪），杨杏佛[5]（铨），唐擘黄（钺）[6]都在绮色佳[7]过夏，我们常常讨论中国文学的问题。从中国文字问题转到中国文学问题，这是一个大转变。这一班人中，最守旧的是梅觐庄，他绝对不承认中国古文是半死或全死的文字。因为他的反驳，我不能不细细想过我自己的立场。他越驳越守旧，我倒渐渐变得更激烈了。我那时常提到中国文学必须经过一场革命；“文学革命”的口号，就是那个夏天我们乱谈出来的。

梅觐庄新从芝加哥附近的西北大学毕业出来，在绮色佳过了夏，要往哈佛大学去。九月十七日，我做了一首长诗送他，诗中有这两段很大胆的宣言：

梅生梅生毋自鄙！神州文学久枯馁，百年未有健者起。新潮之来不可止；文学革命其时矣！吾辈势不容坐视。且复号召二三子，革命军前杖马箠[8]，鞭笞驱除一车鬼，再拜迎入新世纪！以此报国未云菲：缩地戡天[9]差可似。梅生梅生毋自鄙！

作歌今送梅生行，狂言人道臣当烹。我自不吐定不快，人言未足为重轻。

在这诗里，我第一次用“文学革命”一个名词。这首诗颇引起了一些小风波。原诗共有四百二十字，全篇用了十一个外国字的译音。任叔永把那诗里的一些外国字连缀起来，做了一首游戏诗送我往纽约：

牛敦爱迭孙，培根客尔文[10]。

索虏与霍桑，“烟士披里纯”。

鞭笞一车鬼，为君生琼英。

文学今革命，作歌送胡生。

诗的末行自然是挖苦我的“文学革命”的狂言。所以我可不能把这诗当作游戏看。我在九月十九日的日记里记了一行：

右叔永戏赠诗，知我乎？罪我乎？

九月二十日，我离开绮色佳，转学到纽约去进哥伦比亚大学，在火车上用叔永的游戏诗的韵脚，写了一首很庄重的答词，寄给绮色佳的各位朋友：

诗国革命何自始？要须作诗如作文。

琢镂粉饰丧元气，貌似未必诗之纯。

小人行文颇大胆，诸公一一皆人英。

愿共戮力[11]莫相笑，我辈不作儒腐生。

在这短诗里，我特别提出了“诗国革命”的问题，并且提出了一个“要须作诗如作文”的方案，从这个方案上，惹出了后来作白话诗的尝试。

我认定了中国诗史上的趋势，由唐诗变到宋诗，无甚玄妙，只是作诗更近于作文，更近于说话。近世诗人欢喜做宋诗，其实他们不曾明白宋诗的长处在哪儿。宋朝的大诗人的绝大贡献，只在打破了六朝以来的声律的束缚，努力造成一种近于说话的诗体。我那时的主张颇受了读宋诗的影响，所以说“要须作诗如作文”，又反对“琢镂粉饰”的诗。那时我初到纽约，觐庄初到康桥，各人都很忙，没有打笔墨官司的余暇。但这只是暂时的停战，偶一接触，又爆发了。

三

一九一六年，我们的争辩最激烈，也最有效果。争辩的起点，仍旧是我的“要须作诗如作文”的一句诗。梅觐庄曾驳我道：

足下谓诗国革命始于“作诗如作文”，迪颇不以为然，诗文截然两途。诗之文字（Poetic diction）与文之文字（Prose diction）自有诗文以来（无论中西），已分道而驰。足下为诗界革命家，改良“诗之文字”则可。若仅移“文之文字”于诗，即谓之革命，则不可也。……一言以蔽之，吾国求诗界革命，当于诗中求之，与文无涉也。若移“文之文字”于诗，即谓之革命，则诗界革命不成问题矣。以其太易易也。

任叔永也来信，说他赞成觐庄的主张。我觉得自己很孤立，但我终觉得他们两人的说法都不能使我心服。我不信诗与文是完全截然两途的。我答他们的信，说我的主张并不仅仅是以“文之文字”入诗。我的大意是：

今日文学大病在于徒有形式而无精神，徒有文而无质，徒有铿锵之韵，貌似之辞而已。今欲救此文胜之弊，宜从三事入手：第一须言之有物，第二须讲文法，第三，当用“文之文字”时，不可避之。三者皆以质救文胜之敝也。（二月三日）

我自己日记里记着：

吾所持论，固不徒以“文之文字”入诗而已。然不避“文之文字”，自是吾论诗之一法。……古诗如白香山之《道州民》，如老杜之《自京赴奉先咏怀》，如黄山谷之《题莲华寺》，何一非用“文之文字”，又何一非用“诗之文字”耶？（三月三日）

这时候，我已仿佛认识了中国文学问题的性质。我认清了这问题在于“有文而无质”。怎么才可以救这“文胜质”的毛病呢？我那时的答案还没有敢想到白话上去，我只敢说“不避文的文字”而已。但这样胆小的提议，我的一班朋友都还不能了解。梅觐庄的固执“诗的文字”与“文的文字”的区别，自不必说。任叔永也不能完全了解我的意思。他有信来说：

> ……要之，无论诗文，皆当有质。有文无质，则成吾国近世萎靡腐朽之文学，吾人正当廓而清之。然使以文学革命自命者，乃言之无文，欲其行远，得乎？近来颇思吾国文学不振，其最大原因，乃在文人无学。救之之法，当从绩学[12]入手。徒于文字形式上讨论，无当也。（二月十日）

这种说法，何尝不是？但他们都不明白“文字形式”往往是可以妨碍束缚文学的本质的。“旧皮囊装不得新酒”，是西方的老话。我们也有“工欲善其事，必先利其器”的古话。文字形式是文学的工具；工具不适用，如何能达意表情？

从二月到三月，我的思想上起了一个根本的新觉悟。我曾彻底想过：一部中国文学史只是一部文字形式（工具）新陈代谢的历史，只是“活文学”随时起来替代了“死文学”的历史。文学的生命全靠能用一个时代的活的工具来表现一个时代的情感与思想。工具僵化了，必须另换新的，活的，这就是“文学革命”。例如《水浒传》上石秀说的：你这与奴才做奴才的奴才！我们若把这句话改作古文，“汝奴之奴”或他种译法，总不能有原文的力量。这岂不是因为死的文字不能表现活的话语？此种例证，何止千百？所以我们可以说：历史上的“文学革命”全是文学工具的革命。叔永诸人全不知道工具的重要，所以说“徒于文字形式上讨论，无当也”。他们忘了欧洲近代文学史的大教训！若没有各国的活语言做新工具，若近代欧洲文人都还须用那已死的拉丁文做工具，欧洲近代文学的勃兴是可能的吗？欧洲各国文学革命只是文学工具的革命。中国文学史上几番革命也都是文学工具的革命；这是我的新觉悟。

我到此时才把中国文学史看明白了，才认清了中国俗话文学（从宋儒的白话语录到元朝明朝的白话戏曲和白话小说）是中国的正统文学，是代表中国文学革命自然发展的趋势的。我到此时才敢正式承认中国今日需要的文学革命是用白话替代古文的革命，是用活的工具替代死的工具的革命。

一九一六年三月间，我曾写信给梅觐庄，略说我的新见解，指出宋元的白话文学的重要价值。觐庄究竟是研究过西洋文学史的人，他回信居然很赞成我的意见。他说：

来书论宋元文学，甚启聋聩。文学革命自当从“民间文学”（Folklore，Popular poetry，Spoken language，etc.）入手，此无待言。惟非经一番大战争不可，骤言俚俗文学，必为旧派文家所讪笑攻击。但我辈正欢迎其讪笑攻击耳。（三月十九日）

这封信真叫我高兴，梅觐庄也成了“我辈”了！

我在四月五日把我的见解写出来，作为两段很长的日记。第一段说：

文学革命，在吾国史上，非创见也。即以韵文而论：三百篇变而为骚，一大革命也。又变为五言七言之诗，二大革命也。赋之变为无韵之骈文，三大革命也。古诗之变为律诗，四大革命也。诗之变为词，五大革命也。词之变为曲，为剧本，六大革命也。何独于吾所持文学革命论而疑之！

第二段论散文的革命：

文亦几遭革命矣。孔子至于秦汉，中国文体始臻完备。……六朝之文亦有绝妙之作。然其时骈俪之体大盛，文以工巧雕琢见长，文法遂衰。韩退之之“文起八代之衰”[13]，其功在于恢复散文，讲求文法，此亦一革命也。唐代文学革命家，不仅韩氏一人；初唐之小说家皆革命功臣也。“古文”一派，至今为散文正宗，然宋人谈哲理者，似悟古文之不适于用，于是语录体兴焉。语录体者，以俚语说理记事。……此亦一大革命也。……至元人之小说，此体始臻极盛。……总之，文学革命至元代而登峰造极。其时词也，曲也，剧本也，小说也，皆第一流之文学，而皆以俚语为之。其时吾国真可谓有一种“活文学”出世。倘此革命潮流（革命潮流即天演进化之迹。自其异者言之，谓之革命。自其循序渐进之迹言之，即谓之进化，可也。）不遭明代八股之劫，不受诸文人复古之劫，则吾国之文学必已为俚语的文学，而吾国之语言早成为言文一致之语言，可无疑也。但丁之创意大利文，却叟[14]之创英吉利文，马丁路得[15]之创德意志文，未足独有千古矣。惜乎，五百余年来，半死之古文，半死之诗词，复夺此“活文学”之地位，而“半死文学”遂苟延残喘以至于今日。今日之文学，独我佛山人，南亭亭长，洪都百炼生诸公之小说可称“活文学”耳。文学革命何可更缓耶？何可更缓耶！（四月五日夜记）

从此以后，我觉得我已从中国文学演变的历史上寻得了中国文学问题的解决方案，所以我更自信这条路是不错的。过了几天，我作了一首《沁园春》词，写我那时的情绪：

沁园春　誓诗

更不伤春，更不悲秋，以此誓诗。

任花开也好，花飞也好，月圆固好，日落何悲？

我闻之曰，“从天而颂，孰与制天而用之”？更安用，为苍天歌哭，作彼奴为！

文学革命何疑！

且准备搴旗作健儿。

要前空千古，下开百世，收他臭腐，还我神奇。

为大中华，造新文学，此业吾曹欲让谁？诗材料，有簇新世界，供我驱驰。

（四月十三日）

这首词下半阕的口气是很狂的，我自己觉得有点不安，所以修改了好多次。到了第三次修改，我把“为大中华，造新文学，此业吾曹欲让谁”的狂言，全删掉了，下半阕就改成了这个样子：

……文章要有神思，

到琢句雕词意已卑。

定不师秦七，不师黄九，但求似我，何效人为！

语必由衷，言须有物，此意寻常当告谁！从今后，倘傍人门户，不是男儿！

这次改本后，我自跋云：

吾国文学大病有三：一曰无病而呻，……二曰摹仿古人，……三曰言之无物。……顷所作词，专攻此三弊，岂徒责人，亦以自誓耳。（四月十七日）

前答觐庄书，我提出三事：言之有物，讲文法，不避“文的文字”；此跋提出的三弊，除“言之无物”与前第一事相同，余二事是添出的。后来我主张的文学改良的八件，此时已有了五件了。

四

一九一六年六月中，我往克利佛兰赴“第二次国际关系讨论会”，去时来时都经过绮色佳，去时在那边住了八天，常常和任叔永、唐擘黄、杨杏佛诸君谈论改良中国文学的方法，这时候我已有了具体的方案，就是用白话作文，作诗，作戏曲。日记里记我谈话的大意有九点：

（一）今日之文言乃是一种半死的文字。

（二）今日之白话是一种活的语言。

（三）白话并不鄙俗，俗儒乃谓之俗耳。

（四）白话不但不鄙俗，而且甚优美适用。凡言要以达意为主，其不能达意者，则为不美。如说：“赵老头回过身来，爬在街上，扑通扑通地磕了三个头。”若译作文言，更有何趣味？

（五）凡文言之所长，白话皆有之。而白话之所长，则文言未必能及之。

（六）白话并非文言之退化，乃是文言之进化，其进化之迹，略如下述：

（1）从单音的进而为复音的。

（2）从不自然的文法进而为自然的文法，例如“舜何人也”变为“舜是什么人”；“己所不欲”变为“自己不要的”。

（3）文法由繁趋简。例如代名词的一致。

（4）文言之所无，白话皆有以补充。例如文言只能说，“此乃吾儿之书”，但不能说“这书是我儿子的”。

（七）白话可以产生第一流文学。白话已产生小说，戏剧，语录，诗词，此四者皆有史事可证。

（八）白话的文学为中国千年来仅有之文学。其非白话的文学，如古文，如八股，如笔记小说，皆不足与于第一流文学之列。

（九）文言的文字可读而听不懂；白话的文字既可读，又听得懂。凡演说，讲学，笔记，文言决不能应用。

今日所需，乃是一种可读，可听，可歌，可讲，可记的言语。要读书不须口译，演说不须笔译；要施诸讲坛舞台而皆可，诵之村妪妇孺皆可懂。不如此者，非活的言语也，决不能成为吾国之国语也，决不能产生第一流的文学也。（七月六日追记）

七月二日，我回纽约时，重过绮色佳，遇见梅觐庄，我们谈了半天，晚上我就走了。日记里记此次谈话的大致如下：

吾以为文学在今日不当为少数文人之私产，而当以能普及最大多数之国人为一大能事。吾又以为文学不当与人事全无关系；凡世界有永久价值之文学，皆尝有大影响于世道人心者也。觐庄大攻此说，以为 Utilitarian（功利主义），又以为偷得 Tolstoy（托尔斯泰）之绪余；以为此等十九世纪之旧说，久为今人所弃置。

余闻之大笑。夫吾之论中国文学，全从中国一方面着想，初不管欧西批评家发何议论。吾言而是也，其为 Utilitarian，其为 Tolstoyan 又何损其为是。吾言而非也，但当攻其所以非之处，不必问其为 Utilitarian 抑为 Tolstoyan 也。（七月十三日追记）

五

我回到纽约之后不久，绮色佳的朋友们遇着了一件小小的不幸事故，产生了一首诗，引起了一场大笔战，竟把我逼上了决心试作白话诗的路上去。

七月八日，任叔永同陈衡哲[16]女士、梅觐庄、杨杏佛、唐擘黄在凯约嘉湖上摇船，近岸时船翻了，又遇着大雨。虽没有伤人，大家的衣服都湿了。叔永作了一首四言的《泛湖即事》长诗，寄到纽约给我看。诗中有“言棹轻楫，以涤烦疴”；又有“猜谜赌胜，载笑载言”等等句子。恰好我是曾作《诗三百篇中“言”字解》的，看了“言棹轻楫”的句子，有点不舒服，所以我写信给叔永说：

……再者，书中所用“言”字“载”字，皆系死字；又如“猜谜赌胜，载笑载言”二句，上句为二十世纪之活字，下句为三千年前之死句，殊不相称也。……（七月十六日）

叔永不服，回信说：

足下谓“言”字“载”字为死字，则不敢谓然。如足下意，岂因《诗经》中曾用此字，吾人今日所用字典便不当搜入耶？“载笑载言”固为“三千年前之语”，然可用以达我今日之情景，即为今日之语，而非“三千年前之死语”，此君我不同之点也。……（七月十七日）

我的本意只是说“言”字“载”字在文法上的作用，在今日还未能确定，我们不可轻易乱用。我们应该铸造今日的活语来“达我今日之情景”，不当乱用意义不确定的死字。苏东坡用错了“驾言”两字，曾为章子厚[17]所笑。这是我们应该引以为训诫的。

这一点本来不很重要，不料竟引起了梅觐庄出来打抱不平；他来信说：

足下所自矜为“文学革命”真谛者，不外乎用“活字”以人文，于叔永诗中稍古之字，皆所不取。以为非“二十世纪之活字”。此种论调，因足下所恃为哓哓以提倡“新文学”者，迪又闻之素矣。夫文学革新，须洗去旧日腔套，务去陈言，固矣。然此非尽屏古人所用之字，而另以俗语白话代之之谓也。……足下以俗语白话为向来文学上不用之字，骤以人文，似觉新奇而美，实则无永久价值。因其向未经美术家之锻炼，徒诿诸愚夫愚妇，无美术观念者之口，历世相传，愈趋愈下，鄙俚乃不可言。足下得之，乃矜矜自喜，眩为创获，异矣！如足下之言，则人间材智，教育，选择，诸事，皆无足算，而村农伧夫皆足为诗人美术家矣。甚至非洲之黑蛮，南洋之土人，其言文无分者，最有诗人美术家之资格矣。何足下之醉心于俗语白话如是耶？至于无所谓“活文学”，亦与足下前此言之。……文字者，世界上最守旧之物也。……一字意义之变迁，必经数十或数百年而后成，又须经文学大家承认之，而恒人始沿用之焉。足下乃视改革文学如是之易易乎？……

总之，吾辈言文学革命，须谨慎以出之。尤须先精究吾国文字，始敢言改革。欲加用新字，须先用美术以锻炼之。非仅以俗语白话代之，即可了事者也。（俗语白话亦有可用者，惟必须经美术家之锻炼耳。）如足下言，乃以暴易暴耳。岂得谓之改良乎？……（七月十七日）

觐庄有点动了气，我要和他开开玩笑，所以作了一首一千多字的白话游戏诗回答他。开篇就是描摹老梅生气的神气：

“人闲天又凉”，老梅上战场。
拍桌骂胡适，说话太荒唐！
说什么“中国有活文学”！
说什么“须用白话做文章”！
文字哪有死活！白话俗不可当！

第二段中有这样的话：

老梅牢骚发了，老胡呵呵大笑。
且请平心静气，这是什么论调！
文字没有古今，却有死活可道。
古人叫作“欲”，今人叫做“要”。
古人叫作“至”，今人叫做“到”。
古人叫作“溺”，今人叫做“尿”。
本来同是一字，声音少许变了。
并无雅俗可言，何必纷纷胡闹？
至于古人叫“字”，今人叫“号”；
古人悬梁，今人上吊：
古名虽未必不佳，今名又何尝不妙？
至于古人乘舆，今人坐轿；

古人加冠束帻，今人但知戴帽。
这都是古所没有，而后人所创造。
若必叫帽作巾，叫轿作舆，
岂非张冠李戴，认虎作豹？

第四段专答他说的“白话须锻炼”的意思：

今我苦口哓舌，算来欲是如何？
正要求今日的文学大家，
把那些活泼泼的白话，
拿来锻炼，拿来琢磨，
拿来作文演说，作曲作歌：——
出几个白话的嚣俄，和几个白话的东坡，
那不是“活文学”是什么？
那不是“活文学”是什么？

这首“打油诗”是七月二十二日做的，一半是少年朋友的游戏，一半是我有意试作白话的韵文。但梅、任两位都大不以为然。觐庄来信大骂我，他说：

读大作如儿时听“莲花落”。真所谓革尽古今中外诗人之命者！足下诚豪健哉！……（七月二十四日）

叔永来信也说：

足下此次试验之结果，乃完全失败；盖足下所作，白话则诚白话矣，韵则有韵矣，然却不可谓之诗。盖诗词之为物，除有韵之外，必须有和谐之音调，审美之辞句。非如宝玉所云“押韵就好”也。……（七月二十四夜）

对于这一点，我当时颇不心服，曾有信替自己辩护，说我这首诗，当作一首 Satire（嘲讽诗）看，并不算是失败，但这种“戏台里喝彩”，实在大可不必。我现在回想起来，也觉得自己好笑。

但这一首游戏的白话诗，本身虽没有多大价值，在我个人做白话诗的历史上，可是很重要的。因为梅、任诸君的批评竟逼得我不能不努力试作白话诗了。觐庄的信上曾说：

文章体裁不同。小说词曲固可用白话，诗文则不可。

叔永的信上也说：

要之，白话自有白话用处（如作小说演说等），然不能用之于诗。

这样看来，白话文学在小说词曲演说的几方面，已得梅、任两君的承认了。觐庄不承认白话可作诗与文，叔永不承认白话可用来作诗。觐庄所谓“文”，自然是指《古文辞类纂》一类的书里所谓“文”（近来有人叫作“美文”）。在这一点上，我毫不狐疑，因为我在几年前曾作过许多白话的议论文，我深信白话文是不难成立的。现在我们的争点，只在“白话是否可以作诗”的一个问题了。白话文学的作战，十仗之中，已胜了七八仗。现在只剩一座诗的壁垒，还须用全力去抢夺。待到白话征服这个诗国时，白话文学的胜利就可说是十足的了，所以我当时打定主意，要做先锋去打这座未投降的壁垒：就是要用全力去试作白话诗。

叔永的长信上还有几句话使我更感觉这种试验的必要。他说：

如凡白话皆可为诗，则吾国之京调高腔，何一非诗？……乌乎适之，吾人今日言文学革命，乃诚见今日文学有不可不改革之处，非特文言白话之争而已。……以足下高才有为，何为舍大道不由，而必旁逸斜出，植美卉于荆棘之中哉？……今日假定足下之文学革命成功，将令吾国作诗皆京调高腔，而陶谢李杜之流永不复见于神州，则足下之功又何如哉，心所谓危，不敢不告。……足下若见听，则请从他方面讲文学革命。勿徒以白话诗为事矣。……（七月二十四夜）

这段话使我感觉他们都有一个根本上的误解。梅、任诸君都赞成“文学革命”，他们都“诚见今日文学有不可不改革之处”。但他们赞成的文学革命，只是一种空荡荡的目的，没有具体的计划，也没有下手的途径。等到我提出了一个具体的方案（用白话做一切文学的工具），他们又都不赞成了。他们都说，文学革命绝不是“文言白话之争而已”。他们都说，文学革命应该有“他方面”，应该走“大道”。究竟那“他方面”是什么方面呢？究竟那“大道”是什么道呢？他们又都说不出来了；他们只知道绝不是白话！

我也知道光有白话算不得新文学，我也知道新文学必须有新思想和新精神。但是我认定了：无论如何，死文字决不能产生活文学。若要造一种活的文学，必须有活的工具。那已产生的白话小说词曲，都可证明白话是最配做中国活文学的工具的。我们必须先把这个工具抬高起来，使它成为公认的中国文学工具，使他完全替代那半死的或全死的老工具。有了新工具，我们方才谈得到新思想和新精神等等其他方面。这是我的方案。现在反对的几位朋友已承认白话可以作小说戏曲了。他们还不承认白话可以作诗。这种怀疑，不仅是对于白话诗的局部怀疑，实在还是对于白话文学的根本怀疑。在他们的心里，诗与文是正宗，小说戏曲还是旁门小道。他们不承认白话诗文，其实他们是不承认白话可做中国文学的唯一工具。所以我决心要用白话来征服诗的壁垒，这不但是试验白话诗是否可能，这就是要证明白话可以做中国文学的一切门类的唯一工具。

白话可以作诗，本来是毫无可疑的。杜甫、白居易、寒山、拾得、邵雍、王安石、陆游的白话诗都可以举来作证。词曲里的白话更多了。但何以我的朋友们还不能承认白话诗的可能呢？这有两个原因：第一是因为白话诗确是不多，在那无数的古文诗里，这儿那儿的几首白话诗在数量上确是很少的；第二是因为旧日的诗人词人只有偶然用白话作诗词的，没有用全力作白话诗词的，更没有自觉地作白话诗词的。所以现在这个问题还不能光靠历史材料的证明，还须等待我们用实地试验来证明。

所以我答叔永的信上说：

总之，白话未尝不可以入诗，但白话诗尚不多见耳。古之所少有，今日岂必不可多作乎？……

白话之能不能作诗，此一问题全待吾辈解决。解决之法，不在乞怜古人，谓古之所无，今必不可有；而在吾辈实地试验。一次“完全失败”，何妨再来？若一次失败，便“期期以为不可”，此岂“科学的精神”所许乎？……

高腔京调未尝不可成为第一流文学。……适以为但有第一流文人肯用高腔京调著作，便可使京调高腔成第一流文学。病在文人胆小不敢用之耳。元人作曲可以取仕宦，下之亦可谋生，故名士如高则诚、关汉卿之流皆肯作曲作杂剧。今之高腔京调皆不文不学之戏子为之，宜其不能佳矣。此则高腔京调之不幸也。……足下亦知今日受人崇拜之莎士比亚，即当时唱京调高腔者乎？……与莎氏并世之倍根[18]著《论集》（Essays），有拉丁文英文两种本子；书既出世，倍根自言，其他日不朽之名当赖拉丁文一本；而英文本则但以供一般普通俗人之传诵耳，不足轻重也。此可见当时之英文的文学，其地位皆与今日京调高腔不相上下。……吾绝对不认“京调高腔”与“陶谢李杜”为势不两立之物。今且用足下之文字以述吾梦想中之文学革命之目的，曰：

（一）文学革命的手段，要令国中之陶、谢、李、杜敢用白话京调高腔作诗。要令国中之陶、谢、李、杜皆能用白话京调高腔作诗。

（二）文学革命的目的，要令中国有许多白话京调高腔的陶、谢、李、杜，要令白话京调高腔之中产出几许陶、谢、李、杜。

（三）今日决用不着陶、谢、李、杜的陶、谢、李、杜。何也？时代不同也。

（四）吾辈生于今日，与其作不能行远不能普及的《五经》、两汉、六朝、八家文字，不如作家喻户晓的《水浒》《西游》文字。与其作似陶似谢似李似杜的诗，不如作不似陶不似谢不似李不似杜的白话诗。与其作一个“真诗”，走“大道”，学这个，学那个的陈伯严、郑苏盦，不如做一个实地试验，“旁逸斜出”“舍大道而弗由”的胡适。

此四者，乃适梦想中文学革命之宣言书也。

嗟夫，叔永，吾岂好立异以为高哉？徒以“心所谓是，不敢不为”。吾志决矣。吾自此以后，不更作文言诗词。吾之《去国集》乃是吾绝笔的文言韵文也。……（七月二十六日）

这是我第一次宣言不作文言的诗词。过了几天，我再答叔永道：

古人说："工欲善其事，必先利其器。"文字者，文学之器也。我私心以为文言决不足为吾国将来文学之利器。施耐庵、曹雪芹诸人已实地证明作小说之利器在于白话。今尚需人实地试验白话是否可为韵文之利器耳。……

我自信颇能用白话作散文，但尚未能用之于韵文。私心颇欲以数年之力，实地练习之。倘数年之后，竟能用文言白话作文作诗，无不随心所欲，岂非一大快事？

我此时练习白话韵文，颇似新辟一文学殖民地。可惜须单身匹马而往，不能多得同志，结伴同行。然我去志已决。公等假我数年之期。倘此新国尽是沙碛不毛之地，则我或终归老于"文言诗国"，亦未可知。倘幸而有成，则辟除荆棘之后，当开放门户，迎公等同来莅止耳。"狂言人道臣当烹。我自不吐定不快，人言未足为轻重。"足下定笑我狂耳。……（八月四日）

这封信是我对于一班讨论文学的朋友的告别书。我把路线认清楚了，决定努力作白话诗的试验，要用试验的结果来证明我的主张的是非。所以从此之后，我不再和梅任诸君打笔墨官司了。信中说的"可惜须单身匹马而往，不能多得同志，结伴而行"，也是我当时心里感觉的一点寂寞。我心里最感觉失望的，是我平时最敬爱的一班朋友都不肯和我同去探险。一年多的讨论，还不能说服一两个好朋友，我还妄想要在国内提倡文学革命的大运动吗？

有一天，我坐在窗口吃我自做的午餐，窗下就是一大片长林乱草，远望着赫贞江。我忽然看见一对黄蝴蝶从树梢飞上来；一会儿，一只蝴蝶飞下去了。还有一只蝴蝶独自飞了一会，也慢慢地飞下去，去寻他的同伴去了，我心里颇有点感触，感触到一种寂寞的难受，所以我写了一首白话小诗，题目就叫作《朋友》（后来才改作《蝴蝶》）：

两个黄蝴蝶，双双飞上天。不知为什么，一个忽飞还。
剩下那一个，孤单怪可怜；也无心上天，天上太孤单。

这种孤单的情绪，并不含有怨望我的朋友的意思。我回想起来，若没有那一班朋友和我讨论，若没有那一日一邮片，三日一长函的朋友切磋的乐趣，我自己的文学主张决不会经过那几层大变化，决不会渐渐结晶成一个有系统的方案，决不会慢慢地寻出一条光明的大路来。况且那年（一九一六）的三月间，梅觐庄对于我的俗话文学的主张，已很明白地表示赞成了。（看上文引他的三月十九日来信。）后来他们的坚决反对，也许是我当时的少年意气太盛，叫朋友难堪，反引起他们的反感来了。就使他们不能平心静气地考虑我的历史见解，就使他们走上了反对的路上去，但是因为他们的反驳，我才有实地试验白话诗的决心。庄子说得好："彼出于是，是亦因彼。"一班朋友做了我多年的"他山之错"，我对他们，只有感激，绝没有丝毫的怨望。

我的决心试验白话诗，一半是朋友们一年多讨论的结果，一半也是我受的实验主义的哲学的影响。实验主义教训我们：一切学理都只是一种假设；必须要证实了，然后可算是真理。证实的步骤，只是先把一个假设的理论的种种可能的结果都推想出来，然后想法子来试验这些结果是否适用，或是否能解决原来的问题。我的白话文学论不过是一个假设，这个假设的一部分（小说词曲等）已有历史的证实了；其作一部分（诗）还须等待实地试验的结果。我的白话诗的实地试验，不过是我的实验主义的一种应用。所以我的白话诗还没有写得几首，我的诗集已有了名字了，就叫作《尝试集》。我读陆游的诗，有一首诗云：

能仁院前有石像丈余盖作大像时样也

江阁欲开千尺像，云龛先定此规模。

斜阳徙倚空三叹，尝试成功自古无。

陆放翁这首诗大概是别有所指，他的本意大概是说：小试而不得大用，是不会成功的。我借他这句诗，做我的白话诗集的名字，并且作了一首诗，说明我的尝试主义：

尝试篇

"尝试成功自古无"，放翁这话未必是。我今为下一转语，自古成功在尝试。请看药圣尝百草，尝了一味又一味。又如名医试丹药，何嫌六百零六次。莫想小试便成功，哪有这样容易事！有时试到千百回，始知前功尽抛弃。即使如此已无愧，即此失败便足记。告人此路不通行，可使脚力莫浪费。我生求师二十年，今得“尝试”两个字。作诗做事要如此，虽未能到颇有志。作“尝试歌”颂吾师，愿大家都来尝试！（八月三日）

这是我的实验主义的文学观。

这个长期讨论的结果，使我自己把许多散漫的思想汇集起来，成为一个系统。一九一六年的八月十九日，我写信给朱经农，中有一段说：

新文学之要点，约有八事：

（一）不用典。

（二）不用陈套语。

（三）不讲对仗。

（四）不避俗字俗语。（不嫌以白话作诗词。）

（五）须讲求文法。（以上为形式的方面。）

（六）不作无病之呻吟。

（七）不摹仿古人。

（八）须言之有物。[以上为精神（内容）的方面]

那年十月中，我写信给陈独秀先生，就提出这八个“文学革命”的条件。次序也是这样的；不到一个月，我写了一篇《文学改良刍议》，用复写纸抄了两份，一份给《留美学生季报》发表，一份寄给独秀在《新青年》上发表。在这篇文字里，八件事的次序大改变了：

（一）须言之有物。

（二）不摹仿古人。

（三）须讲求文法。

（四）不作无病之呻吟。

（五）务去滥调套语。

（六）不用典。

（七）不讲对仗。

（八）不避俗字俗语。

这个新次第是有意改动的。我把“不避俗字俗语”一件放在最后，标题只是很委婉地说：“不避俗字俗语”，其实是很郑重地提出我的白话文学的主张。我在那篇文字里说：

吾惟以施耐庵、曹雪芹、吴趼人为文学正宗，故有“不避俗字俗语”之论也。盖吾国言文之背驰久矣。自佛书之输入，译者以文言不足以达意，故以浅近之文译之，其体已近白话。其后佛氏讲义语录尤多用白话为之者，是为语录体之原始。及宋人讲学，以白话为语录，此体遂成讲学正体（明人因之）。当是时，白话已久入韵文。观宋人之诗词可见。及至元时，中国北部在异族之下三百余年矣。此三百年中，中国乃发生一种通俗行远之文学，文则有《水浒》《西游》《三国》，曲则尤不可胜计。以今世眼光观之，则中国文学当以元代为最盛；传世不朽之作，当以元代为最多。此无可疑也。当是时，中国之文学最近言文合一，白话几成文学的语言矣。使此趋势不受阻遏，则中国几有一“活文学”出现，而但丁、路得之伟业几发生于神州。不意此趋势骤为明代所阻，政府既以八股取士，而当时文人以何李七子之徒，又争以复古为高。于是此千年难遇言文合一之机会，遂中道夭折矣。然以今世历史进化的眼光观之，则白话文学之为中国文学之正宗，又为将来文学必用之利器，可断言也。以此之故，吾主张今日作文作诗，宜采用俗语俗字。与其用三千年前之死字，不如用二十世纪之活字。与其作不能行远不能普及之秦汉六朝，不如作家喻户晓之《水浒》《西游》文字也。

这完全是用我三四月中写出的《中国文学史观》（见上文引的四月五日日记）稍稍加上一点后来的修正，可是我受了在美国的朋友的反对，胆子变小了，态度变谦虚了，所以此文标题但称“文学改良刍议”而全篇不敢提起“文学革命”的旗子。篇末还说：

上述八事，乃吾年来研思此一大问题之结果。……谓之“刍议”，犹云未定草也。伏惟国人同志有以匡纠是正之。

这是一个外国留学生对于国内学者的谦逊态度。文字题为“刍议”，诗集题为“尝试”，是可以不引起很大的反感的了。

陈独秀先生是一个老革命党，他起初对于我的八条件还有点怀疑（《新青年》2卷2号。其时国内好学深思的少年，如常乃德[19]君，也说“说理纪事之文，必当以白话行之，但不可施于美术文耳”。见《新青年》2卷4号）。但他见了我的《文学改良刍议》之后，就完全赞成我的主张；他接着写了一篇《文学革命论》（《新青年》2卷5号），正式在国内提出“文学革命”的旗帜。他说：

文学革命之气运，酝酿已非一日。其首举义旗之急先锋则为吾友胡适。余甘冒全国学究之敌，高张“文学革命军”之大旗，以为吾友之声援。旗上大书特书吾革命三大主义：

曰：推倒雕琢的、阿谀的贵族文学；建设平易的、抒情的国民文学。

曰：推倒陈腐的、铺张的古典文学；建设新鲜的、立诚的写实文学。

曰：推倒迂晦的、艰涩的山林文学；建设明了的、通俗的社会文学。

独秀之外，最初赞成我的主张的，有北京大学教授钱玄同先生（《新青年》2卷6号通信；又3卷1号通信）。此后文学革命的运动就从美国几个留学生的课余讨论，变成国内文人学者的讨论了。《文学改良刍议》是一九一七年一月出版的，我在一九一七年四月九日还写了一封长信给陈独秀先生，信内说：

此事之是非，非一朝一夕所能定，亦非一二人所能定。甚愿国中人士能平心静气与吾辈同力研究此问题。讨论既熟，是非自明。吾辈已张革命之旗，虽不容退缩，然亦绝不敢以吾辈所主张为必是，而不容他人之匡正也。

独秀在《新青年》（第3卷3号）上答我道：

鄙意容纳异议，自由讨论，固为学术发达之原则，独至改良中国文学当以白话为正宗之说，其是非甚明，必不容反对者有讨论之余地；必以吾辈所主张者为绝对之是，而不容他人之匡正也。盖以吾国文化倘已至文言一致地步，则以国语为文，达意状物，岂非天经地义？尚有何种疑义必待讨论乎？其必欲摈弃国语文学，而悍然以古文为正宗者，犹之清初历家排斥西法，乾嘉畴人[20]非难地球绕日之说，吾辈实无余闲与之作此无谓之讨论也。

这样武断的态度，真是一个老革命党的口气。我们一年多的文学讨论的结果，得着了这样一个坚强的革命家做宣传者，做推行者，不久就成为一个有力的大运动了。

《四十自述》的一章，二十二年，十二月，三日夜脱稿

[原载于1934年1月《东方杂志》31卷第1期，后收入《中国新文学大系·建设理论集》（良友图书印刷公司1935年10月出版）]

注释

1. 赵元任（1892—1982）：江苏武进（今常州）人，中国现代语言和现代音乐学先驱。

2. 王筠（1784—1854）：清朝语言学家，文字学家。《文字蒙求》为其所著，旨趣在于教儿童识字。

3.《马氏文通》：我国第一部用现代语言学理论研究中国语法的著作，在我国语言学史上具有划时代的意义。写于1898年，作者马建忠（1844—1900）。

4. 任叔永：任鸿隽（1886—1961），字叔永，浙江湖州人，化学家和教育家。辛亥革命元老，我国近代科学的奠基人之一。

5. 杨杏佛（1893—1933）：名铨，字宏甫，经济管理学家，社会活动家。中国人权运动与中国管理科学先驱。

6. 唐擘黄（1891—1987）：唐钺（yuè），字擘黄，中国现代实验心理学家、心理学史家、心理学翻译家。

7. 绮色佳：美国地名，通译伊萨卡，康奈尔大学所在地。

8. 马箠：亦作"马垂"。马杖，马鞭。

9. 缩地戡天：意为征服自然。

10. 牛敦爱迭孙，培根客尔文：牛敦即牛顿，爱迭孙即爱迪生，客尔文即法国的新教倡导者卡尔文（1509—1564）。

11. 戮（lù）力：协力，通力合作。

12. 绩学：指渊博的学问。

13. “文起八代之衰”：这话是苏轼对韩愈的赞誉，极言韩愈在古文上的成就。

14. 却叟：通译乔叟（1343—1400），英国诗人。

15. 马丁路得（1483—1546）：今译马丁·路德，16 世纪欧洲宗教改革倡导者，基督教新教路德宗创始人。

16. 陈衡哲（1893—1976）：历史学家。1914 年成为清华选送公费留美的女大学生之一，中国第一位女教授，中国新文学运动的第一位女战士。代表作有《文艺复兴史》《西洋史》等。

17. 章子厚：章惇（1035—1105），字子厚，福建浦城人，宋朝王安石变法时新旧党争主要人物之一。

18. 倍根：通译培根（1561—1626），英国文艺复兴时期最重要的散文作家、哲学家。

19. 常乃德（1898—1947）：著名教育家、哲学家，提倡“教育救国论”。

20. 畴人：古代天文历算之学，有专人执掌，父子世代相传为业，称为“畴人”。亦指精通天文历算的学者。

人物随想

中国爱国女杰王昭君传

列位看我写这篇传记，一定要奇怪，说这“王昭君”三字，怎么能和这“爱国女杰”四字合在一起呢？那王昭君不是汉朝一个失宠的宫女么？不是受画工毛延寿的害，不中元帝之意，被元帝派去和番的么？这个人怎么算得爱国的女豪杰呢？列位这种疑心并没有错，不过列位都被那古时作书的人欺骗了几千年，所以如今还说这种话，简直把这位爱国女杰王昭君，受了二千年的冤枉，埋没到如今。我如今既然找得真凭实据，可以证明这位王昭君确是一位爱国女豪杰，断不敢不来表彰一番，使大家来崇拜。这便是在下作这篇昭君传的原因了。

我且先说那旧说。那旧说道，王昭君是汉元帝时候一个宫人。那时元帝的后宫，人太多了，一时不能看遍。遂召许多画工，把那些宫人的容貌，都画成一册，好照着那册子上的面貌，按图召见。便有那许多宫人，容貌中常的，便在那画工面前行了贿赂，有送十万钱的，也有送五万钱的。只有王昭君不屑做这些苟且无耻的事，那画工不能得钱，便把王昭君的容貌画成丑相。后来匈奴（匈奴是汉朝北方一种外族人的种名，时常来扰中国）的单于来朝（单于是匈奴国王的称呼，和中国称王一般），向皇帝求一个美女。元帝翻那画册，只见王昭君的面貌最丑，便许了匈奴，把昭君赐他。到了次日，元帝便召昭君来见，不料竟是一个绝色美人，竟是宫中第一等的美人，一切应对举止，没有一件不好的。元帝心中可惜得了不得。但是既许了匈奴，不便失信于外夷，只得把昭君赐了匈奴。后来元帝心中越想越可惜，便把那些画工都抓来杀了。

以上说的，都是从前说王昭君的话头。你想那些画工竟敢在皇帝宫中做起买卖来了，胆子也算大极了。况且元帝既见之后，又何尝不可把别人来代替她？所以这种话都是靠不住的。我如今所引证的，也是从古书上来的，并不是无稽之谈，列位且听我道来。

王昭君，名嫱，是蜀郡秭归人氏。她父亲叫王穰，所生只有昭君一女。昭君自幼便和平常女儿家不同，一切举动都合礼法。长成的时候，生得秀外慧中，绝代丰姿，真个宋玉说的“增一分则太长，减一分则太短，傅粉则太白，涂脂则太赤”。再加上幽娴贞静，所以不到十七岁，便早已通国闻名的了。及笄[1]以后，那些世家王孙来求婚的，真个不知其数。她父亲总不肯许。恰巧那时元帝选良家女子入宫，王穰听了这个消息，便来与女儿说知，想要把昭君送进宫去。王昭君听了这话，心中自己估量，自思自己的父亲只生一女，古语道得好，“生女不生男，缓急非所益”，父母生我一场，难道亲恩未报，就此罢了不成？如今不如趁这机会，进得宫去，或者得了天子恩宠，得为昭仪或是婕妤[2]，那时可不是连我的父母祖宗都有了光荣，也不枉父母生我一场。主意已定，便极力赞成王穰的说话。王穰见女儿情愿，便把昭君献入宫去。看官要晓得，这原是昭君一片孝心，想做那光耀门楣的女儿。哪里晓得皇帝的深宫，是一个最凄惨最可怜的地方，古来许多诗人做的许多宫怨的诗词，已是写得穷形尽致了。更有那《红楼梦》上说的，有一位贾元妃，对她父亲说，“当日送我到那不见人的去处”，你看这十二个字，写得多少凄怆呜咽，人尚且不能见，什么生人的乐趣，更不用说自然是没有的了。那宫中几千宫女，个个抬起头来，望着皇帝来临，甚至于有用竹叶插门，盐水洒地，来引皇帝的羊车的。其实好好一个人，到了这种地方，除了卑鄙龌龊苟且逢迎之外，哪里还想得天子的顾盼。唉，这种卑鄙污下的行为，岂是我们这位爱国女杰王昭君做得到的么？昭君到了这个地方，看了这种行为，心想自己容貌虽好，品行虽好，终究不能得天子的宠遇，休说宠遇，简直连天子的颜色都不大望得见了。要是照这样下去，还不是到头做一个白发宫人么？昭君想到这里，自然要蛾眉紧蹙，珠泪常垂的了。

看官要记清，上面所说的，都是王昭君入宫的历史。如今要说那王昭君爱国的历史了。看官须晓得，汉朝一代，最大的边患便是那匈奴，从汉高祖以来，常常入寇中国，弄得中国边境年年出兵，民不聊生。宣帝的时候，匈奴内乱，自相争杀，遂分成两国，一边是呼韩邪单于，一边是郅支单于。后来汉朝帮助呼韩邪，攻杀郅支，呼韩邪单于大喜，遂来中国，入朝朝觐。那时正是汉元帝竟宁元年。那时便是王昭君立功的时代了。

那时呼韩邪来朝，先谢皇帝复国的恩典，便说："小臣得天子威灵，得有今日，从此以后，断不敢再萌异心。如今想求皇帝赐一个中国女子给臣，使小臣生为汉朝的臣子，又做汉朝的女婿，子孙便做汉朝的外甥。从此匈奴可不是永永成了天朝的外臣了么？"皇帝听了呼韩邪的话，心中很喜欢，只是一件，那匈奴远在长城之外，胡天万里，冰霜遍地，沙漠匝天。住的是韦鞲毳幕[3]，吃的是膻肉酪浆[4]。那种苦况，这些娇滴滴的宫娃，哪里受得起。谁肯舍了这柏梁建章的宫殿，去吃这种惨不可言的苦况呢。想到这里，心里便踌躇起来了，便叫内监，把全宫的宫人都宣上殿来。不多一会，那金殿上，便黑压压地到了无数如花似玉的宫人。元帝便问道："如今匈奴的国王，要求朕赐一女子给他，你们如有愿去匈奴的，可走出来。"连问了几遍，那些宫人面面相觑，没有一个敢答应的。那时王昭君也在其内，听了皇帝的话，看了大家的情形，晓得大众的意思，都是偷安旦夕，全不顾大局的安危，心里便老大不自在。心想我王嫱入宫已有几年了，长门之怨自不消说，与其做个碌碌无为的上阳宫人，何如轰轰烈烈做一个和亲的公主。我自己的姿容或者能够感动匈奴的单于，使他永远做汉朝的臣子，一来呢，可以增进大汉的国威，二来呢，使两国永永休兵罢战，也免了那边境上年年生民涂炭之苦。将来汉史上即使不说我的功勋，难道那边塞上的口碑，也把我埋没了么？想到这里，便觉得这事竟是我王嫱义不容辞的责任了！昭君主要已定，叹了一口气，黯然立起身来，颤巍巍地走出班来，说："臣妾王嫱愿去匈奴。"那时元帝看见没有人肯去，正在狐疑的时候，忽见人丛里走出这么一位倾城倾国绝代无双的美人来，定睛一看，竟是宫中第一个绝色美人，而且是平日没有见过的。这时候元帝又惊又喜，又怜又惜，惊的是宫中竟有这么一个美人，喜的是这位美人竟肯远去匈奴，怜的是这位美人怎禁得起那万里长征的苦趣，惜的是宫中有了这个美人，却不曾享受得，便把去送与匈奴，岂不可惜，岂不可惜么？皇帝心中虽有可惜，然而那时匈奴的使臣，陪着呼韩邪单于，都在殿上，昭君的美貌，是满朝都看见了的，昭君的言语，是都听见了的，到了这时候，唉，虽有天子的威力，大汉的国势，也不能挽回这事了。元帝到了这时候，一时没得法了，只好把昭君赐了匈奴。从此以后，我们这位爱国女杰王昭君，便做了匈奴呼韩邪单于的大阏支[5]（阏支的意思，和我们中国称王后一般）了。

呼韩邪单于得了王昭君，快活极了。那时汉元帝封昭君为宁胡阏支，这“宁胡”二字，便是“安抚胡人”的意思。果然一个王昭君，竟胜似千百万雄兵，从此以后，胡也宁了，汉也宁了。那时呼韩邪单于便和王昭君回到匈奴，一路上经过许多平沙大漠，呼韩邪便叫匈奴的乐士在马上弹起琵琶来，叫昭君一路行一路听着，免得她生思乡之念。不多时昭君到了匈奴。匈奴便年年进贡，永永做汉朝的外臣。于是汉朝的国威远及西北诸国，从元帝到成帝、哀帝、平帝，一直到王莽篡汉的时候。那时呼韩邪也死了，昭君也死了，他子孙做单于的都说，我国世世为汉朝的外甥，如今天子已非刘氏，如何做他的藩属？于是匈奴遂不进贡了，遂独立了。可见这都是这位爱国女杰王昭君的功劳。这便是王昭君的爱国历史，我们中国几千年来，人人都可怜王昭君出塞和番的苦趣，却没有一个晓得赞叹王昭君的爱国苦心的。唉，怎么对得住王昭君呀，那真是对不住王昭君了！

（原载于1908年10月11日《竞业旬报》第32期，署名铁儿。未收集）

注释

1. 及笄（jī）：古代女子满15岁结发，用笄贯之，因称女子满15岁为及笄。也指已到了结婚的年龄。

2. 昭仪、婕妤：均为皇帝妃嫔称号。

3. 韦韝（gōu）：皮革制的长袖套，用以束衣袖，以便射箭或其他操作。毳（cuì）幕：毛毡制成的帐篷。

4. 膻（shān）肉：带有腥臭气味的羊肉。酪（lào）浆：牲畜的乳浆。

5. 阏支（yān zhī）：匈奴皇后号。

许怡荪传

我的朋友许怡荪死了！他死的时候是中华民国八年三月二十二夜七点半钟。死的前十几天，他看见报纸上说我几个朋友因为新旧思潮的事被政府驱逐出北京大学。他不知那是谣言，一日里写了两封快信给我，劝我们“切不必因此灰心，也不必因此愤慨”（三月五日信）。他又说“无论如何，总望不必愤慨，仍以冷静的态度处之，……所谓经一回的失败，长一回的见识”（三月五日第二信）。这就是怡荪最末一次的信。到了三月十七日，他就有病。起初他自己还说是感冒，竟不曾请医生诊看；直到二十一夜，他觉得病不轻，方才用电话告知几个同乡。明天他们来时，怡荪的呼吸已短促，不很能说话。河海工程学校的人把他送到日本医院，医院中人说这是流行的时症转成肺炎；他的脉息都没有了，医生不肯收留。抬回之后，校长许肇南先生请有名的中医来，也是这样说，不肯开方。许先生再三求他，他才开了四味药，药还没煎好，怡荪的气已绝了！

怡荪是一个最忠厚，最诚恳的好人，不幸死的这样早！……这样可惨！我同怡荪做了十几年的朋友，很知道他的为人，很知道他一生学问思想的变迁进步。我觉得他的一生，处处都可以使人恭敬，都可以给我们做一个模范，因此我把他给朋友的许多书信做材料，写成这篇传。

怡荪名棣常，从前号绍南，后来才改作怡荪。他是安徽绩溪十五都磡头的人。先进绩溪仁里的思诚学堂，毕业之后，和他的同学程干丰、胡祖烈、程敷模、程于诚等人同来上海求学。他那几位同学都进了吴淞复旦公学，只有怡荪愿进中国公学。那时我住在校外，他便和我同住。后来中国公学解散，同学组织中国新公学，怡荪也在内，和我同住《竞业旬报》馆。后来怡荪转入复旦公学，不久他的父亲死了（庚戌），他是长子，担负很重，不能不往来照应家事店事，所以他决计暂时不进学校，改做自修工夫，可以自由来往。决计之后，他搬出复旦，到上海和我同住。庚戌五月，怡荪回浙江孝丰，——他家有店在孝丰，——我也去北京应赔款留学官费的考试。我们两人从此一别，七个足年不曾相见。我到美国以后，怡荪和我的朋友郑仲诚同到西湖住白云庵，关门读国学旧书，带着自修一点英文（庚戌十一月十七日信）。明年辛亥，我们的朋友程干丰（乐亭）病死。怡荪和他最好，心里异常悲痛，来信有“日来居则如有所失，出则不知所之，念之心辄凄然而泪下，盖六载恩情，其反动力自应如是”（辛亥四月十一日信）。那年五月怡荪考进浙江法官养成所，他的意思是想“稍攻国法私法及国际法，期于内政外交可以洞晓；且将来无论如何立身，皆须稍明法理，故不得不求之耳”（辛亥五月二十一日信）。但是那学堂办得很不满他的意，所以辛亥革命之后，他就不进去了。他来信说：“读律之举，去岁曾实行之，今年又复舍去，盖因校中组织未善，徒袭取东夷[1]皮相；……人品甚杂，戚施之态，心素恶之，故甚不能侧身其间以重违吾之本心也。”（民国元年十月三十日信）

那一年怡荪仍旧在西湖读书。民国二年他决意到日本留学，四月到东京进明治大学的法科，五月来信说：“……君既去国，乐亭复云亡。此时孤旅之迹，若迷若惘，蓬转东西，而终无所栖泊。本拟屏迹幽遗，稍事根底学问，然非性之所近。……恐于将来为己为人，一无所可。……去岁以来，思之重思之，意拟负笈[2]东瀛，一习拯物之学。然而经济困难，尚未自决。嗣得足下第二手书，慰勉有加，欲使膏盲沈没，复起为人，吾何幸而得此于足下！……遂于阴历正月间驰赴苕上[3]，料理一切，期于必行。”（二年五月十七日信）他到日本后不久第二次革命起事，汇款不通，他决计回国，临走时他写长函寄我，中有一段，我最佩服。他说：“自古泯棼[4]之会，沧海横流，定危扶倾，宜有所托。寄斯任者，必在修学立志之士，今既气运已成，乱象日著，虽有贤者不能为力。于此之时，若举国之士尽入漩涡，随波出没，则不但国亡无日，亦且万劫不复矣。在昔东汉之末，黄巾盗起，中原鼎沸，诸葛武侯高卧隆中，心不为动。岂有鞠躬尽瘁死而后已之人而能忘情国家者乎？诚以乱兹方寸，于事无益耳，于此乱离，敢唯足下致意焉。”

这封信寄后，因道路不平静，他竟不能回国。那时东京有一班人发起一个孔教分会，怡荪也在内，他是一个热心救国的人，那时眼见国中大乱，心里总想寻一个根本救国方法；他认定孔教可以救国，又误认那班孔教会的人都是爱国的志士，故加入他们的团体。他那时对于那班反对孔教会的人，很不满意，来信有“无奈东京留学界中，大半趋奉异说，习气已深，难与适道”的话（同上）。这时代的怡荪完全是一个主张复古的人。他未信有论孔教会议决“群经并重”一段，说“以余之意，须侧重三礼。盖吾国三代之时，以礼治国，故经国之要尽在三礼。近日东西各国每以法律完备自多，岂知吾国数千年前已有威仪三百，礼仪三千，以礼治国，精审完美，必不让于今日所谓法治国也。且一般人多主张以孔子为宗教家，既认为宗教，则于方式亦不可不讲。冠婚丧祭等事，宜复于古，方为有当耳”（同上）。我回信对于这主张，很不赞成。明年（民国三年）怡荪写了一封楷书六千字的长信同我辩论，到了这时候，怡荪已经看破孔教会一班人的卑劣手段，故来信有云：“近日之孔教会不脱政党案，所谓提倡道德挽回人心之事，殆未梦见也。此殊非初心所料及！……尊崇孔子而有今日之孔教会，其犹孔子所谓死不若速朽之为愈也！”（三年四月一日信）怡荪本来已以搬进孔教会事务所里，替他们筹成立会和办“大成节”的庆祝会的事，很热心的。后来因为看出那班“孔教徒”的真相，所以不久就搬出来，住辰实馆（二年十一月三日信）。但是他这时候仍旧深信真孔教可以救国，不过他的孔教观念已经不是陈焕章[5]一流人的孔教观念了。他那封六千字的长信里，说他提倡孔教有三条旨趣：“（一）洗发孔子之真精神，为革新之学说，以正人心；（二）保存东亚固有之社会制度，必须昌明孔孟学说，以为保障；（三）吾国古代学说如老荀管墨，不出孔子范围，皆可并行不背；颂言孔教，正犹振衣者之必提其领耳。”（三年四月十日信）

这时候，怡荪所说“孔子之真精神”即公羊家所说的“微言大义”，所以他那信里说：“至于近世，人心陷溺已至于极，泯棼之祸，未知所届。及今而倡孔教以正人心，使此后若有窃国者兴，亦知所戒，则犹可以免于大乱也。”后来袁世凯用了种种卑污手段，想做皇帝。东京的孔教会和筹安会[6]私造了许多假图章，捏名发电“劝进”。怡荪的希望从此一齐打破。所以后来来信说：“时局至此，欲涕无从。大力之人，负之狂走，其于正义民意，不稍顾恤，所谓‘道德’者，已被轻薄无余矣！”（四年十二月二十七日信）

又第二条所说“东亚固有之社会制度”，他的意思是专指家族制度。原信说：“挽近世衰道微，泰西个人功利等学说盛行，外力膨胀，如水行地中，若不亟思保界，则东亚社会制度中坚之家族制，必为所冲决。此中关系甚巨，国性灭失，终必有受其敝者。此知微之士所不得不颂言孔教，夫岂得已哉？”（三年四月十日信）怡荪这种观念，后来也渐渐改变，最后的两年，他已从家族制移到“人生自己”（七年十月二十三日寄高一涵信）。他后来不但不满意于旧式的家族制，并且对于政治的组织也多不满意。去年来信竟说“所谓社会制度，所谓政治组织，无一不为人类罪恶之源泉，而又无法跳出圈子，所以每一静念，神智常为惘惘也”（七年九月八日信）。复古的怡荪，此时已变成了社会革新家的怡荪。

至于第三条所说“老荀管墨不出孔子范围”的话，我当时极力同他辩论，后来他稍稍研究诸子学，主张也渐渐改变。我在美国的时候，要用俞樾[7]的《读公孙龙子》，遂写信请怡荪替我寻一部《俞楼杂纂》，他因为买不到单行本子，所以到上野图书馆去替我抄一部《读公孙龙子》。我那时正在研究诸子学，作为博士论文。怡荪屡次来信劝勉我；有一天信上说：“世言东西文明之糅合，将生第三种新文明。足下此举将为之导线，不特增重祖国，将使世界发现光明。”（五年三月十三日信）这种地方不但可以见得怡荪鼓舞朋友的热心，并且可以见得他对于儒家与非儒家学说的态度变迁了。

以上述怡荪对于孔教的态度。那封六千字的信上半论孔教问题，下半论政治问题。怡荪的政治思想前后共经过几种根本的变迁。那封信里所说可以代表他的基本观念是“政治中心”的观念。他说：“以余观于吾国近数十年来之政局，政治之重点，亦常有所寄。盖自湘乡[8]柄政[9]以后，移天合肥[10]。合肥将死，……疏荐项城[11]以代。项城起而承合肥之成局，故势力根深蒂固，不崇朝而心腹布天下，历世而愈大。……辛亥之际，失其重点，故常震撼不宁，其在民质未良之国，政治中心宜常寄于一部分之人，否则驯至于乱。……再以今日时势推之，其继项城而起者，其必为段氏祺瑞乎？”（三年四月十日信）这时代的怡荪所主张的是一种变相的“独头政治”。他说“一国改进之事，不宜以顿，尤须自上发之”。（同上）他那时推测中国的将来，不出三条路子：“若天能挺生俊杰，如华盛顿其人者，使之能制一国之重，与以悠久岁月，别开一生面，此策之最上者也。其次若有人焉，就已成之时局而善扶掖之，取日本同一之步趋。（适按此指政党政治）……至若今日之上下相激，终至以武力解决，……此则天下最不幸之事也。”（同上）

怡荪一生真能诚心爱国，处处把“救国”做前提，故凡他认为可以救国的方法，都是好的。如袁政府当时的恶辣政策，怡荪也不根本否认。他说：“吾人之于政府，固常望其发奋有为，自脱于险，苟有利于吾国吾民者，犯众难以为之，可也；能如诸葛武侯、克林威尔[12]之公忱自矢[13]，其心迹终可大白于天下，而吾人亦将讴歌之不暇，岂忍议其后乎？若计不出此，徒揽天下之威福以为一姓之尊荣，是则非吾人之所敢知矣。”（三年五月十八日信中载，录他寄胡绍庭[14]的信。）可见怡荪当时不满意于袁政府，不过是为他的目的不在救国而在谋一姓的尊荣。至于严厉的政策和手段，他并不根本反对。他说：“总之，政治之事无绝对至善之标准，惟视其时之如何耳。”（三年五月十八日信）

过了一年多，帝制正式实行，云南、贵州的革命接着起来，民国五年帝制取消，不久袁世凯也死了。那时怡荪对于国事稍有乐观，来信说：“国事顷因陈（其美）[15]毙于前，袁（世凯）殂[16]于后，气运已转，国有生望。盖陈死则南方暴烈恶徒无所依附，而孙中山之名誉可复。袁灭则官僚政治可期廓清。”（五年六月三十日信）那时怡荪前两年所推算的段祺瑞果然成了“政治的中心”。怡荪来信说：“闻段之为人，悃愊无华[17]，而节操不苟，雅有古大臣之风。倘国人悔祸，能始终信赖其为人，则戡乱有期，澄清可望。”（同上）可见那时怡荪还是主张他的“政治中心”论。

怡荪在明治大学于民国五年夏间毕业。七月中他和高一涵[18]君同行回国。那时候段内阁已成立，阁员中很有几个南方的名士。表面上很有希望，骨子里还是党争很激烈，暗潮很厉害。怡荪回国住了一年，他的政治乐观很受了一番打击，于是他的政治思想遂从第一时代的“政治中心”论变为第二时代的“领袖人才”论。他说：“国事未得大定，无知小人尚未厌乱，而有心君子真能爱国者，甚鲜其人。如今日现状虽有良法美制，有用无体，何以自行？欲图根本救济，莫如结合国中优秀分子，树为政治社会之中坚。如人正气日旺，然后可保生命。”因此他希望他的朋友“搜集同志，组一学会，专于社会方面树立基础，或建言论，或办学校，务为国家树人之计。”（六年一月二十四日寄一涵君信）他又说：“今日第一大患在于人才太少。然人才本随时而生，惜无领袖人物能组织团体，锻炼耀磨，俾其如量发挥；徒令情势涣散，虽有贤能亦不能转移风气，志行薄弱者，又常为风气所转移。……是知吾国所最缺乏者，尚非一般人才，而在领袖人才也审矣。”（六年旧七月十日信）当第三次革命成功时，我在美洲寄信给怡荪说，“这一次国民进步两党的稳健派互相携手，故能成倒袁的大功。以大势看来，新政府里面大概是进步党的人居多数。我很盼望国民党不要上台，专力组织一个开明强健的在野党，做政府的监督，使今日的‘稳健’不致流为明日的腐败”。我这种推测完全错了。倒袁以后，国民党在内阁里竟居大多数，进步两党的重要人物都不曾上台。后来党见越闹越激烈，闹得后来督军团干预政治，国会解散，黎元洪退职。张勋复辟的戏唱完之后，段祺瑞又上台。这一次民党势力完全失败。怡荪回想我前一年的话，很希望民党能组织一个有力的在野党，监督政府（六年八月九日又九月二十日与高一涵信）。那时怡荪的政治思想已有了根本改变，从前的“政治中心”论已渐渐取消，故主张有一种监督政府的在野党“抵衡其间，以期同人正轨”（六年九月二十日与一涵信）。

但是那时因为国会的问题，南北更决裂，时局更不可收拾。怡荪所抱的两种希望，——领袖人才和强硬的在野党，——都不能实现。民国六年秋天他屡次写信给朋友，说天下的事“当大处着眼，小处下手”。（六年旧七月十日信，又九月二十日与一涵信，又九月二十三日与我信）那时安徽的政治，腐败不堪，后来又有什么“公益维持会”出现，专把持选举的事。我们一班朋友不愿意让他们过太容易的日子，总想至少有一种反对的表示，所以劝怡荪出来竞争本县有省议会的选举。怡荪起初不肯，到了七年五月，方才勉强答应了。他答应的信上说：“民国二年选举的时候，足下寄手书，谓‘中国之事，患在一般好人不肯做事’云云，其言颇痛。与其畏难退缩，徒于事后叹息痛恨，何如此时勿计利害，出来奋斗，反觉得为吾良心所安也。”（七年五月二十日信）这一次的选举竞争，自然是公益维持会得胜，怡荪几乎弄到“拿办”的罪名，还有他两个同乡因为反对公益维持会的手段，被县知事详办在案。但是怡荪因此也添了许多阅历。他写信给我说：“年来大多数的人，无一人不吞声饮恨，只是有些要顾面子，有些没有胆子，只得低头忍耐，不敢闹翻，却总希望有人出来反对，……由此看来，所谓社会制度所谓政治组织，无一不为人类罪恶之源泉。”（七年九月八日信）他又说：“最近以来，头脑稍清晰的人，皆知政治本身已无解决方法，须求社会事业进步，政治亦自然可上轨道。”（同上）

这几句话可以代表怡荪的政治思想第三个时代。这时候，他完全承认政治的改良须从“社会事业”下手，和他五年前所说“一国改良之事，尤须自上发之”的主张，完全不相同了。他死之前一个月还有一封长信给我，同我论办杂志的事。他说：“办杂志要觑定二三十年后的国民要有什么思想，于是以少数的议论，去转移那多数国民的思想。关系如何重要！虽是为二三十年后国民思想的前趋，须要放开眼界，偏重激进的一方面。……政治可以暂避不谈，对于社会各种问题，不可不提出讨论。”（八年二月二十三日信）这个时代的怡荪完全是一个社会革命家。可惜他的志愿丝毫未能实现，就短命死了！以上述怡荪政治思想的变迁。

怡荪于民国七年冬天，受我的朋友许肇南[19]的聘，到南京河海工程学校教授国文。肇南在美国临归国的时候，问我知道国内有什么人才，我对他说：“有两个许少南。”一个就是肇南自己，一个就是怡荪（怡荪本名绍南）。后来两个许少南竟能在一块做事。果然很相投，我今年路过南京，同他谈了两天，心里很满意。谁知这一次的谈话竟成了我们最后的聚会呢？

怡荪是一个最富于血性的人。他待人的诚恳，存心的忠厚，做事的认真，朋友中真不容易寻出第二个。他同我做了十年的朋友，十年中他给我的信有十几万字，差不多个个都是楷书，从来不曾写一个潦草的字。他写给朋友的信，都是如此。只此一端已经不是现在的人所能做到。他处处用真诚待朋友，故他的朋友和他来往长久了，没有一个不受他的感化的。即如我自己也不知得了他多少益处。己酉庚戌两年我在上海做了许多无意识的事，后来一次大醉，几乎死了。那时幸有怡荪极力劝我应留美考试，又帮我筹款做路费。我到美国之后，他给我的第一封信就说：“足下此行，问学之外，必须拔除旧染，致力省察之功，修养之用。必如是持之有素，庶将来涉世，不至为习俗所靡，允为名父之子。”（庚戌十一月十七日信）自此以后，九年之中，几乎没有一封信里没有规劝我，勉励我的话。我偶然说了一句可取的话，或作了一首可看的诗，他一定写信来称赞我，鼓励我。我这十年的日记札记，他都替我保存起来。我没有回国的时候，他晓得我预备博士论文，没有时间作文章，他就把我的《藏晖室札记》节抄一部，送给《新青年》发表。我回国以后，看见他的小楷抄本，心里惭愧这种随手乱写的札记如何当得我的朋友费这许多精力来替我抄写。但他这种鼓励朋友的热心，实在能使人感激奋发。我回国以后，他时时有信给我，警告我“莫走错路”“举措之宜，不可不慎”（六年旧七月初十日信），劝我“打定主意，认定路走，毋贪速效，勿急近功”（六年九月二十三日信）。爱谋生[20]说得好：“朋友的交情把他的目的物当作神圣看待。要使他的朋友和他自己都变成神圣。”怡荪待朋友，真能这样做，他现在虽死了，但他的精神，他的影响，永永留在他的许多朋友的人格里，思想里，精神里，……将来间接又间接，传到无穷，怡荪是不会死的！

民国八年六月。

（原载于《新中国》第1卷4号，后收入《胡适文存》）

注释

1. 东夷：原为华夏人对东方民族的泛称，汉朝之后，东夷变成对日本等东方国家的泛称。此处与下文的东瀛皆指日本。
2. 负笈：背着书箱到远处去求学。笈：书箱。
3. 苕（tiáo）上：此处指浙江。浙江有苕溪。
4. 泯棼（mǐn fén）：纷乱貌。
5. 陈焕章（1880—1933）：字重远，广东高要人，清末民初思想家、社会活动家，“孔教”徒。主要著作有《孔门理财学》《孔教论》等。
6. 筹安会：是一个为袁世凯复辟帝制制造舆论的政治团体。
7. 俞樾（1821—1907）：字荫甫，自号曲园居士，浙江德清人。清末著名学者、文学家、经学家、古文字学家、书法家、朴学大师。
8. 湘乡：指湘军统帅曾国藩。
9. 柄政：掌握政权，执政，把持权柄、治理朝政。
10. 合肥：指李鸿章（1823—1901）。
11. 项城：此处指袁世凯。
12. 克林威尔：通译克伦威尔（1599—1658），17世纪英国资产阶级革命新贵族集团的代表人物、独立派的首领，曾处死国王查理一世，宣布成立共和国。
13. 公忱（chén）自矢：一心为公的热忱立志不移。忱：真诚的情意。自矢：立志不移。
14. 胡绍庭：胡适宗兄。
15. 陈其美（1878—1916）：浙江湖州人，近代民主革命志士，青帮代表人物，于辛亥革命初期与黄兴同为孙中山的左右股肱。1916年遇刺身亡。
16. 殂（cú）：死亡。

17. 悃愊（kǔn bì）无华：至诚而不虚浮。形容真心实意，毫不虚假。

18. 高一涵（1885—1968）：安徽六安人，曾留学日本明治大学攻读政法，民国五年（1916）7月回国与李大钊同办《晨报》，新文化运动的主力军之一。

19. 许肇南（1886—1960）：字先甲，号石枬，贵州贵阳人。贵州省第一位赴美留学生。留学归国后任河海工程专门学校校长。中国水电工程先驱。

20. 爱谋生：通译爱默生（1803—1882），美国思想家、文学家，诗人，是确立美国文化精神的代表人物。

李超传

李超的一生，没有什么轰轰烈烈的事迹。我参考她的行状[1]和她的信稿，她的生平事实不过如此：

李超原名惟柏，又名惟壁，号璞真，是广西梧州金紫庄的人。她的父母都早死了，只有两个姊姊，长名惟钧，次名□□。她父亲有一个妾，名附姐。李超少时便跟着附姐长大。因为她父母无子，故承继了她胞叔桨廷的儿子，名惟琛，号极甫。

她家本是一个大家，家产也可以算得丰厚。她的胞叔在全州做官时，李超也跟着在衙门里，曾受一点国文教育。后来她回家乡，又继续读了好几年的书，故她作文写信都还通顺清楚。

民国初年，她进梧州女子师范学校肄业，毕业时成绩很好。民国四年她和她的一班同志组织一个女子国文专修馆。过了一年，她那班朋友纷纷散去了，她独自在家，觉得旧家庭的生活没的意味，故发愤要出门求学。她到广州，先进公立女子师范，后进结方学堂；又进教会开的圣神学堂，后又回到结方，最后进公益女子师范。她觉得广州的女学堂不能满意，故一心想来北京进国立高等女子师范学校。民国七年七月，她好容易筹得旅费，起程来北京。九月进学校，初做旁听生，后改正科生。那年冬天，她便有病，她本来体质不强，又事事不能如她的心愿，故容易致病。今年春天，她的病更重，医生说是肺病，她才搬进首善医院调养。后来病更重，到八月十六日遂死在法国医院。

死时，她大约有二十三四岁了。（行状作“年仅二十”，是考据不精的错误。）

这一点无关紧要的事实，若依古文家的义法看来，实在不值得一篇传。就是给她一篇传，也不过说几句“生而颖悟，天性孝友，戚鄗称善，苦志求学，天不永其年，惜哉惜哉”一类的刻板文章，读了也不能使人相信。但是李超死后，她的朋友搜索她的遗稿，寻出许多往来的信札，又经过她的同乡苏甲荣君把这些信稿分类编记一遍，使她一生所受的艰苦，所抱的志愿，都一一地表现分明。我得读这些信稿，觉得这一个无名的短命女子之一生事迹很有作详传的价值，不但她个人的志气可使人发生怜惜敬仰的心，并且她所遭遇的种种困难都可以引起全国有心人之注意讨论。所以我觉得替这一个女子作传比替什么督军作墓志铭重要得多咧。

李超决意要到广州求学时，曾从梧州寄信给她的继兄，信中说：

计妹自辍学以来，忽又半载。家居清闲，未尝不欲奋志自修。奈天性不敏，遇有义理稍深者，即不有自解，又无从质问。盖学无师承，终难求益也。同学等极赞广州公立女子第一师范，规则甚为完善，教授亦最良好，且年中又不收学费，如在校寄宿者，每月只缴膳费五元，校章限二年毕业。……广东为邻省，轮舟往还，一日可达。……每年所费不过百金。依家年中入息虽不十分丰厚，然此区区之数，又何难筹？……谅吾兄必不以此为介意。……妹每自痛生不逢辰，幼遭悯凶[2]，长复困厄……其所以偷生人间者，不过念既受父母所生，又何忍自相暴弃，但一息苟存，乌得不稍求学问？盖近来世变日亟，无论男女，皆以学识为重。妹虽愚陋，不能与人争胜，然亦欲趁此青年，力图进取。苟得稍明义理，无愧所生，于愿已足。其余一分富贵浮华，早已参透，非谓能忽然置之，原亦知福薄之不如人也。……若蒙允诺，……匪独妹一生感激，即我先人亦当含笑于九泉矣。战栗书此，乞早裁复。

这信里说的话，虽是一些“门面话”，但是已带着一点呜咽的哭声。再看她写给亲信朋友的话：

前上短章，谅承收览，奉商之事，不知得蒙允诺与否。妹此时寸心上下如坐针毡，……在君等或视为缓事，而妹则一生苦乐端赖是也。盖频年来家多故。妹所处之境遇固不必问及。自壬子□兄续婚后，嫌隙愈多，积怨愈深。今虽同衅而各怀意见。诟谇之声犹（尤）所时有。其所指摘，虽多与妹无涉，而冷言讥刺，亦所不免，欲冀日之清净，殊不可得。去年妹有书可读，犹可藉以强解。近来闲居，更无术排遣。……锢居梧中，良非本怀。……盖凡人生于宇宙间，既不希富贵，亦必求安乐。妹处境已困难，而家人意见又复如此。环顾亲旧无一我心腹，因此，厌居梧城已非一日。

这信里所说，旧家庭的黑暗，历历都可想见。但是我仔细看这封信，觉得她所说还不曾说到真正苦痛上去。当时李超已二十岁了，还不曾订婚，她的哥嫂都很不高兴，都很想把她早早打发出门去，他们就算完了一桩心事，就可以安享她的家产了。李超“环顾亲旧，无一心腹”，只有胞姊惟钧和姊夫欧寿松是很帮助她的。李超遗稿中有两封信是代她姊姊写给她姊夫的，说的是关于李超的婚事。一封信说：

先人不幸早逝，遗我手足三人。……独季妹生不逢辰，幼失怙恃[3]，长遭困厄，今后年华益增，学问无成，后顾茫茫。不知何以结局。钧每念及此，寝食难安。且被性情又与七弟相左。盖弟择人但论财产，而舍妹则重学行。用是各执意见，致起龃龉。妹虑家庭专制，恐不能进其素愿，缘此常怀隐忧，故近来体魄较昔更弱。稍有感触，便觉头痛。……舍妹之事，总望为留心。苟使妹能终身付托得人，岂独钧为感激，即先人当含笑于九泉也。

这信所说，乃是李超最难告人的苦痛。她所以要急急出门求学，大概是避去这种高压的婚姻。她的哥哥不愿意她远去，也只是怕她远走高飞做一只出笼的鸟，做一个终身不嫁的眼中钉。

李超初向她哥哥要求到广州去求学，——广州离梧州只有一天的轮船路程，算不得什么远行。——但是她哥哥执意不肯。请看他的回信：

九妹知悉：尔欲东下求学，我并无成见在胸，路程近远，用款多少，我亦不措意及之也，惟是侬等祖先为乡下人，侬等又系生长乡间，所有远近乡邻女子，并未曾有人开远游羊城（即广州）求学之先河。今尔若孑身先行，事属罕见创举。乡党[4]之人少见多怪，必多指摘非议。然乡邻众口悠悠姑置勿论，而尔五叔为族中之最尊长者，二伯娘为族中妇人之最长者，今尔身为处子，因为从师求学，远游至千数百里之羊城，若不禀报而行，恐于理不合。而且伊等异日风闻此事，则我之责任非轻矣。我为尔事处措无方。今尔以女子身为求学事远游异域，我实在不敢在尊长前为尔启齿，不得已而请附姐（李超的庶母）为尔转请，而附姐诸人亦云不敢，而且附姐意思亦不欲尔远行也。总之，尔此行必要禀报族中尊长方可成行，否则我之责任重。……见字后，尔系一定东下，务必须由尔设法禀明族中尊长。

这封信处处用恫吓手段来压制他妹子，简直是高压的家族制度之一篇绝妙口供。

李超也不管他，决意要东下，后来她竟到了广州进了几处学堂。她哥哥气得厉害，竟不肯和她通信。六年七月五日，她嫂嫂陈文鸿信上说：

……你哥对九少言：“……余之所以不寄信不寄钱于彼者，以妹之不遵兄一句话也。且余意彼在东省未知确系读书，抑系在客栈住，以信瞒住家人。余断不为彼欺也。”言时声历。……嫂思之，计无所出，妹不如暂且归梧，以息家人之怨。……何苦惹家人之怨？……

又阴历五月十七日函说：

……姑娘此次东下，不半年已历数校，以致家人咸怒。而今又欲再觅他校专读中文，嫂恐家人愈怒。

即这几封信，已可看出李超一家对她的怨恨了。

李超出门后，即不愿回家，家人无可如何，只有断绝她的用费一条妙计。李超在广州二年，全靠她的嫂嫂陈文鸿，姊夫欧寿松，堂弟惟几，本家李典五，堂姊伯援、宛贞等人私下帮助她的经费。惟几信上（阴九月三十日）有“弟因寄银与吾姐一事，屡受亚哥痛责”的话。欧寿松甚至于向别人借钱来供给她的学费，那时李超的情形，也可想而知了。

李超在广州换了几处学堂，总觉得不满意。那时她的朋友梁惠珍在北京高等女子师范学校写了几次信去劝她来北京求学。李超那时好像屋里的一个蜜蜂，四面乱飞，只朝光明的方向走。她听说北京女高师怎样好，自然想北来求学，故把旧作的文稿寄给梁女士，请她转呈校长方还请求许她插班，后来又托同乡京官说情，方校长准她来校旁听。但是她到广州，家人还百计阻难，如何肯让她远走北京呢？

李超起初想瞒住家人，先筹得一笔款子，然后动身。故六年冬天李伯援函说：

……七嫂心爱妹，甫兄防之极严，限以年用百二(十)金为止，……甫嫂灼急异常。甫嫂许妹之款，经予说尽善言，始犹欣然。伊苟知妹欲行，则诚恐激变初心矣。

后来北行的计划被家人知道了，故她嫂嫂六年十一月七日函说：

日前得三姑娘来信，知姑娘不肯回家，坚欲北行，闻讯之下，不胜烦闷。姑娘此行究有何主旨？嫂思此行是直不啻加嫂之罪，陷嫂子不义也。嫂自姑娘来行后，尔兄及尔叔婶时时以恶言相责，说是嫂主其事，近日复被尔兄殴打。且尔副姐(即附姐)亦被责。时时相争相打，都因此事。姑娘若果爱嫂，此行万难实行，恳祈思之，再思之。

那时她家人怕她远走，故极力想把她嫁了。那几个月之中，说婚的信很多，李超都不肯答应，她执意要北行，四面八方向朋友亲戚借款。她家虽有钱，但是因为她哥哥不肯负还债的责任，故人多不敢借钱给她。七年五月二十二日，他姊姊惟钧写信给在广州的本家李典五说：

……闻九妹欲近日入京求学，本甚善事也。但以举廷五叔及甫弟等均以为女子读书稍明数字便得。今若只身入京，奔走万里，实必不能之事。即使其能借他人之款，以遂其志，而将来亦定不担偿还之职。……

这是最厉害的封付方法。六月二十八日伯援函说：

……该款七嫂不肯付，伊云妹有去心，自后一钱不寄矣。在款项一节，予都可为妹筹到。惟七嫂云，如妹能去，即惟予与婉贞二人是问。……七嫂与甫为妹事又大斗气。渠云妹并未知渠之苦心，典五之款，渠亦不还，予对妹难，对渠等尤难也。

照这信看来，连她那贤明的嫂嫂也实行那断绝财源的计划了。

那时李超又急又气，已病了几个月。后来幸亏她的大姊丈欧寿松一力担任接济学费的事。欧君是一个极难得的好人，他的原信说：

……妹决意往京就学，……兄亦赞成。每年所需八九十金，兄尽可担负。……惟吾妹既去，极甫谅亦不想恝置[5]也。

李超得了李典五借款，又得了欧寿松担任学费，遂于七月动身到北京，她先在女高师旁听，后改正科生。那时她家中哥嫂不但不肯接济款项，还写信给她姊夫，不许他接济。欧君七年九月五日信说：

……七舅近来恐无银汇。昨接璇儿信，称不独七妗[6]不满意，不肯汇银，且来信嘱兄不许接济。兄已回函劝导，谅不至如此无情。见并声明，七舅如不寄银则是直欲我一人担任。我近年债务已达三千元左右，平远又是苦缺，每年所得，尚未足清还债累，安得如许钱常常接济？即勉强担任，于亲疏贫富之间，未免倒置。……

看这信所说李超的家产要算富家，何以她哥嫂竟不肯接济她的学费呢？原来她哥哥是承继的儿子，名分上他应得全份家财。不料这个倔强的妹子偏不肯早早出嫁，偏要用家中银钱读书求学。他们最怕的是李超终身读书不嫁，在家庭中做一个眼中钉。故欧寿松再三写信给李超劝她早早订婚，劝她早早表明宗旨，以安她哥嫂之心。欧君九月五日信说：

……兄昨信所以直言不讳劝妹早日订婚者，职此之故。妹婚一日未定，即七舅等一日不安。……妹婚未成，则不独妹无终局，家人不安，即愚夫妇亦终身受怨而莫由自解。……前年在粤时，兄屡问妹之主意，即是欲妹明白宣示究竟读书至何年为止，届时即断然适人，无论贤愚，绝无苛求之意，只安天命，不敢怨人，否则削发为尼，终身不字。如此决定，则七舅等易于处置，不至如今日之若涉大海，茫无津涯，教育之费，不知负担到何时乃为终了。

又九月七日信说：

……妹读书甚为好事，惟宗旨未明，年纪渐长，兄亦深以为忧。……极甫等深以为吾妹终身读书亦是无益。吾妹即不为极甫诸人计，亦当为兄受怨计，早日决定宗旨，明以告我。……

欧君的恩义，李超极知感激。这几封信又写得十分恳切，故李超答书也极恳切。答书说：

……吾兄自顾非宽，而于妹膏火之费屡荷惠助，此恩此德，不知所以报之，计惟有刻诸肺腑，没世不忘而已。……妹来时曾有信与家兄，言明妹此次北来，最迟不过二三年即归。婚事一节，由伊等提议，听妹处裁。至受聘迟早妹不敢执拗，但必俟妹得一正式毕业，方可成礼。盖妹原知家人素疑妹持单独主义，故先剖明心迹，以释其疑，今反生意外之论，实非妹之所能料。若谓妹频年读书费用浩繁；将来伊于胡底，此则故设难词以制我耳。盖吾家虽不敢谓富裕，而每年所入亦足敷衍。妹年中所耗不过二三百金，何得谓为过分？况此乃先人遗产，兄弟辈既可随意支用，妹读书求学乃理正言顺之事，反谓多余，揆之情理，岂得谓平耶？静思其故，盖家兄为人惜财如璧，且又不喜女子读书，故生此闲论耳……

李超说："此乃先人遗产，兄弟辈既可随意支用，妹读书求学乃理正言顺之事，反谓多余，揆之情理，岂得谓平耶？"这几句话便是她杀身的祸根。谁叫她做一个女子！既做了女子，自然不配支用"先人遗产"来做"理正言顺之事！"

李超到京不够半年，家中吵闹得不成样子。伯援十一月六号来信说：

……七嫂于中秋前出来住数天，因病即返乡。渠因与甫兄口角成仇，赌气出来。渠数月来甚与市兄反目，其原因一为亚凤（极甫之妾），一为吾妹。凤之不良，悉归咎于鸿嫂，而鸿嫂欲卖去之，甫兄又不许，近且宠之，以有孕故也。前月五叔病，钧姊宁省，欲为渠三人解释嫌恨，均未达目的，三宿即返。返时鸿嫂欣然送别，嘱钧姊勿念，渠自能自慰自解，不复愁闷。九姑娘（即李超）处，渠典当金器亦供渠车业，请寄函渠，勿激气云云。是夕渠于夜静悬梁自缢，幸副姐闻吹气声，即起呼救，得免于危。……

甫兄对于妹此行，其恶益甚，声称一钱不寄，尽妹所为，不复追究。渠谓妹动以先人为念一言为题，即先人尚在，妹下告即远行，亦未必不责备也。钧姐嘱妹自后来信千万勿提先人以触渠怒云。

这一封信，前面说她嫂嫂为了她的事竟致上吊寻死，后面说她哥哥不但不寄一钱，甚至于不准她妹妹提起“先人”两个字。李超接着这封信，也不知气得什么似的。后来不久她就病倒了，竟至吐血。到了八年春天，病势更重，医生说是肺病，那时她的死症已成，到八月就死了。

李超病中，她姊夫屡次写信劝她排解心事，保重身体。有一次信中，她姊丈说一句极伤心的趣话。他说：“吾妹今日境遇与兄略同。所不同者，兄要用而无钱，妹则有钱而不得用。”李超“有钱而不得用”，以至于受种种困苦艰难，以至于病，以至于死，……这是谁的罪过？……这是什么制度的罪过？

李超死后，一切身后的事都靠她的同乡区君德、陈君瀛等料理。她家中哥嫂连信都不寄一封。后来还是她的好姊夫欧君替她还债。李超的棺材现在还停在北京一个破庙里，她家中也不来过问。现在她哥哥的信居然来了。信上说他妹子“至死不悔，死有余辜”！

以上是李超的传完了。我替这一个素不相识的可怜女子作传，竟作了六七千字，要算中国传记里一篇长传。我为什么要用这么多的工夫作她的传呢？因为她的一生遭遇可以用作无量数中国女子的写照，可以用作中国家庭制度的研究资料，可以用作研究中国女子问题的起点，可以算作中国女权史上的一个重要牺牲者。我们研究她的一生，至少可以引起这些问题：

（一）家长族长的专制：“尔五叔为族中之最尊长者，二伯娘为族中妇人之最长者。……若不禀报而行，恐于理不合。”诸位读这几句话，发生什么感想？

（二）女子教育问题：“侬等祖先为乡下人，……所有远近乡邻女子，并未曾有人开羊城远游求学之先河，今尔苦孑身先行，事属罕见创举。乡党之人……必多指摘非议。”“举廷五叔及甫弟等均以为女子读书稍明数字便得。”诸位读这些话，又发生什么感想？

（三）女子承袭财产的权利：“此乃先人遗产，兄弟辈既可随意支用，妹读书求学乃理正言顺之事，反谓多余。念之情理，岂得谓平耶？”诸位读这几句话，又发生什么感想？

（四）有女子不为有后的问题：《李超传》的根本问题，就是女子不能算为后嗣的大问题。古人为大宗立后，乃是宗法社会的制度。后来不但大宗，凡是男子无子，无论有无女儿，都还是承继别人儿子为后。即如李超的父母，有了李超这样的一个好女儿，依旧不能算是有后，必须承继一个“全无心肝”的侄儿为后。诸位读了这篇传，对于这种制度，该发生什么感想？

民国八年十二月。

（原载于《新潮》2卷2期，收入《胡适文存》）

注释

1. 行状：叙述死者世系、生平、生卒年月、籍贯、事迹的文章。

2. 悯凶：指父母之丧。

3. 怙恃（hù shì）：父母的合称。

4. 乡党：古代五百家为党，一万二千五百家为乡，合而称乡党，泛指乡里。

5. 恝（jiá）置：淡然置之，不加理会。

6. 妗（jìn）：舅母。

追想胡明复

宣统二年（1910）七月，我到北京考留美官费。那一天，有人来说，发榜了。我坐了人力车去看榜，到史家胡同时，天已黑了。我拿了车上的灯，从榜尾倒看上去（因为我自信我考得很不好），看完了一张榜，没有我的名字，我很失望。看过头上，才知道那一张是“备取”的榜。我再拿灯照读那“正取”的榜，仍是倒读上去。看到我的名字了！仔细一看，却是“胡达”，不是“胡适”。我再看上去，相隔很近，便是我的姓名了。我抽了一口气，放下灯，仍坐原车回去了，心里却想着，“那个胡达不知是推，几乎害我空高兴一场”！

那个胡达便是胡明复。后来我和他和宪生都到康南耳大学[1]，中国同学见了我们的姓名，总以为胡达胡适是兄弟，却不知道宪生和他是堂兄弟，我和他却全无亲属的关系。

那年我们同时放洋的共有七十一人，此外还有胡敦复先生，唐孟伦先生，严约冲先生。船上十多天，大家都熟了。但是那时已可看出许多人的性情嗜好。我是一个爱玩的人，也吸纸烟，也爱喝柠檬水，也爱学打“五百”及“高低，杰克”等等纸牌。在吸烟室里，我认得了宪生，常同他打“ Shuffle Board”[2]；我又常同严约冲、张彭春、王鸿卓打纸牌。明复从不同我们玩。他和赵元任、周仁总是同胡敦复在一块谈天；我们偶然听见他们谈话，知道他们谈的是算学问题，我们或是听不懂，或是感觉没有趣味，只好走开，心里都恭敬这一小群的学者。

到了绮色佳之后，明复与元任所学相同，最亲热；我在农科，同他们见面时很少。到了一九一二年以后，我改入文科，方才和明复元任同在克雷登先生的哲学班上。我们三个人同坐一排，从此我们便很相熟了。明复与元任的成绩相差最近，竞争最烈。他们每学期的总平均总都在九十分以上；大概总是元任多着一分或半分，有一年他们差只有几厘。他们在康南耳四年，每年的总成绩都是全校最高的。一九一三年，我们三人同时被举为 Phi Beta Kappa[3] 会员；因为我们同在克雷登先生班上，又同在一排，故同班的人都很欣羡；其实我的成绩远不如他们两位。一九一四年，他们二人又同时被举为 Sigma Xi[4] 会员，这是理科的名誉学会，得之很难；他们两人间时已得 Phi Beta Kappa 的"会钥"，又得 Sigma Xi"会钥"，更是全校稀有的荣誉。（郭复先生也是 Phi Beta Kappa 的会员。）

明复是科学社的发起人，这是大家知道的。这件事的记载，我在我的《藏晖室札记》里居然留得一点材料，现在摘记在此，也许可供将来科学社修史的人参考。

科学社发起的人是赵元任、胡达（明复）、周仁、秉志、过探先、杨铨、任鸿隽、金邦正、章元善。他们有一天（1914）聚在世界会（Cosmopolitan Club）的一个房间里，——似是过探先所住，——商量要办一个月报，名为"科学"。后来他们公推明复与杨铨、任鸿隽等起草，拟定"科学社"的招股章程。最初的章程是杨铨手写付印的，其全文如下：

科学社招股章程

（1）定名 本社定名科学社（Science Society）。

（2）宗旨 本社发起"科学"（*Science*）月刊，以提倡科学，鼓吹实业，审定名词，传播知识，为宗旨。

（3）资本 本社暂时以美金四百元为资本。

（4）股份 本社发行股份票四十份，每份美金十元。其二十份由发起人担任，余二十份发售。

（5）交股 法购一股者，限三期交清，以一月为一期：第一期五元，第二期三元，第三期二元。购二股者，限五期交清：第一期六元，第二三期各四元，第四五期各三元。每股东以三股为限，购三股者其二股依上述二股例交付，余一股照单购法办理。凡股东入股，转股，均须先经本社认可。

（6）权利 股东有享受赢余及选举被选举权。

（7）总事务所在地 本社总事务所暂设美国以萨克（ Ithaca ）城。

（8）期限 营业期限无定。

（9）通讯处 美国过探先。（住址从略）

当时的目的只想办一个“科学”月刊，资本只要美金四百元。后来才放手做去，变成今日的科学社，“科学”月刊的发行只成为社中的一件附属事业了。

当时大家决定，先须收齐三个月的稿子，然后赶送出付印。明复在编辑上的功劳最大；他不但自己撰译了不少稿子，还担任整理别人的稿件，统一行款，改换标点，故他最辛苦。他在社中后来的贡献与劳绩，是许多朋友都知道的，不用我说了。

明复学的是数学物理，但他颇注意于他所专习的科学以外的事情。我住在世界会，常见明复到会里来看杂志；别的科学学生很少来的。

有一件事可以作证。民国元年（1912）十一月里，明复和我发起一个政治研究会。那时在革命之后，大家都注意政治问题，故有这个会的组织。第一次组织会在我的房间里开会，会员共十人，议决：

（1）每两星期开会一次。

（2）每会讨论一个问题，由会员二人轮次预备论文宣读。论文完后，由会员讨论。

（3）每会由会员一人轮当主席。

（4）会期在星期六下午二时。

第一次论会的论题为“美国议会”，由过探先与我担任。第二次论题为“租税制度”，由胡明复与尤怀皋担任。我的日记有这一条：

十二月廿一日，中国学生政治研究会第二次会，论“租税”。胡明复尤怀皋二君任讲演，甚有兴味。二君所预备演稿俱极精详，费时当不少，其热心可佩也。

明复与元任后来都到哈佛去了。那时杏佛（杨铨）编辑“科学”常向他们催稿子。民国五年（1916）六月间，杏佛作了一首白话打油诗寄给明复：

寄胡明复

自从老胡去，这城天气凉。
新屋有风阁，清福过帝王。
境闲心不闲，手忙脚更忙。
为我告“夫子”[5]，“科学”要文章。

元任见此诗，也和了一首：

寄杨杏佛

自从老胡来，此地暖如汤。
“科学”稿已去，“夫子”不敢当。
才完就要做，忙似阎罗王。
幸有“辟克匿”[6]，那时波士顿肯里白奇的社友还可大大地乐一场！

这也可以表示当时的朋友之乐，与科学社编辑部工作的状况。

民国三年（1914）明复得盲肠炎，幸早去割了，才得无事。民国五年（1916），元任也得盲肠炎，也得割治。那时我在纽约，作了一首打油诗寄给元任，并寄给明复看：

闻道先生病了，叫我吓了一跳。
“阿彭底赛梯斯！”[7]这事有点不妙！
依我仔细看来，这病该怪胡达。
你和他两口儿，可算得亲热杀：
同学同住同事，今又同到哈韈[8]，
同时“西葛玛鳃”，同时“斐贝卡拔”[9]。
前年胡达破肚，今年“先生”[10]该割。
莫怪胡适无礼，嘴里夹七夹八。
要“先生”开口笑，病中快活快活。
更望病早早好，阿弥陀佛菩萨！

那时候我正开始作白话诗，常同一班朋友讨论文学问题。明复有天忽然寄了两首打油诗来，不但是白话的，竟是土白的。第一首是：

纽约城里，有个胡适，白话连篇，成啥样式！

第二首是一首“宝塔诗”：

痴！
适之！
勿读书！
香烟一支
单作白话诗！
说时快，做时迟。
一作就是三小时！

我也答他一首“宝塔诗”：

咦！
稀奇！
胡格哩，
勿我作诗！
这话不须提。
我作诗快得希，
从来不用三小时。
提起笔何用费心思，
笔尖儿嗤嗤嗤嗤地飞，
也不管宝塔诗有几层儿！

这种朋友游戏的乐处，可怜如今都成永不回来的陈迹了！

去年五月底，我从外国回来，住在沧州旅馆。有一天，吴稚晖先生在我的房里大谈。门外有客来了，我开门看时，原来是明复同周子竞（仁）两位。我告诉他们，里面是稚晖先生。他们怕打断吴先生的谈话，不肯进来，说“过几天再来谈”，都走了。我以为，大家同在上海，相见很容易的。谁知不多时明复遂死了，那一回竟是我同他的永诀了。他永永不再来谈了！

1928 年 3 月 27 日

（原载于《科学》第 13 卷第 6 期，原题《回忆明复》，后收入《胡适文存三集》，改本题）

注释

1. 康南耳大学：美国康奈尔大学，著名的常春藤盟校成员。
2. Shuffle Board：桌掷球，俗称沙壶球，起源于 15 世纪的英国宫廷。
3. Phi Beta Kappa：美国大学优等生之荣誉学会。
4. Sigma Xi：美国科学研究协会。
5. 元任有“Prof”的绰号——原注。
6. 辟克匿：picnic，野餐，郊游。
7. 阿彭底赛梯斯：Appendicitis，盲肠炎——原注。
8. 哈韈：Harvard（哈佛）——原注。
9. Sigma Xi，Phi Beta Kappa——原注。
10 先生：元任的绰号“Prof”——原注。

追悼志摩

悄悄的我走了，
正如我悄悄的来；
我挥一挥衣袖，
不带走一片云彩。

（《再别康桥》）

志摩这一回真走了！可不是悄悄地走。在那淋漓的大雨里，在那迷漆漆的大雾里，一个猛烈的大震动，三百匹马力的飞机碰在一座终古不动的山上，我们的朋友额上受了一个致命的撞伤，大概立刻失去了知觉，半空中起了一团大火，像天上陨了一颗大星似的直掉下地去。我们的志摩和他的两个同伴就死在那烈焰里了！

我们初得着他的死信，却不肯相信，都不信志摩这样一个可爱的人会死得这么残酷。但在那几天的精神大震撼稍稍过去之后，我们忍不住要想，那样的死法也许只有志摩最配。我们不相信志摩会“悄悄的走了”，也不忍想志摩会死一个“平凡的死”，死在天空之中，大雨淋着，大雾笼罩着，大火焚烧着，那撞不倒的山头在旁边冷眼瞧着，我们新时代的新诗人，就是要自己挑一种死法，也挑不出更合式，更悲壮的了。

志摩走了，我们这个世界里被他带走了不少的云彩。他在我们这些朋友之中，真是一片最可爱的云彩，永远是温暖的颜色，永远是美的花样，永远是可爱。他常说：

我不知道风
是在那一个方向吹——

我们也不知道风是在那一个方向吹，可是狂风过去之后，我们的天空变惨淡了，变寂寞了，我们才感觉我们的天上的一片最可爱的云彩被狂风卷去了，永远不回来了！

这十几天里，常有朋友到家里来谈志摩，谈起来常常有人痛哭。在别处痛哭他的，一定还不少。志摩所以能使朋友这样哀念他，只是因为他的为人整个的只是一团同情心，只是一团爱。叶公超[1]先生说，

他对于任何人，任何事，从未有过绝对的怨恨，甚至于无意中都没有表示过一些憎嫉的神气。

陈通伯[2]先生说，

尤其朋友里缺不了他。他是我们的连索，他是粘着性的，发酵性的。在这七八年中，国内文艺界里起了不少的风波，吵了不少的架，许多很熟的朋友往往弄得不能见面。但我没有听见有人怨恨过志摩。谁也不能抵抗志摩的同情心，谁也不能避开他的粘着性。他才是和事的无穷的同情，使我们老，他总是朋友中间的"连索"。他从没有疑心，他从不会妒忌。使这些多疑善妒的人们十分惭愧，又十分羡慕。

他的一生真是爱的象征。爱是他的宗教，他的上帝。

我攀登了万仞的高冈，
荆棘扎烂了我的衣裳，
我向飘渺的云天外望
——上帝，我望不见你！
……
我在道旁见一个小孩：
活泼，秀丽，褴褛的衣衫；
他叫声"妈"，眼里亮着爱——

上帝，他眼里有你！

《他眼里有你》

志摩今年他的《猛虎集自序》里，曾说他的心境是“一个曾经有单纯信仰的流入怀疑的颓废”。这句话是他最好的自述。他的人生观真是一种“单纯信仰”，这里面只有三个大字：一个是爱，一个是自由，一个是美。他梦想这三个理想的条件能够会合在一个人生里，这是他的“单纯信仰”。他的一生的历史，只是他追求这个单纯信仰的实现的历史。

社会上对于他的行为，往往有不谅解的地方，都只因为社会上批评他的人不曾懂得志摩的“单纯信仰”的人生观。他的离婚和他的第二次结婚，是他一生最受社会严厉批评的两件事。现在志摩的棺已盖了，而社会上的议论还未定。但我们知道这两件事的人，都能明白，至少在志摩的方面，这两件事最可以代表志摩的单纯理想的追求。他万分诚恳地相信那两件事都是他实现那“美与爱与自由”的人生的正当步骤。这两件事的结果，在别人看来，似乎都不曾能够实现志摩的理想生活。但到今日，我们还忍用成败来议论他吗？

我忍不住我的历史癖，今天我要引用一点神圣的历史材料，来说明志摩决心离婚时的心理。民国十一年三月，他正式向他的夫人提议离婚，他告诉她，他们不应该继续他们的没有爱情没有自由的结婚生活了，他提议“自由之偿还自由”，他认为这是“彼此重见生命之曙光，不世之荣业”。他说：

故转夜为日，转地狱为天堂，直指顾间事矣。……真生命必自奋斗自求得来，真幸福亦必自奋斗自求得来，真恋爱亦必自奋斗自求得来！彼此前途无限，……彼此有改良社会之心，彼此有造福人类之心，其先自做榜样，勇决智断，彼此尊重人格，自由离婚，止绝苦痛始兆幸福，皆在此矣。

这信里完全是青年的志摩的单纯的理想主义，他觉得那没有爱又没有自由的家庭是可以摧毁他们的人格的，所以他下了决心，要把自由偿还自由，要从自由求得他们的真生命，真幸福，真恋爱。

后来他回国了，婚是离了，而家庭和社会都不能谅解他。最奇怪的是他和他已离婚的夫人通信更勤，感情更好。社会上的人更不明白了。志摩是梁任公[3]先生最爱护的学生，所以民国十二年任公先生曾写一封很恳切的信去劝他。在这信里，任公提出两点：

其一，万不容以他人之苦痛，易自己之快乐。弟之此举，其于弟将来之快乐能得与否，殆茫如捕风，然先已于多数人以无量之苦痛。

其二，恋爱神圣为今之少年所乐道。……兹事盖可遇而不可求。……况多情多感之人，其幻想起落鹘突[4]，而得满足得宁帖也极难。所梦想之神圣境界恐终不可得，徒以烦恼终其身已耳。

任公又说：

呜呼志摩！天下岂有圆满之宇宙？……当知吾济以不求圆满为生活态度，斯可以领略生活之妙味矣。……若沉迷于不可必得之梦境，挫折数次，生意尽矣，郁邑侘傺[5]以死，死为无名。死犹可也，最可畏者，不死不生而堕落至不复能自拔。呜呼志摩，可无惧耶！可无惧耶！

（十二年一月二日信）

任公一眼看透了志摩的行为是追求一种“梦想的神圣境界”，他料到他必要失望，又怕他少年人受不起几次挫折，就会死，就会堕落。所以他以老师的资格警告他：“天下岂有圆满之宇宙？”

但这种反理想主义是志摩所不能承认的。他答复任公的信，第一不承认他是把他人的苦痛来换自己的快乐。他说：

我之甘冒世之不韪，竭全力以斗者，非特求免凶惨之苦痛，实求良心之安顿，求人格之确立，求灵魂之救度耳。

人谁不求庸德？人谁不安现成？人谁不畏艰险？然且有突围而出者，夫岂得已而然哉？

第二，他也承认恋爱是可遇而不可求的，但他不能不去追求。他说：

我将于茫茫人海中访我唯一灵魂之伴侣；得之，我幸；不得，我命，如此而已。

他又相信他的理想是可以创造培养出来的。他对任公说：

嗟夫吾师！我尝奋我灵魂之精髓，以凝成一理想之明珠，涵之以热满之心血，朗照我深奥之灵府。而庸俗忌之嫉之，辄欲麻木其灵魂，捣碎其理想，杀灭其希望，污毁其纯洁！我之不流入堕落，流入庸懦，流入卑污，其几亦微矣！

我今天发表这三封不曾发表过的信，因为这几封信最能表现那个单纯的理想主义者徐志摩。他深信理想的人生必须有爱，必须有自由，必须有美；他深信这种三位一体的人生是可以追求的，至少是可以用纯洁的心血培养出来的。——我们若从这个观点来观察志摩的一生，他这十年中的一切行为就全可以了解了。我还可以说，只有从这个观点上才可以了解志摩的行为；我们必须先认清了他的单纯信仰的人生观，方才认得清志摩的为人。

志摩最近几年的生活，他承认是失败。他有一首《生活》的诗，诗里暗惨得可怕：

阴沉，黑暗，毒蛇似的蜿蜒，
生活逼成了一条甬道：
一度陷入，你只可向前，
手扪索着冷壁的粘潮，
在妖魔的脏腑内挣扎，
头顶不见一线的天光，
这魂魄，在恐怖的压迫下，
除了消灭更有什么愿望？

（十九年五月二十九日）

他的失败是一个单纯的理想主义者的失败。他的追求，使我们惭愧，因为我们的信心太小了，从不敢梦想他的梦想。他的失败，也应该使我们对他表示更深厚的恭敬与同情，因为偌大的世界之中，只有他有这信心，冒了绝大的危险，费了无数的麻烦，牺牲了一切平凡的安逸，牺牲了家庭的亲谊和人间的名誉，去追求，去试验一个“梦想之神圣境界”，而终于免不了残酷的失败，也不完全是他的人生观的失败。他的失败是因为他的信仰太单纯了，而这个现实世界太复杂了，他的单纯的信仰禁不起这个现实世界的摧毁；正如易卜生的诗剧Brand[6]里的那个理想主义者，抱着他的理想，在人间处处碰钉子，碰得焦头烂额，失败而死。

然而我们的志摩“在这恐怖的压迫下”，从不叫一声“我投降了”！他从不曾完全绝望，他从不曾绝对怨恨谁。他对我们说：

你们不能更多地责备。我觉得我已是满头的血水，能不低头已算是好的。（《猛虎集自序》）

是的，他不曾低头。他仍旧昂起头来做人；他仍旧是他那一团的同情心，一团的爱。我们看他替朋友做事，替团体做事，他总是仍旧那样热心，仍旧那样高兴。几年的挫折，失败，苦痛，似乎使他更成熟了，更可爱了。

他的苦痛之中，仍旧继续他的歌唱。他的诗作风也更成熟了。他所谓“初期的汹涌性”固然是没有了，作品也减少了；但是他的意境变深厚了，笔致变淡远了，技术和风格都更进步了。这是读《猛虎集》的人都能感觉到的。

志摩自己希望今年是他的“一个真正的复活的机会”。他说：

抬起头居然又见到天了。眼睛睁开了，心也跟着开始了跳动。

我们一班朋友都替他高兴。他这几年来想用心血浇灌的花树也许是枯萎的了；但他的同情，他的鼓舞，早又在别的园地里种出无数的可爱的小树，开出了无数可爱的鲜花。他自己的歌唱有一个时代是几乎消沉了；但他的歌声引起了他的园地外无数的歌喉，嘹亮地唱，哀怨地唱，美丽地唱。这都是他的安慰，都使他高兴。

谁也想不到在这个最有希望的复活时代，他竟丢了我们走了！他的《猛虎集》里有一首咏一只黄鹂的诗，现在重读了，好像他在那里描写他自己的死，和我们对他的死的悲哀：

等候他唱，我们静着望，

怕惊了他。但他一展翅，
冲破浓密，化一朵彩云：
他飞了，不见了，没了——
像是春光，火焰，像是热情。

志摩这样一个可爱的人，真是一片春光，一团火焰，一腔热情。现在难道都完了？

决不！决不！志摩最爱他自己的一首小诗，题目叫作《偶然》，在他的《卞昆冈》剧本里，在那个可爱的孩子阿明临死时，那个瞎子弹着三弦，唱着这首诗：

我是天空里的一片云，
偶尔投影在你的波心——
你不必讶异，
更无需欢喜——
在转瞬间消灭了踪影。
你我相逢在黑暗的海上，
你有你的，我有我的，方向。
你记得也好，
最好你忘掉，
在这交会时互放的光亮！

朋友们，志摩是走了，但他投的影子会永远留在我们心里，他放的光亮也会永远留在人间，他不曾白来了一世。我们有了他做朋友，也可以安慰自己说不曾白来了一世。我们忘不了，和我们在那交会互放的光亮！

二十年，十二月，三夜

[原载于1932年3月《新月》第4卷第1期(志摩纪念号)，署名胡适，后收入台北文星书店1966年6月版《胡适选集》]

注释

1. 叶公超（1904—1981）：广东番禺人，著名外交家、书法家。

2. 陈通伯（1896—1970）：本名陈源，江苏无锡人，文学评论家、翻译家，字通伯，笔名陈西滢。

3. 梁任公：梁启超（1873—1929），号任公，广东新会人。中国近代史上著名的政治活动家、启蒙思想家、资产阶级宣传家、教育家、史学家和文学家。戊戌变法（百日维新）领袖之一。

4. 鹘（hú）突：疑惑不定。

5. 侘傺（chà chì）：失意而神情恍惚的样子。

6. Brand：《布朗德》。

记辜鸿铭

民国十年十月十三夜，我的老同学王彦祖先生请法国汉学家戴弥微先生在他家中吃饭，陪客的有辜鸿铭先生，法国的□先生，徐墀先生，和我；还有几位，我记不得了。这一晚的谈话，我的日记里留有一个简单的记载，今天我翻看旧日记，想起辜鸿铭的死，想起那晚上的主人王彦祖也死了，想起十三年之中人事变迁的迅速，我心里颇有不少的感触。所以我根据我的旧日记，用记忆来补充它，写成这篇辜鸿铭的回忆。

辜鸿铭向来是反对我的主张的，曾经用英文在杂志上驳我；有一次为了我在《每周评论》上写的一段短文，他竟对我说，要在法庭控告我。然而在见面时，他对我总很客气。

这一晚他先到了王家，两位法国客人也到了；我进来和他握手时，他对那两位外国客说：Here comes my learned enemy（来的这位是我学术上的对头）！大家都笑了。

入座之后，戴弥微的左边是辜鸿铭，右边是徐墀。大家正在喝酒吃菜，忽然辜鸿铭用手在戴弥微的背上一拍，说："先生，你可要小心！"戴先生吓了一跳，问他为什么，他说："因为你坐在辜疯子和徐颠子的中间！"大家听了，哄堂大笑，因为大家都知道"Cranky Hsu"和"Crazy Ku"的两个绰号。

一会儿，他对我说："去年张少轩（张勋）过生日，我送了他一副对子，上联是'荷尽已无擎雨盖'，——下联是什么？"我当他是集句的对联，一时想不起好对句，只好问他："想不出好对，你对的什么？"他说："下联是'菊残犹有傲霜枝'。"我也笑了。

他又问："你懂得这副对子的意思吗？"我说："'菊残犹有傲霜枝'，当然是张大帅和你老先生的辫子了。'擎雨盖'是什么呢？"他说："是清朝的大帽。"我们又大笑。

他在席上大讲他最得意的安福国会选举时他卖票的故事，这个故事我听他亲口讲过好几次了，每回他总添上一点新花样，这也是老年人说往事的普通毛病。安福部当权时，颁布了一个新的国会选举法，其中有一部分的参议员是须由一种中央通儒院票选的，凡国立大学教授，凡在国外大学得学位的，都有选举权。于是许多留学生有学士硕士博士文凭的，都有人来兜买。本人不必到场，自有人拿文凭去登记投票。据说当时的市价是每张文凭可卖二百元。兜买的人拿下文凭去，还可以变化发财。譬如一张文凭上的姓名是 Wu Ting，第一次可报"武定"，第二次可报"丁武"，第三次可报"吴廷"，第四次可说是江浙方音的"丁和"。这样办法，原价二百元的，就可以卖八百元了。

辜鸿铭卖票的故事确是很有风趣的。他说："□□□来运动我投他一票，我说：'我的文凭早就丢了。'他说：'谁不认得你老人家？只要你亲自来投票，用不着文凭。'我说：'人家卖两百块钱一票，我老辜至少要卖五百块。'他说：'别人两百，你老人家三百。'我说：'四百块，少一毛钱不来，还得先付现款，不要支票。'他要还价，我叫他滚出去。他只好说：'四百块钱依你老人家。可是投票时务必请你到场。'"

选举的前一天，□□□果然把四百元钞票和选举入场证都带来了，还再三叮嘱我明天务必到场。等他走了，我立刻出门，赶下午的快车到了天津，把四百块钱全报效在一个姑娘——你们都知道，她的名字叫一枝花——的身上了。两天工夫，钱花光了，我才回北京来。

□□□听说我回来了，赶到我家，大骂我无信义。我拿起一根棍子，指着那个留学生小政客，说："你瞎了眼睛，敢拿钱来买我！你也配讲信义！你给我滚出去！从今天以后不要再上我门来！"

那小子看见我的棍子，真个乖乖地逃出去了。

说完了这个故事，他回过头来对我说："你知道有句俗话：'监生拜孔子，孔子吓一跳。’我上回听说□□□的孔教会要去祭孔子，我编了一首白话诗：监生拜孔子，孔子吓一跳。孔会拜孔子，孔子要上吊。胡先生，我的白话诗好不好？”

一会儿，辜鸿铭指着那两位法国客人大发议论了。他说：“先生们，不要见怪，我要说你们法国人真有点不害羞，怎么把一个文学博士的名誉学位送给□□□！□先生，你的《□□报》上还登出□□□的照片来，坐在一张书桌边，桌上堆着一大堆书，题作‘□大总统著书之图’！呃，呃，真羞煞人！我老辜向来佩服你们贵国，——La belle France[1]！现在真丢尽了你们的 La belle France 的脸了！你们要是送我老辜一个文学博士，也还不怎样丢人！可怜的班乐卫[2]先生，他把博士学位送给□□□，呃？”

那两位法国客人听了老辜的话，都很感觉不安，那位《□□报》的主笔尤其脸红耳赤，他不好不替他的政府辩护一两句。辜鸿铭不等他完，就打断他的话，说：“Monsieur，你别说了。有一个时候，我老辜得意的时候，你每天来看我，我开口说一句话，你就说：‘辜先生，您等一等。’你就连忙摸出铅笔和日记本子来，我说一句，你就记一句，一个字也不肯放过。现在我老辜倒霉了，你的影子也不上我门上来了。”

那位法国记者，脸上更红了。我们的主人觉得空气太紧张了，只好提议，大家散坐。

上文说起辜鸿铭有一次要在法庭控告我，这件事我也应该补叙一笔。

在民国八年八月间，我在《每周评论》第三十三期登出了一段随感录：

[辜鸿铭] 现在的人看见辜鸿铭拖着辫子，谈着“尊王大义”，一定以为他是向来顽固的。却不知辜鸿铭当初是最先剪辫子的人；当他壮年时，衙门里拜万寿，他坐着不动。后来人家谈革命了，他才把辫子留起来。辛亥革命时，他的辫子还没有养全，拖带着假发接的辫子，坐着马车乱跑，很出风头。这种心理很可研究。当初他是“立异以为高”，如今竟是“久假而不归了”。

这段话是高而谦先生告诉我的，我深信高而谦先生不说谎话，所以我登在报上。那一期出版的一天，是一个星期日，我在北京西车站同一个朋友吃晚饭。我忽然看见辜鸿铭先生同七八个人也在那里吃饭。我身边恰好带了一张《每周评论》，我就走过去，把报送给辜先生看。他看了一遍，对我说："这段记事不很确实。我告诉你我剪辫子的故事。我的父亲送我出洋时，把我托给一位苏格兰教士，请他照管我。但他对我说：现在我完全托了□先生，你什么事都应该听他的话。只有两件事我要叮嘱你：第一，你不可进耶稣教；第二，你不可剪辫子。我到了苏格兰，跟着我的保护人，过了许多时。每天出门，街上小孩子总跟着我叫喊：'瞧呵，支那人的猪尾巴！'我想着父亲的教训，忍着侮辱，终不敢剪辫。那个冬天，我的保护人往伦敦去了，有一天晚上我去拜望一个女朋友。这个女朋友很顽皮，她拿起我的辫子来赏玩，说中国人的头发真黑的可爱。我看她的头发也是浅黑的，我就说：'你要肯赏收，我就把辫子剪下来送给你。'她笑了；我就借了一把剪子，把我的辫子剪下来送给了她。这是我最初剪辫子的故事。可是拜万寿，我从来没有不拜的。"他说时指着同坐的几位老头子，"这几位都是我的老同事。你问他们，我可曾不拜万寿牌位"？

我向他道歉，仍回到我们的桌上。我远远地望见他把我的报纸传给同坐客人看。我们吃完了饭，我因为身边只带了这一份报，就走过去向他讨回那张报纸。大概那班客人说了一些挑拨的话，辜鸿铭站起来，把那张《每周评论》折成几叠，向衣袋里一插，正色对我说："密斯忒胡，你在报上毁谤了我，你要在报上向我正式道歉。你若不道歉，我要向法庭控告你。"

我忍不住笑了。我说："辜先生，你说的话是开我玩笑，还是恐吓我？你要是恐吓我，请你先去告状；我要等法庭判决了才向你正式道歉。"我说了，点点头，就走了。后来他并没有实行他的恐吓。大半年后，有一次他见着我，我说："辜先生，你告我的状子进去了没有？"他正色说："胡先生，我向来看得起你；可是你那段文章实在写得不好！"

（原载于 1935 年 8 月 11 日《大公报·文艺副刊》第 64 期）

注释

1. La belle France：美好的法兰西。

2. 班乐卫：法国著名学者，曾任法国内阁总理。

丁在君这个人

傅孟真先生的《我所认识的丁文江[1]先生》，是一篇很大的文章，只有在君当得起这样一篇好文章。孟真说：

> 我以为在君确是新时代最良善最有用的中国人之代表，他是欧化中国过程中产生的最高的菁华；他是用科学知识做燃料的大马力机器：他是抹杀主观，为学术为社会为国家服务者，为公众之进步及幸福而服务者。

这都是最确切的评论，这里只有"抹杀主观"四个字也许要引起他的朋友的误会。在君是主观很强的人，不过孟真的意思似乎只是说他"抹杀私意""抹杀个人的利害"。意志坚强的人都不能没有主观，但主观是和私意私利说不相同的。王文伯先生曾送在君一个绰号，叫作 the conclusionist，可译作"一个结论家"。这就是说，在君遇事总有他的"结论"，并且往往不放松他的"结论"。一个人对于一件事的"结论"多少总带点主观的成分，意志力强的人带的主观成分也往往比较一般人要多些。这全靠理智的训练深浅来调剂。在君的主观见解是很强的，不过他受的科学训练较深，所以他在立身行道的大关节目上终本愧是一个科学时代的最高产儿。而他的意志的坚强又使他忠于自己的信念，知了就不放松，就决心去行，所以成为一个最有动力的现代领袖。

在君从小不喜欢吃海味，所以他一生不吃鱼翅鲍鱼海参。我常笑问他：这有什么科学的根据？他说不出来，但他终不破戒。但是他有一次在贵州内地旅行，到了一处地方，他和他的跟人都病倒了。本地没有西医，在君是绝对不信中医的，所以他无论如何不肯请中医诊治，他打电报到贵阳去请西医，必须等贵阳的医生赶到了他才肯吃药。医生还没有赶到，他的跟人已病死了，人都劝在君先服中药，他终不肯破戒。我知道他终身不曾请教过中医，正如他终身不肯拿政府干薪，终身不肯因私事旅行借用免票坐火车一样的坚决。

我常说，在君是一个欧化最深的中国人，是一个科学化最深的中国人。在这一点根本立场上，眼中人物真没有一个人能比上他。这也许是因为他十五岁就出洋，很早就受了英国人生活习惯的影响的缘故。他的生活最有规则：睡眠必须八小时，起居饮食最讲究卫生，在外面饭馆里吃饭必须用开水洗杯筷；他不喝酒，常用酒来洗筷子；夏天家中吃无皮的水果，必须在滚水里浸二十秒钟。他最恨奢侈，但他最注重生活的舒适和休息的重要，差不多每年总要寻一个歇夏的地方，很费事地布置他全家去避暑；这是大半为他的多病的夫人安排的，但自己也必须去住一个月以上；他的弟弟，侄儿，内侄女，都往往同去，有时还邀朋友去同住。他绝对服从医生的劝告：他早年有脚痒病，医生说赤脚最有效，他就终身穿有多孔的皮鞋，在家常赤脚，在熟朋友家中也常脱袜子，光着脚谈天，所以他自称“赤脚大仙”。他吸雪茄烟有二十年了，前年他脚趾有点发麻，医生劝他戒烟，他立刻就戒绝了。这种生活习惯都是科学化的习惯；别人偶一为之，不久就感觉不方便，或怕人讥笑，就抛弃了。在君终身奉行，从不顾社会的骇怪。

他的立身行己，也都是科学化的，代表欧化的最高层。他最恨人说谎，最恨人懒惰，最恨人滥举债，最恨贪污。他所谓“贪污”，包括拿干薪，用私人，滥发荐书，用公家免票来做私家旅行，用公家信笺来写私信，等等。他接受淞沪总办之职时，我正和他同住在上海客利饭店，我看见他每天接到不少的荐书。他叫一个书记把这些荐信都分类归档，他就职后，需要用某项人时，写信通知有荐信的人定期来受考试，考试及格了，他都雇用；不及格的，他一一通知他们的原荐人。他写信最勤，常怪我案上堆积无数未覆的信。他说：“我平均写一封信费三分钟，字是潦草的，但朋友接着我的回信了。你写信起码要半点钟，结果是没有工夫写信。”蔡孑民[2]先生说在君“案无留牍”，这也是他的欧化的精神。

罗文干[3]先生常笑在君看钱太重，有寒伧气。其实这正是他的小心谨慎之处。他用钱从来不敢超过他的收入，所以能终身不欠债，所以能终身不仰面求人，所以能终身保持一个独立的清白之身。他有时和朋友打牌，总把输赢看得很重，他手里有好牌时，手心常出汗，我们常取笑他，说摸他的手心可以知道他的牌。罗文干先生是富家子弟出身，所以更笑他寒伧。及今思之，在君自从留学回来，担负一个大家庭的求学经费，有时候每年担负到三千元之多，超过他的收入的一半，但他从无怨言，也从不欠债；宁可抛弃他的学术生活去替人办煤矿，他不肯用一个不正当的钱：这正是他的严格的科学化的生活规律不可及之处；我们嘲笑他，其实是我们穷书生而有阔少爷的脾气，真不配批评他。

在君的私生活和他的政治生活是一致的。他的私生活的小心谨慎就是他的政治生活的预备。民国十一年，他在《努力周报》第七期上（署名“宗淹”）曾说，我们若想将来做政治生活，应做这几种预备：

第一，是要保存我们“好人”的资格。消极地讲，就是不要“作为无益”；积极地讲，是躬行克己，把责备人家的事从我们自己做起。

第二，是要做有职业的人，并且增加我们职业上的能力。

第三，是设法使得我们的生活程度不要增高。

第四，就我们认识的朋友，结合四五个人，八九个人的小团体，试做政治生活的具体预备。

看前面的三条，就可以知道在君处处把私生活看作政治生活的修养。民国十一年他和我们几个人组织“努力”，我们的社员有两个标准：一是要有操守；二是要在自己的职业上站得住。他最恨那些靠政治吃饭的政客。他当时有一句名言：“我们是救火的，不是趁火打劫的。”（《努力》第六期）他做淞沪总办时，一面整顿税收，一面采用最新式的簿记会计制度。他是第一个中国大官卸职则半天办完交代的手续的。

在君的个人生活和家庭生活，孟真说他“真是一位理学大儒”。在君如果死而有知，他读了这句赞语定要大生气的！他幼年时代也曾读过宋明理学书，但他早年出洋以后，最得力的是达尔文，赫胥黎一流科学家的实事求是的精神训练。他自己曾说：

> 科学……是教育同修养最好的工具。因为天天求理，时时想破除成见，不但使学科学的人有求真理的能力，而且有爱真理的诚心。无论遇见什么事，都能平心静气去分析研究，从复杂中求简单，从紊乱中求秩序；拿论理来训练他的意想，而意想力愈增；用经验来指示他的直觉，而直觉力愈活。了然于宇宙生物心理种种的关系，才能够真知道生活的乐趣，这种活泼泼的心境，只有拿望远镜仰察过天空的虚漠，用显微镜俯视过生物的幽微的人，方能参领得透彻，又岂是枯坐谈禅妄言玄理的人所能梦见？（《努力》第四十九期，《玄学与科学》）

这一段很美的文字，最可以代表在君理想中的科学训练的人生观。他最不相信中国有所谓“精神文明”，更不佩服张君劢[4]先生说的“自孔孟以至宋元明之理学家侧重内生活之修养，其结果为精神文明”。民国十二年四月中在君发起“科学与玄学”的论战，他的动机其实只是要打倒那时候“中外合璧式的玄学”之下的精神文明论。他曾套顾亭林的话来骂当日一班玄学崇拜者：

> 今之君子，欲速成以名于世，语之以科学，则不愿学，语之以柏格森杜里舒之玄学，则欣然矣，以其袭而取之易也。（同上）

这一场的论战现在早已被人们忘记，因为柏格森[5]杜里舒[6]的玄学又早已被一批更时髦的新玄学“取而代之”了。然而我们在十三四年后回想那一场战的发难者，他终身为科学僇力[7]，终身奉行他的科学的人生观，运用理智为人类求真理，充满着热心为多数谋福，最后在寻求知识的工作途中，歌唱着“为语麻姑桥下水，出山要比在山清”，悠然地死了，——这样一个人，不是东方的内心修养的理学所能产生的。

丁在君一生最被人误会的是他在民国十五年的政治生活。孟真在他的长文里，叙述他在淞沪总办任内的功绩，立论最公平。他那时期的文电，现在都还保存在一个好朋友的家里，将来作他传记的人（孟真和我都有这种野心）必定可以有详细公道的记载给世人看，我们此时可以不谈。我现在要指出的只是在君的政治兴趣。十年前，他常说：“我家里没有活过五十岁的，我现在快四十岁了，应该趁早替国家做点事。”这是他的科学迷信，我们常常笑他。其实他对政治是素来有极深的兴趣的。他是一个有干才的人，绝不像我们书生放下了笔杆就无事可办，所以他很自信有替国家做事的能力。他在民国十二年有一篇《少数人的责任》的讲演（《努力》第六十七期），最可以表示他对于政治的自信力和负责任的态度。他开篇就说：

我们中国政治的混乱，不是因为国民程度幼稚，不是因为政客官僚腐败，不是因为武人军阀专横；是因为“少数人”没有责任心，而且没有负责任的能力。

他很大胆地说：

中年以上的人，不久是要死的；来替代他们的青年，所受的教育，所处的境遇，都是同从前不同的。只要有几个人，有不折不回的决心，拔山蹈海的勇气，不但有知识而且有能力，不但有道德而且要做事业，风气一开，精神就要一变。

他又说：

只要有少数里面的少数，优秀里面的优秀，不肯束手待毙，天下事不怕没有办法的。……最可怕的是一种有知识有道德的人不肯向政治上去努力。

他又告诉我们四条下手的方法，其中第四条最可注意。他说：

要认定了政治是我们唯一的目的，改良政治是我们唯一的义务。不要再上人家当，说改良政治要从实业教育着手。

这是在君的政治信念。他相信，政治不良，一切实业教育都办不好。所以他要我们少数人挑起改良政治的担子来。

然而在君究竟是英国自由教育的产儿，他的科学训练使他不能相信一切坏的革命的方式。他曾说：

我们是救火的，不是趁火打劫的。

其实他的意思是要说，我们是来救火的，不是来放火的。

照他的教育训练看来，用暴力的革命总不免是“放火”，更不免要容纳无数“趁火打劫”的人。所以他只能期待“少数里的少数，优秀里的优秀”起来担负改良政治责任，而不能提倡那放火式的大革命。

然而民国十五六年之间，放火式的革命到底来了，并且风靡了全国。在那个革命大潮流里，改良主义者的丁在君当然成了罪人了。在那个时代，在君曾对我说：“许子将说曹孟德可以做‘治世之能臣，乱世之奸雄’；我们这班人恐怕只可以做‘治世之能臣，乱世之饭桶’罢！”

这句自嘲的话，也正是在君自赞的话。他毕竟自信是“治世之能臣”。他不是革命的材料，但他所办的事，无一事不能办得顶好。他办一个地质研究班，就可以造出许多奠定地质学的台柱子；他办一个地质调查所，就能在极困难的环境之下造成一个全世界知名的科学研究中心；他做了不到一年的上海总办，就能建立起一个大上海市的政治，财政，公共卫生的现代式基础；他做了一年半的中央研究院的总干事，就把这个全国最大的科学研究机关重新建立在一个合理而持久的基础之上。他这二十多年的建设成绩是不愧负他的科学训练的。

在君的为人是最可敬爱，最可亲爱的。他的奇怪的眼光，他的虬起的德国威廉皇帝式的胡子，都使小孩子和女人见了害怕。他对不喜欢的人，总是斜着头，从眼镜的上边看他，眼睛露出白珠多，黑珠少，怪可嫌的！我曾对他说：“从前史书上说阮籍能作青白眼，我向来不懂得；自从认得了你，我方明白了‘白眼对人’是怎样一回事！”他听了大笑。其实同他熟了，我们都只觉得他是一个最和蔼慈祥的人。他自己没有儿女，所以他最喜欢小孩子，最爱同小孩子玩，有时候他伏在地上做马给他们骑。他对朋友最热心，待朋友如同自己的弟兄儿女一样。他认得我不久之后，有一次他看见我喝醉了酒，他十分不放心，不但劝我戒酒，还从《尝试集》里挑了我的几句戒酒诗，请梁任公先生写在扇子上送给我。（可惜这把扇子丢了！）十多年前，我病了两年，他说我的家庭生活太不舒适，硬逼我们搬家；他自己替我们看定了一所房子，我的夫人嫌每月八十元的房租太贵，那时我不在北京，在君和房主说妥，每月向我的夫人收七十元，他自己代我垫付十元！这样热心爱管闲事的朋友是世间很少见的。他不但这样待我，他待老辈朋友，如梁任公先生，如葛利普[8]先生，都是这样亲切地爱护，把他们当作他最心爱的小孩子看待！

他对于青年学生，也是这样的热心：有过必规劝，有成绩则赞不绝口。民国十八年，我回到北平，第一天在一个宴会上遇见在君，他第一句话就说："你来，你来，我给你介绍赵亚会！这是我们地质学古生物学新出的一个天才，今年得地质奖学金的！"他那时脸上的高兴快乐是使我很感动的。后来赵亚会先生在云南被土匪打死了，在君哭了许多次，到处为他出力征募抚恤金。他自己担任亚会的儿子的教育责任，暑假带他同去歇夏，自己督责他补功课；他南迁后，把他也带到南京转学，使他可以时常督教他。

在君是个科学家，但他很有文学天才；他写古文白话文都是很好的。他写的英文可算是中国人之中的一把高手，比许多学英国文学的人高明得多。他也爱读英法文学书；凡是罗素，威尔士，J.M. Keynes[9]的新著作，他都全购读。他早年喜欢写中国律诗，近年听了我的劝告，他不作律诗了，有时还作绝句小诗，也都清丽可喜。朱经农[10]先生的纪念文里有在君得病前一日的《衡山纪游诗》四首，其中至少有两首是很好的。他去年在莫干山作了一首骂竹子的五言诗，被林语堂先生登在《宇宙风》上，是大家知道的。民国二十年，他在秦皇岛避暑，有一天去游北戴河，作了两首怀我的诗，其中一首云：

峰头各采山花戴，海上同看明月生。
此乐如今七寒暑，问君何日践新盟。

后来我去秦皇岛住了十天，临别时在君用元微之送白乐天的诗韵作了两首诗送我：

留君至再君休怪，十日留连别更难。
从此听涛深夜坐，海天漠漠不成欢！
逢君每觉青来眼，顾我而今白到须。

此别原知旬日事，小儿女态未能无。

这三首诗都可以表现他待朋友的情谊之厚。今年他死后，我重翻我的旧日记，重读这几首诗，真有不堪回忆之感，我也用元微之的原韵，写了这两首诗纪念他：

明知一死了百愿，无奈余哀欲绝难！
高谈看月听涛坐，从此终生无此欢！

爱惜能作青白眼，妩媚不嫌虬怒须。
捧出心肝待朋友，如此风流一代无。

这样一个朋友，这样一个人，是不会死的。他的工作，他的影响，他的流风遗韵，是永永留在许多后死的朋友的心里的。

廿五，二，九夜。

（原载于1936年2月16日《独立评论》第158号，署名胡适，后收入台北传记文学出版社1979年版《丁文江这个人》一书。）

注释

1. 丁文江（1887—1936）：丁在君，地质学家、地质教育家，是中国地质事业的奠基人之一。
2. 蔡孑民：蔡元培（1868—1940），字鹤卿，又字孑民。中国绍兴人，革命家、教育家、政治家，“中华民国”首任教育总长。
3. 罗文干（1888—1941）：广东番禺人，法学家，曾任国民政府外交总长。
4. 张君劢（1887—1969）：中国政治家、哲学家，中国民主社会党领袖。推崇唯心主义哲学，被称为“玄学鬼”。
5. 柏格森（Henri Bergson，1859—1941）：法国哲学家，直觉主义的代表人物。其著作文笔优美，思想富于吸引力，1927年获诺贝尔文学奖。
6. 杜里舒（Hans Driesch，1867—1941）：德国生机主义哲学家。1920年梁启超等人组织成立的“讲学社”曾邀请杜里舒来中国讲学。

7. 僇（lù）力：合力，尽力。

8. 葛利普（Amadeus William Grabau，1870—1946）：德裔美国地质学家、古生物学家、地层学家。1920 年应聘到中国，任农商部地质调查所古生物室主任，兼北京大学地质系古生物学教授。1929 年任中央研究院地质研究所通讯研究员。1934 年任北京大学地质系系主任。1946 年 3 月 20 日在北平病逝。

9. J.M. Keynes（1883—1946）：凯恩斯，现代西方经济学最有影响的经济学家之一。

10. 朱经农（1887—1951）：浙江浦江人，著名教育家、学者。

高梦旦先生小传

民国十年的春末夏初，高梦旦先生从上海到北京来看我。他说，他现在决定辞去商务印书馆编译所所长的事，他希望我肯去做他的继任者。他说："北京大学固然重要，我们总希望你不会看不起商务印书馆的事业。我们的意思确是十分诚恳的。"

那时我还不满三十岁，高先生已是五十多岁的人了。他的谈话很诚恳，我很受感动。我对他说："我决不会看不起商务印书馆的工作。一个支配几千万儿童的知识思想的机关，当然比北京大学重要多了。我所虑的只是怕我自己干不了这件事。"当时我答应他夏天到上海商务印书馆去住一两个月，看看里面的工作，并且看看我自己配不配接受高先生的付托。

那年暑假期中，我在上海住了四十五天，天天到商务印书馆编译所去，高先生每天把编译所各部分的工作指示给我看，把所中的同事介绍和我谈话。每天他家中送饭来，我若没有外面的约会总是和他同吃午饭。

我知道他和馆中的老前辈张菊生先生、鲍成昌先生、季拔可先生，对我的意思都很诚恳。但是我研究的结果，我始终承认我的性情和训练都不配做这件事。我很诚恳的辞谢了高先生。他问我意中有谁可任这事。我推荐王云五先生，并且介绍他和馆中各位老辈相见。他们会见了两次之后，我就回北京去了。

我走后，高先生就请王云五先生每天到编译所去，把所中的工作指示给他看，和他从前指示给我看一样。一个月之后，高先生就辞去了编译所所长，请王先生继他的任，他自己退居出版部部长，尽心尽力的襄助王先生做改革的事业。

民国十九年，玉云五先生做了商务印书馆的总理（经理）。民国二十一年一月，商务印书馆的闸北各厂都被日本军队烧毁了。兵祸稍定，王先生决心要做恢复的工作。高先生和张菊生先生本来都已退休了，当那危急的时期，他们每天都到馆中来襄助王先生办事。两年之中，王先生苦心硬干，就做到了恢复商务印书馆的奇绩。

我特记载这个故事，因为我觉得这是一件美谈。王云五先生是我的教师，又是我的朋友，我推荐他自代，这并不足奇怪。最难能的是高梦旦先生和馆中几位老辈，他们看中了一个少年书生，就要把他们毕生经营的事业付托给他：后来又听信这个少年人的几句话，就把这件重要的事业付托给了一个他们平素不相识的人。这是老成人为一件大多业求付托人的苦心，是大政治家谋国的风度。这是值得大书深刻，留给世人思念的。

高梦旦先生，福建长乐县人，原名凤谦，晚年只用他的表字“梦旦”为名。“梦旦”是在茫茫长夜里想望晨光的到来，最足以表现他一生追求光明的理想。他早年自号“崇有”，取晋人裴頠《崇有论》之旨，也最可以表现他一生崇尚实事痛恨清谈的精神。

因为他期望光明，所以他最能欣赏也最能了解这个新鲜的世界，因为他崇尚实事，所以他不梦想那光明可以立刻来临，他知道进步是一点一滴地积聚成的，光明是一线一线地慢慢来的。最要紧的条件只是人人尽他的一点一滴的责任，贡献他一分一秒的光明。高梦旦先生晚年发表了几件改革的建议，标题引一个朋友的一句话：“都是小问题，并且不难办到。”这句引语最能写出他的志趣。他一生做的事，三十年编纂小学教科书，三十年提倡他的十三个月的历法，三十年提倡简笔字，提倡电报的改革，提倡度量衡的改革，都是他认为不难做到的小问题。他的赏识我，也是因为我一生只提出一两个小问题，锲而不舍地做去，不敢好高骛远，不敢轻谈根本改革，够得上做他的一个小同志。

高先生的做人，最慈祥，最热心，他那古板的外貌里藏着一颗最仁爱暖热的心。在他的大家庭里，他的儿子、女儿都说：“吾父不仅是一个好父亲，实兼一个友谊至笃的朋友。”他的侄儿、侄女们都说，“十一叔是圣人”。这个圣人不是圣庙里陪吃冷猪肉的圣人，是一个处处能体谅人，能了解人，能帮助人，能热烈的爱人的、新时代的圣人。他爱朋友，爱社会，爱国家，爱世界。他爱真理，崇拜自由，信仰科学。因为他信仰科学，所以他痛恨玄谈，痛恨迷信，痛恨中医。因为他爱国家社会，所以他爱护人才真如同性命一样。他爱敬张菊生先生，就如同爱敬他的两个哥哥一样。他爱惜我们一班年轻的朋友，就如同他爱护他自己的儿女一样。

他的最可爱之处，是因为他最能忘了自己。他没有利心，没有名心，没有胜心。人都说他冲淡，其实他是浓挚热烈。在他那浓挚热烈的心里，他期望一切有力量而又肯努力的人都能成功胜利，别人的成功胜利都使他欢喜安慰，如同他自己的成功胜利一样。因为浓挚热烈，所以冲淡的好像没有自己了。

高先生生于公历 1870 年 1 月 28 日，死于 1936 年 7 月 23 日，葬在上海虹桥公墓。葬后第四个月，他的朋友胡适在太平洋船上写这篇小传。

1936 年 11 月 26 日

（原载于 1937 年 1 月《东方杂志》第 34 卷第 1 号，署名胡适之，后收入台北文星书店 1966 年 6 月版《胡适选集》）

文学小品

一个问题

我到北京不到两个月。这一天我在中央公园里吃冰，几位同来的朋友先散了；我独自坐着，翻开几张报纸看看，只见满纸都是讨伐西南和召集新国会的话。我懒得看那些疯话，丢开报纸，抬起头来，看见前面来了一男一女，男的抱着一个小孩子，女的手里牵着一个三四岁的孩子。我觉得那男的好生面善，仔细打量他，见他穿一件很旧的官纱长衫，面上很有老态，背脊微有点弯，因为抱着孩子，更显出曲背的样子。他看见我，也仔细打量。我不敢招呼，他们就过去了。走过去几步，他把小孩子交给那女的，他重又回来，问我道："你不是小山吗？"我说："正是。你不是朱子平吗？我几乎不敢认你了！"他说："我是子平，我们八九年不见，你还是壮年，我竟成了老人了，怪不得你不敢招呼我。"

我招呼他坐下，他不肯坐，说他一家人都在后面坐久了，要回去预备晚饭了。我说："你现在是儿女满前的福人了。怪不得要自称老人了。"他叹口气，说："你看我狼狈到这个样子，还要取笑我？我上个月见着伯安仲实弟兄们，才知道你今年回国。你是学哲学的人，我有个问题要来请教你。我问过多少人，他们都说我有神经病，不大理会我。你把住址告诉我，我明天来看你。今天来不及谈了。"

我把住址告诉了他，他匆匆地赶上他的妻子，接过小孩子，一同出去了。

我望着他们出去，心里想到：朱子平当初在我们同学里面，要算一个很有豪气的人，怎么现在弄得这样潦倒？看他见了一个多年不见的老同学，一开口就有什么问题请教，怪不得人说他有神经病。但不知他因为潦倒了才有神经病呢？还是因为有了神经病所以潦倒呢？……

第二天一大早，他果然来了。他比我只大得一岁，今年三十岁。但是他头上已有许多白发了。外面人看来，他至少要比我大十几岁。

我问他什么问题。他说："我这几年以来，差不多没有一天不问自己道：人生在世，究竟是为什么的？我想了几年，越想越想不通。朋友之中也没有人能回答这个问题。起先他们给我一个'哲学家'的绰号，后来他们竟然叫我作朱疯子了！小山，你是见多识广的人，请你告诉我，人生在世，究竟是为什么的？"

我说："子平，这个问题是没有答案的。现在的人最怕的是有人问他这个问题。得意的人听着这个问题就要扫兴，不得意的人想着这个问题就要发狂。他们是聪明人，不愿意扫兴，更不愿意发狂，所以给你这个疯子的绰号，就算完了。——我要问你，你为什么想到这个问题上去呢？"

他说："这话说来很长，只怕你不爱听。"

我说我最爱听。他叹了一口气，点着一根纸烟，慢慢地说。以下都是他的话。

我们离开高等学堂那一年，你到英国去了，我回到家乡，生了一场大病，足足地病了十八个月。病好了，便是辛亥革命，把我家在汉口的店业就光复掉了。家里生计渐渐困难，我不能不出来谋事。那时伯安石生一班老同学都在北京，我写信给他们，托他们寻点事做。后来他们写信给我，说从前高等学堂的老师陈老先生答应要我去教他的孙子。我到了北京，就住在陈家。陈老先生在大学堂教书，又担任女子师范的国文，一个月拿得钱很多，但是他的两个儿子都不成器，老头子气得很，发愤要教育他的几个孙子成人。但是他一个人教两处书，哪有工夫教小孩子？你知道我同伯安都是他的得意学生，所以他叫我去，给我二十块钱一个月，住的房子，吃的饭，都是他的，总算他老先生的一番好意。

过了半年，他对我说，要替我做媒。说的是他一位同年的女儿，现在女子师范读书，快要毕业了。那女子我也见过一两次，人倒很朴素稳重。但是我一个月拿人家二十块钱，如何养得起家小？我把这个意思回复他，谢他的好意。老先生有点不高兴，当时也没说什么。过了几天，他请了伯安仲实弟兄到他家，要他们劝我就这门亲事。他说："子平的家事，我是晓得的。他家三代单传，嗣续的事不能再缓了。二十多岁的少年，哪里怕没有事做？还怕养不活老婆吗？我替他做媒的这头亲事是再好也没有的。女的今年就毕业，毕业后还可在北京蒙养院教书，我已经替她介绍好了。蒙养院的钱虽然不多，也可以贴补一点家用。他再要怕不够时，我把女学堂的三十块钱让他去做。我老人，大学堂一处也够我忙了。你们看我这个媒人总可算是竭力报效了。"

伯安弟兄把这番话对我说，你想我如何能再推辞。我只好写信告诉家母。家母回信，也说了许多"三代单传，不孝有三，无后为大"的话。又说："陈老师这番好意，你稍有人心，应该感激图报，岂可不识抬举？"

我看了信，晓得家母这几年因为我不肯娶亲，心里很不高兴，这一次不过是借发点牢骚。我仔细一想，觉得做了中国人，老婆是不能不讨的，只好将就点罢。

我去找到伯安仲实，说我答应订定这头亲事，但是我现在没有积蓄，须过一两年再结婚。

他们去见老先生，老先生说："女孩子今年二十三岁了，她父亲很想早点嫁了女儿，好替他小儿子娶媳妇。你们去对子平说，叫他等女的毕业了就结婚。仪节简单一点，不费什么钱。他要用木器家具，我这里有用不着的，他可去搬去用。我们再替他邀一个公份，也就可以够用了。"

他们来对我说，我没有话可驳回，只要答应了。过了三个月，我租了一所小屋，预备成亲。老先生果然送了一些破烂家具，我自己添置了一点。伯安石生一些人发起一个公份，送了我六十多块钱的贺仪，只够我替女家做了两套衣服，就完了。结婚的时候，我还借了好几十块钱，才勉强把婚事办了。

结婚的生活，你还不曾经过。我老实对你说，新婚的第一年，的确是很有乐趣的生活。我的内人，人极温和，她晓得我的艰苦，我们从不肯乱花一个钱。我们只用一个老妈，白天我上陈家教书，下午到女师范教书，她到蒙养院教书。晚上回家，我们自己做两样家乡小菜，吃了晚饭，闲谈一会，我改我的卷子，她陪我坐着做点针线。我有时做点文字卖给报馆，有时写到夜深才睡。他怕我身体过劳，每晚到了十二点钟，她把我的墨盒纸笔都收了去，吹灭了灯，不许我再写了。

小山，这种生活，确有一种乐趣。但是不到七八个月，我的内人就病了，呕吐得很厉害。我们猜是喜信，请医生来看，医生说八成是有喜，我连忙写信回家，好叫家母欢喜。老人家果然喜得很，托人写信来说了许多孕妇保重身体的法子，还做了许多小孩的衣服小帽寄来。

产期将近了。她不能上课，请了一位同学代她。我添雇了一个老妈子，还要准备许多临产的需要品。好容易生下一个男孩儿来。产后内人身体不好，乳水不够，不能不雇奶妈。一家凭空减少了每月十几块钱的进账，倒添上了几口人吃饭拿工钱。家庭的担负就很不容易了。

过了几个月，内人的身体复原了，仍旧去上课，但是记挂着小孩子，觉得很不方便。看十几块钱的面子上，只得忍着心肠做去。

不料陈老先生忽然得了中风的病，一起病就不能说话，不久就死了。他那两个宝贝儿子，把老头子的一点存款都瓜分了，还要赶回家去分田产，把我的三个小学生都带回去了。

我少了二十块钱的进款，正想寻事做，忽然女学堂的校长又换了人，第二年开学时，他不曾送聘书来，我托熟人去说，他说我的议论太偏僻了，不便在女学堂教书。我生了气，也不屑再去求他了。

伯安那时做众议院的议员，在国会里颇出点风头。我托他设法。他托陈老先生的朋友把我荐到大学堂去当一个事务员，一个月拿三十块钱。

我们只好自己刻苦一点，把奶妈和那添雇的老妈子辞了。每月只吃三四次肉，有人请我吃酒，我都辞了不去，因为吃了人的，不能不回请。戏园里是四年多不曾去过了。

但是无论我们怎样节省，问题不够用。过了一年又添了一个孩子。

这回我的内人自己给他奶吃，不雇奶妈了。但是自己的乳水不够，我们用开成公司的豆腐浆代它，小孩子不肯吃，不到一岁就殇掉了。内人哭得什么似的。我想起孩子之死全系因为雇不起奶妈，内人又过于省俭，不肯吃点滋养的东西，所以乳水更不够。我看见内人伤心，我心里实在难过。

后来时局一年坏似一年，我的光景也一年更紧似一年。内人因为身体不好，辍课太多，蒙养院的当局颇说闲话，内人也有点拗性，索性辞职出来。想找别的事做，一时竟寻不着。北京这个地方，你想寻一个三百五百的阔差使，反不费力。要是你想寻二三十块钱一个月的小事，那就比登天还难。到了中交两行停止兑现的时候，我那每月三十块钱的票子更不够用了。票子的价值越缩下去，我的大孩子吃饭的本事越来越大。去年冬天，又生了一个女孩子，就是昨天你看见我抱着的。我托了伯安去见大学校长，请他加我的薪水，校长晓得我做事认真，加了我十块钱票子，共是四十块，打个七折，四七二十八，你替我算算，房租每月六块，伙食十五块，老妈工钱两块，已是二十三块了。剩下五块大钱，每天只派着一角六分大洋做零用钱。做衣服的钱都没有，不要说看报买书了。大学图书馆里虽然有书有报，但是我一天忙到晚，公事一完，又要赶回家帮内人照应小孩子，哪里有工夫看书阅报？晚上我腾出一点工夫做点小说，想赚几个钱。我的内人向来不许我写过十二点钟的，于今也不来管我了。她晓得我们现在所处的境地，非寻两个外块钱不能过日子，所以只好由我写到两三点钟才睡。但是现在卖文的人多了，我又没有工夫看书，全靠绞脑子，挖心血，没有接济思想的来源，做的东西又都是百忙里偷闲潦草做的，哪里会有好东西？所以往往卖不起价钱，有时原稿退回，我又修改一点，寄给别家。前天好容易卖了一篇小说，拿着五块钱，所以昨天全家去逛中央公园，去年我们竟不曾去过。

我每天五点钟起来，——冬天六点半起来——午饭后靠着桌子偷睡半个钟头，一直忙到夜深半夜后。忙的是什么呢？我要吃饭，老婆要吃饭，还要喂小孩子吃饭——所忙的不过为了这一件事！

我每天上大学去，从大学回来，都是步行。这就是我的体操，不但可以省钱，还可给我一点用思想的时间，使我可以想小说的布局，可以想到人生的问题。有一天，我的内人的姐夫从南边来，我想请他上一回馆子，家里没有钱，我去问同事借，那几位同事也都是和我不相上下的穷鬼，哪有钱借人？我空着手走回家，路上自思自想，忽然想到一个大问题，就是‘人生在世，究竟是为什么的？’……我一头想，一头走，想入了迷，就站在北河沿一棵柳树下，望着水里的树影子，足足站了两个钟头。等到我醒过来走回家时，天已黑了，客人已经走了半天了！

自从那一天起到现在，几乎没有一天我不想这个问题。有时候，我从睡梦里喊着“人生在世，究竟是为什么的”？

小山，你是学哲学的人。像我这样养老婆，喂小孩子，就算做了一世的人吗？……

民国八年

（原载于1919年7月20日《每周评论》第31号，收入诗集《尝试集》初版，第4版删去）

差不多先生传

你知道中国最有名的人是谁？

提起此人，人人皆晓，处处闻名。他姓差，名不多，是各省各县各村人氏。你一定见过他，一定听过别人谈起他。差不多先生的名字天天挂在大家的口头，因为他是中国全国人的代表。

差不多先生的相貌和你和我都差不多。他有一双眼睛，但看得不很清楚；有两只耳朵，但听得不很分明；有鼻子和嘴，但他对于气味和口味都不很讲究。他的脑子也不小，但他的记性却不很精明，他的思想也不很细密。

他常常说："凡事只要差不多，就好了。何必太精明呢？"

他小的时候，他妈教他去买红糖，他买了白糖回来，他妈骂他，他摇摇头说："红糖白糖不是差不多吗？"

他在学堂的时候，先生问他："直隶省的西边是哪一省？"他说是陕西。先生说："错了。是山西，不是陕西。"他说："陕西同山西，不是差不多吗？"

后来他在一个钱铺里做伙计；他会写字，也会算，只是总不会精细。十字常常写成千字，千字常常写成十字。掌柜的生气了，常常骂他。他只是笑嘻嘻地赔小心道："千字比十字只多一小撇，不是差不多吗？"

有一天，他为了一件要紧的事，要搭火车到上海去。他从从容容地走到火车站，迟了两分钟，火车已开走了。他白瞪着眼，望着远远的火车上的煤烟，摇摇头道："只好明天再走了，今天走同明天走，也还差不多。可是火车公司未免太认真了。8：30分开，同8：32分开，不是差不多吗？”他一面说，一面慢慢地走回家，心里总不很明白为什么火车不肯等他两分钟。

有一天，他忽然得了急病，赶快教家人去请东街的汪医生。那家人急急忙忙地跑去，一时寻不着东街的汪大夫，却把西街的牛医王大夫请来了。差不多先生病在床上，知道寻错了人；但病急了，身上痛苦，心里焦急，等不得了，心里想道："好在王大夫同汪大夫也差不多，让他试试看吧。”于是这位牛医王大夫走近床前，用医牛的法子给差不多先生治病。不上一点钟，差不多先生就一命呜呼了。

差不多先生差不多要死的时候，一口气断断续续地说道："活人同死人也差……差……差不多，凡是只要……差……差……不多……就……好了，何……何……必……太……太认真呢？”他说完了这句格言，方才绝气了。

他死后，大家都很称赞差不多先生样样事情看得破，想得通；大家都说他一生不肯认真，不肯算账，不肯计较，真是一位有德行的人。于是大家给他取个死后的法号，叫他作圆通大师。

他的名誉越传越远，越久越大。无数无数的人都学他的榜样。于是人人都成了一个差不多先生。然而中国从此就成了一个懒人国了。

（原载于1924年6月28日《申报·平民周刊》第1期，署名胡适，后收入1987年9月香港三联书店版《胡适》（易竹贤编）。）

漫游的感想[1]

一　东西文化的界线

我离了北京，不上几天，到了哈尔滨。在此地我得了一个绝大的发现：我发现了东西文明的交界点。

哈尔滨本是俄国在远东侵略的一个重要中心。当初俄国人经营哈尔滨的时候，早就预备要把此地辟作一个二百万居民的大城，所以一切文明设备，应有尽有；几十年来，哈尔滨就成了北中国的上海。这是哈尔滨的租界，本地人叫作“道里”，现在租界收回，改为特别区。

租界的影响，在几十年中，使附近的一个村庄逐渐发展，也变成了一个繁盛的大城。这是“道外”。

“道里”现在收归中国管理了。但俄国人的势力还是很大的，向来租界时代的许多旧习惯至今还保存着。其中的一种遗风就是不准用人力车（东洋车）。“道外”的街道上都是人力车。一到了“道里”，只见电车与汽车，不见一部人力车。道外的东洋车可以拉到道里，但不准再拉客，只可拉空车回去。

我到了哈尔滨，看了道里与道外的区别，忍不住叹口气，自己想道：这不是东方文明与西方文明的交界点吗？东西洋文明的界线只是人力车文明与摩托车文明的界线——这是我的一大发现。

人力车又叫作东洋车，这真是确切不移。请看世界之上，人力车所至之地，北起哈尔滨，西至四川，南至南洋，东至日本，这不是东方文明的区域吗？

人力车代表的文明就是那用人做牛马的文明。摩托车代表的文明就是用人的心思才智制作出机械来代替人力的文明。把人做牛马看待，无论如何，够不上叫作精神文明。用人的智慧造作出机械来，减少人类的苦痛，便利人类的交通，增加人类的幸福，——这种文明却含有不少的理想主义，含有不少的精神文明的可能性。

我们坐在人力车上，眼看那些圆颅方趾的同胞努起筋肉，弯着背脊梁，流着血汗，替我们做牛做马，拖我们行远登高，为的是要挣几十个铜子去活命养家，——我们当此时候，不能不感谢那发明蒸汽机的大圣人，不能不感谢那发明电力的大圣人，不能不祝福那制作汽船汽车的大圣人：感谢他们的心思才智节省了人类多少精力，减除了人类多少苦痛！你们嫌我用“圣人”一个字吗？孔夫子不说过吗？“制而用之谓之器。利用出入，民咸用之，谓之神。”孔老先生还嫌“圣”字不够，他简直要尊他们为“神”呢！

二 摩托车的文明

去年八月十七日的《伦敦晚报》(*Evening Standard*)有下列的统计：

全世界的摩托车共二四，五九〇，〇〇〇辆。

全世界人口平均每七十一人有一辆摩托车。

美国每六人有车一辆。

加拿大与纽西兰每十二人有车一辆。

澳洲每二十人有车一辆。

今年一月十六日纽约的《国民周报》(*The Nation*)有下列的统计：

全世界摩托车　二七，五〇〇，〇〇〇

美国摩托车　二二，三三〇，〇〇〇

美国摩托车数占全世界百分之八十一。

美国人口平均每五人有车一辆。

去年（1926）美国造的摩托车凡四百五十万辆，出口五十万辆。

美国的路上，无论是大城里或乡间，都是不断的汽车。《纽约时报》上曾说一个故事：有一个北方人驾着摩托车走过 Miami[2] 的一条大道，他开的速度是每点钟三十五英里。后面一个驾着两轮摩托车的警察赶上来问他为什么挡住大路。他说："我开的已是三十五里了。"警察喝道："开六十里！"

今年三月里我到费城（Philadelphia）演讲，一个朋友请我到乡间 Harverford[3] 去住一天。我和他同车往乡间去，到了一处，只见那边停着一二百辆摩托车。我说："这里开汽车赛会吗？"他用手指道："那边不在造房子吗？这些都是木匠泥水匠坐来做工的汽车。"

这真是一个摩托车的国家！木匠泥水匠坐了汽车去做工，大学教员自己开着汽车去上课，乡间儿童上学都有公共汽车接送，农家出的鸡蛋牛乳每天都自己用汽车送上火车或直送进城。十字街头，向来总有一两家酒店的；近年酒禁实行了，十字街头往往建着汽油的小站。车多了，停车的空场遂成为都市建筑的一个大问题。此外还发生了许多连带的问题，很能使都市因此改观。例如我到丹佛城（Danver），看见墙上都没有街道的名字，我很诧异。后来才看见街名都用白漆写在马路两边的"行道"（Pavement or Side Walk）的底下，为的是要使夜间汽车灯光容易照着。这一件事便可以看出摩托车在都市经营上的影响了。

摩托车的文明的好处真是一言难尽。汽车公司近年通行"分月付款"的法子，使普通人家都可以购买汽车。据最近统计，去年一年之中美国人买的汽车有三分之二是分月付钱的。这种人家向来是不肯出远门的。如今有了汽车，旅行便利了，所以每日工作完毕之后，在家带了家中妻儿，自己开着汽车，到郊外去游玩；每星期日，可以全家到远地旅行游览。例如旧金山的"金门公园"，远在海滨，可以纵观太平洋上的水光岛色；每到星期日，四方男女来游的真是人山人海！这都是摩托车的恩赐。这种远游的便利可以增进健康，开阔眼界，增加知识，——这都是我们的轿子文明与人力车文明底下想象不到的幸福。

最大的功效还在人的官能的训练。人的四肢五官都是要训练的；不练就不灵巧了，久不练就迟钝麻木了。中国乡间的老百姓，看见汽车来了，往往手足失措，不知道怎样回避；你尽着呜呜地压着号筒，他们只听不见；连街上的狗与鸡也只是懒洋洋地踱来摆去，不知避开。但是你若把这班老百姓请到上海来，请他们从先施公司走到永安公司去，他们便不能不用耳目手足了。走过大马路的人，真如《封神传》上的黄天化说的“须要眼观四处，耳听八方”。你若眼不明，耳不听，手足不灵动，必难免危险。这便是摩托车文明的训练。

美国的汽车大概都是各人自己驾驶的。往往一家中，父母子女都会开车。人工贵了，只有顶富的人家可以雇人开车。这种开车的训练真是“胜读十年书”！你开着汽车，两手各有职务，两脚也各有职务，眼要观四处，耳要听八方，还要手足眼耳一时并用，通力合作。你不但要会开车，还要会修车；随你是什么大学教授、诗人诗哲，到了半路车坏的时候，也不能不卷起袖管，替机器医病。什么书呆子，书踱头，傻瓜，若受了这种训练，都不会四体不勤，五官不灵了。你们不常听见人说大学教授“心不在焉”的笑话吗？我这回新到美国，有些大学教授如孟录博士等请我坐他们自己开的车，我总觉得有点栗栗危惧，怕他们开到半路上忽然想起什么哲学问题或天文学问题来，那才危险呢！但是我经过几回之后，才觉得这些大学教授已受了摩托车文明的洗礼，把从前的“心不在焉”的呆气都赶跑了，坐在轮子前便一心在轮子上，手足也灵活了，耳目也聪明了！猗欤休哉！摩托车的教育！

三　一个劳工代表

有些自命“先知”的人常常说：“美国的物质发展终有到头的一天；到了物质文明破产的时候，社会革命便起来了。”

我可以武断地说：美国是不会有社会革命的，因为美国天天在社会革命之中。这种革命是渐进的，天天有进步，故天天是革命。如所得税的实行，不过是十四年来的事，然而现在所得税已成了国家税收的一大宗，巨富的家私有纳税百分之五十以上的。这种“社会化”的现象随地都可以看见。从前马克思派的经济学者说资本愈集中则财产所有权也愈集中，必做到资本全归极少数人之手的地步。但美国近年的变化却是资本集中而所有权分散在民众。一个公司可以有一万万的资本，而股票可由雇员与工人购买，故一万万元的资本就不妨有一万人的股东。近年移民进口的限制加严，贱工绝迹，故国内工资天天增长；工人收入既丰，多有积蓄，往往购买股票，逐渐成为小资本家。不但白人如此，黑人的生活也逐渐抬高。纽约城的哈伦区，向为白人居住的，十年之中土地房屋全被发财的黑人买去了，遂成了一片五十万人的黑人区域。人人都可以做有产阶级，故阶级战争的煽动不发生效力。

我且说一个故事。

我在纽约时，有一次被邀去参加一个“两周讨论会”（Fortnightly Forum）。这一次讨论的题目是“我们这个时代应该叫什么时代”。十八世纪是“理智时代”，十九世纪是“民治时代”，这个时期应该叫什么？究竟是好是坏？

依这个讨论会规矩，这一次请了六位客人做辩论员：一个是俄国克伦斯基革命政府[4]的交通总长；一个是印度人；一个是我；一个是有名的“效率工程师”（Efficiency Engineer），是一位老女士；一个是纽约有名的牧师 Holmes；一个是工会代表。

有些人的话是可以预料的。那位印度人一定痛骂这个物质文明时代；那位俄国交通总长一定痛骂鲍尔雪维克[5]，那位牧师一定是很悲观的；我一定是很乐观的；那位女效率专家一定鼓吹她的效率主义。一言表过不提。

单说那位劳工代表 Frahne 先生。他站起来演说了。他穿着晚餐礼服，挺着雪白的硬衬衫，头发苍白了。他站起来，一手向里面衣袋里抽出一卷打字的演说稿，一手向外面袋里摸出眼镜盒，取出眼镜戴上。他高声演说了。

他一开口便使我诧异。他说：我们这个时代可以说是人类有历史以来最好的伟大的时代，最可惊叹的时代。

这是他的主文。以下他一条一条地举例来证明这个主旨。他先说科学的进步，尤其注重医学的发明；次说工业的进步；次说美术的新贡献，特别注重近年的新音乐与新建筑。最后他叙述社会的进步，列举资本制裁的成绩，劳工待遇的改善，教育的普及，幸福的增加。他在十二分钟之内描写世界人类各方面的大进步，证明这个时代是人类有史以来最好的时代。

我听了他的演说，忍不住对自己说道：这才是真正的社会革命。社会革命的目的就是要做到向来被压迫的社会分子能站在大庭广众之中歌颂他的时代为人类有史以来最好的时代。

四　往西去

我在莫斯科住了三天，见着一些中国共产党的朋友，他们很劝我在俄国多考察一些时。我因为要赶到英国去开会，所以不能久留。那时冯玉祥将军在莫斯科郊外避暑，我听说他很崇拜苏俄，常常绘画列宁的肖像。我对他的秘书刘伯坚诸君说：我很盼望冯先生从俄国向西去看看。即使不能看美国，至少也应该看看德国。

我的老朋友李大钊先生在他被捕之前一两月曾对北京朋友说：“我们应该写信给适之，劝他仍旧从俄国回来，不要让他往西去打美国回来。”但他说这话时，我早已到了美国了。

我希望冯玉祥先生带了他的朋友往西去看看德国美国；李大钊先生却希望我不要往西去。要明白此中的意义，且听我再说一件有趣味的故事。

我在日本时，同了马伯援[6]先生去访问日本最有名的经济学家福田德三博士。我说：“福田先生，听说先生新近到欧洲游历回来之后，先生的思想主张颇有改变，这话可靠吗？”

他说：“没有什么大的改变。”

我问：“改变的大致是什么？”

他说：“从前我主张社会政策；这次从欧洲回来之后，我不主张这种妥协的缓和的社会政策了。我现在以为这其间只有两条路：不是纯粹的马克思派社会主义，就是纯粹的资本主义。没有第三条路。”

我说：“可惜先生到了欧洲不曾走得远点，索性到美国去看看，也许可以看见第三条路，也未可知。”

福田博士摇头说：“美国我不敢去，我怕到了美国会把我的学说完全推翻了。”

我说：“先生这话使我颇失望。学者似乎应该尊重事实。若事实可以推翻学说，那么，我们似乎应该抛弃那学说，另寻更满意的假设。”

福田博士摇头说：“我不敢到美国去。我今年五十五了，等到我六十岁时，我的思想定了，不会改变了，那时候我要往美国看看去。”

这一次的谈话给了我一个绝大的刺激。世间的大问题绝不是一两个抽象名词（如“资本主义”“共产主义”等等）所能完全包括的。最要紧的是事实。现今许多朋友却只高谈主义，不肯看看事实。孙中山先生曾引外国俗语说“社会主义有五十七种，不知哪一种是真的”。岂但社会主义有五十七种？资本主义还不止五百七十种呢！拿一个“赤”字抹杀新运动，那是张作霖、吴佩孚的把戏。然而拿一个“资本主义”来抹杀一切现代国家，这种眼光究竟比张作霖、吴佩孚高明多少？

朋友们，不要笑那位日本学者。他还知道美国有些事实足以动摇他的学说，所以他不敢去。我们之中却有许多人决不承认世上会有事实足以动摇我们的迷信的。

五　东方人的“精神生活”

我到纽约后的第十天——一月二十一日——《纽约时报》上登出一条很有趣味的新闻：

昨天下午一点钟，纽吉赛邦的恩格儿坞（ Englewood.N.J. ）的山郎先生住宅面前，围了许多男男女女，小孩子，小狗，等着要看一位埃及道人（Fakir） 名叫哈密（ Hamid Bey ）的被活埋的奇事。

哈密道人站在那掘好的坟坑旁边；微微的雨点洒在他的飘飘的长袍上。他身边站着两个同道的助手。

人越来越多了。到了一点一分的时候，哈密道人忽然倒在地下，不省人事了。两个请来的医生同了三个报馆访员动手把他的耳朵、鼻子、嘴，都用棉花塞好。随后便有人来把哈密道人抬下坟坑，放在坟里的内穴里。他脸上撒了一薄层的沙。内穴上面用木板盖好。

内穴上面还有三尺深的空坑，他们也用泥土填满了。填满了后，活埋的工作算完了。

到场的许多人都走进山郎先生的家里去吃茶点。山郎夫人未嫁之前就是那位绰号“千眼姑娘”的李麻小姐。她在那边招待来宾，大家谈着“人生无涯”一类的问题，静候那活埋道人的复活。

一点钟过去了。一点半过去了。……两点钟过去了。……

到了下午四点，三个爱尔兰的工人动手把坟掘开。三个黑种工人站在旁边陪着，——也许是给那三个白种同伴镇压邪鬼罢。

四点钟敲过不久，哈密道人扶起来了。扶到了空气里，他便颤动了，渐渐活过来了。他低低地喊了一声“胡帝尼”，微微一笑，他回生了。

他未埋之先，医生验过他的脉跳是七十二，呼吸是十八。复活之后，脉跳与呼吸仍是七十二与十八。他在坑里足足埋了两点五十二分。

这回的安排布置全是勒鸟公司的杜纳先生办理的。杜纳先生说，本想同这位埃及道人订一个“杂耍戏”的契约，不过还得考虑一会，因为看戏的人等不得三个钟头就都会跑光了。

哈密道人却很得意，他说他还可以活埋三天咧。

美国是个有钱的地方，世界各国的奇奇怪怪的宗教掮客都赶到这里来招揽信徒，炫卖花样。前一年，有个埃及道人名叫拉曼（Rahman）的，自称能收敛心神，停止呼吸。他当大众试验，闭在铁棺内，沉在赫贞河里，过一点钟之久。当时美国有大幻术胡帝尼（Harry Houdini）研究此事，说这不是停止呼吸，乃是一种“浅呼吸”，是可以操练出来的。胡帝尼自己练习，到了去年夏间，他也公开试验：睡在铁棺里，叫人沉在纽约谢尔敦大旅馆的水池里，过了一点半钟，方才捞起来。开棺之后，依然复生，不过脉跳增加至一百四十二跳而已。胡帝尼的成绩比拉曼加长半点钟，能使人明白这种把戏不过是一种技术上的训练，并没有什么精神作用。

胡帝尼死后，这班东方道人还不服气，所以有今年一月二十日哈密道人的公开试验。哈密的成绩又比胡帝尼加长了八十二分钟，应该够得上和勒鸟公司订六个月的“杂耍戏”的契约了，然而杜纳先生又嫌活埋三点钟太干燥无味了，怕不能号召看戏的群众！可惜，可惜！大概哈密先生和他的道友们后来仍旧回到东方继续他们的“内心生活”了罢。

胡帝尼的试验的精神是很可佩服的。其实即使这班东方道人真能活埋三点钟以至三天，完全停止呼吸，这又算得什么精神生活？这里面哪有什么“精神的分子”？泥里的蚯蚓，以至一切冬天蛰伏的爬虫，不是都能这样吗？

六　麻将

前几年，麻将牌忽然行到海外，成为出口货的一宗。欧洲与美洲的社会里，很有许多人学打麻将的；后来日本也传染到了。有一个时期，麻将竟成了西洋社会里最时髦的一种游戏：俱乐部里差不多桌桌都是麻将，书店里出了许多种研究麻将的小册子，中国留学生没有钱的可以靠教麻将吃饭挣钱。欧美人竟发了麻将狂热了。

谁也梦想不到东方文明征服西洋的先锋队却是那一百三十六个麻将军！

这回我从西伯利亚到欧洲，从欧洲到美洲，从美洲到日本，十个月之中，只有一次在日本京都的一个俱乐部里看见有人打麻将牌。在欧美简直看不见麻将了。我曾问过欧洲和美国的朋友，他们说：“妇女俱乐部里，偶然还可以看见一桌两桌打麻将的，但那是很少的事了。”我在美国人家里，也常看见麻将牌盒子——雕刻装潢很精致的——陈列在室内，有时一家竟有两三副的。但从不见主人主妇谈起麻将；他们从不向我这位麻将国的代表请教此中的玄妙！麻将在西洋已成了架上的古玩了；麻将的狂热已退凉了。

我问一个美国朋友，为什么麻将的狂热过去得这样快？他说：“女士太太们喜欢麻将，男子们却很反对，终于是男子们战胜了。”这是我们意想得到的。西洋的勤劳奋斗的民族决不会做麻将的信徒，决不会受麻将的征服。麻将只是我们这种好闲爱荡、不爱惜光阴的“精神文明”的中华民族的专利品。

当明朝晚年，民间盛行一种纸牌，名为“马吊”。马吊中有四十张牌，有一文至九文，一千至九千，一万至九万等，等于麻将牌的筒子，索子，万子。还有一张“零”，即是“白板”的祖宗。还有一张“千万”，即徽州纸牌的“千万”。马吊牌上每张上画有《水浒传》的人物。徽州纸牌上的“王英”即矮脚虎王英的遗迹。乾隆嘉庆间人汪师韩的全集里收有几种明人的马吊牌（在《丛睦汪氏丛书》内）。

马吊在当日风行一时，士大夫整日整夜地打马吊，把正事都荒废了。所以明亡之后，吴梅村作《绥寇纪略》说，明之亡是亡于马吊。

三百年来，四十张的马吊逐渐演变，变成每样五张的纸牌，近七八十年中又变为每样四张的麻将牌。（马吊三人对一人，故名“马吊脚”，省称“马吊”；“麻将”称“麻雀”的音变，“麻雀”为“马脚”的音变。）越变越繁复巧妙了，所以更能迷惑人心，使国中的男男女女，无论富贵贫贱，不分日夜寒暑，把精力和光阴葬送在这一百三十六张牌上。

英国的“国戏”是Cricket[7]，美国的国戏是Baseball[8]，日本的国戏是角抵。中国呢？中国的国戏是麻将。

麻将平均每四圈费时约两点钟。少说一点，全国每日只有一百万桌麻将，每桌只打八圈，就得费四百万点钟，就是损失十六万七千日的光阴，金钱的输赢，精力的消磨，都还在外。

我们走遍世界，可曾看见哪一个长进的民族，文明的国家，肯这样荒时废业的吗？一个留学日本的朋友对我说：“日本人的勤苦真不可及！到了晚上，登高一望，家家板屋里都是灯光；灯光之下，不是少年人跪着读书，便是老年人跪着翻书，或是老妇人跪着做活计。到了天明，满街上，满电车上都是上学去的儿童。单只这一点勤苦就可以征服我们了。”

其实何止日本？凡是长进的民族都是这样的。只有咱们这种不长进的民族以“闲”为幸福，以“消闲”为急务，男人以打麻将为消闲，女人以打麻将为家常，老太婆以打麻将为下半生的大事业！

从前的革新家说中国有三害：鸦片，八股，小脚。鸦片虽然没禁绝，总算是犯法的了。虽然还有作“洋八股”与更时髦的“党八股”的，但八股的四书文是过去的了。小脚也差不多没有了。只有这第四害，麻将，还是日兴月盛，没有一点衰歇的样子，没有人说它是可以亡国的大害。新近麻将先生居然大摇大摆地跑到西洋去招摇一次，几乎做了鸦片与杨梅疮的还敬礼物。但如今它仍旧缩回来了，仍旧回来做东方精神文明的国家的国粹，国戏！

后　记

《漫游的感想》本不止这六条，我预备写四五十条，做成一本游记。但我当时正在赶写《白话文学史》，忙不过来，便把游记搁下来了。现在我把这六条保存在这里，因为游记专书大概是写不成的了。

十九，三，十，胡适

（原分别载于 1927 年 8 月 13 日、20 日和 9 月 17 日《现代评论》第 6 卷第 140 期、141 期、145 期。《后记》为收入《胡适文存三集》时所加）

注释

1. 本篇共六则，陆续写于 1927 年 8 月。

2. Miami：迈阿密，美国佛罗里达州东南海岸都市。

3. Harverford：哈弗福德，美国宾夕法尼亚州小镇，有著名的“小常春藤”学院之一哈弗福德学院。

4. 克伦斯基革命政府：指俄国 1905 年资产阶级革命后的政府。

5. 鲍尔雪维克：布尔什维克。

6. 马伯援（1884—1939）：湖北省枣阳市人，著名教育家，同盟会早期成员。

7. Cricket：板球。

8. Baseball：棒球。

庐山游记（节选）

昨夜大雨，终夜听见松涛声与雨声，初不能分别，听久了才分得出有雨时的松涛与雨止时的松涛，声势皆很够震动人心，使我终夜睡眠甚少。

早起雨已止了，我们就出发。从海会寺到白鹿洞的路上，树木很多，雨后青翠可爱。满山满谷部是杜鹃花，有两种颜色，红的和轻紫的，后者更鲜艳可喜。去年过日本时，樱花已过，正值杜鹃花盛开，颜色种类很多，但多在公园及私人家宅中见之，不如今日满山满谷的气象更可爱。因作绝句记之：

长松鼓吹寻常事，最喜山花满眼开。

嫩紫鲜红都可爱，此行应为杜鹃来。

到白鹿洞。书院旧址前清时用作江西高等农业学校，添有校舍，建筑简陋潦草，真不成个样子。农校已迁去，现设习林事务所。附近大松树都钉有木片，写明保存古松第几号。此地建筑虽极不堪，然洞外风景尚好。有小溪，浅水急流，铮琮可听；溪名贯道溪，上有石桥，即使道桥，皆朱子[1]起的名字。桥上望见洞后诸松中一松有紫藤花，直上到树杪，藤花正盛开，艳丽可喜。

白鹿洞本无洞，正德中，南康守王溱开后山作洞，知府何濬凿石鹿置洞中。这两人真是大笨伯！

白鹿洞在历史上占一个特殊地位，有两个原因。第一，因为白鹿洞书院是最早一个书院。南唐昇元中（937—942）建为庐山国学，置田聚徒，以李善道为洞主。宋初因置为书院，与睢阳石鼓岳麓三书院并称为“四大书院”，为书院的四个祖宗。第二，因为朱子重建白鹿洞书院，明定学学规，遂成后世几百年“讲学式”的书院的规模。宋末以至清初的书院皆属于这一种。到乾隆以后，朴学之风气已成，方才有一种新式的书院起来；阮元[2]所创的诂经精舍、学海堂，可算是这种新式书院的代表。南宋的书院祀北宋周邵程[3]诸先生；元明的书院祀程朱；晚明的书院多祀阳明[4]；王学衰后，书院多祀程朱。乾嘉以后的书院乃不祀理学家而改祀许慎郑玄[5]等。所祀的不同便是这两大派书院的根本不同。

朱子立白鹿洞书院在淳熙已亥（1178），他极看重此事，曾札上丞相说：

愿得比祠官例，为白鹿洞主，假之稍廪，使得终与诸生讲习其中，犹愈于崇奉异教香火，无事而食也。（《庐山志》八，页二，引《洞志》。）

他明明指斥宋代为道教宫观设祀官的制度，想从白鹿洞开一个儒门创例来抵制道教。他后来奏对孝宗，申说请赐书院额，并赐书的事，说：

今老、佛之宫布满天下，大都逾百，小邑亦不下数十，而公私增益势犹未已。至于学校，则一郡一邑仅置一区，附廓之县又不复有。盛衰多寡相悬如此！（同上，页三。）

这都可见他当日的用心。他定的《白鹿洞规》，简要明白，遂成为后世七百年的教育宗旨。

庐山有三处史迹代表三大趋势：（一）慧远的东林，代表中国“佛教化”与佛教“中国化”的大趋势；（二）白鹿洞，代表中国近世七百年的宋学大趋势；（三）牯岭，代表西方文化侵入中国的趋势。

从白鹿洞到万杉寺。古为庆云庵，为“律”居，宋景德中有大超和尚手种杉树万株，天圣中赐名万杉。后禅学盛行，遂成“禅寺”。南宋张孝祥有诗云：

老干参天一万株，庐山佳处着浮图。

只因买断山中景，破费神龙百斛珠。

（《志》五，页六十四，引《程史》。）

今所见杉树，粗仅如瘦碗，皆近年种的。有几株大樟树，其一为“五爪樟”，大概有三四百年的生命了；《指南》说“皆宋时物”，似无据。

从万杉寺西地约二三里，到秀峰寺。吴氏旧《志》无秀峰寺，只有开光寺。毛德琦《庐山新志》（康熙五十九年成书。我在海会寺买得一部，有同治十年，宣统二年，民国四年补版。我的日记内注的卷页数，皆指此书。）说：

康熙丁亥（1707）寺僧超渊往淮迎驾，御书秀峰寺赐额，改今名。

开先寺起于南唐中主李璟。李璟年少好文学，读书于庐山；后来先主代杨氏而建国，李璟为世子，遂嗣位。他想念庐山书堂，遂于其地立寺，因有开国之祥，故名开先寺，以绍宗和尚主之。宋初赐名开先华藏；后有善暹，为禅门大师，有众数百人。至行瑛，有治事才，黄山谷称“其材器能立事，任人役物如转石于千仞之溪，无不如意”。行瑛发愿重新此寺。

开先之屋无虑四百楹，成于瑛世者十之六，穷壮极丽，迄九年乃即功。（黄庭坚《开先禅院修造记》，《志》五，页十六至十八。）

此是开先极盛时。康熙间改名时，皇帝赐额，赐御书《心经》，其时“世之人无不知有秀峰”（郎廷极《秀峰寺记》，《志》五，页六至七）。其时也可称是盛世。到了今日，当时所谓“穷壮极丽”的规模只剩败屋十几间，其余只是颓垣废址了。读书台上有康熙帝临米芾书碑，尚完好；其下有石刻黄山谷书《七佛偈》，及王阳明正德庚辰（1520）三月《纪功题名碑》，皆略有损坏。

寺中虽颓废令人感叹，然寺外风景则绝佳。为山南诸处的最好风景。寺址在鹤鸣峰下，其西为龟背峰，又西为黄石岩，又西为双剑峰，又西南为香炉峰，都嵚奇[6]可喜。鹤鸣与龟背之间有马尾泉瀑布，双剑之左有瀑布水；两个瀑泉遥遥相对，平行齐下，下流入壑，汇合为一水，迸出山峡中，遂成最著名的青玉峡奇景。水流出峡，入于龙潭。昆山与祖望先到青玉峡，徘徊不肯去，叫人来催我们去看。我同梦旦到了那边，也徘徊不肯离去。峡上石刻甚多，有米芾书“第一山”大字，今钩摹作寺门题榜。

徐凝诗“今古长如白练飞，一条界破青山色”，即咏瀑布的。李白《瀑布泉》诗也是指此瀑。旧《志》载瀑布水的诗甚多，但总没有能使人满意的。

由秀峰往西约十二里，到归宗寺。我们在此午餐，时已下午三点多钟，饿得不得了。归宗寺为庐山大寺，也很衰落了。我向寺中借得《归宗寺志》四卷，是民国甲寅先勤本坤重修的，用活字排印，错误不少，然可供我的参考。

我们吃了饭，往游温泉。温泉在柴桑桥附近，离归宗寺约五六里，在一田沟里。雨后沟水浑浊，微见有两处起水泡，即温泉。我们下手去试探，一处颇热，一处稍减。向农家买得三个鸡蛋，放在两处，约七八分钟，因天下雨了，取出鸡蛋，内里已温而未熟。田垄间有新碑，我去看，乃是星子县的告示，署民国十二年，中说，接康南海[7]先生函述在此买田十亩，立界碑为记的事。康先生去年死了。他若不死，也许能在此建立一所浴室，他买的地横跨温泉的两岸。今地为康氏私产，而业归海会寺管理，那班和尚未必有此见识做此事了。

此地离栗里不远，但雨已来了，我们要赶回归宗，不能去寻访陶渊明的故里了。道上见一石碑，有“柴桑桥”大字。旧《志》已说，“渊明故居，今不知处”。（四，页七。）桑乔疏说，去柴桑桥一里许有渊明的醉石。（四，页六。）旧《志》又说，醉石谷中有五柳馆，归去来馆。归去来馆是朱子建的，即在醉石之侧。朱子为手书颜真卿《醉石诗》，并作长跋，皆刻石上，其年月为淳熙辛丑（1181）七月。（四，页八。）此二馆今皆不存，醉石也不知去向了。庄百俞[8]先生《庐山游记》说他曾访醉石，乡人皆不知。记之以告后来的游者。

今早轿上读旧《志》所载周必大[9]《庐山后录》，其中说他访栗里，求醉石，土人直云，“此去有陶公祠，无栗里也”。（十四，页十八乙。）南宋时已如此，我们在七百年后更不易寻此地了，不如阙疑为上。《后录》有云：

尝记前人题诗云：

五字高吟酒一瓢，庐山千古想风标。

至今门外青青柳，不为东风肯折腰。

惜乎不记其姓名。

我读此诗，忽起一感想：陶渊明不肯折腰，为什么却爱那最会折腰的柳树？今日从温泉回来，戏用此意作一首诗：

陶渊明同他的五柳

当年有个陶渊明，不惜性命只贪酒。
骨硬不能深折腰，弃官回来空两手。
瓮中无米琴无弦，老妻娇儿赤脚走。
先生吟诗自嘲讽，笑指篱边五株柳：
“看他风里尽低昂！这样腰肢我无有。”

晚上在归宗寺过夜。

（原载于 1928 年 5 月 10 日《新月》第 1 卷第 3 号，署名胡适，后收入《胡适文存三集》。现选 4 月 9 日记的前半部）

注释

1. 朱子：即朱熹（1130—1200），中国南宋思想家。
2. 阮元（1764—1849）：清代嘉庆、道光间名臣，扬州人。在经史、数学、天算、舆地、编纂、金石、校勘等方面都有着非常高的造诣，被尊为一代文宗。
3. 周邵程：周指周敦颐（1017—1073），邵指邵雍（1011—1077），程指程颢（1032—1085）、程颐（1033—1107）兄弟。三人均为北宋著名哲学家。
4. 阳明：王守仁（1472—1529），明代浙江余姚人，陆王心学之集大成者。
5. 许慎（约 58—约 147）：东汉汝南召陵（现河南郾城县）人，著有《说文解字》和《五经异义》等。郑玄（127—200）：东汉末年的经学大师，汉代经学的集大成者。

6. 嵚（qīn）奇：险峻，不平。

7. 康南海：康有为（1858—1927），广东南海人，人称“康南海”。

8. 庄百俞：庄俞（1876—1938），字百俞，中国近代出版家、教育家。江苏武进人。

9. 周必大（1126—1204）：字子充，自号平园老叟。庐陵（今江西吉安）人，南宋政治家、文学家。

南通《张季直先生传记》序

传记是中国文学里最不发达的一门。这大概有三种原因：第一是没有崇拜伟大人物的风气；第二是多忌讳；第三是文字的障碍。

传记起于纪念伟大的英雄豪杰。故柏拉图与谢诺芳[1]念念不忘他们那位身殉真理的先师，乃有梭格拉底[2]的传记和对话集。故布鲁塔奇追念古昔的大英雄，乃有他的《英雄传》。在中国文学史上所有的几篇稍稍可读的传记都含有崇拜英雄的意义，如司马迁的《项羽本纪》，便是一例。唐朝的和尚崇拜那十七年求经的玄奘，故《慈恩法师传》为中古最详细的传记。南宋的理学家崇拜那死在党禁之中的道学领袖朱熹，故朱子的《年谱》成为最早的详细年谱。

但崇拜英雄的风气在中国实在最不发达。我们对于死去的伟大人物，当他刚死的时候，也许送一副挽联，也许诌一篇祭文。不久便都忘了！另有新贵人应该逢迎，另有新上司应该巴结，何必去替陈死人算烂账呢？所以无论多么伟大的人物，死后要求一篇传记碑志，只好出重价向那些专做谀墓文章的书生去购买！传记的文章不出爱敬崇拜，而出于金钱的买卖，如何会有真切感人的作品呢？

传记的最重要条件是纪实传真，而我们中国的文人却最缺乏说老实话的习惯。对于政治有忌讳，对于时人有忌讳，对于死者本人也有忌讳。圣人作史，尚且有什么为尊者讳，为亲者讳，为贤者讳的谬例，何况后代的谀墓小儒呢！故《檀弓》记孔氏出妻，记孔子不知父墓，《论语》记孔子欲赴佛肸[3]之召，这都还有直书事实的意味，而后人一定要想出话来替孔子洗刷。后来的碑传文章，忌讳更多，阿谀更甚，只有歌颂之辞，从无失德可记。偶有诽谤，又多出于仇敌之口，如宋儒诋诬王安石，甚至于伪作《辩奸论》。这种小人的行为，其弊等于隐恶而扬善。故几千年的传记文章，不失于谀颂，便失于诋诬，同为忌讳，同是不能纪实传信。

传记写所传的人最要能写出他的实在身份，实在神情，实在口吻，要使读者如见其人，要使读者感觉真可以尚友其人。但中国的死文字却不能担负这种传神写生的工作。我近年研究佛教史料，读了六朝唐人的无数和尚碑传，其中百分之九十八九都是满纸骈俪对偶，读了不知道说的是什么东西。直到李华[4]、独孤及[5]以下，始稍稍有可读的碑传。但后来的“古文”家又中了“义法”之说的遗毒，讲求字句之古，而不注重事实之真，往往宁可牺牲事实以求某句某字之似韩似欧[6]！硬把活跳的人装进死板板的古文义法的烂套里去，于是只有烂古文，而绝没有活传记了。

因为这几种原因，二千年来，几乎没有一篇可读的传记。因为没有一篇真能写生传神的传记，所以二千年中竟没有一个可以叫人爱敬崇拜感发兴起的大人物！并不是真没有可歌可泣的事业，只都被那些谀墓的死古文骈文埋没了。并不是真没有可以叫人爱敬崇拜感慨奋发的伟大人物，只都被那些滥调的文人生生地杀死了。

近代中国历史上有几个重要人物，很可以做新体传记的资料。远一点的如洪秀全、胡林翼、曾国藩、郭嵩焘、李鸿章、俞樾；近一点的如孙文、袁世凯、严复、张之洞、张謇、盛宣怀、康有为、梁启超，——这些人关系一国的生命，都应该有写生传神的大手笔来记载他们的生平，用绣花针的细密功夫来搜求考证他们的事实，用大刀阔斧的远大识见来评判他们在历史上的地位。许多大学的史学教授和学生，为什么不来这里得点实地训练，做点实际的史学功夫呢？是畏难吗？是缺乏崇拜大人物的心理吗？还是缺乏史才呢？

张季直[7]先生在近代中国史上是一个很伟大的失败的英雄，这是谁都不能否认的。他独立开辟了无数新路，做了三十年的开路先锋，养活了几百万人，造福于一方，而影响及于全国。终于因为他开辟的路子太多，担负的事业过于伟大，他不能不抱着许多未完的志愿而死。这样的一个人是值得一部以至于许多部详细传记的。

他的儿子孝若先生近年发誓用全副精力做季直先生的传记。他已费了几年工夫编辑季直先生的全部著作，自己亲手整理点读。这部全集便是绝大的史料。还有季直的朋友的书信，保存在南通的，也有近万封之多，这也是重要史料。季直先生自己又编有年谱，到七十岁为止，此外还有日记，这都是绝可宝贵的材料。有了这些材料做底子，孝若做先传的工作便有了稳固的基础和坚实的间架了。

孝若做先传还有几桩很重要的资格。第一，他一生最爱敬崇拜他的先人，所以他的工作便成了爱的工作，便成了宗教的工作。第二，他生在这个新史学萌芽的时代，受了近代学者的影响，知道爱真理，知道做家传便是供国史的材料，知道爱先人莫过于说真话，而为先人忌讳便是玷辱先人，所以他曾对我说，他做先传要努力做到纪实传真的境界。第三，他这回决定用白话做先传，决定打破一切古文家的碑传义法，决定采用王懋竑《朱子年谱》和我的《章实斋年谱》的方法，充分引用季直先生的著作文牍来做传记的材料，总期于充分表现出他的伟大的父亲的人格和志愿。

有了这几种资格，我们可以相信孝若这篇先传一定可以开儿子做家传的新纪元，可以使我们爱敬季直先生的人添不少的了解和崇敬。

十八，十二，十四夜。

（原载于 1930 年 1 月《吴淞月刊》第 4 期，署名胡适，
后收入《胡适文存三集》）

注释

1. 谢诺芳：通译色诺芬（Xenophon，约公元前430—前354），古希腊历史学家、作家，雅典人，苏格拉底的弟子。著有《远征记》《希腊史》以及《回忆苏格拉底》等。

2. 梭格拉底：通译苏格拉底（公元前469—公元前399），著名的古希腊的思想家、

哲学家、教育家，他和他的学生柏拉图，以及柏拉图的学生亚里士多德被并称为“古希腊三贤”。

3. 佛肸（bì）：人名，春秋末年晋大夫范氏、中行氏的家臣。

4. 李华（约 715—774）：唐代散文家，诗人。

5. 独孤及（725—777）：唐朝散文家。

6. 似韩似欧：韩指韩愈，欧指欧阳修，皆为古文大家，名列唐宋八大家。

7. 张季直：张謇（1853—1926），江苏南通人，字季直，中国近代著名的实业家、教育家，主张“实业救国”，他一生创办了 20 多个企业，370 多所学校，为我国近代民族工业的兴起，为教育事业的发展做出了宝贵贡献，被称为“状元实业家”。

南游杂忆

我这一次因为接受香港大学的名誉学位，做第一次的南游，在香港住了五天，在广州住了两天半，在广西住了十四天。这些地方都是我多年想去而始终没有去成的，这回得有畅游的机会，使我很快慰。可惜南方的朋友待我太好了，叫我天天用嘴吃喝，天天用嘴说话，嘴太忙，所以用眼睛耳朵的机会太少了。前后二十多天之中，我竟没有工夫记日记。后来在《大公报》和《国闻周报》上读了胡政之先生的两种两粤游记，我很感觉惭愧。他游两粤，恰在我之后，走的路也恰和我走的大致一样；但他是一个有训练的名记者，勤于记载每天的观察，所以他的游记很可供读者参考。我因为当时没有日记，回家后又两次患流行性感冒，前后在床上睡了十天，事隔日久，追忆起来更模糊了。但因为许多朋友的催逼，所以我决定写出一些追忆的印象和事实，做我第一次南游的报告。

一　香港

我在元旦上午坐哈里生总统船南下，一月四日早晨到香港，住在香港大学副校长韩耐儿（Sir William Hornell）的家里。我在香港的日程，先已托香港大学文学院长佛斯脱先生（Dr. L. Forster）代为排定。西洋人是能体谅人的，所以每天上午都留给我自由支配，一切宴会讲演都从下午一点开始。所以我在港五天，比较很从容，玩了不少地方。

船到香港时，天还未明，我在船面上眺望，看那轻雾中的满山灯光，真像一天繁星。韩校长的家在半山，港大也在半山，在山上望见海湾，望见远近的岛屿，气象比青岛、大连更壮丽。香港的山虽不算很高，但见面都靠海，山和海水的接近，是这里风景的特色。有一天佛斯脱先生夫妇邀我去游览香港市的背面的山水，遍览浅水湾，深水湾，香港仔，赤柱各地。阳历的一月正是香港最好的天气。满山都是绿叶，到处可以看见很浓艳的鲜花；我们久居北方的人，到这里真有“赶上春了” 的快乐。我们在山路上观看海景，到圣士梯反学校小坐喝茶，看海上的斜阳，风景特别清丽。晚上到佛斯脱先生家去吃饭，坐电车上山，走上山顶，天已黑了，山顶上有轻雾，远望下去，看那全市的灯火，气象比纽约和旧金山的夜色还更壮丽。有个朋友走遍世界的，曾说，香港的夜景，只有南美洲巴西首都丽阿德耶内罗[1]和澳洲的西德内[2]（Sidney）两处可以相比。过了一天，有朋友邀我去游九龙，因时间太晚，走得不远，但大埔和水塘一带的风景的美丽已够使我们惊异了。

有一天，我在扶轮社午餐后演说，提到香港的风景之美，我说：香港应该产生诗人和画家，用他们的艺术来赞颂这里的海光山色。有些人听了颇感觉诧异。他们看惯了，住腻了，终日只把这地方看作一个吃饭做买卖的商场，所以不能欣赏那山水的美景了。但二十天之后，我从广西回到香港时，有人对我说，香港商会现在决定要编印一部小册子，描写香港的风景，他们准备印两万本，来宣传香港的山水之美！

香港大学最有成绩的是医科与工科，这是外间人士所知道的。这里的文科比较最弱，文科的教育可以说是完全和中国大陆的学术思想不发生关系。这是因为此地英国人士向来对于中国文史太隔膜了，此地的中国人士又太不注意港大文科的中文教学，所以中国文字的教授全在几个旧式科第文人的手里，大陆上的中文教学早已经过了很大的变动，而港大还完全在那变动大潮流之外。近年副校长韩君与文学院长佛君都很注意这个问题，他们两人去年都曾到北方访问考查；去年夏天港大曾请广东学者陈受颐先生和客肇祖先生到这里来研究港大的中文教学问题，请他们自由批评并指示改革的途径。这种虚心的态度是很可以佩服的。我在香港时，很感觉港大当局确有改革文科中国文字教学的诚意，本地绅士如周寿臣、罗旭和诸先生也都热心赞助这件改革事业。但他们希望一个能有主持这种改革计划的人，这个人必须兼有四种资格：（一）须是一位高明的国学家；（二）须能通晓英文，能在大学会议席上为本系辩护；（三）须是一位有管理才干的人；（四）最好须是一位广东籍的学者。因为这样的人才一时不易得，所以这件改革事业至今还不曾进行。

香港大学创始于爱里鹗爵士（Sir Charles Eliot），此君是一位博学的学者，精通梵文和巴利文，著有《印度教与佛教》三巨册；晚年曾任驻日本大使，退休后即寄居奈良，专研究日本的佛教，想著一部专书。书稿本成，他因重病回国，死在印度洋的船上。1927年5月，我从美国回来，过日本奈良，曾在奈良旅馆里见着他。那一天同餐的，有法国的勒卫先生（Sylvan Levi），瑞士（现改法国籍）的戴弥微先生（Demieville），日本的高楠顺次郎先生和法隆寺的佐伯方丈，五国的研究佛教的学人聚在一堂，可称盛会。于今不过八年，那几个人都云散了，而当日餐会的主人已葬在海底了！

爱里鹗校长是最初推荐钢和泰[3]先生给北京大学的人。钢先生从此留在北京，研究佛教，教授梵文和藏文，至今十五六年了。香港大学对中国学术上的贡献，大概要算这件事为最大。可惜爱里鹗以后，这样的学术上的交通就不曾继续了。

香港的教育问题，不仅是港大的中文教学问题。我在香港曾和巢坤霖先生、罗仁伯先生细谈，才知道中小学的中文教学问题更是一个急待救济的问题。香港的人口，当然绝大多数是中国人。他们的儿童入学，处处感觉困难，最大的困难是那绝大多数的华文学校和那少数的英文中学不能相衔接，华文学校是依中国新学制的六六制办的，小学六年，中学也六年。英文中学却有八年。依年龄的分配，在理论上，一个儿童读了四年小学，应该可以接上英文中学的最低级（第八级）。事实上却不然，华人子弟往往要等到初中二三年（即第八九年）方才能考英文中学。其间除了英文之外，其余的他种学科都是学过了还须重习的。这样的不相衔接，往往使儿童枉费去三年至五年的光阴。所以这是一个最严重的问题。香港与九龙的华文学校约有八百所，其中六百校是完全私立的，二百校是稍有政府津贴的。英文学校之中，私立的约有一百校，其余最好的三十校又分三种：一种是官立的，一种是政府补助的，一种是英国教会办的。因为全港受英国统治与商业的支配，教学生的升学当然大家倾向那三十所设备最好的英文中学。无力升学的学生，也因为工商业都需要英文与英语，也都有轻视其他学科的倾向，还有一些人家，因为香港生活程度太高，学费太贵，往往把子弟送往内地去求学；近年中国学校不能收未立案的学校的学生，所以叫香港儿童如想在内地升学，必须早入中国的立案学校。所以香港的中小学的教学问题最复杂。家长大都希望子弟能早学英文，又都希望他们能多学一点中国文字，同时广东人的守旧风气又使他们迷恋中国古文，不肯彻底改用国语课本。结果是在绝大多数的中文学校里，文言课本还是很占势力，师资既不易得，教学的成绩自然不会好了。

罗仁伯先生是香港中文学校的视学员，他是很虚心考虑这个中文教学问题的，他也不反对白话文。但他所顾虑的是：白话文不是广东人的口语，广东儿童学白话未必比学文言更容易，也未必比学文言更有用。这不仅是他一个人的顾虑，广东朋友往往有这种见解。其实这种意思是错的。第一，今日的“国语”本是一种活的方言，因为流行最广，又已有文学作品做材料，所以最容易教学；学了也最有用。广东话也是一种活的方言，但流行比较不远，又产生的文学材料太少，所以不适宜用作教学工具。广东人虽不说国语，但他们看白话小说，新作白话文字，究竟比读古书容易得多多了。第二，“广东话”决不能解决华南一带语言教学问题，因为华南的语言太复杂了，广东话之外，还有客话，潮州话等等。因为华南的语言太复杂了，所以用国语做统一的语言实在比在华北、华中还更需要。第三，古文是不容易教的，越下去，越不容易得古文师资了。而国语师资比较容易培养。第四，国语实在比古文丰富得多，从国语入手，把一种活文字弄通顺了，有志学古文的人将来读古书也比较容易。第五，我想香港的小学中学若彻底改用国语课本，低级修业年限或可以缩短一二年。将来谋中文学校与英文中学的衔接与整理，这也许是很可能的一个救济方法——

以我对于香港的教育家，很诚恳地希望他们一致地改用国语课本。

我在香港讲演过五次：三次用英文，两次用国语。在香港用国语讲演，不是容易的事。1月6日下午，我在香港华侨教育会向两百多华文学校的教员演说了半点钟，他们都说可以勉强听官话，所以不用翻成广东话。我说得很慢，自信是字字句句清楚的。因为我怕他们听不明白，所以那篇演说里没有一句不是很浅近的话。第二天各华字报登出会场的笔记，我在《大光报》上读了一遍，觉得大旨不错，我很高兴，因为这样一篇有七八成正确的笔记使我相信香港的中小学教员听国语的程度并不坏，这是最可乐观的现象，在十年前这是绝不可能的。后来广州各报转载的，更后来北方各报转载的，大概都出于一个来源，都和《大光报》相同。其中当然有一些听错的地方，和记述白话语气不完全的地方。例如我提到教育部王部长的广播演说，笔记先生好像不知道王世杰先生，所以记作汪精卫先生了。又如我是很知道广州人对香港的感情的，所以我很小心地说“我希望香港的教育家接受新文化，用和平手段转移守旧势力，使香港成为南方的一个新文化中心”，我特别把“一个新文化中心”说得很清楚，但笔记先生好像不曾作惯白话文，他轻轻地把“一个”两字丢掉了，后来引起了广州人士不少的醋意！又如最后笔记先生记的有这样一句话：

现在不同了。香港最高级教育当局也想改进中国的文化。

这当然是很错误的记录：我说的是香港最高教育当局现在也想改善大学里的中国文学的教学了，所以我接着说港大最近访两位中国学者来计划中文系的改革事业。凡有常识而无恶意的读者，看了上下文，决不会在这一句上挑眼的，谁知这句句子后来在中山大学邹校长的笔下竟截去了上下文，成了一句天下驰名的名句！

那篇演说，因为各地报纸都转载了，并且除了上述各点小误之外，记载得大体不错，所以我不用转载在这里了。我的大意是劝告香港教育家充分利用香港的治安和财富，努力早日做到普及教育；同时希望他们接受中国大陆的新潮流，在思想文化上要向前走，不要向后倒退。可是我在后半段里提到广东当局反对白话文，提倡中小学读经的政策。

我说得很客气，笔记先生记的是：

现在广东很多人反对用语体文，主张用古文；不但古文，而且还提倡读经书。我真不懂。因为广州是革命策源地，为什么别的地方已经风起云涌了，而革命策源地的广东尚且守旧如此。

这段笔记除了“风起云涌”四个字和“尚且”二字我决不会用的，此外的语气大致不错。我说得虽然很客气，但读经是陈济棠[4]先生的政策，并且曾经西南政务会议正式通令西南各省，我的公开反对是陈济棠先生不肯轻轻放过的。于是我这篇最浅近的演说在一月八日广州报纸上登出之后，就引起很严重的反对。我丝毫不知道这回事，八日的晚上，我上了“泰山”轮船，一觉醒来，就到了广州。

罗文干先生每每取笑我爱演说，说我“卖膏药”。我不懂这句话的意思，直到那晚上了轮船，我才明白了。我在头等舱里望见一个女人在散舱里站着演说，我走过去看，听不懂她说的是什么问题，只觉得她侃侃而谈，滔滔不绝，很像是一位有经验的演说大家。后来问人，才知道她是卖膏药的，在那边演说她手里的膏药的神效。我忍不住暗笑了；明天早起，我也上省卖膏药去！

二　广州

一月九日早晨六点多，船到了广州，因为大雾，直到七点，船才能靠码头。有一些新旧朋友到船上来接我，还有一些新闻记者围住我要谈话。有一位老朋友托人带了一封信来，要我立时开看。我拆开信，中有云：“兄此次到粤，诸须谨慎。”我不很了解，但我知道这位朋友说话是很可靠。那时和我同船从香港来的有岭南大学教务长陈荣捷先生，到船上来欢迎的有中山大学文学院长吴康先生，教授朱谦之先生，还有地方法院院长陈达材先生，他们还不知道广州当局对我的态度。陈荣捷先生和吴康先生还在船上和我商量我的讲演和宴会的日程。那日程确是可怕的！除了原定的中山大学和岭南大学各演讲两次之外，还有第一女子中学，青年会，欧美同学会等，四天之中差不多有十次演讲。上船来的朋友还告诉我：中山大学邹鲁校长出了布告，全校学生停课两天，使他们好去听我的演讲。又有人说：青年会昨天下午开始卖听讲券，一个下午卖出了两千多张。

我跟着一班朋友到了新亚酒店。已是八点多钟了。我看广州报纸，才知道昨天下午西南政务会议开会，就有人提起胡适在香港华侨教育会演说公然反对广东读经政策，但报纸上都没有说明政务会议议决如何处置我的方法。一会儿，吴康先生送了一封信来，说：

适晤邹海滨先生云；此间党部对先生在港言论不满，拟劝先生今日快车离省，暂勿演讲，以免发生纠纷。

邹、吴两君的好意是可感的，但我既来了，并且是第一次来观光，颇不愿意就走开。恰好陈达材先生问我要不要看看广州当局，我说：林云郊主席是旧交，我应该去看看他。达材就陪我去到省政府，见着林云郊先生，他大谈广东省政府的“三年建设计划”。他问我要不要见见陈总司令，我说，很好。达材去打电话，一会儿他回来说：陈总司令本来今早要出发向派出剿匪的军队训话，因为他要和我谈话，特别改迟出发。总司令部就在省政府隔壁，可以从楼上穿过。我和达材走过去，在会客室里略坐，陈济棠先生就进来了。

陈济棠先生的广东官话我差不多可以全懂。我们谈了一点半钟，大概他谈了四十五分钟，我也谈了四十五分钟。他说的话很不客气：“读经是我主张的，祀孔是我主张的，拜关、岳也是我主张的。我有我的理由。”他这样说下去，滔滔不绝。他说：“我民国十五年到莫斯科去研究，我是预备回来做红军总司令的。”但他后来觉得共产主义是错的，所以他决心反共了。他继续说他的两大政纲：第一是生产建设；第二是做人。生产的政策就是那个“三年计划”，包括那已设未设的二十几个工厂，其中有那成立已久的水泥厂，有那前五六年才开工出糖的糖厂。他谈完了他的生产建设，转到“做人”，他的声音更高了，好像是怕我听不清似的。他说：生产建设可以尽量用外国机器，外国科学，甚至于不妨用外国工程师。但“做人”必须有“本”，这个“本”必须要到本国古文化里去寻求。这就是他主张读经祀孔的理论。他演说这“生产”“做人”两大股，足足说了半点多钟。他的大旨和胡政之先生《粤桂写影》所记的陈济棠先生一小时半的谈话相同，大概这段大议论是他时常说的。

我静听到他说完了，我才很客气地答他，大意说：依我的看法，伯南先生的主张和我的主张只有一点不同。我们都要那个“本”，所不同的是：伯南先生要的是“二本”，我要的是“一本”。生产建设须要科学，做人须要读经祀孔，这是“二本”之学。我个人的看法是：生产要用科学知识，做人也要用科学知识，这是“一本”之学。

他很严厉地睁看两眼，大声说：“你们都是忘本！难道我们五千年的老祖宗都不知道做人吗？”

我平心静气地对他说：“五千年的老祖宗，当然也有知道做人的。但就绝大多数的老祖宗说来，他们在许多方面实在够不上做我们‘做人’的榜样。举一类很浅的例子来说罢。女人裹小足，裹到骨头折断，这是全世界的野蛮民族都没有的残酷风俗。然而我们的老祖宗居然行了一千多年。大圣大贤，两位程夫子没有抗议过，朱夫子也没有抗议过，王阳明、文文山也没有抗议过。这难道是做人的好榜样？”

他似乎很生气，但也不能反驳我。他只能骂现存中国的教育，说“都是亡国的教育”；他又说，现在中国人学的科学，都是皮毛，都没有“本”，所以都学不到人家的科学精神，所以都不能创造。在这一点上，我不能不老实告诉他：他实在不知道中国这二十年中的科学工作。我告诉他：现在中国的科学家也有很能做有价值的贡献的了，并且这些第一流的科学家又都有很高明的道德。他问：“有些什么人？”我随口举出了数学家的姜蒋佐，地质学家的翁文瀚、李四光，生物学家的秉志，——都是他不认识的。

关于读经的问题，我也很老实地对他说：我并不反对古经典的研究，但我不能赞成一班不懂得古书的人们假借经典来做复古的运动。“这回我在中山大学的讲演题目本来是两天都讲‘儒与孔子’，这也是古经典的一种研究。昨天他们写信到香港，要我一次讲完，第二次另讲一个文学的题目。我想读经问题正是广东人眼前最注意的问题，所以我告诉中山大学吴院长，第二题何不就改作‘怎样读经’？我可以同这里的少年人谈谈怎样研究古经典的方法。”我说这话时，陈济棠先生回过头去望着陈达材，脸上做出一种很难看的狞笑。我当作不看见，仍旧谈下去。但我现在完全明白是谁不愿意我在广州“卖膏药”了！

以上记的，是我那天谈话的大概神情。旁听的只有陈达材先生一位。出门的时候，达材说，陈伯南不是不能听人忠告的，他相信我的话可以发生好影响。我是相信天下没有白费的努力的，但对达材的乐观我却不免怀疑。这种久握大权的人，从来没有人敢对他们说一句逆耳之言，天天只听得先意承志的阿谀谄媚，如何听得进我的老实话呢？

在这里我要更正一个很流行的传说。在十天之后，我在广西遇见一位从广州去的朋友，他说，广州盛传胡适之对陈伯南说：“岳武穆曾说，‘文官不要钱，武官不怕死，天下太平矣’。我们此时应该倒过来说，‘武官不要钱，文人不怕死，天下太平矣’。”——这句话确是我在香港对胡汉民先生说的。我在广州，朋友问我见过胡展堂没有，我总提到这段谈话。那天见陈济棠先生时，我是否曾提到这句话，我现在记不清了。大概广州人的一般心理，觉得这句话是我应该对陈济棠将军说的，所以不久外间就有了这种传说。

我们从总司令部出来，回到新亚酒店，罗钧任先生，但怒刚先生，刘毅夫（沛泉）先生，罗努生先生，黄深微（骚）先生，陈荣捷先生，都在那里。中山大学文学院长吴康先生又送了一封信来，说：

> 鄙意留省以封演讲为妙。党部方面空气不佳，发生纠纷，反为不妙，邹先生云：昨为党部高级人员包围，渠无法解释。故中大演讲只好布告作罢。渠云，个人极推重先生，故前布告学生停课出席听先生讲演。惟事已至此，只好向先生道歉，并劝先生离省，冀免发生纠纷。
>
> 一月九日午前十一时。

邹校长的为难，我当然能谅解。中山大学学生的两天放假没有成为事实，我却可以得着四天的假期，岂不是意外的奇遇？所以我和陈荣捷先生商量，爽性把岭南大学和其他几处的讲演都停止了，让我痛痛快快地玩两天。我本来买了来回船票，预备赶十六日的塔虎脱总统船北回，所以只预备在广州四天，在梧州一天。现在我和西南航空公司刘毅夫先生商量，决定在广州只玩两天，又把船期改到十八日的麦荆尼总统船，前后多出四天，坐飞机又可以省出三天，我有七天（十一—十七）可以飞游南宁和柳州、桂林了。罗钧任先生本想游览桂林山水，他到了南宁，因为他的哥哥端甫先生（文庄）死了，他半途折回广州。他和罗努生先生都愿意陪我游桂林，我先去梧州讲演，钧任等到十三日端甫开吊事完，飞到南宁会齐，同去游柳州、桂林。我们商量定了，我很高兴，就同陈荣捷先生坐小汽船过河到岭南大学钟荣光校长家吃午饭去了。

那天下午五点，我到岭南大学的教职员茶会。那天天气很热，茶会就在校中的一块草地上，大家团坐吃茶点谈天。岭南的学生知道了，就有许多学生来旁观。人越来越多，就把茶会的人包围住了。起先他们只在外面看着，后来有一个学生走过来对我说："胡先生肯不肯在我的小册子上写几个字。"我说可以，他就摸出一本小册子来请我题字。这个端一开，外面的学生就拥进茶会的团坐圈子里来了。人人都拿着小册子和自来水笔，我写得手都酸了。天渐黑下来了。草地上蚊子多得很，我的薄袜子抵挡不住，我一面写字，一面运动两只脚，想赶开蚊子。后来陈荣捷先生把我拉走，我上车时，两只脚背都肿了好几块。

晚上黄深微先生和他的夫人邀我到他们家中去住，我因为旅馆里来客大多，就搬到东山，住在他们家里。十点钟以后，报馆里有人送来明天新闻的校样，才知道中山大学邹鲁校长今天出了这样一张布告：

国立中山大学布告第七十九号

为布告事。前定本星期四五下午二时请胡适演讲。业经布告在案。现阅香港《华字日报》。胡适此次南来接受香港大学博士学位之后。在港华侨教育会所发表之言论。竟谓香港最高教育当局。也想改进中国的文化。又谓各位应该把它做成南方的文化中心。复谓广东自古为中国的殖民地等语。此等言论。在中国国家立场言之。胡适为认人作父。在广东人民地位言之。胡适竟以吾粤为生番蛮族。实失学者态度。应即停止其在本校演讲。合行布告。仰各学院各附校负生一体知照。届时照常上课为要。此布。

校长邹鲁

中华民国二十四年一月九日

这个布告使我不能不佩服邹鲁先生的聪明过人。早晨的各报记载八日下午西南政务会议席上讨论的胡适的罪过，明明是反对广东的读经政策。现在这一桩罪名完全不提起了，我的罪名变成了“认人作父”和“以吾粤为生番蛮族”两项！广州的当局大概也知道“反对读经”的罪名是不够引起广东人的同情的，也许多数人的同情反在我的一边。况且读经是武人的主张，——这是陈济棠先生亲口告诉我的——如果用“反对读经”做我的罪名，这就成了陈济棠反对胡适了。所以奉行武人意旨的人们必须避免这个真罪名，必须向我的华侨教育会演说里去另寻找我的罪名，恰好我的演说里有这么一段：

我觉得一个地方的文化传到他的殖民地或边境，本地方已经变了，而过境或殖民地仍是保留着老祖宗的遗物。广东自古是中国的殖民地，中原的文化许多都变了，而在广东尚留着。像现在的广东音是最古的，我现在说的话才是新的。（用各报笔记，大致无大错误。）

假使一个无知苦力听了这话忽然大生气，我一定不觉得奇怪。但是一位国立大学校长，或是一位国立大学的中国文学系主任居然听不懂这一段话，居然大生气，说我是骂他们“为生番蛮族”，这未免有点奇怪罢。

我自己当然很高兴，因为我的反对读经现在居然不算是我的罪状了，这总算是一大进步。孟子说得好，“乃孔子则欲以微罪行，不欲为苟去”。邹鲁先生们受了读经的训练，硬要我学孔子的“做人”，要我“以微罪行”，我当然是很感谢的。

但九日的广州各报记载是无法追改的，九日从广州电传到海内外各地的消息也是无法追改的。广州诸公终不甘心让我蒙“反对读经”的恶名，所以一月十四日的香港英文《南华晨报》上登出了中山大学教授兼广州《民国日报》总主笔梁民志的一封英文来函，说：

我盼望能借贵报转告说英国话的公众，胡适博士在广州所受冷淡的待遇，并非因为（如贵报所记）他批评广州政府恢复学校读经课程，其实完全因为他在一个香港教员聚会席上说了一些对广东人民很侮辱又“非中国的”批评。我确信任何人对于广州政府的教育政策如提出积极的批评，广州当局诸公总是很乐意听受的。

我现在把梁教授这封信全译在这里，也许可以帮助广州当局诸公多解除一点同样的误解。

我的膏药卖不成了，我就充分利用那两天半的时间去游览广州的地方。黄花岗，观音山，鱼珠炮台，石牌的中山大学新校舍，禅宗六祖的六榕寺，六百年前的五层楼的镇海楼，中山纪念塔，中山纪念大礼堂，都游遍了。中山纪念塔是亡友吕彦直先生（康南尔大学同学）设计的，图案简单而雄浑，为彦直生平最成功的建筑，远胜于中山陵的图案。黄花岗七十二烈士（中有亡友饶可权先生）墓是二十年前的新建筑，中西杂凑，全不谐和，墓项中间一个小小的自由神石像，全仿纽约港的自由神大像，尤木相衬。我们看了民元的黄花岗，再看吕彦直设计的中山纪念塔,可以知道这二十年中国新建筑学的大进步了。

我在中山纪念塔下游览时，忽然想起学海堂和广雅书院[5]，想去看看这两个有名学府的遗迹。同游的陈达材先生说，广雅书院现在用作第一中学的校址，很容易去参观。我们坐汽车到一中，门口的警察问我们要名片，达材给了他一张名片。我们走进去，路上遇着一中的校长，达材给我们介绍，校长就引我们去参观。东边有荷花池，池后有小亭，亭上有张之洞的浮雕石像，刻得很工致。我们正在赏玩，不知如何被校中学生知道了，那时正是十二点一刻，餐堂里的学生纷纷跑出来看，一会儿荷花池的四围都是学生了。我们过桥时，有个学生拿着照相机走过来问我：“胡先生可以让我照相吗？”我笑着立定，让他照了一张相。这时候，学生从各方面围拢来，跟着我们走，有些学生跑到前面路上去等候我们走过。校长说：“这里一千三百学生，他们晓得胡先生来，都要看着你。”我很想赶快离开此地。校长说：“这里是东斋，因为老房屋有倒坏了的，所以全拆了重盖新式斋舍。那边是西斋，还保存着广雅书院斋舍的原样子，不可以不去看。”我只好跟他走，走到西斋，西斋的学生也知道我来了，也都跑来看我们。七八百个少年人围着我们，跟着我们，大家都不说话，但他们脸上的神气都很使我感动。校墙上有石刻的广雅书院学规，我站住读了几条回头看时，后面学生都纷纷挤上来围着我们，我们几乎走不开了。我们匆匆出来，许多学生跟着校长一直送我们到校门口。我们上了汽车，我对同游的两位朋友说："广州的武人政客未免太笨了。我若在广州演讲，大家也许来看热闹，也许来看着胡适之是什么样子；我说的话，他们也许可以懂得五六成；人看见了，话听完了，大家散了，也就完了。演讲的影响不过如此。可是我的不演讲，影响反大得多了。因为广州的少年人都不能不想想为什么胡适之在广州不演讲。我的最大辩才至多只能使他们想想一两个问题，我不讲演却可以使他们想想无数的问题。陈伯南先生真是替胡适之宣传他的'不言之教'了！"

我在广州玩了两天半，一月十一日下午， 我和刘毅夫先生同坐西南航空公司 "长庚"机离开广州了。

我走后的第二天，广州各报登出了中山大学中国文学系教授古直，钟应梅，李沧萍三位先生的两个"真电"，全文如下：

（一）广州分进西南政务委员会，陈总司令，林主席，省党部，林宪兵司令，何公安局长勋鉴，昔颜介庾信，北陷虏廷，尚有乡关之重，今胡适南履故土，反发盗憎之论，在道德为无耻，在法律为乱贼矣，又况指广东为殖民，置公等于何地，虽立正典刑，如孔子之诛少正卯[6]可也，何乃令其逍遥法外，造谣惑众，为侵略主义张目哉，今闻尚未出境，请即电令截回，径付执宪，庶几乱臣贼子，稍知警悚矣，否则老口北返，将笑广东为无人也。国立中山大学中文系主任古直、教员李沧萍、钟应梅，等叩，真辰。

（二）送梧州南宁李总司令，白副总司令，黄主席，马校长勋鉴（前段与上电同略），今闻将入贵境，请即电令所在截留，径付执宪，庶几乱臣贼子，稍知警悚矣，否则公方剿灭共匪，明耻教战，而反容受刘豫、张邦昌一流人物以自玷，天下其谓公何，心所谓危，不敢不告。国立中山大学中文系主任古直、教员李沧萍、钟应梅叩，真午。

电文中列名的李沧萍先生，事前并未与闻，事后曾发表谈话否认列名真电。所以一月十六日中山大学日报上登出《古直钟应梅启事》，其文如次：

胡适出言侮辱宗国。侮辱广东三千万人。中山大学布告驱之。定其罪名为认人作父。夫认人作父。此贼子也。刑罚不加。直等以为遗憾。真日代电。所以义形于色矣。李沧萍教授同此慷慨。是以分之以义。其实未尝与闻。今知其为北大出身也。则直等过矣。呜呼道真之妒。昔人所叹。自今以往。吾犹敢高谈教育救国乎。先民有言。丈夫行事当磊磊落落。特此相明。不欺其心。谨启。

古直钟应梅　启

这三篇很有趣的文字大可以做我的广州杂忆的尾声了。

三　广西

我们一月十一日下午飞到梧州了，在梧州住了一夜，我在广西大学讲演一次，次日在梧州中山纪念堂公开讲演一次。广西大学校长马君武先生是我的老师，校中教职员有许多是中国公学的老朋友，所以我在梧州住的一天是最快乐的。大学在梧州的对岸，中间是抚河（漓水），南面是西江。我们到的太晚了，晚上讲演完后，在老同学谢厚藩先生的家里喝茶大谈，夜深过江，十二日讲演完后，吃了饭就上飞机飞南宁了，始终没有机会参观西大的校舍与设备，这就是用嘴不能用眼的害处了。

十二日下午到南宁（邕宁），见着白健生[7]先生，潘宜之[8]先生，邱毅吾（昌渭）[9]先生等，都是熟人。住在乐群社，是一个新式的俱乐部，设备很好。梧州与南宁都有自来水，内地省份有两个有自来水的城市，是很难得的。白先生力劝我改船期，在广西多玩几天。我因为我的朋友贵县罗尔纲[10]先生的夫人和儿女在香港等候我伴送他们北上，不便改期。十四日罗钧任和罗努生如约到了南宁，白健生先生又托他们力劝。白先生说，他可以实行古直先生们的“真电”，封锁水陆空的交通，把我扣留在广西！后来我托省政府打电报请广西省（现为广西壮族自治区）银行的香港办事处把我和罗太太一家的船票都改了二十六日的胡佛总统船。这样一改，我在广西还可住十二天，尽够畅游桂林山水了。

我在邕宁住了六天，中间和罗努生到武鸣游了一天。钧任飞去龙州玩了一天，回来极口称美龙州的山水，可惜我不曾去。我在邕宁讲演了五次。十九日飞往柳州，住在航空署，见着广西航空界的一般青年领袖。钧任、努生和我在柳州游览了半天，公开讲演一次。二十日上午飞往桂林，在桂林讲演了两次，游览了两天，把桂林附近的名胜大致游遍了。二十二日上午，我和钧任、努生、毅夫，桂林县（现为桂林市）公署的秘书曹先生，飞机师赵志雄、冯星航两先生，雇了船去游阳朔。在漓水里走了一天半，二十三日下午才到阳朔。在阳朔游览了小半天，我坐汽车赶到良丰的省立师范专科学校讲演一次。讲演后坐汽车赶回桂林，已近半夜了。

二十四日早晨从桂林起飞，本想直飞梧州，在梧州吃午饭，毅夫夫妇约了在广州北面的从化温泉吃晚饭。但那天雾太低了，我们飞过了良丰，还没到阳朔，看前面云雾低压，漓水的河身不宽而两傍山高，所以飞机师赵先生决定折回向西，飞到柳州吃午饭，饭后顺着柳江浔江飞往梧州，在梧州吃夜饭，打电报到广州去报告那些在从化等我们吃夜饭的朋友们。在梧州住了一夜，二十五日从梧州飞回广州，赶上火车，晚上赶到香港。我们在梧州打电报问明胡佛船是二十六日早晨四点钟就要开的，前一天的大雾几乎使我又赶脱了船期！

这是我在广西的行程。以下先记广西的山水。

广西的山水是一种特异的山水，南宋大诗人范成大在他的《桂海虞衡志》里说得最好：

余尝评桂山之奇直为天下第一。士大夫落南者少，往往不知；而闻者亦不能信。余生东吴，而北抚辽蓟，南宅交广，西使岷峨之下，三方皆走万里，所至无不登览。……其最号奇秀莫如池之九华，歙之黄山，括之仙都，温之雁荡，夔之巫峡，此天下同称之者。然皆数峰而止耳，又在荒绝僻远之濒，非几杖间可得；且所以能拔乎其萃者，必因重冈复岭之势，盘亘而起，其发也有自来。桂之千峰，皆旁无延缘，悉自平地崛然特立，玉笋瑶篸，森列无际。其怪且多如此，诚当为天下第一。……山皆中空，故峰下多佳岩洞。

范氏指出两点特色：第一是诸峰“悉自平地崛然特立，玉笋瑶篸森列无际”；第二是“山皆中空，故峰下多佳岩洞”。这两点都是广西山水的特色。这样“怪而多”的山都是石灰岩，和太湖石是同类；范石湖所指出的“山多中空，故多佳岩洞”，也正和太湖石的玲珑多窍同一个道理。在飞机上望下去，只看见一簇一簇的圆锥体黑山，笋也似的矗立着，密密地排列着，使我们不能不想着一千多年前柳宗元说的名句：“桂州多灵山，发地峭竖，林立四野。”这种山峰并不限于桂林，广西全省有许多地方都有这种现象。我们在飞机上望见贵县的南山诸峰，也是这样的。武鸣的四围诸山，也是这一类。我们所游的柳州诸山，还有我们不曾去游的柳州北面融县真仙岩一带的山岩，也都和桂林阳朔同一种类。地质学者说，这种山岩并不限于广西一省，贵州的山也属于这一类。翁文灏先生说，这种山岩，地质学家称为“喀尔斯特”山岩（Karstic），在世界上，别处也有，但广西贵州要算全世界最大的统系了。

徐霞客记广西的山水岩洞最详细，他在广西游了一年，——从崇祯丁丑（一六三七）闰四月初八到次年三月二十七，——写游记凡八万字，即丁文江标点本（商务印书馆出版，附地图）卷四至卷七。这是三百年前的游记，我们现在读了还不能不佩服那一位千古奇人脚力之健，精力之强，眼力之深刻，与笔力之细致。我们要知道广西岩洞的奇崛与壮美，不可不读徐霞客的游记；未游者固然应该读，已游者也不可不读。因为三百年来，还没有第二个人有这样伟大的好奇心，费这样长久的时间，专搜访自然的奇迹，做那么详细的记载。他所游的，往往有志书所不载，古今人所不知，或古人偶知而久无人到又被丛莽封塞了的。所以读过徐霞客粤西游记的人，真不能不感觉我们坐汽车匆匆游山的人真不配写游记：不但我们到的地方远不如他访搜所得的地方之多，我们到过的地方，所看见的，所注意到的，也都没有他在三百年前攀藤摩拳所得的多而且详尽。

凡听说桂林山水的，无人不知道桂林的独秀峰。图画上的桂林山水，也只有独秀峰最出名。徐霞客游遍了广西的山水，只不曾登独秀峰，因为独秀峰在桂林城中，圈在靖江王府里，须先得靖江王的许可，外人始得登览。徐霞客运动王府里的和尚代为请求，从五月初四日直到六月初一日，始终不得许可，他大失望而去。游记中屡记此事，最后记云：

五月二十九日，入靖藩城，订独秀期，主僧调甚迂缓。予初拟再至省一登独秀，即往柳州。至此失望，怅怅。

六月初一日，讹传流寇薄衡水，藩城愈戒严，予遂无意登独秀。独秀山北西临池，西南二麓予俱已遗其下，西岩亦已再探，惟东麓与绝顶未登。其他异于他峰者，只亭阁耳。

独秀峰现在人人可以登临了。其实此峰是桂林清峰中的最低小的，高不过一百多尺！有石级可以从山脚盘旋直上山顶，凡三百六十级，其低可想！此峰所以独享大名，也有理由。徐霞客已说过“其异于他峰者，只亭阁耳”，现时山腰与山顶尚有小亭台可供游人休憩，是一胜。此山在城中，登山可望全城和四围山水，是二胜。诸峰多是石山，无大树木，独秀峰上稍有树木，是三胜。桂林造大山以岩洞见奇，然而岩洞都是可游而不可入画的；独秀峰无岩洞，而娇小葱茏，有小亭阁，最便于绘画，故画家多喜画独秀，是四胜。有此四胜，就使此峰得大名！徐霞客两度到桂林，终以不得登独秀峰为憾事。我们在飞机上下望桂林附近的无数石山，几乎看不见那座小小的石丘，颇笑徐霞客的失望为大不值得！

徐霞客最称赏柳州北面融县的真仙岩，游记中有“真仙为天下第一”之语。可惜真仙岩我们没有去；我们游的岩洞，最大的是桂林七星山的岩洞。这岩洞一口为栖霞洞，一口为曾公岩。徐霞客从栖霞洞进去，从曾公岩出来，依他的估计，“自栖霞达曾公岩，径约二里；复自岩口出入盘旋三里”。我们从曾公岩进去，从栖霞出来，共费时五十五分钟。向导的乡人手拿火把（用纸浸煤油，插入长竹筒的一头），处处演说洞里石乳滴成的种种奇异形状：“这是仙人棋盘，那是仙人种田，那是金钟对玉鼓，这是狮子对乌龟，那是摩天岭，这是观音菩萨，那是骊山老母，……”那位领袖用很清楚的桂林话一一指给我们看，说给我们听，真如数家珍。洞中有一股泉水，有些地方水声很大。洞中石乳确有许多很奇伟的形态。我们携带有手电筒，又有两三盏手提汽油灯，故看得比较清楚。洞中各处皆被油烟熏黑，石壁石乳，手偶摩抚，都是煤黑。徐霞客记他来游时，向导者用松明照路。千百年中，游人用的松明烟与煤油烟，把洞壁都熏黑了。其实这种岩洞大可以装设电灯，可使洞中景物都更便于赏观，行路的人可以没有颠跌的危险，也可以免除油烟熏塞的气闷。向来做向导的村人，可以稍加训练，雇作看洞和导游的人，而规定入门费与向导费。如此则游人不以游洞为苦。若如现状，则洞中幽暗，游人非多人结伴不敢进来，来者又必须雇向导，人太少又出不起这笔杂费。

曾公岩是因曾巿[11]得名。曾布在元丰初年以龙图阁待制出外，知桂州。他是一个有文学训练的政治家，在桂时，游览各岩洞，到处都有他的刻石题名，不止此一处。

七星山的岩洞，据徐霞客的几次探访搜寻，共有十五洞，他说：

此山岩洞骈峙：栖霞在北，下透山之东西；七星在中，曲透西北出；碧虚岩在南，以东西上透。三穴并悬，六门各异。北又有“朝云”“高诗”两岩，皆西向。此七星山西面之洞也，洞凡五。……

曾公岩西又有洞在峰半，攀莽上，洞口亦东南向。……此处岩洞骈峙者亦三。曾公岩北下同列者又有二岩。……此七星山东南之洞也，洞凡五。

若北麓省春三岩，会仙一岩，旁又浅洞一，则七星北面之洞也，洞凡五。一山凡得十五洞云。

我们所游，其实只是十五洞之一！我们在洞里，固是迷不知西东，出了岩洞，还是杳不知南北。看徐霞客连日攀登，遍游诸洞，又综合记叙，条理井然，我们真不能不惭愧了！

七星山的对面就是龙隐岩，在月牙山的背后，洞的外口临江，水打沙进洞，堆积颇高，故岩上石刻题名有许多已被沙埋没了。龙隐岩很通敞，风景很美。岩外摩崖石刻甚多，有狄青等《平蛮三将题名碑》，字迹完好。

龙隐岩往西，不甚远，有小屋，我们敲门过去，有道士住在里面。此屋无后墙，靠山崖架屋，崖上石刻题记甚多，那最有名的《元祐党籍碑》即在此屋后。我久想见此碑，今日始偿此愿。元祐党籍立于徽宗崇宁元年（1102），最初只有九十八人，那是真正元祐（1086—1093）反新法的领袖人物。徽宗皇帝亲写党籍，刻于端礼门；后来又令御史台抄录元祐党籍姓名“下外路州军，于监司门吏厅，立石刊记”。到崇宁三年（1104）六月，又把元符末（1100）和建中靖国（1101）年间的“奸党”和“上书低讥”请人一齐“通入元祐籍，更不分三等”（三等是原分“邪上尤甚”“邪上”“邪中”各等）。这个新合并的党籍，共有三百九十人，刻石朝堂。此碑到崇宁五年正月，因彗星出现，徽宗下诏毁碑，“如外处有奸党石刻，亦令除毁”。除毁之后，各地即无有此碑石刻。现今只有广西有两处摩崖刻本，一本在融县的真仙岩，刻于嘉定辛未（1211）；一本即桂林龙隐岩附近的摩崖，刻于庆元戊午（1198）；这两本都是南宋翻刻的。桂林此本乃是用蔡京[12]写刻拓本翻刻，故字迹秀挺可爱。两本都是三百九十人，已不是真正元祐党籍了，其中如章惇，曾布，陆佃等人，都是王安石新法时代的领袖人物，后来时势翻覆，也都列名奸党籍内，和司马光、吕公著诸人做了同榜！

广西的岩洞内外，有唐宋元明的名人石刻甚多。石灰岩坚固耐久，历千百年尚多保存很完整的。如舜山的摩崖《舜庙碑》，是唐建中元年（780）韩云卿所立，距今已一千一百五十五年了。又如我们从栖霞洞下山，路旁崖上有范成大题名，又有张孝祥题名，这都是南宋大文人，现在都在路旁茅草里，没有人注意。此类古代名人题记，往往可供历史考据，其手书石刻更可供考证字画题跋者的参考比较。广西现有博物馆，设在南宁：我们盼望馆中诸公能做系统的搜访，将各地的古石刻都拓印编纂，将来可以编成一部“广西石刻文字”，其中必有不少历史的材料。

舜山有洞，名韶音洞，虽不甚深，而风景清幽，洞中有张拭（南轩）的《韶音洞记》石刻，字小，已不能全读了。洞前有庙，我们登楼小坐，前有清流，远望桂林清山，在晚照中气象很雄伟。

城中人士常游的为象鼻山，伏彼山，独秀峰，风洞山。其中以风洞山的风景为最胜。风洞山有北辅洞，虽曲折而多开敞之处，空气流通，多凉风，故名风凉，有小亭阁，下瞰江水，夏日多游人在此吃茶乘凉。

广西人说：“桂林山水甲天下，阳朔山水甲桂林。”我们游了桂林，决定坐船去游阳朔。一路上饱看漓水（抚河）的山水，但是因为我要赶香港船期，所以到了阳朔，只有几个钟头可以游览了。在小雨里，我们坐汽车到青厄渡，过渡后，下车泛览阳朔诸峰，仅仅能看一个大概。阳朔诸山也都是石山，重重叠叠，有作牛角双尖的，有似绝大石柱上半截被打断了的，有似大礼拜寺的，有似大石龟昂头向天的。远望去，重峰列岫，行列凌乱，在轻烟笼罩中，气象确是很奇伟。桂林诸山稍稍分散，阳朔诸山紧凑在江上；桂林诸山都无树木，此间颇有几处山上有大树木，故比较更秀丽。

但我们实在有点辜负了阳朔的山水，我们把时间用在船上了，到了这里只能坐汽车看山，未免使山水笑人。大概我们误会了“阳朔山水必须用船去游”的意思。我后来看徐霞客的游记，始知阳朔诸山都可以用船去细细游览。我们若再来，可以坐汽车到阳朔，然后雇船去从容游山。阳朔诸山也多洞岩，徐霞客所记龙洞岩，珠明洞，朱仙洞，都令人神往；其中珠明洞凡有八门，最奇伟。我们没有攀登一处的岩洞，颇失望。

但我们这回坐船游阳朔，也有很好的收获。徐霞客游记里没有提到“光岩”，我们却有半夜游光岩的豪举。光岩是刘毅夫先生前年发现的，所以他力劝我们坐船游阳朔，一半也是为了要游光岩。船到光岩时，已半夜了，我们都睡了。毅夫先生上岸去，先雇竹筏进去探看，出来时他把竹筏火把都准备好了，然后把我们都从睡梦里轰起来，跟他去游洞。光岩口洞临江，洞甚空敞，洞里石乳甚多而奇，有明朝游人石刻甚多。毅夫前年曾探此洞，偶见洞后水面上还有小洞，洞口很低，离水面不过两三尺；毅夫想出法子来，用竹排子撑进去探险，须全身弯倒始能进去。进去后，他发现里面还有很奇的岩洞，为向来游人所未曾到过。所以他很高兴，在第一洞石壁上题字指示游人深入探奇。今夜他带领我们进洞口，石壁上他的墨笔题记还如新的。我们一班人分坐三个竹排子，排子上平铺着大火把，大家低头弯腰，进入第二洞。里面共有三层大洞，都很高大，有种种奇形的石乳。最后一洞内有石乳作荷藕形，凡八九节，须节都全，绝像真藕，每一洞内都有沙涨成滩，都是江水打进来的。每过一洞口，都须低头用手攀住上面岩石，有时撑排的人都下水去用手推竹排子。第二洞以后，石壁上全无前人题刻，大概古人都不知有这些幽境。毅夫为游此洞，在桂林特别买了一个价值十七元的大电筒，每进一洞，他用大电筒指示各种石乳给我们看。他说，最后一洞的顶上有三个小洞透入光线，也许“光岩”之名是从那里来的。晚间我们当然看不见那三处透光的小洞。但我想里洞既非前人所熟知，光岩之名未必起于这透光的小孔，大概因前洞高敞透明，故得光岩之名。此洞之发现，毅夫之功最多，最后一洞大可以题作“沛泉洞”（毅夫名沛泉）。毅夫说，此洞颇像浙西金华的双龙洞。

徐霞客记他从阳朔回桂林的途中，“舟过水绿村北七里，西岸一岩，门甚高敞，东向临江，前垂石成龙，曰蚊头岩”，其他在兴平之南约三里，不知即是光岩否。

漓水的一日半旅程，还有一件事足记。船上有桂林女子能唱柳州山歌，我用铅笔记下来，有听不明白的字句，请同行的桂林县署曹文泉科长给我解释。我记了三十多首，其中有些是绝妙的民歌。我抄几首最可爱的在这里：

一

燕子飞高又飞低，两脚落地口衔泥。
我俩二人先讲过，贫穷落难莫分离。

二

石榴开花叶子青，哥哥年大妹年轻。
妹子年轻不懂事，哥哥拿去耐烦心。

三

大海中间一枝梅，根稳不怕水来推。
我们连双先讲过，莫怕旁人说是非。

四

如今世界好不难！井水不挑不得干。
竹子搭桥哥也过，妹妹跌死也心甘。

五

高山高岭一根藤，藤上开花十九层。
你要看花尽你看，你要摘花万不能。

六

要吃笋子三月三，要吃甜藕等塘子。
要吃大鱼长放线，想连小妹耐得烦。

七

买米要买一斩白，连双要连好脚色。
十字街头背锁链，旁人取笑也抵得。

八

妹莫愁来妹莫愁，还有好日在后头。
金盆打水妹洗脸，象牙梳子妹梳头。

九

大塘干了十六年，荷叶烂了藕也甜。
刀切藕断丝不断，同心转意在来年。

我们在柳州的时间太短，只游了几次名胜之地。柳州城三面是江，我们在飞机上看柳江从西北来，绕城一周，往东北去。空中望那有名的立鱼山，真有点像个立鱼。那天下午，我们去游立鱼山，有岩洞很玲珑，我们匆匆不曾遍游。傍晚我们去游罗地柳宗元祠堂，有苏东坡写的韩退之《罗池庙碑》的迎享送神辞大字石刻。退之原辞石刻有"春与猿吟兮秋鹤与飞"一句，颇引起后人讨论。今东坡写本此句直作"春与猿吟兮秋与鹤飞"，此当是东坡从欧阳永叔之说，以"秋鹤与飞"为石刻之误，故改正了。石刻原碑也往往可以有错误，其误多由于写碑者的不谨慎。《罗池庙碑》原刻本有误字后经刊正，见于《东雅堂韩集校语》。后人据石本，硬指"秋鹤与飞"为有意作倒装健语，似未必是退之本意。

我们从阳朔回桂林时，路上经过良丰的师范专科学校，我在那边讲演一次。其地原名雁山，也是一座石山，岩壑甚美。清咸丰、同治之间，桂林人唐岳买山筑墙，把整个雁山围在园里，名为雁山园。后来园归岑春煊[13]，岑又转送给省政府，今称为西林公园，用作师专校址。现有学生二百三十人。我们到时，天已黑了；讲演完始吃晚饭，晚饭后，校长罗尔棻光生和各位教员陪我们携汽油灯游雁山。岩洞颇大，中有泉水，流出岩外成小湖。洞中多凉风，夏间乘凉最宜。洞中多石乳，洞口上方有石乳所成龙骨形，颇奇突。园中旧有花树三千种，屡次驻兵，花树多荒死，现只存几百种了。有绿草梅，正开花，灯光下奇艳逼人。校中诸君又引我们去看红豆树，树高约两丈余。教员沈君说，这株红豆树往往三年才结子一次。沈君藏有红豆，拿来遍赠我们几个同游的人。红豆大于檀香山的相思子约一倍，生在豆荚里，荚长约一寸半。

游岩洞时，我问此岩何名，他们说："向来没有岩名，胡先生何不为此岩取一个名字，做个纪念？"我笑说："此去不远有条相思江，岩下又有相思红豆树，何不就叫他作相思岩？"他们都赞许这个名字。次日我在飞机上想起这个相思岩来，就戏仿前夜听得的山歌，作小诗寄题《相思岩》：

相思江上相思岩，相思岩下相思豆。
三年结子不嫌迟，一夜相思叫人瘦。

这究竟是文人的山歌，远不如小儿女唱的地道山歌的朴素而新鲜。

那天我在空中又作了一首小诗，题为《飞行小赞》：

看尽柳州山，
看遍桂林山水，
天上不须半日，
地上五千里。

古人辛苦学神仙，
要守百千戒。
看我不修不炼，
也凌云无碍。

四　广西的印象

这一年中，游历广西的人发表的记载和言论都很多，都很赞美广西的建设成绩。例如美国传教家艾迪博士（Sherwood Eddy）用英文发表短文说，“中国各省之中，只有广西一省可以称为近于模范省。凡爱国而具有国家的眼光的中国人，必然感觉广西是他们的光荣”。这是很倾倒的赞语。艾迪是一个见闻颇广的人，他虽是传教家，颇能欣赏苏俄的建设成绩，可见他的公道。他说话也很不客气，他在广州做公开讲演，就很明白地赞美广西，而大骂广东政治的贪污。所以他对于广西的赞语是很诚心的。

我在广西住了近两星期，时间不算短了，只可惜广西的朋友要我缴纳特别加重的“买路钱”，——讲演的时间太多，观察的时间太少了，所以我的记载是简略的，我的印象也是浮泛的。

广西给我的第一个印象是全省没有迷信的，恋古的反动空气。广州城里所见的读经，祀孔，祀关岳，修寺，造塔，等等中世空气，在广西境内全没有了。当西南政务会议的祀孔通令送到南宁时，白健生先生笑对他的同僚说：“我们的孔庙早已移作别用了，我们要祭祀，还得造个新孔庙！”

广西全省的庙宇都移作别用了，神像大都打毁了。白健生先生有一天谈起他在桂林（旧省会）打毁城隍庙的故事，值得记在这里。桂林的城隍庙是最得人民崇信的。白健生先生毁庙的命令下来之后，地方人民开会推举了许多绅士去求白先生的老太太，请她劝阻她的儿子；他们说：“桂林的城隍庙最有灵应，若被毁了，地方人民必蒙其祸殃。”白老太太对她儿子说了，白先生来对各位绅士说：“你们不要怕，人民也不用害怕。我可以出一张告示贴在城隍庙墙上，声明如有灾殃，完全由我白崇禧一人承当，与人民无干。你们可以放心了吗？”绅士们满意了。告示贴出去了。毁庙要执行了。奉令的营长派一个连长去执行，连长叫排长去执行，排长不敢再往下推了，只好到庙里去烧香祷告，说明这是上命差遣，概不由己，祷告已毕，才敢动手打毁神像！省城隍庙尚且不免打毁，其余的庙宇更不能免了。

我们在广西各地旅行，没有看见什么地方有人烧香拜神的。人民都忙于做工，教育也比较普遍，神权的迷信当然不占重要地位了，庙宇里既没有神像，烧香的风气当然不能发达了。

在这个破除神权迷信的风气里，只有一个人享受一点特殊的优客。那个人就是总部参军季雨农先生。季先生是合肥人，能打拳，为人豪爽任侠；当民国十六年，张宗昌部下的兵攻合肥，他用乡兵守御县城甚久。李德邻先生带兵去解了合肥之围，他很赏识这个怪人，就要他跟去革命。季先生是有田地的富人，感于义气，就跟李德邻先生走了。后来李德邻、白健生两先生都很得他的力，所以他在广西很受敬礼。这位季参军颇敬礼神佛，他无事时爱游山水，凡有好山水岩洞之处，着道路不方便，他每每出钱雇人修路造桥。武鸣附近的起凤山亭屋就是他修复的。因为他信神佛，他每每在这种旧有神祠的地方，叫人塑几个小小的神佛像，大都不过一尺来高的土偶，粗劣的好笑。他和我们去游览，每到一处有神像之处，他总立正鞠躬，同行的人笑着对我说："这都是季参军的菩萨！"听说柳州立鱼山上的小佛像也是季参军保护的菩萨。广西的神权是打倒了，只有一位安徽人保护之下，还留下了几十个小小的神像。

广西给我的第二个印象是俭朴的风气。一进了广西境内，到处都是所谓"灰布花"。学校的学生，教职员，校长；文武官吏，兵士，民团，都穿灰布的制服，戴灰布的帽子，穿有纽扣的黑布鞋子。这种灰布是本省出的，每套制服连帽子不过四元多钱。一年四季多可以穿，天气冷时，里面可加衬衣；更冷时可以穿灰布棉大衣。上至省主席总司令，下至中学生和普通兵士，一律都穿灰布制服，不同的只在军人绑腿，而文人不绑腿。这种制服的推行，可以省去服装上的绝大靡费。广西人的鞋子，尤可供全国的效法。中国鞋子的最大缺点在于鞋身太浅，又无纽扣，所以鞋子稍旧了，就太宽了，后跟收不紧，就不起步了。广西布鞋学女鞋的办法，加一条扣带，扣在一边，所以鞋子无论新旧，都是便于跑路爬山。

广西全省的对外贸易也有很大的入超。提倡俭朴，提倡用土货，都是挽救入超的最有效方法。在衣服的方面，全省的灰布花可以抵制多少洋布与呢绸的输入！在饮食嗜好方面，洋货用得也很少。吸纸烟的人很少，吸的也都是低价的烟卷，最高贵的是美丽牌。喝酒的也似乎不多，喝的多是本省土酒。有一天晚上，邕宁各学术团体请我吃西餐，——我在广西十四天，只有此一次吃西餐，——我看见侍者把啤酒斟在小葡萄酒杯里，席上三四十人，一瓶啤酒还倒不完，因为啤酒有汽，是斟不满杯的。终席只有一大瓶啤酒就可斟两三巡了。我心里暗笑广西人不懂怎样喝啤酒。后来我仍然问得上海啤酒在邕宁卖一元六角钱一瓶！我才明白这样珍贵的酒应该用小酒杯斟的了。我们在广西旅行，使我们更明白：提倡俭朴，提倡土货，都是积极救国的大事，不是细小的消极行为。

广西是一个贫穷的省份；不容易担负新式的建设。所以主持建设的领袖更应该注意到人民的经济负担的能力。即如教育，岂不是好事？但办教育的人和视学的人眼光一错，动机一错，注重之点若在堂皇的校舍，冬夏之操衣等等，那样的教育在内地就都可以害人扰民了。我们在邕宁、武鸣各地的乡间看见小学堂的学生差不多全是穿着极破烂的衣裤，脚下多是赤脚，偶有穿鞋，也是穿破烂的鞋子。固然广西的冬天不大冷，所以无窗户可遮风的破庙，也不妨用作校舍，赤脚更是平常的事。然而我们在邕宁的时候，稍有阴雨，也就使人觉得寒冷。（此地有“四时常是夏，一雨便成秋”的古话。）乡间小学生的褴褛赤脚，正可以表示广西办学的人的俭朴风气。我在邕宁乡间看的那个小学还是“广西普及国民基础教育研究院”的一个附属小学哩。广西教育厅长雷沛鸿先生正在进行全省普及教育的计划，请了几位专家在研究院里研究实行的步骤和国民基础教育的内容。他们的计划大旨是要做到全省每村至少有一个国民基础学校，要使八岁到十二岁的儿童都能受两年的基础教育。我看了那些破衣赤脚的小学生，很相信广西的普及教育是容易成功的。这种的学堂是广西人民负担得起的，这样的学生是能回到农村生活里去的。

广西给我的第三个印象是治安。广西全省现在只有十七团兵，连兵官共有两万人，可算是真能裁兵的了。但全省无盗匪，人民真能享治安的幸福。我们作长途旅行，半夜后在最荒凉的江岸边泊船，点起火把来游岩洞，惊起茅棚里的贫民，但船家客人都不感觉一毫危险。汽车路上，有山坡之处，往往可见一个灰布少年，拿着枪杆，站在山上守卫。这不是军士，只是民团的团员在那儿担任守卫的。

广西本来颇多匪祸，全省岩洞最多，最容易窝藏盗匪。有人对我说，广西人从前种田的要背着枪下田，牧牛的要背着枪赶牛。近年盗匪肃清，最大原因在于政治清明，县长不敢不认真做事，民团的组织又能达到农村，保甲的制度可以实行，清乡的工作就容易了。人民的比较优秀分子又往往受过军事的训练，政府把旧式枪械发给兵团，人民有了组织，又有武器，所以有自卫的能力。广西诸领袖常说他们的“三自政策”——自卫，自给，自治。现在至少可以说是已做到了人民自卫的一层。我们所见的广西的治安，大部分是建筑在人民的自卫力之上的。

在这里，我可以连带提到广西给我的第四个印象，那就是武化的精神。我用“武化”一个名词，不是讥讽广西，实是颂扬广西。我的朋友傅益真先生曾说，“学西洋的文明不难，最难学的是西洋的野蛮”。他的意思是说，学西洋文化不难，学西洋的武化最难。我们中国人聪明才智足够使我们学会西洋的文明，但我们的传统的旧习惯，旧礼教，都使我们不能在短时期内学会西洋人的尚武风气。西洋民族所到的地方，各个国家都认识他们的武力的优越，然而那无数国家之中，只有一个日本学会了西洋的武化，其余的国家——从红海到太平洋——没有一个学会了这个最令人歆羡而又最不易学的方面。然而学不会西洋武化的国家，也没有工夫来好好地学习西洋的文化，因为他们没有自卫力，所以时时在救亡图存的危机中，文化的努力是不容易生效力的。

中国想学人家的武化（强兵），如今已不止六十年了，始终没有学到家。这是很容易解释的。中国本是一个受八股文人统治的国家，根本就有贱视武化的风气，所以当日倡办武备学堂和军官学校的大臣，决不肯把他们自己的子弟送过去学武备。日本所以容易学会西洋的武化，正因为武士在封建的日本原是地位最高的一个阶级。在中国，尽管有歌颂绿林好汉的小说，当兵却是社会最贱视的职业，比做绿林强盗还低一级！在这种心理没有转变过来的时候，武化是学不会的。

在最近十年中，这种心理才有点转变了，转变的原因是颇复杂的：

第一是新式教育渐渐收效了，“壮健”渐渐成为人们羡慕的对象了，运动场上的好汉也渐渐被社会崇拜了。第二是辛亥革命以来中央各省的政权往往落在军人手里,军人的地位抬高了。第三是民十四五年之间，革命军队有了主义的宣传,多有青年学生的热心参加,使青年人对于“革命军人”发生信仰与崇羡。第四是最近四年的国难，尤其是淞沪之战与长城之战，使青年人都感觉武装捍卫国家是一种最光荣的事业。——这里最后的两个原因，是上文所说的心理转变的最重要原因。军人的可羡慕，不在乎他们的地位之高或权威之大，而在乎他们的能为国家出死力，为主义出死力。这才是心理转变的真正起点。

可惜这种心理转变来得太缓，太晚，所以我们至今还不曾做到武化，还不曾做到民族国家的自卫力量。但在全国各省之中，广西一省似乎是个例外。我们在广西旅行，不能不感觉到广西人民的武化精神确是比别省人民高得多，普遍得多。这不仅仅是全省灰布制服给我们的印象，也不仅仅是民团制度给我们的印象。我想这里的原因，一部分是历史的，一部分是人为的。一是因为广西民族中有苗、猺、獞、狪、狑、猓猓（今日官书均改写“摇，童，同，令，果果”）诸原种，富有强悍的生活力，而受汉族柔弱文化的恶影响较少。（广西没有邹鲁校长和古直主任，所以我这句话是不会引起广西朋友的误会的。）一是因为太平天国的威风至今还存留在广西人的传说里。一是因为广西在近世史上颇有受民众崇拜的武将，如刘永福，冯子材[14]之流，而没有特别出色的文人，所以民间还不曾有重文轻武的风气。一是因为在最近的革命战史上，广西的军队和他们的领袖曾立大功，得大名，这种荣誉至今还存在民间。一是因为最近十年中，全省虽然屡次经过大乱，收拾整顿的工作都是几个很有能力的军事领袖主持的，在全省人民的心目中，他们是很受崇敬的。—— 因为这种种原因，广西的武化，似乎比别省特别容易收效。我到邕宁的时候，还在“新年”时期，白健生先生邀我到公共体育场去看“舞狮子”的竞赛。狮子有九队，都是本地公务人员和商人组织的。舞狮子之外，还有各种武术比赛，参加的有不少的女学生，有打拳的，有舞刀的。利用“过年”来提倡尚武的精神，也是广西武化的一种表示。至于民团训练的成绩是大家知道的。去年萧克“西窜”[15]，广西派出剿御的军队只有六团是省军，其余都是民团，结果是把萧克主力差不多打完了。去冬朱毛西窜，广西派出的省军作战的只有十一团，民团加入的有十五联队，共约二万人，结果是朱毛大败而逃，死的三千多，俘虏的七千多。广西学校里的军事训练，施行比别省早，成绩也比别省好。在学校里，不但学生要受军训，校长教职员也要受军训，所以学校里的“大队长”的地位与权力往往比校长高得多。中央颁布的兵役法，至今未能实行，广西却已在实行了；去冬剿共之后，军队需要补充，省府实行征兵八千名，居然如期满额。若在江南各省，能做到这样的成绩吗？广西征兵之法是预先在各地宣传国民服兵役的重要和光荣；由政府派定各区应抽出壮丁的比例，例如某村有壮丁百人，应征二十分之一，村长（即小学校长，即后备队队长）即召集这一百壮丁，问谁愿应征；若愿去者满五人，即已足额；若不足五人，即用抽签法决定谁先去应征。这次征来的新兵，我们在桂林遇见一些，都是很活泼高兴的少年，有进过中学一两年的，有高小毕业的。在那独秀峰最高亭子上的晚照里，我们看那些活泼可爱的灰布青年在那儿自由眺望，自由谈论，我们真不胜感叹国家民族争生存的一线希望是在这一辈武化青年的身上了！

广西给我的印象，大致是很好的。但是广西也有一些可以使我们代为焦虑的地方。

第一，财政的困难是很明显的。广西是个地瘠民贫的地方，担负那种种急送的新建设，是很吃力的。据第一回广西年鉴的报告，二十二年度的全省总收入五千万元之中，百分之三十五有零是“禁烟罚金”，这是烟土过境的税收。这种收入是不可靠的；将来贵州或不种烟了，或出境改道了，都可以大影响到广西省库的收入。同年总支出五千二百万元之中，百分之四十是军务费，这在一个贫瘠的省份是很可惊的数字。万一收入骤减了，这样巨大的军务费是不是能跟着大减呢？还是裁减建设经费呢？还是增加人民负担呢？

第二，历史的关系使广西处于一个颇为难的政治局势，成为所谓“西南”的一部分。这个政治局势，无论对内对外都是很为难的。我们深信李德邻、白健生请先生的国家思想是很可以依赖的，他们也曾郑重宣言他们绝无用武力向省外发展的思想。白先生曾对我说：“当我们打散萧克军队之后，贵州人要求我们的军队驻扎贵州，我们还不肯留。我们决不会打别省的主意。”这是我们可以相信的。但我们总觉得两广现在所处的局势，实在不能适应现时中国的国难局面。现在国人要求的是统一，而敌人所渴望的是我们的分裂。凡不能实心助成国家的统一的，总不免有为敌人所快意的嫌疑。况且这个独立的形势，使两广时时感觉有对内自保的必要，因此军备就不能减编，而军费就不能不扩张。这种事实，既非国家之福，又岂是两广自身之福吗？

第三，我们深信，凡有为的政治，——所谓建设——全靠得人与否。建设必须有专家的计划，与专家的执行。计划不得当，则伤财劳民而无所成。执行不得当，则虽有良法美意，终归于失败。广西的几位领袖的道德，操守，勤劳，都是我们绝对信任的。但我们观察广西的各种新建设，不能不感觉这里还缺乏一个专家的“智囊团”做设计的参谋本部；更缺乏无数多方面的科学人才做实行计划的工作人员。最有希望的事业似乎是兽医事业，这是因为主持的美国罗郑铎（Redier）先生是一位在菲律宾创办兽医事业多年并且有大成效的专家。我们看他带来的几位菲律宾专家助手，或在试种畜牧的草料，或在试验畜种，或在帮助训练工作人员，我们应该可以明白一种大规模的建设事业是需要大队专家的合作的，是需要精密的设备的，是需要长时期的研究与试验的，是需要训练多数的工作人员的。然而邕宁人士的议论已颇嫌罗铎的工作用钱太多了，费时太久了，用外国人太多了，太专断不受商量了。“求治太急”的毛病，在政治上固然应该避免，在科学工艺的建设上格外应该避免。我在邕宁的公务人员的讲演会上，曾讲一次“元祐党人碑”，指出王荆公的有为未必全是，而司马温公诸人的主张无为未必全非。有为的政治有两个必要的条件：一是物质的条件，如交通等等；一是人才的条件，所谓人才，不仅是廉洁有操守的正人而已，还须要有权威的专家，能设计能执行的专家。这种条件若不具备，有为的政治是往往有错误或失败的危险的。

五 尾声

一月二十六日早晨，胡佛总统船开了。我在船上无事，读了但怒刚先生送我的一册粤汇。船上遇着何克之先生，下午我到他房里去闲谈。见他正在做黄花岗凭吊的诗。我一时高兴，就用我从粤讴里学来的广州话写了一首诗。后来到了上海，南京，我把这首诗写出请几位广东的朋友改正。改定本是这样的：

黄花岗

黄花岗上自由神，手揸火把照乜人？
咪话火把唔够猛，睇佢吓倒大将军。

我题桂林良丰的“相思岩”山歌，已记在前面了，后来我的朋友寿生先生看见了这首山歌，他说它不合山歌的音节，不适宜于歌唱。他替我修改成这个样子：

相思江上相思岩，
相思豆儿靠岩栽。
（他）三年结子不嫌晚，
（我）一夜相思也难挨。

寿生先生生长贵州，能唱山歌，这一支我也听他唱过，确是哀婉好听。我谢谢他的好意。

（原载于1935年3月10日、17日，4月17日，8月18日《独立评论》第141号、142号、145号和164号，署名胡适，后收入国民出版社同年10月初版《南游杂忆》）

注释

1. 丽阿德耶内罗：通译里约热内卢。1960年，巴西首都正式由旧都里约热内卢迁移至巴西利亚。

2. 西德内：通译悉尼。

3. 钢和泰（Alexander von Stael-Holstein，1877—1937）：汉学家，历任彼得格勒大学助理梵文教授、北京大学梵文与宗教学教授、哈佛大学燕京学社教授并长期担任哈佛－燕京学社驻燕京大学的中印研究所所长。

4. 陈济棠(1890—1954)：粤系军阀代表，中国国民党一级上将，曾长时间主政广东，有南天王之称。

5. 学海堂：学海堂书院是清代道光时期以专重经史训诂为宗旨的著名书院。广雅书院是中国近代著名书院之一，光绪十三年（1887）由两广总督张之洞创办，民国后改为省立第一中学。

6. 少正卯(？—前496)：中国春秋时期鲁国的大夫，能言善辩，是鲁国的著名人物，被称为“闻人”。鲁定公十四年（前496），孔子任鲁国大司寇，代理宰相，上任后七日就把少正卯以“君子之诛”杀死在两观的东观之下，暴尸三日。

7. 白健生：白崇禧（1893—1966），字健生，广西临桂县人，国民党桂系中心人物，著名将领。

8. 潘宜之（1893—1945）：国民党军政官员。

9. 邱昌渭（1898—1956）：字毅吾，湖南芷江人，国民党高级官员。

10. 罗尔纲（1901—1997）：著名历史学家，太平天国史研究专家，训诂学家，晚清兵志学家。

11. 曾布（1036—1107）：字子宣，江西南丰人，曾巩异母弟，曾任北宋右相。

12. 蔡京（1047—1126）：字元长，书法家，北宋权相之一，以贪渎闻名。

13. 岑春煊（1861—1933）：原名春泽，字云阶，广西西林县人。壮族，云贵总督岑毓英之子。清末重臣，与袁世凯势力抗衡，史称“南岑北袁”。

14. 刘永福（1837—1917）：字渊亭，广西钦州人，原是反清的黑旗军将领，1883年率黑旗军参加中法战争，屡次大败法军。冯子材（1818—1903）：字南干，广西钦州人，中法战争中曾大败法军于镇南关。

15. 萧克“西窜”：指1934年2月萧克担任红六军团军团长，奉命率部先遣西征，为中央红军的战略转移开辟通道，拉开了中国工农红军万里长征的序幕。萧克（1907—2008）：著名红军将领，1955年被授予上将军衔。

平绥路旅行小记

从七月三日到七月七日，我们几个朋友——金旬卿先生，金仲藩先生和他的儿子建午，任叔永先生和他的夫人陈衡哲女士，我和我的儿子思杜，共七人——走遍了平绥铁路[1]的全线，来回共计一千六百公里。我们去的时候，一路上没有停留，一直到西头的包头站。在包头停了半天，回来的路上在绥远[2]停了一天，大同停了大半天，张家口停了几个钟头。这是很匆匆的旅行，谈不到什么深刻的观察，只有一些初次的印象，写出来留作后日重游的资料。（去年七月，燕京大学顾颉刚，郑振铎，吴文藻，谢冰心诸先生组织了一个平绥路沿线旅行团，他们先后共费了六星期，游览的地方比我们多。冰心女士有几万字的《平绥沿线旅行记》；郑振铎先生等有《西北胜迹》，都是平绥路上游人不可少的读物。）

我们这一次同行的人都是康乃尔大学的旧同学，也可以说是一个康乃尔同学的旅行团。金旬卿先生（涛）是平绥路总工程师，他是我们康乃尔同学中的前辈。现任的平绥路局长沈立孙先生（昌）也是康乃尔的后期同学。平绥路上向来有不少的康乃尔同学担任机务工务的事；这两年来平绥路的大整顿更是金沈两位努力的成绩。我们这一次旅行的一个目的是要参观这几个同学在短时期中造成的奇绩。

平绥路自从 1923 年以来，屡次遭兵祸，车辆桥梁损失最大。1928—1929 年时，机车只剩七十二辆，货车只剩五百八十三辆（抵 1924 年的三分之一），客车只剩三十二辆（抵 1926 年的六分之一），货运和客运都不能维持了。加上政治的紊乱，管理的无法，债务的累积，这条铁路就成了全国最破坏最腐败的铁路。丁在君先生每回带北大学生去口外[3]做地质旅行回来，总对我们诉说平绥路的腐败情形；他在他的《苏俄游记》里，每次写火车上的痛苦，也总提出平绥路来做比较。我在北平住了这么多年，到去年才去游长城，这虽然是因为我懒于旅行，其实一半也因为我耳朵里听惯了这条路腐败得可怕。

我们这一次旅行平绥路全线，真使我们感觉一种奇迹的变换。车辆（机车，货车，客车）虽然还没有完全恢复此路全盛时期的辆数，然而修理和购买的车辆已可以勉强应付全路的需要了。特别快车的整理，云岗与长城的特别游览车的便利，是大家知道的。有一些重要而人多忽略的大改革，是值得记载的：（一）枕木的改换。全路枕木一百五十多万根，年久了，多有朽坏；这两年中，共换了枕木六十万根。（二）造桥。全路约有桥五百孔，两年中改造的已有一百多孔；凡新造的桥，都用钢梁，增加原有的载重量。（三）改线。平绥路有些地方，坡度太陡，弯线太紧，行车很困难，故有改路线的必要。最困难的是那有名的“关沟段”（自南口起至康庄止）。这两年中，改线的路已成功的约有十一英里。

平绥路的最大整顿是债务的清理。这条路在二十多年中，借内外债总额为七千六百余万元，当金价高涨时，约值一万万元。而全路的财产不过值六千万元。所以人都说平绥是一条最没有希望的路。沈立孙局长就职后，他决心要整顿本路的债务。他的办法是把债务分作两种，本金在十万元以上的债款为巨额债户，十万元以下的为零星债户。零星债款的偿还有两个办法：一为按本金折半，一次付清，不计利息；一为按本金全数分六十期摊还，也不计利息。巨额债款的偿还办法是照一本一利分八百期摊还。巨额债户之中，有几笔很大的外债，如美国的泰康洋行，如日本的三井洋行与东亚兴业株式会社，都是大债主。大多数债户对于平绥路，都是久已绝望的，现在平绥路有整理债务的方案出来，大家都喜出望外，所以都愿意迁就路局的办法。所以第一年整理的结果，就清理了六十二宗借款，原欠本利总数为六千一百八十五万余元，占全路总债务的十分之八，清理之后，减折作三千六百三十万余元。所以一年整理的结果居然减少了二千五百五十万元的负债，这真可说是一种奇绩了。

我常爱对留学回来的朋友讲一个故事。十九世纪中，英国有一个宗教运动，叫作“牛津运动”（Oxford Movement），其中有一个领袖就是后来投入天主教，成为主教的牛曼（Cardial Newman）。牛曼和他的同志们作了不少宗教诗歌，写在一本小册子上；在册子的前面，牛曼题了一句荷马的诗，他自己译成英文：“You shall see the difference，now that we are back again”我曾译成中文，就是：“现在我们回来了，你们请看，要换个样子了。”我常说，个个留学生都应该把这句话刻在心上，做个口号。可惜许多留学回来的朋友都没有这种气魄敢接受这句口号。这一回我们看了我们的一位少年同学（沈局长今年只有三十一岁）在最短时期中把一条腐败的铁路变换成一条最有成绩的铁路，可见一二人的心力真可使山河变色，牛曼的格言是不难做到的。

当然，平绥路的改革成绩不全是一二人的功劳。最大的助力是中央政治的权力达到了全路的区域。这条路经过四省（河北，察[4]，山西，绥），若如从前的割据局势，各军队可以扣车，可以干涉路政，可以扣留路款，可以随便作战，那么，虽有百十个沈昌，也不会有成绩。现在政治统一的势力能够达到全路，所以全路的改革能逐渐实行。现在平绥路每月只担负北平军分会的经费六十万元，此外各省从不闻有干涉铁路收入的事；察哈尔同绥远两个省政府领袖也颇能明白铁路上的整顿有效就是直接间接地增加各省府的财政收入，所以他们也都赞助铁路当局的改革工作。这都可见政治统一是内政一切革新的基本条件。有了这个基本条件，加上个人的魄力与新式知识训练，肯做事的人断乎不怕没有好成绩的。

我们这回旅行的另一个目的是游大同的云冈石窟。我个人抱了游云冈的心愿，至少有十年了，今年才得如愿，所以特别高兴。我们到了云冈，才知道这些大石窟不是几个钟头看得完的，至少须要一个星期的详细攀登赏玩，还要带着很好的工具，才可以得着一些正确的印象。我们在云冈勾留了不过两个多钟头，当然不能做详细的报告。

云冈在大同的西面，在武州河的西岸，古名武州寨，又称武州山。从大同到此，约三十里，有新修的汽车路，虽须两次涉武州河，但道路很好，大雨中也不觉得困难。云冈诸石窟，旧有十大寺，久已毁坏。顺治八年总督将养量重修其一小部分，称为石佛古寺。这一部分现存两座三层楼，气象很狭小简陋，绝不是原来因山造寺的大规模。两楼下各有大佛，高五丈余，从三层楼上才望见佛头。这一部分，清朝末年又重修过，大佛都被装金，岩上石刻各佛也都被装修涂彩，把原来雕刻的原形都遮掩了。

道宣《续高僧传》卷一《昙曜传》说：

昙曜……住恒安石窟通乐寺，即魏帝之所造也，去恒安西北三十里，武州山谷北面石岩，就而镌之，建立佛寺，名曰灵岩。龛之大者，举高二十余丈，可受三千许人。面别镌象，穷诸巧丽；龛别异状，骇动人神。栉比相连，三十余里。东头僧寺，恒供千人。碑碣现存，未卒陈委。

以我们所见诸石窟，无有“可受三千许人”的龛，也无有能“恒供千人”的寺。大概当日石窟十寺的壮丽宏大，已非我们今日所能想象了。大凡一个宗教的极盛时代，信士信女都充满着疯狂的心理，烧臂焚身都不顾惜，何况钱绢的布施？所以六朝至唐朝的佛寺的穷极侈丽，是我们在这佛教最衰微的时代不能想象的。北魏建都大同，《魏书·释老志》说，当太和初年（477），“京城内寺，新旧且百所，僧尼二千余人。四方诸寺六千四百七十八，僧尼七万七千二百五十八人”。太和十七年（493）迁都洛阳，杨衒之在《洛阳伽蓝记序》中说到“京城表里凡有一千余寺”。杨衒之在东魏武定五年（547）重到洛阳，他只看见

城廓崩毁，宫室倾覆，寺观灰烬，庙塔丘墟。墙被蒿艾，巷罗荆棘，野兽穴于荒阶，山鸟巢于庭树；游儿牧竖踯躅于九逵[5]，农夫耕稼艺黍于双阙。

我们在一千五百年后来游云冈，只看见这一座很简陋的破寺，寺

外一道残破的短墙，包围着七八处大石窟；短墙之西，还有九个大窟，许多小窟，面前都有贫民的土屋茅棚，猪粪狗粪满路都是，石窟内也往往满是鸽翎与鸽粪，又往往可以看见乞丐住宿过的痕迹。大像身上有许多大大小小的圆孔，当初都是镶嵌珠宝的，现在都挖空了；大像的眼珠都是用一种黑石磋光了嵌进去的，现在只有极少数还存在了。诸窟中的小像，凡是砍得下的头颅，大概都被砍下偷卖掉了。佛力久已无灵，老百姓没有饭吃，要借诸佛的头颅和眼珠子卖几块钱来活命，还不是很正当的吗？

日本人佐藤孝任曾在云冈住了一个月，写了一部《云冈大石窟》（华北正报社出版），记载此地许多石窟的情形很详细，附图很多，有不能照相的，往往用笔速写勾摹，所以是一部很有用的云冈游览参考书。佐藤把云冈分作三大区：

东方四大窟

中央十大窟（在围墙内）

西方九大窟

西端诸小窟

东方诸窟散在武州河岸，我们都没有去游。西端诸窟，我们也不曾去。我们看的是中央十窟和西方九窟。我们平日在地理书或游览书上最常见的露天大佛（高五丈多），即在西方的第九窟。我们看这露天大石佛和他的背座，可以想象此大像当日也曾有龛有寺，寺是毁了，龛是被风雨侵蚀过甚（此窟最当北风，故受侵蚀最大），也坍塌了。

依我的笨见看来，此间的大佛都不过是大的可惊异而已，很少艺术的意味。最有艺术价值是壁上的浮雕，小龛的神像，技术是比较自由的，所以创作的成分往往多于模仿的成分。

中央诸窟，因为大部分曾经后人装金涂彩，多不容易看出原来的雕刻艺术。西方诸窟多没有重装重涂，又往往受风雨的侵蚀，把原来的斧凿痕都销去了，所以往往格外圆润老拙的可爱。此山的岩石是砂岩，最容易受风蚀；我们往往看见整块的几丈高岩上成千的小佛像都被磨蚀到仅仅存一些浅痕了。有许多浮雕连浅痕也没有了，我们只能从它们旁边雕刻的布置，推想当年的痕迹而已。

因此我们得两种推论：

第一，云冈诸石窟是一千五百年前的佛教美术的一个重要中心，从宗教史和艺术史的立场，都是应该保存的。一千五百年中，天然的风蚀，人工的毁坏，都已糟蹋了不少了。国家应该注意到这一个古雕刻的大结集，应该设法保护它，不但要防人工的继续偷毁，还要设法使它可以避免风雨沙田的侵蚀。

第二，我们可以做一个历史的推论。初唐的道宣在《昙曜传》里说到武州山的石窟寺，有“碑碣见存”的一句话。何以今日云岗诸窟竟差不多没有碑记可寻呢？何以古来记录山西金石的书（如胡聘之的《山右石刻丛编》）都不曾收有云冈的碑志呢？我们可以推想，当日的造像碑碣，刻在沙岩之上，凡露在风日侵蚀之下的，都被自然磨灭了。碑碣刻字都不很深，浮雕的佛像尚且被风蚀了，何况浅刻的碑字呢？

马叔平先生说，云冈现存三处石碑碣。我只见一处。郑振铎先生记载着“大茹茹”刻石，可辨认的约有二十字，此碑我未见。其余一碑，似乎郑先生也未见。我见的一碑在佐藤的书中所谓“中央第七窟”的石壁很高处，此壁在里层，不易被风蚀，故全碑约三百五十字，大致都还可读。此碑首行有“邑师法宗”四字，似乎是撰文的人。文中说：

太和七年（483），岁在癸亥，八月三十日，邑义信士女等五十四人……遵值圣主，道教天下，绍隆三宝，……乃使长夜致昏，久寝斯悟。弟子等……意欲仰酬洪泽……是以共相劝合，为国兴福，敬造石唐形象九十五区，及诸菩萨。……

造像碑文中说造型像九十五区，证以化门造像碑记，“区”字后来多作“躯”字，此指九十五座小像，“及诸菩萨”乃是大像。此碑可见当日帝后王公出大财力造此大石窟，还有不少私家的努力；如此一大窟乃是五十四个私人的功力，可以想见当日信力之强，发愿之弘大了。

云冈旧属朔平府左云县。关于石窟的记载，《山西通志》（雍正间觉罗石麟修）与《朔平府志》都说：

石窟十寺，……后魏建，始神瑞（414—415），终正光（520—524），历百年而工始竣。其寺一同升，二灵光，三镇国，四护国，五崇福，六童子，七能仁，八华严，九天宫，十兜率。孝文帝亟游幸焉。内有元时石佛二十龛。（末句《嘉庄一统志》，作“内有元载所修石佛十二龛”。元载是唐时宰相。《一统志》似有所据，《通志》和《府志》似是妄改的。）

神瑞是在太武帝毁佛法之前，而正光远在迁都洛阳之后。旧志所记，当有所本。大概在昙曜以前，早已有人依山岩凿石龛刻佛像了。毁法之事（446—451）使一般佛教徒感觉到政治权力可以护法，也可以根本铲除佛法。昙曜大概从武州塞原有的石龛得着一个大暗示，他就发大愿心，要在那坚固的沙岩之上，凿出大石窟，雕出绝大的佛像，要使这些大石窟和大石像永远为政治势力所不能摧毁。《魏书·释老志》记此事的年月不很清楚，大概他干这件绝大工程当在他做“沙门统”的任内。《释老志》记他代师贤为“沙门统”，在和平初年（约460），后文又记尚书令高肇引“故沙门统昙曜首于承明元年（476）奏”，可知昙曜的“沙门统”至少做了十七八年。这是国家统辖佛教徒的最高官，他又能实行一种大规模的筹款政策（见《释老志》），所以他能充分用国家和全国佛教徒的财力来“凿山石壁，开窟五所，镌造佛像各一，高者七十尺，次六十尺，雕饰奇伟，冠于一世”。我们可以说，云冈的石窟虽起源在五世纪初期，但伟大的规模实创始于五世纪中叶以后昙曜作沙门统的时代。后来虽然迁都了，代都的石刻工程还继续到六世纪的初期，而洛都的皇室与佛教徒又在新京的伊阙山“准代京灵岩寺石窟”开凿更伟大的龙门石窟了。（龙门石窟开始于景明初，当西历五百年，至隋唐尚未歇。）故昙曜不但是云冈石窟的设计者，也可以说是伊阙石窟的间接设计者了。

昙曜凿石作大佛像，要使佛教和岩石有同样的坚久，永不受政治势力的毁坏。这个志愿是很可钦敬的。只可惜人们的愚昧和狂热都不能和岩石一样的坚久！时势变了，愚昧渐渐被理智风蚀了，狂热也渐渐变冷静了。岩石凿的六丈大佛依然挺立在风沙里，而佛教早已不用“三武一宗”的摧残而自己毁灭了，消散了。云岗伊阙只够增加我们吊古的感唱，使我们感叹古人之愚昧与狂热真不可及而已！

二十四，七，二十八夜

（原载于 1935 年 8 月 4 日《独立评论》第 162 号，署名胡适，未收集）

注释

1. 平绥铁路：自北平经察南的张家口、晋北的大同，至绥远西部的包头，是联系华北与蒙疆的大动脉。
2. 绥远：中华民国时的塞北四省（热河省、察哈尔省、绥远省、宁夏回族自治区）之一，简称绥，省会归绥（今呼和浩特市），包括今河北省大部及北京市三环以外全部地区。
3. 口外：主要指包括内蒙古、河北北部的张家口、承德大部分地区，乃至于新疆一带的长城以北地区，但不包括东北三省。泛指长城以北地区，也称口北。
4. 察：察哈尔省，建于 1912 年，中国旧省级行政区，简称“察”，省会张家口。
5. 九逵：四通八达的大道，泛指大路。

讲演录

少年中国之精神

前番太炎先生，话里面说现在青年的四种弱点，都是很可使我们反省的。他的意思是要我们少年人：一、不要把事情看得太容易了；二、不要妄想凭借已成的势力；三、不要虚慕文明；四、不要好高骛远。这四条都是消极的忠告。我现在且从积极一方面提出几个观念，和各位同志商酌。

一　少年中国的逻辑

逻辑即思想、辩论、办事的方法。一般中国人现在最缺乏的就是一种正当的方法。因为方法缺乏，所以有下列的几种现象：（一）灵异鬼怪的迷信，如上海的盛德坛及各地的各种迷信；（二）谩骂无理的议论；（三）用诗云子曰作根据的议论；（四）把西洋古人当作无上真理的议论；还有一种平常人不很注意的怪状，我且称它为“目的热”，就是迷信一些空虚的大话，认为高尚的目的；全不问这种观念的意义究竟如何；今天有人说“我主张统一和平”，大家齐声喝彩，就请他做内阁总理；明天又有人说“我主张和平统一”，大家又齐声叫好，就举他做大总统；此外还有什么“爱国”哪，“护法”哪，“孔教”哪，“卫道”哪……许多空虚的名词；意义不曾确定，也都有许多人随声附和，认为天经地义，这便是我所说的“目的热”。以上所说各种现象都是缺乏方法的表示。我们既然自认为“少年中国”，不可不有一种新方法；

这种新方法，应该是科学的方法；科学方法，不是我在这短促时间里所能详细讨论的，我且略说科学方法的要点：

第一，注重事实。科学方法是用事实做起点的，不要问孔子怎么说，柏拉图怎么说，康德怎么说；我们须要先从研究事实下手，凡游历调查统计等事都属于此项。

第二，注重假设。单研究事实，算不得科学方法。王阳明对着庭前的竹子做了七天的“格物”工夫，格不出什么道理来，反病倒了，这是笨伯的“格物”方法；科学家最重“假设（hypothesis）”。观察事物之后，自说有几个假定的意思；我们应该把每一个假设所涵的意义彻底想出，看那意义是否可以解释所观察的事实？是否可以解决所遇的疑难？所以要博学。正是因为博学方才可以有许多假设，学问只是供给我们种种假设的来源。

第三，注重证实。许多假设之中，我们挑出一个，认为最合用的假设；但是这个假设是否真正合用？必须实地证明。有时候，证实是很容易的；有时候，必须用“试验”方才可以证实。证实了的假设，方可说是“真”的，方才可用。一切古人今人的主张、东哲西哲的学说，若不曾经过这一层证实的工夫，只可作为待证的假设，不配认作真理。

少年的中国，中国的少年，不可不时时刻刻保存这种科学的方法，实验的态度。

二　少年中国的人生观

现在中国有几种人生观都是“少年中国”的仇敌：第一种是醉生梦死的无意识生活，固然不消说了；第二种是退缩的人生观，如静坐会的人，如坐禅学佛的人，都只是消极的缩头主义。这些人没有生活的胆子，不敢冒险，只求平安，所以变成一班退缩懦夫；第三种是野心的投机主义，这种人虽不退缩，但为完全自己的私利起见，所以他们不惜利用他人，做他们自己的器具，不惜牺牲别人的人格和自己的人格，来满足自己的野心；到了紧要关头，不惜作伪，不惜作恶，不顾社会的公共幸福，以求达他们自己的目的。这三种人生观都是我们该反对的。少年中国的人生观，依我个人看来，该有下列的几种要素：

第一，须有批评的精神。一切习惯、风俗、制度的改良，都起于一点批评的眼光；个人的行为和社会的习俗，都最容易陷入机械的习惯，到了“机械的习惯”的时代，样样事都不知不觉地做去，全不理会何以要这样做，只晓得人家都这样做故我也这样做，这样的个人便成了无意识的两脚机器，这样的社会便成了无生气的守旧社会，我们如果发愿要造成少年的中国，第一步便须有一种批评的精神；批评的精神不是别的，就是随时随地都要问：我为什么要这样做？为什么不那样做？

第二，须有冒险进取的精神。我们须要认定这个世界是很多危险的，定不太平的，是需要冒险的；世界的缺点很多，是要我们来补救的；世界的痛苦很多，是要我们来减少的；世界的危险很多，是要我们来冒险进取的。俗话说得好：“成人不自在，自在不成人。”我们要做一个人，岂可贪图自在；我们要想造一个“少年的中国”，岂可不冒险；这个世界是给我们活动的大舞台，我们既上了台，便应该老着面皮，拼着头皮，大着胆子，干将起来；那些缩进后台去静坐的人都是懦夫，那些袖着双手只会看戏的人，也都是懦夫；这个世界岂是给我们静坐旁观的吗？那些厌恶这个世界梦想超生别的世界的人，更是懦夫，不用说了。

第三，须要有社会协进的观念。上条所说的冒险进取，并不是野心的，自私自利的；我们既认定这个世界是给我们活动的，又须认定人类的生活全是社会的生活，社会是有机的组织，全体影响个人；个人影响全体，社会的活动是互助的，你靠他帮忙，他靠你帮忙，我又靠你同他帮忙，你同他又靠我帮忙；你少说了一句话，我或者不是我现在的样子，我多尽了一分力，你或者也不是你现在这个样子；我和你多尽了一分力，或少做了一点事，社会的全体也许不是现在这个样子，这便是社会协进的观念。有这个观念，我们自然把人人都看作通力合作的伴侣，自然会尊重人人的人格了；有这个观念，我们自然觉得我们的一举一动都和社会有关，自然不肯为社会造恶因，自然要努力为社会种善果，自然不致变成自私自利的野心投机家了。

少年的中国，中国的少年，不可不时时刻刻保存这种批评的、冒险进取的、社会的人生观。

三　少年中国的精神

少年中国的精神并不是别的，就是上文所说的逻辑和人生观；我且说一件故事做我这番谈话的结论：诸君读过英国史的，一定知道英国前世纪有一种宗教革新的运动，历史上称为“牛津运动”（Oxford Movement），这种运动的几个领袖如客白尔（Keble）、牛曼（Newman）福鲁德（Froude）诸人，痛恨英国国教的腐败，想大大地改革一番；这个运动未起事之先，这几位领袖做了一些宗教性的诗歌写在一个册子上，牛曼摘了一句荷马的诗题在册子上，那句诗是 You shall see the difference，now that we are back again！翻译出来即“如今我们回来了，你们看便不同了”！

少年的中国，中国的少年，我们也该时时刻刻记着这句话：

如今我们回来了，你们看便不同了！

这便是少年中国的精神。

（本文为 1919 年 7 月胡适在少年中国学会上的演讲，原载 1919 年《少年中国》第 1 期）

五四运动纪念

一　五四运动之背景

中国加入欧战时，全国国民，皆抱负极大希望，以为从此以后，对外赔款，可以停付——至少可以停付五年；治外法权，可以废止；关税主权，可以收回。当时，日本人已先中国数年，加入战争，派遣军舰，专与东方的德国势力为难；接收青岛，续办胶济路，所有德国人在华的势力，居然落到他们手中去了。彼时中国人尚不如何着急，因为日本政府曾有表示，望此次接收，不过暂时之事，将来“终究归还中国”；不料到了第二年——1915年，日本非独不把山东方面的权利，交还中国，抑且变本加厉，增制许多条件，向中国下“哀的美敦书”[1]，强迫中国承认，中国无法，只能于5月9日签字承认。于是中日二国的感情，越弄越坏，坏到不可收拾了。

中国正式加入欧战，是1917年。前此之时，虽有华工协助协约国与德国开衅，但未经中国政府正式表示，到了1917年，中国政府，公然向德绝交，向德开战。翌年11月11日，德国终于失败了，一种代表军国主义和武力侵略主义的势力，终于被比较民治化的势力屈服了，欧战遂此告终。全世界人皆大庆祝此双十一节，中国自亦受其影响。5月17日那一天，所有北京城内的学校，一律停课，数万学生，结队游行，教育部且发起提灯大会，四五万学生，手执红灯，高呼口号，不可谓非中国教育界第一创举。影响所及，遂为以后的“五四运动”下一种子；故虽谓五四运动，直接发源于此次五六万人轰轰烈烈的大游行，亦无不可。非独此也，教育部且于天安门一带，建筑临时讲台，公开演讲。事后北大停课三天，要求教育部把此临时讲台，借给北大师生，继续演讲三天。演讲时间，每人限以五分钟，其实，每人亦只能讲五分钟，因为彼时风吹剧烈，不到五分钟，讲员的喉咙，已发哑声，虽欲继续，亦无能为力了。因此，各人的演词，非常简括，却又非常精彩。此后在《新青年》杂志上所发表的如蔡元培的《劳工神圣》和我的《非攻》等篇，皆为彼时演词之代表。但有人要问，我们为什么要如此做呢？原来彼时北京政府，“安福俱乐部”初自日本借到外债六万万元，一时扬武耀威，非常得意。我们见之，虽有非议，亦无法可想，彼时既有教育部首先出来举行公开演讲，我们亦落得借此机会，把我们的意见，稍微发泄发泄。后来，我因母丧离开北京，故未得亲自参加这个大运动的后半剧。

1919 年 1 月 18 日，交战诸国开和平会议于法国 Versailles 宫[2]中，中国人参加者，有政府的代表，有各政党的代表，又有用私人名义去参加者，以为美国威尔逊总统的十四点，必可实行，中国必能在和会之中，占据许多利益；至少，山东问题，必能从和会中得着满意的解决。然而威尔逊毕竟是一个学者的理想家，在政治上玩把戏，哪里敌得过英国的路易·乔治[3]及法国的克列孟梭[4]这一班人呢？学者遇着“老虎”，学者唯有失败而已！

二　五四运动之发生

4 月 28 日，国际联盟条文，正式成立，尚觉有点希望。过了二天，到了 4 月 30 日那一天，和会消息传出，关于山东方面的权利，皆付与日本，归日本处理。消息一到，前此满腔热望，如此完全失望了！全国愤怒，莫能遏制，于是到了 5 月 4 日那一天，学生界发起北京全体学生大会，开会以后，到处游行。（外传北京学生会曾向东交民巷各公使馆表示态度说不确）后来，奔到赵家楼胡同曹宅，撞破墙壁，突围而进，适遇章宗祥在那里躲避不及，打个半死，后脑受着重伤；当场即被捉去学生二三十人，各校皆有，各校校长暨城内绅缙名流，皆负责担保。后来消息传到欧洲，欧洲代表团，亦大受感动。同时更用恐吓手段，打电报给我国出席总代表陆征祥，如果他糊里糊涂地在山东问题条文中签了字，他的祖宗坟墓，一概将被掘；外交团迫于恐吓，自不敢轻易签字了。于是在5月14那一天，中国代表团，又在和会内重新提出“山东问题”，要求公平办法，始终没有得着好的结果，而中国代表亦始终没有签字。所以然者，实因当时留欧中国学生界，亦有相当的运动，包围中国公使馆不许中国官员擅自签字之故。可是这样一来，当时办教育的人，就棘手了，好在他们亦不欲在这种腐败的政府下供职，于是教育部中几个清明的职员及北大校长蔡先生等人，相继辞职。那时，政府正痛恶那一班人，他们既欲辞职，亦不挽留。然而当时的学生界怎能任这一班领袖人物，轻轻引退呢？于是大家主张挽留。为欲营救被捕的学生，为欲挽留被免的师长，同时又要继续伟大的政治运动，故自5月20日起，北京学校，一律罢课，到处演讲，诸如前门大街等热闹地方，皆变成学生的临时讲场了；对于城内交通，不无影响，于是北京军警，大捕学生。但军警捕捉学生越着力，学生的气焰，越加热烈，影响所及，全国学生，相率罢课。天津的学生界，于5月23日起，宣布罢课；济南的学生界，于24日宣布罢课；上海的学生界，于26日宣布罢课；南京的学生界，于27日宣布罢课；后来连到军阀的中心势力所在的保定学生界，亦于28日决议罢课；向者为北京学生界的爱国运动，今其势力，已风动全国学生界，而变成全中国的学生运动了。同时北京被捕的学生，亦益发增多，城内的拘留所，皆拘满了，一时无法，就把北大第三院，改成临时拘留所，凡遇着公开讲演的学生，军警辄把枪一挥，成群的送入北大第三院内，院之四周，坚筑营盘，昏夜看守。后来第三院的房子内住不下了，又把第二院一并改为临时拘留所。斯时杜威博士适到北京，我领他去参观就地的大监狱，使他大受感动。后来，忽有一天，到了6月3号那一天，院外的营盘，忽然自动撤销了，看守的军警，各自搬场了，一时不知其故，后来才明白上海学生界，即在6月3号那一天，运动商界，一律罢市三天，并要求政府罢免曹、陆、章三人的职务。政府见来势汹险，无法抵抗，终于屈服下来；自动撤销营盘，自动召回军警，即政府被人民屈服的证据，而曹、陆、章三人，亦于同日被政府罢免掉了。此为5月4日到6月3日几近一月中间的故事，最后的胜利，终于归属学生界了。

三　五四运动之影响

如今且约略考究五四运动的影响，它的影响，计有二方面：一为直接的影响，一为间接的影响。直接的影响，能使全国人民，注意山东问题，一面禁止代表签字；一为抵制日货，抵制日货的结果，许多日本商人，先后破产，实予以重大打击。故日本野心家，亦渐生戒惧之心了；再加上其他友国的帮助，故于1921年“华盛顿会议”中，当中国代表重新提出山东问题时，中国着实占点便宜。其结果，日本终于把山东方面的权利，“终究交还中国”了。

至于间接的影响，那就不能一样一样地细说了！

第一，五四运动引起全国学生注意社会及政策的事业。以前的学生，不管闲事，只顾读书，政治之好坏，皆与他们无涉。从此运动以后，学生渐知干预政治，渐渐发生政治的兴趣了。

第二，为此运动，学生界的出版物，突然增加。各处学生皆有组织，各个组织皆有一种出版物，申述他们的意见。单说民国八年一年之内，我个人所收到的学生式的豆腐干报，约有四百余份之多，其他可无论了。最奇怪的，这许多报纸，皆用白话文章发表意见，把数年前的新文学运动，无形推广许多。从前我们提倡新文学运动，各处皆有反对，到了此时，全国学生界，亦顾不到这些反对，姑且用它一用再讲，为此“用它一用”的观念的结果，新文学的势力，就深深占入学生界的头脑中去了，此为五四运动给予新文学的影响。

第三，五四运动更予平民教育以莫大影响。学生注意政事，就因他们能够读书，能够看报之故。欲使平民注意政事，当亦使他能够读书，能够看报；欲使平民能够读书，能够看报，唯一的方法，就在于教育他们。于是各学校中，皆创立一个或数个平民学堂，招收附近平民，利用晚间光阴，由各学生义务教授；其结果，平民教育的前途，为之增色不少。

第四，劳工运动亦随五四运动之后，到处发生。当时的学生界，深信学生一界，势力有限，不能做成大事，欲有伟大的成就，非联合劳工各界，共同奋斗不可。但散漫的劳工，不能发生何种势力，欲借重之，非加以组织不可，于是首先与京汉路北段长辛店的工人商议，劝其组织工会，一致奋斗。一处倡之，百处和之。到了今日，各处城市，皆有工会组织，推原求本，当归于九年以前的五四运动。

第五，妇女的地位亦因五四运动之故，增高不少。五四运动之前，国内无有男女同学之学校，那时，妇女的地位，非常低微。五四运动之后，国内论坛，对于妇女问题，渐生兴趣，各种怪论，亦渐渐发生了；习而久之，怪者不怪，妇女运动，非独见于报章杂志，抑且见诸实事之上了！中国的妇女，从此遂跨到解放的一条路上去了。

第六，彼时的政党，皆知吸收青年分子，共同工作。例如进步的党人，特为青年学生，在他们的机关报上，辟立副刊，请学生们自由发表意见。北京《晨报》的副刊，上海《民国日报》之“觉悟”，即其实例。有的机关，前时虽亦有副刊，唯其主要职务，不外捧捧戏子，抬抬妓女，此外之事，概非所问；五四以后，他们的内容，完全改变了：诸如马克思、萧伯纳、克鲁泡特金等名词，皆在他们的副刊上，占着首席地位了。

其在国民党方面，此种倾向，益觉显著。论日报，则有《民国日报》的各种副刊；论周报，则有《星期评论》；论月刊，则有《建设》杂志等等；其影响于青年学生界者，实非微事。非独此也，他们并于民国十三年中国国民党改组之际，正式承认吸收少年分子，参加工作，此种表示，亦因受着五四运动的影响之故，就中尤以孙中山先生最能体验五四运动的真意义。彼于 1920 年正月九日那一天，写信给海外党部，嘱以酬金五十万，创办一个最大的与最新式的印刷机关，其理由，则为：

自北京大学学生发生五四运动以来，一般爱国青年，无不以革新思想为将来革新事业之预备；于是蓬蓬勃勃，发抒言论，国内各界舆论，一致同倡，各种新出版物，为热心青年所举办者，纷纷之伪政府，犹且不敢撄其锋。此种新文化运动，在我国今日，诚思想界空前之大变动，推原其故，不过由于出版界之一二觉悟者，从事提倡，遂至舆论放大异彩，学潮弥漫，全国人皆激发天良，誓死为爱国之运动。倘能继长增高，其将来收效之伟大且久远者，可无疑也。吾党欲收革命之成功，必有赖于思想之变化，兵法攻心，语曰革心，皆此之故；故此种新文化运动，实为最有价值之事。

——孙中山先生《致海外国民党同志书》

孙先生看出五四运动中的学生，因教育的影响，激于义愤，可以不顾一切而为国家牺牲；深信思想革命，在一切革命中，最关紧急；故拟创办一个最大的与最新式的印刷机关，尽量做思想上的宣传工夫，即在他自身的工作上，亦可看出这一点来。民国八年以前，孙先生奔走各处，专心政治运动，对于著作上的工作，尚付阙如，只有《民权初步》及《实业计划》二部分的著作，于民国八年以前作成；民国八年以后，他的革命方向，大大转变了，集中心力，专事著作，他的伟大著作，皆于此时告成。这是什么缘故呢？就因为他认定思想革命的势力，高过一切，革命如欲成功，非先从思想方面入手不可，此种倾向，亦就因为受着五四运动的影响的结果。

五四运动为一种事实上的表现，证明历史上的一大原则，亦可名之曰历史上的一个公式。什么公式呢？

凡在变态的社会与国家内，政治大腐败了，而无代表民意机关存在着；那末，干涉政治的责任，必定落在青年学生身上了。

这是一个最正确的公式，古今中外，莫能例外。试观中国的历史，东汉末年，宦官跋扈，政治腐败，朝廷上又无代表民意的机关，于是有太学学生三万人，危言正论，不避豪强；其结果，终于造成党锢之祸，牵连被捕死徙废禁的，不下六七百人。又如北宋末年，金人南犯，钦宗引用奸人，罢免李纲以谢金人，政治腐败，达于极点；于是有太学生陈东及都人数万，到阙下请复用李纲，钦宗不得已，只好允许了。

又如清末“戊戌政变”，主动的人，即青年学生；革命起义，同盟会中人，又皆为年轻的学生；此为中国历史上的证据。

又观西洋历史，中古时代，政治腐化，至于极点，创议改革者，即为少年学生；1848年，为全欧革命的一年，主动的人皆为一班少年学生，到处抛掷炸弹，开放手枪，有被执者，非遭死戮，即被充军，然其结果，仍不能压倒热烈的青年运动，亦唯此种热烈青年运动，革命事业，才有成功之一日。是以西洋的历史，又足证明上面所说的一个公式。

反转来讲，如果在常态的社会与国家内，国家政治，非常清明，且有各种代表民意的机关存在着；那末，青年学生，就无须干预政治了，政治的责任，就要落在一班中年人的身上去了。试观英美二国的青年，他们所以发生兴趣，只是足球、篮球、棍球等等，比赛时候，各人兴高采烈，狂呼歌曲；再不然，他们就去寻找几个女朋友，往外面去跳舞，去看戏，享尽少年幸福。若有人和他们谈起政治问题，他们必定不生兴趣，他们所做的，只是少年人的事。他们之所以能够安心读书，安心过少年幸福者，就因为他们的政治，非常清明，他们的政治，有中年的人去负责任之故。故自反面立论，又足证实上面所讲的历史上的公式。

自从五四运动以来，中国的青年，对于社会和政治，总算不曾放弃责任，总是热热烈烈的与恶化的挣扎；直到近来，因为有些地方，过分一点，当局认为不满，因而丧掉生命的，屡见不鲜。青年人的牺牲，实在太大了！他们非独牺牲学业，牺牲精神，牺牲少年的幸福，连到他们自己的生命，一并牺牲在内了；而尤以25岁以下的青年学生，牺牲最大。例如前几天报上揭载武汉地方，有二百余共产党员，同时受戮，查其年龄，几皆在25岁以下，且大多数为青年女子。照人道讲来，她们应该处处受社会的保障，他们的意志，尚未成熟，他们的行动，自己不负责任，故在外国，偶遇少年犯罪，法官另外优待，减刑一等，以示宽惠。中国的青年，如此牺牲，实在牺牲太大了！为此之故，所以中国国民党在第四次全体会议中所议决的中央宣传部宣传大纲内有一段，即有禁止青年学生干预政治的表示。意谓年轻学生，身体尚未发育完全，学问尚无根底，意志尚未成熟，干预政治，每易走入歧途，故以脱离政治运动为妙。

（本文为1928年5月4日胡适在上海光华大学的演讲，由文浒笔记，原载1928年5月5日上海《民国日报·觉悟》副刊）

注释

1. 哀的美敦书：最后通牒。源于拉丁语，音译为“哀的美敦书”，意思是谈判破裂前的“最后的话”。

2. 即凡尔赛宫。

3. 路易·乔治：通译劳合·乔治（1863—1945），英国自由党领袖，1916年出任首相。巴黎和会“三巨头”之一。

4. 克列孟梭（1841—1929）：法国著名政治家，曾任法国总理。巴黎和会“三巨头”之一。

科学的人生观

今天讲的题目，就是“科学的人生观”，研究人是什么东西？在宇宙中占据什么地位？人生究竟有何意味？因为少年人近来觉得很烦闷，自杀、颓废的都有，我比较至少多吃了几斤盐，几担米，所以来计划计划，研究自身人的问题，至于人生观，各人不同，都随环境而必变，不可以一个人的人生观去统理一切；因为公有公理，婆有婆理，我们至少要以科学的立场，去研究它，解决它。“科学的人生观”有两个意思：第一拿科学做人生观的基础；第二拿科学的态度、精神、方法，做我们生活的态度，生活的方法。

现在先讲第一点，就是人生是什么？人生是啥物事？拿科学的研究结果来讲，我在民国十二年发表的十条，这十条就是武昌有一个主教，称为新的十诫，说我是中华基督教的危险物的。十条内容如下：

（一）要知道空间的大。拿天文、物理考察，得着宇宙之大；从前孙行者翻筋斗，一翻翻到南天门，一翻翻到下界，天的观念，何等的小？现在从地球到银河中间的最近的一个星，中间距离，照孙行者一秒钟翻十万八千里的速率计算，恐怕翻一万万年也翻不到，宇宙是何等的大？地球是宇宙间的沧海之一粟，九牛之一毛；我们人类，更是小，真是不成东西的东西！以前看得人的地位太重了，以为是万物之灵，同大地并行，凡是政治不良，就有彗星、地震的征象，这是错的。从前王充很能见得到，说：“一个虱子不能改变那裤子里的空气，和那人类不能改变皇天一样。”所以我们眼光要大。

（二）时间是无穷的长。从地质学、生物学的研究，晓得时间是无穷的长，以前开口五千年，闭口五千年，以为目空一切；不料世界太阳系的存在，有几万万年的历史，地球也有几万万年，生物至少有几千万年，人类也有二三百万年，所以五千年占很小的地位。明白了时间之长，就可以看见各种进步的演变，不是上帝一刻可以造成的。

（三）宇宙间自然的行动。根据了一切科学，知道宇宙、万物都有一定不变的自然行动。“自然自己，也是如此”，就是自己自然如此，各物自己如此的行动，并没有一种背后的指示，或是一个主宰去规范他们。明白了这点，对于月食是月亮被天狗所吞的种种迷信，可以打破了。

（四）物竞天择的原理。从生物学的智识，可以看到物竞天择的原理，鲫鱼下卵有几百万个，但是变鱼的只有几个；否则就要变成“鱼世界”了！大的吃小的，小的又吃更小的，人类都是如此。从此晓得人生不受安排，是自己如此的行动；否则要安排起来，为什么不安排一个完善的世界呢？

（五）人是什么东西。从社会学、生理学、心理学方面去看，人是什么东西？吴稚晖先生说：“人是两手一个大脑的动物，与其他的不同在程度上的区别罢了。”人类的手，与鸡、鸭的掌差不多，实是它们的弟兄辈。

（六）人类是演进的。根据了人种学来看，人类是演进的；因为要应付环境，所以要慢慢地变；不变不能生存，要灭亡了。所以从下等的动物，慢慢演进到高等的动物，现在还是演进。

（七）心理受因果律的支配。根据了心理学、生物学来讲，心理现状是有因果律的。思想、做梦，都受因果律的支配，是心理、生理的现象，和头痛一般；所以人的心理说是超过一切，是不对的。

（八）道德、礼教的变迁。照生理学、社会学来讲，人类道德、礼教也变迁的。以前以为脚小是美观，但是现在脚小要装大了。所以道德、礼教的观念，正在改进。以二十年、二百年或二千年以前的标准，来判断二十年、二百年、二千年后的状况，是格格不相入的。

（九）各物都有反应。照物理、化学来讲，物质是活的，原子分为电子，是动的，石头倘然加了化学品，就有反应，像人打了一记，就有反应一样。不同的，只在程度不同罢了。

（十）人的不朽。根据一切科学智识，人是要死的，物质上的腐败，和猫死狗死一般。但是个人不朽的工作，是功德：在立德，立功，立言。善恶都是不朽。一块痰中，有微生物，这菌能散布到空间，使空气都恶化了；人的言语，也是一样。凡是功业、思想，都能传之无穷；匹夫匹妇，都有其不朽的存在。

我们要看破人世间，时间之伟大，历史的无穷，人是最小的动物，处处都在演进，要去掉那小我的主张，但是那小小的人类，居然现在对于制度、政治各种都有进步。

以前都是拿科学去答复一切，现在要用什么方法去解决人生，就是哪样生活？各人有各人的方法，但是，至少要有那科学的方法、精神、态度去做。分四点来讲：

（1）怀疑。第一点是怀疑，三个弗相信的态度，人生问题就很多。有了怀疑的态度，就不会上当。以前我们幼时的知识，都从阿金、阿狗、阿毛等黄包车夫、娘姨处学来；但是现在自己要反省，问问以前的智识是否靠得住。有此态度，对于什么马克思、牛克思等主义都不致盲从了。

（2）事实。我们要实事求是：现在像贴贴标语，什么打倒田中义一等，都仅务虚名，像豆腐店里生意不好，看看“对我生财”泄闷一样。又像是以前的画符，一画符病就好的思想。贴了打倒帝国主义，帝国主义就真个打倒了么？这不对，我们应做切实的工作，奋力地做去。

（3）证据。怀疑以后，相信总要相信，但是相信的条件，就是拿凭据来，有了这一句，论理学诸书，都可以不读。赫胥黎的儿子死了以后，宗教家去劝他信教，但是他很坚决地说，“拿有上帝的证据来”！有了这种态度，就不会上当。

（4）真理。朝夕地去求真理，不一定要成功，因为真理无穷，宇宙无穷；我们去寻求，是尽一点责任，希望在总分上，加上万万分之一。胜固是可喜，败也不足忧。明知赛跑只有个人第一，我们还要跑去，不是为我为私，是为大家。发明不是为发财，是为人类。英国有一个医生，发明了一种治肺的药。但是因为自秘，就被医学会开除了。

所以科学家是为求真理。庄子虽有“吾生也有涯，而知也无涯，以有涯逐无涯，殆已”的话头，但是我们还要向上做去，得一分就是一分，一寸就是一寸，可以有亚基米特氏发现浮力时叫 Eureka 的快活，有了这种精神，做人就不会失望。所以人生的意味，全靠你自己的工作；你要它圆就圆，方就方，是有意味；因为真理无穷，趣味无穷，进步快活也无穷尽。

（本文是胡适 1930 年在苏州青年会的讲演词）

赠与今年的大学毕业生

这一两个星期里，各地的大学都有毕业的班次，都有很多的毕业生离开学校去开始他们的成人事业。学生的生活是一种享有特殊优待的生活，不妨幼稚一点，不妨吵吵闹闹，社会都能纵容他们，不肯严格地要他们负行为的责任。现在他们要撑起自己的肩膀来挑他们自己的担子了。在这个国难最紧急的年头，他们的担子真不轻！ 我们祝他们的成功，同时也不忍不依据自己的经验，赠与他们几句送行的赠言——虽未必是救命毫毛，也许做个防身的锦囊罢！

你们毕业之后，可走的路不出这几条：绝少数的人还可以在国内或国外的研究院继续做学术研究；少数的人可以寻着相当的职业；此外还有做官、办党、革命三条路；再有就是在家享福或者失业闲居了。第一条继续求学之路，我们可以不讨论。走其余几条路的人，都不能没有堕落的危险。堕落的方式很多，总括起来，约有这两大类：

一是容易抛弃学生时代求知识的欲望。你们到了实际社会里，往往学非所用，往往所学全无用处，往往可以完全用不着学问，而一样可以胡乱混饭吃，混官做。在这种环境里即使向来抱有求知识学问的人，也不免心灰意懒，把求知的欲望渐渐冷淡下去。况且学问是要有相当的设备的：书籍，试验室，师友的切磋指导，闲暇的工夫，都不是一个平常要糊口养家的人能容易办到的。没有做学问的环境，又谁能怪我们抛弃学问呢？

二是容易抛弃学生时代理想的人生的追求。少年人初次与冷酷的社会接触，容易感觉理想与事实相去太远，容易发生悲观和失望。多年怀抱的人生理想，改造的热诚，奋斗的勇气，到此时候，好像全不是那么一回事了。渺小的个人在那强烈的社会炉火里，往往经不起长时期的烤炼就熔化了，一点高尚的理想不久就幻灭了。抱着改造社会的梦想而来，往往是弃甲抛兵而走，或者做了恶势的俘虏。你在那牢狱里，回想那少年气壮时代的种种理想主义，好像都成了自误误人的迷梦！从此以后，你就甘心放弃理想人生的追求，甘心做现在社会的顺民了。

要防御这两方面的堕落，一面要保持我们求知识的欲望，一面要保持我们对人生的追求。有什么好方子呢？依我个人的观察和经验，有三种防身的药方是值得一试的。

第一个方子只有一句话："总得时时寻一两个值得研究的问题！"问题是知识学问的老祖宗：古往今来一切知识的产生与积聚，都是因为要解答问题——要解答实用上的困难和理论上的疑难。所谓"为知识而求知识"，其实也只是一种好奇心追求某种问题的解答，不过因为那种问题的性质不必是直接应用的，人们就觉得这是无所谓的求知识了。

我们出学校之后，离开了做学问的环境，如果没有一两个值得解答的问题在脑子里盘旋，就很难继续保持求学问的热心。可是，如果你有了一个真有趣的问题逗你去想它，天天引诱你去解决它，天天对你挑衅你无可奈它——这时候，你就会同恋爱一个女子发了疯一样，坐也坐不下，睡也睡不安，没工夫也得偷出工夫去陪她，没钱也得缩衣节食去巴结她。没有书，你自会变卖家私去买书；没有仪器，你自会典押衣服去置办仪器；没有师友，你自会不远千里去寻师访友。你只要有疑难问题来逼你时时用脑子，你自然会保持发展你对学问的兴趣，即使在最贫乏的知识环境中，你也会慢慢地，聚起一个小图书馆来，或者设置起一所小试验室来。所以我说，第一要寻问题，脑子里没有问题之日，就是你知识生活寿终正寝之时！古人说，"待文王而兴者，凡民也。若夫豪杰之士，虽无文王犹兴"。试想伽利略和牛顿有多少藏书？有多少仪器？他们不过是有问题而已。有了问题而后他们自会造出仪器来解答他们的问题。没有问题的人们，关在图书馆里也不会用书，锁在试验室里也不会有什么发现。

第二个方子也只有一句话："总得多发展一点非职业的兴趣。"离开学校之后，大家总得寻个吃饭的职业。可是你寻得的职业未必就是你所学的，未必是你所心喜的，或者是你所学的而实在和你性情不相近的。在这种情况之下，工作就往往成了苦工，就不感觉兴趣了。为糊口而做那种非"性之所近而力之所能勉"的工作，就很难保持求知的兴趣和生活的理想主义。最好的救济方法只有多多发展职业以外的正当兴趣与活动。

一个人应该有他的职业，也应该有他非职业的玩意儿，可以叫作业余活动。往往他的业余活动比他的职业还更重要，因为一个人成就怎样，往往靠他怎样用他的闲暇时间。他用他的闲暇来打麻将，他就成了个赌徒；你用你的闲暇来做社会服务，你也许成个社会改革者；或者你用你的闲暇去研究历史，你也许成个史学家。你的闲暇往往定你的终身。英国19世纪的两个哲人，弥儿（J.S. Mill）[1]终身做东印度公司的秘书，然而他的业余工作使他在哲学上、经济学上、政治思想史上都占一个很高的位置；斯宾塞（Spencer）[2]是一个测量工程师，然而他的业余工作使他成为前世纪晚期世界思想界的一个重镇。古来成大学问的人，几乎没有一个不善用他的闲暇时间的。职业不容易适合我们的性情，我们要想生活不苦痛不堕落，只有多方发展。

有了这种心爱的玩意儿，你就做六个钟头抹桌子工作也不会感觉烦闷了。因为你知道，抹了六个钟头的桌子之后，你可以回家去做你的化学研究，或画完你的大幅山水，或写你的小说戏曲，或继续你的历史考据，或做你的社会改革事业。你有了这种称心如意的活动，生活就不枯寂了，精神也就不会烦闷了。

第三个方子也只有一句话："你得有一点信心。"我们生当这个不幸的时代，眼中所见，耳中所闻，无非是叫我们悲观失望的。特别是在这个年头毕业的你们，眼见自己的国家民族沉沦到这步田地，眼看世界只是强权的世界，望极天边好像看不见一线的光明，——在这个年头不发狂自杀，已算是万幸了，怎么还能够保持一点内心的镇定和理想的信心呢？我要对你们说：这时候正是我们要培养我们的信心的时候！只要我们有信心，我们还有救。

古人说："信心可以移山。"又说："只要功夫深，生铁磨成绣花针。"你不信吗？当拿破仑的军队征服普鲁士，占据柏林的时候，有一位教授叫作费希特的，天天在讲堂劝他的国人要有信心，要信仰他们的民族是有世界的特殊使命的，是必定要复兴的。费希特死的时候，谁也不能预料德意志统一帝国何时可以实现，然而不满 50 年，新的统一的德意志帝国居然实现了。

一个国家的强弱盛衰，都不是偶然的，都不能逃出因果的铁律的。我们今日所受的苦痛和耻辱，都只是过去种种恶因种下的恶果。我们要收获将来的善果，必须努力种现在新因。一粒一粒地种，必有满仓满屋的收，这是我们今日应有的信心。我们要深信：今日的失败，都由于过去的不努力。我们要深信：今日的努力，必定有将来的大收成。

佛典里有一句话："福不唐捐。"唐捐就是白白地丢了。我们也应该说："功不唐捐！"没有一点努力是会白白丢了的。在我们看不见想不到的时候，在我们看不见的方向，你瞧！你下的种子早已生根发叶开花结果了！你不信吗？法国被普鲁士打败之后，割了两省地，赔了 50 万万法郎的赔款。这时候有一位刻苦的科学家巴斯德终日埋头在他的化学试验室里做他的化学试验和微菌学研究。他是一个最爱国的人，然而他深信只有科学可以救国。他用一生的精力证明了三个科学问题：（1）每一种发酵作用都是由于一种微菌的发展；（2）每一种传染病都是一种微菌在生物体内的发展；（3）传染病的微菌，在特殊的培养之下可以减轻毒力，使它们从病菌变成防病的药苗。

这三个问题在表面上似乎都和救国大事业没有多大关系。然而从第一个问题的证明，巴斯德定出做醋酿酒的新法，使全国的酒醋业每年减除极大的损失。从第二个问题的证明，巴斯德教全国的蚕丝业怎样选种防病，教全国的畜牧农家怎样防止牛羊瘟疫，又教全世界怎样注重消毒以减少外科手术的死亡率。从第三个问题的证明，巴斯德发明了牲畜的脾热瘟的疗治药苗，每年替法国农家减除了 2000 万法郎的大损失；又发明了疯狗咬毒的治疗法，救济了无数的生命。所以英国的科学家赫胥黎在皇家学会里称颂巴斯德的功绩道："法国给了德国50万万法郎的赔款，巴斯德先生一个人研究科学的成就足够还清这一笔赔款了。"巴斯德对于科学有绝大的信心，所以他在国家蒙奇辱大难的时候，终不肯抛弃他的显微镜与试验室。他绝不想他在显微镜底下能偿还50万万法郎的赔款，然而在他看不见想不到的时候，他已收获了科学救国的奇迹。

朋友们，在你最悲观失望的时候，那正是你必须鼓起坚强的信心的时候。你要深信：天下没有白费的努力。成功不必在我，而功力必不唐捐。

（本文为胡适先生1932年6月27日的演讲，原载于1932年7月3日《独立评论》第7号）

注释

1. 弥儿：通译穆勒（1806—1873），英国著名改良主义经济学者，李嘉图国际贸易学说的著述者与补充者。1823年起任职于英属东印度公司，1858年公司解散才退休在家。
2. 斯宾塞（1820—1903）：英国哲学家，"社会达尔文主义之父"，提出的学说把进化理论适者生存应用在社会学，尤其是教育及阶级斗争领域。曾担任铁路的土木工程师一职。

中国文艺复兴运动

诸位朋友：我今天能够参加“文艺协会”成立八周年的纪念大会，真值得高兴。今天正巧是“五四”纪念日，纪念三十九年前的“五四”；各位先生也许听到我昨天在中国广播公司[1]对大陆上的广播，讲到五四是什么。

在那个广播里面，我特别讲到“五四”——狭义的“五四”。狭义的“五四”是一个纯粹的青年人的自动自发的爱国运动。那是国家受压迫，国家很危险的一个时期，青年爱国心的一个自动表示，毫无一种操纵的力量。今天早上，我在北京大学的“五四”的纪念会上，我曾讲到，我说那一天，胡适并没有参加。那一天——“五四”爆发的时候，我个人在上海，住在蒋梦麟[2]先生的家里，完全不知道“五四”的发生。第二天早上起来，看见上海各报没有北京的专电。那是从来没有过的。上海的报纸，平日没有北京专电，就不能出报。我正在惊异的时候，听见有人打门，开开门，进来几位上海的记者。那个时候的报馆主笔，有张东荪先生，有俞仲华先生。《上海时事新报》的记者，才告诉我们昨天北平（那时候叫北京）的新闻。所以我是完全没有参加“五四”这个事件的。等到我回去，蔡先生（北京大学校长蔡元培先生）已经离开了北京。那时候，“五四”已成了全国性的运动，成了一个不但是北京学生的运动，而是全国响应的运动，不但全国学生响应，甚至于工会、商会、教育会以及各种的法团、各种的公共团体，都参加这个运动。可是我没有参加。我是的确不负领导“五四”责任的；

说是我领导的“五四”，是没有根据的。刚才看见会里发给我这些读物的里面，《笔汇》里有一篇文章，讲到我那个时候不在北平，我现在可以证明，这的确是事实。

那么，三十几年前的“五四”，与文艺有什么关系？今天上午我也谈到，我说我们在北京大学的一般教授们，在四十年前——四十多年前，提倡一种所谓“中国文艺复兴”的运动。那个时候，有许多的名词，有人叫作“文学革命”，也叫作“新文化思想运动”，也叫作“新思潮运动”。不过我个人倒希望，在历史上——把四十多年来的运动，叫它作“中国文艺复兴运动”。多年来在国外有人请我讲演，提起这个四十年前所发生的运动，我总是用 Chinese Renaissance（中国文艺复兴运动）这个名词。Renaissance 这个字的意思就是再生，等于一个人害病死了再重新更生。更生运动、再生运动，在西洋历史上，叫作文艺复兴运动。“五四”的前一年（五四是 1919 年），在 1918 年的时候，北京大学一般学生，一般高材学生，已经成熟的学生，里面有傅斯年先生，有罗家伦[3]先生，有顾颉刚先生，还有很大的一群——也不能说是很大的一群，只可以说是北京大学那个时候最成熟、最高材、最有学问、有知识、有见解的那一般学生，——他们响应他们的先生们——北京大学一般教授们，已经提倡了几年的新文艺新思想，也就是所谓的文艺革命、思想革命。他们办了一个杂志，那个杂志我今天早上已经说明白，我说我们在学生办的刊物当中，《新潮》杂志，在内容和见解两方面，都比他们的先生们办的《新青年》还成熟得多，内容也丰富得多，见解也成熟得多。在这个大学的学生刊物当中，在那个时候世界学生刊物当中，都可以说是个很重要的刊物。他们那个刊物，中文名字叫作《新潮》，当时他们请我做一名顾问，要我参加他们定名字的会议——定一外国的英文名，印在《新潮》封面上。他们商量结果，决定采用一个不只限于“新潮”两个字义的字，他们用了个 Renaissance。这个字的意义就是复活、再生、更生。在历史上，这就是欧洲文艺复兴的名字。他们这般年青——北京大学最成熟的青年们，在他们看起来，他们的先生们，对于这个运动已经提倡了一两年时间了，他们认为这和欧洲在中古时期过去以后，近代时期还未开始，在那个过渡时期的文艺复兴运动，是很相同的。所以他们用这个Renaissance做他们杂志的名字。四十年来，我一直认为当时北京大学一般学生的看法，是对的。

我这几年来，对外讲到这件事，认为这个运动就是中国的文艺复兴运动。前年，在我大病之前，在加州加利福尼亚大学教了五个月的书；在那个时候，加利福尼亚大学请我做十次公开的讲演（用英文做十次公开的讲演）。他们要一个题目：近千年来的中国文艺复兴运动。从西历纪元一千年到现在，将近一千年，从北宋开始到现在，这个九百多年，广义的可以叫作文艺复兴。一次文艺复兴又遭遇到一种旁的势力的挫折，又消灭了，又一次文艺复兴，又消灭了。所以我们这个四十年前所提倡的文艺复兴运动，也不过是这个一千年当中，中国文艺复兴的历史当中，一个潮流、一部分、一个时代、一个大时代里面的一个小时代。

我们那个时候为什么叫它再生？为什么叫作革命？别的不说，比方白话文，我在四五年前，“文艺协会”的朋友们欢迎我的时候，我讲到好像是几个偶然的事件，在一块儿爆发的。今天呢，我从历史的立场说：不完全是偶然的。在个人的历史上，这件事本身的方面有许多是偶然的，我在四五年前在本会讲的，就是一连串的偶然事件。不过广义地看，不是完全偶然的。比方讲白话，不是胡适之创出来的呀！也不是陈独秀创出来的呀！白话是什么？是我们老祖宗的话，是我们活的语言，人人说的话，你们说的话，我们说的话，大家说的话，我们做小孩子时都说的话。这是老祖宗多少年，几千年慢慢地演变的话：从北方区域慢慢地推广出去，不但整个北方、中原之地说白话，而且扩充到整个长江。从镇江开始往西一直到四川，整个都是国语区域。从南京往北一直到东三省，整个东北，都是官话的区域。一直到西北都是白话的区域。从南京到西都是白话区域。你们诸位若坐沪宁路（从南京到上海这条铁路）都记得，有个火车站叫丹阳，到了丹阳这个车站呢？这个车站的东边，说苏州话（吴语），丹阳这个车站西面是说官话（南京话、镇江话），丹阳这个车站是“吴头楚尾”。自这里开始，东去就是讲苏州话，说吴语；丹阳往西就是楚语，所谓长江的官话。从那个地方到安徽（我是安徽人，我不是安徽的国语区域，是安徽极南部徽州人，我们说的话是很难懂，一出门几里话就不同），安庆人、怀宁人、合肥人，他们总说他们的话是天下最普通的话。从前北平市市长何其巩先生（他是桐城人），总是对我讲："适之呀，我桐（téng）城的话，是天下最普通（tén）的话。"我说："你这句话里面就有两个字最不'普通'，这个桐城就不叫'桐'（téng）城，这个普通就不叫普'通'（tén）！"但是我们安徽人总觉得我们安徽的话，是天下最普通的话。再上去到湖北、四川、云南、贵州、广西的北部，这都是官话区。这些官话就是我们的基础，所谓国语文学，白话文学，就是拿这么大的地区做基础。从极东北的哈尔滨划一根直线一直到昆明，这个直线四千多英里长，在这四千多英里的直线上，每一个人，他总觉得他没有改话的需要，个个人总说他的话是天下最普通的话。这就是国语，这就是我们的资本。我们的语言就是我们的文学基础，就是国语文学，白话文学的基础。这并不是我们造出来的。是老祖宗几千年给我们留的这一点资本。第二，这是语言的基础，语言是我们的资本，国语是我们的资本，这一个全中国百分之九十的区域，百分之七十五的人口所说的话，是我们语言的基础。不是我们造出来的。所以我们说：文艺复兴是我们祖宗有了这个资本，到这个时候给我们来用，由我们来复兴它。

我们中国几千年的文学史上有两个趋势，可以说是双重的演变，双重的进化，双重的文学，两条路子。一个是上层的文学，一个是下层的文学。上层文学呢，可以说是贵族的文学，文人的文学，私人的文学，贵族的朝廷上的文学。大部分我们现在看起来，是毫无价值的死文学，模仿的文学，古典的文学，死了的文学，没有生气的文学，这是上层的文学。但是，同时在这一千年当中，无论哪个时代：汉朝、三国、六朝、唐朝、宋朝、元朝、明朝、清朝，到现在，有一个所谓下层的文艺。下层文艺是什么呢？是老百姓的文学。是活的文艺，是用白话写的文艺，人人可以懂，人人可以说的文艺。这很简单：一个母亲抱了个小孩子，小孩哭了不肯睡觉，这个妈妈要叫小孩睡觉，便唱个儿歌给小孩听。她没有法子说是到第一中学去上几年课，等到中学毕业再到台湾大学去上几年课，等到毕业把国文学好了，再来唱这只儿歌，这个小孩子等不得，小孩子要哭呀！她也不能等八年或十年等到学会古文再来唱个儿歌给孩子听，这孩子要恼了。结果呢？那个母亲，就在哼哼一个儿歌，给孩子听。她哼的这个儿歌呢？她用的语言，就是活的语言，孩子也可以听得懂，她也可以听得懂。还有我们在西南常看见的一对痴男怨女，彼此调情，对唱一个情歌，这个山头上有一个姑娘，那个山头上有一位年轻男子，他们要唱歌，要用情歌来和答，他们就不能说："喂！小姑娘，请你小姐等一等，我到北京大学、台湾大学，读了国文系毕业之后，我再来给你唱个情歌，你等四年吧！"绝对等不得！等不得！所以他们的歌，母亲哼的儿歌，痴男怨女唱的情歌或者怨歌，都是活的语言。还有，在当初的时候，许多地方，都市里或者乡下，戏台上唱戏的，戏台下面讲故事的；或者庙会里面的，说故事的，唱故事的，说书的，说评话的，他们讲故事，他们说故事，弹词种种，他们不能说："你们等一等，我到大学里面上几年课，再来跟你唱戏、说书、讲故事。"这不行的，而且他们学了之后，说的故事他们也就听不懂了。所以他们讲的是老百姓最爱听的话，听得懂的话，人人都懂的话；而且大家听了会笑，小孩子也听了会笑。这种故事，这种评话，就是我们所说的《今古奇观》，现在所印出来的《三言两拍》。其中有许多所谓五百年前，一千年前，在北宋，也许还是唐朝留下来的故事，流传到现在。长的故事，所谓《三国演义》《隋唐演义》《封神演义》《水浒传》，这些故事，先就是老百姓里面讲故事的人流传下来的，到了后来，写定了，才有头等的作家，再把它改善，把它修改。无数的人，无数的无名作家，你改一笔，他改一笔，你改几笔，他改几笔，这样子越来越好，到今天有所谓《水浒传》，有所谓《西游记》，有所谓《隋唐演义》定本，《水浒传》的定本。这些，并不是我们在四十年前替他定出来的，而是几百年，尤其最近这五百年，甚至上到宋朝，北宋到南宋，到元朝，经过差不多一千年，七八百多年流传下来的。那些话本、弹词、戏曲，是由老百姓唱的情歌、情诗、儿歌这些东西变来的。这就是我们的基础。在文学方面，我们也可以说是文艺复兴。

我们老祖宗已经做的事体我们拿来提倡，我们学他们的样子，我们来发扬光大。我们从前以为这是老百姓的东西，士大夫看不起。我们当初的大学教授们号称为学者，都是从古文里面打了跟斗出来，从古文里面洗了澡出来。在古文里面，无论是古文，无论是古诗都站得住了，在社会上已经有了地位了，我们愿意解放这一种古诗古文，我们愿意采用老百姓活的文字，这是我们所谓的革命；也可以说不是革命，其实还是文艺复兴。我们的资本——这个语言的资本，是我们的几万万人说的语言，是我们的文学的资本，文学的范本，文学的基础；几百年来，一千年来，老百姓改来改去，从无数的无名作家，随时改来改去，越改越好，这些名著、这些伟大的小说做了我们的资本。所以说文艺复兴，正是我们的老祖宗，给我们的材料，给我们的基础。

不过在当时我们也有一点贡献，我们都是私人、个人，都没有钱，都没有权，也没有力量，我们怎么可以提倡一种东西？假如我们要提倡一个东西，必须要设一百万个学堂，或者十万个学堂，来训练白话的作家，那就不行啦。至少要设二十个极大的书店和印刷厂，拿出几万万银元来印这些新的著作，那也办不到。我们当初假使必须要一个政府的大规模的力量，那我们也做不到。那个时候我们完全是私人、个人、无权、无势、无钱的作家。所以我们采用了一个很简单的口号，叫“写白话”。“写白话”，也就是用白话作文学。再说得详细一点，可以用五个字，叫作“汉字写白话”。拿汉字来写白话，这是我们从经验中得来的。我刚才说过，我是安徽人，生长在徽州方言的区域里面，从小没出过门（我八九岁的时候，我已认得了几千字了，在小孩子里算是个聪明人，诸位看过我的《四十自述》就晓得我小的时候的情形），有一天，大概先生出去了，我在屋里面，看见一只木箱子，是美孚煤油公司的煤油箱子，我叔叔用它来做字纸篓的，我不知道是不是丢东西到字纸篓里，或是到字纸篓里捡东西出来（先生不在，我们那个学堂只有两个学生，一个学生赖学跑掉了，我就一个人在那里没事做，我是一个比较肯念书的人），我就站在字纸篓旁边，找到一本破烂的《水浒传》，我记得很清楚，封面也没有了，里面也残缺了，上面头一回就是“李逵打死殷天赐”（这个故事其实不大顶好）。我就站在字纸篓旁边，美孚煤油木头箱子旁边，我就拿着那本翻开来头一回就是“李逵打死殷天赐”的书，我这个没有学过官话，没有学过白话，没有人教过白话，是在乡下最难懂的一个徽州土话的区域里一个八九岁小孩子，拿了那本小说在那里发愣，呆住了，站着不动一直把它看完，从头看到底。看了半天，只有上面讲的“李逵打死殷天赐”，下面讲的是什么都没有了，找来找去找不到，糟糕糟糕，这怎么办呢？赶快出去找我的五叔（我五叔，他是一个坏人，在地方上算是一个不成材的人，抽鸦片烟，喜欢讲故事讲笑话的人），我就问他：“你家里有没有这一部书呀？第五才子书《水浒传》，你有没有呀？”他说：“我家里没有，我给你借去。”我说：“谢谢，谢谢，赶快给我借去。”借来之后，几个晚上不睡觉，便看完了《水浒传》。所以，我们可以晓得：没有学过官话和什么方言，也没有这个训练，那个训练，更没有人教过国语，然而只要认得一点字，就可以看得懂这个东西——白话的小说。没有标点，大概是没有标点，我记不得了。但是可以发疯——一个几岁的小孩子可以发几天的疯，一口气就可以看完了。从这个经验，我后来晓得，这是我们的语言。文字是很难懂的东西，文字是很难写的东西；但是我们这个语言，这个活的语言，是很容易学的东西。

我们的语言和欧洲一些文明的语言比较起来，我们的老祖宗留给我们这个语言，活的国语——我们国语的文法，是全世界最简单的，是最容易学的语言。英国话在欧洲文字当中，比较最进化。但在世界语言当中，最完确最简单，中国话要考第一（中国话，不是文字）。英国话要考不及格的第二，因为没别的话可以够得上第二的资格的。至于诸位学法文的，学过德文的，甚至学拉丁、希腊文的，更容易知道，他们没有道理，没有理智，不合理，比喻讲性的区别，文法上性的区别，这是最没有道理的事。我们没有这个东西。中国语言最简单，只要认得一两千个字，就很可以看小说，比读《古文辞类纂》《古文观止》，学《四书》《五经》，比看司马相如这类文章，容易懂得多。所以我们当时就得到一个经验，就是在这个一千年当中，尤其这个五百年当中，社会上出了这么多的小说，有这么多的短篇小说，这么多的长篇小说，这些小说早已流行当作 Best Seller（畅销书），外国 Best Seller 销一年已经不得了，我们这些 Best Seller 可以销上三百年四百年五百年，《水浒传》至少是四百年的 Best Seller，一年销几百万本，几千万本。这些书过去我们的老祖宗是怎么写出来的？没有字模，没有标准的文字。这是社会有这种需要的时候，这些人不知不觉地就想出一个方法来啦。他们用的方法，就是刚才我讲的五个字："汉字写白话。"用汉字写他们创造的活文学。这个活的文学没有字模来表现它，他们就把文言里面的汉字充分地采用。没有这个字的时候，他们就创造一个字。这个字有的时候硬借得来给它一个意思。比方讲"这个""这个"，中间有"这个"的"这"，用之乎者也的"者"字来讲，或者是用遮盖的"遮"字讲，不过后来用一个"言"加一个"走"字。你要查查字典看，《康熙字典》什么字典那个字不读"这个"的"这"，老百姓说：这个字没有用处，我把它借来叫作这个的"这"字，老百姓的话就是权威，这些作家规定了这个的"这"字，管它字典是怎么说。老百姓说它是这个的"这"字，就一直几百年用这个字。所以叫作用汉字写白话，写下来这么多好的短篇小说，这么多好的长篇小说。这些短篇小说、长篇小说，流行了几百年，就变成了中国的白话文的标准导师、最受欢迎的教师。中国的白话文、活的字，才有了一个标准。现在可以遵照它写；真正讲起来，老百姓几百年前就采用了。我们现在给它下五个字的公式，就叫作"汉字写白话"。许多人没有学过白话，没有学过国语，《红楼梦》他也看得懂，《水浒传》也看得懂。看《七侠五义》《小五义》里面的徐良，那个白眉毛徐良，讲的话是山西话，大家也懂；《水浒传》里面鲁智深讲陕西话，我们也看得懂；武松说的话是山东话，我们也懂。这个标准，可以说是中国的活文字。活文学，有一个标准的文字，标准的工具，是不能不感谢我们老祖宗的。

我这一个徽州的小孩子，没有学过国语，没有受过国语的训练，站在那个字纸篓的旁边，找到一本破烂的、不完全的《水浒传》，"李逵打死殷天赐"，就这样的发疯。根据这个经验，我们就提倡"白话的文学"，这是我们有把握的。我们晓得，全中国凡是进过学堂的人，凡是受过教育的人，凡是认得一千字或两千字的人，只要他瞒住了老师，瞒住了父母，半夜里偷看小说，把小说瞧得得意忘形而发疯，这般人都得了一个工具，一个文学的工具，一个语言的工具，将来都可能成为国语文学的作家。诸位先生，都是来自各地，来自不同的区域，最早没有受过国语的训练，没有受过白话文学的训练，我们当初提倡白话文学的人没有给你们开学堂，给你们辅导白话文学，大家却都能够用白话写文章了。

不过我们与白话文学也有一点关系。1915年，我在外国做学生的时候，就同许多同学，通讯讨论，打笔墨官司，后来这笔墨官司的一部分，在《胡适文存》里面也发表了。在良友公司出版的《中国新文学大系》第一本，里面发表我一篇自传，叫作“逼上梁山”，我把当时在国内的许多通讯发表出来，现在那一篇文章放在台湾版的《四十自述》的后面做一个附录。我那自传在那个时候——在打笔墨官司的时候，就感觉到，不要怕没有标准的语言，没有标准的国语，没有标准的文学的国语，没有标准的国语的文学，不要紧。我们就是规定标准文学的人，我们的创作就是规定这个国语文学标准的人，不要怕。没有一个人要把每一个字都要看标准国语字典才能做文学家，大家都有这个经验，所以大家都知道。我们当初就叫它作“中国文艺复兴”，实在说来是不错的。不是我们创造的，不是我们几个人创造的，是我们老祖宗几千年给我们的，演变下来的。一直演变到现在可以说是最了不得的，最合逻辑的，最简单的一种文法的语言。同时呢，在这个七八百年当中，尤其在这个四五百年当中，有了《水浒传》《西游记》《红楼梦》《儒林外史》《儿女英雄传》，这一类伟大的小说以后，我们有一个文学的标准国语，文学的标准国语就是标准文字。说这一个的“这”字是怎么写法，那个的“那”字是怎么写法，诸位要想一想，在那个语言还没有标准的时候，这些小说没有通行之前，要看到宋朝的高僧传，和尚的语录里头用白话，比方说“呢”字——你肯不肯“呢”？现在用尼姑的“尼”字加“口”字就够了，古时间的那个“呢”字怎么写呢？想不到的，古时间的“呢”字是用渐渐的“渐”字，那就困难了，在底下加个耳朵的耳字，那个字读起来，你看多么困难！再比方你们我们的“们”字，现在容易了，“门”字旁加个“人”字，这个“们”字，古时间就没有这个东西。当时有的人用“满”字，后来用每一个人的“每”字——“我每”“你每”“他每”；到后来才标准到我们的“们”字。当初不单是我“们”、你“们”、他“们”没有，我面前这样的桌子也是没有的，播音器也是没有的，这样的杯子也没有的。后来，“人”有了，“兄弟”有了，“姊妹”有了，“学生”有了，“朋友”有了，这个都是老百姓创造出来的。回头想来，那个时候造个“们”字，造个数目字的多数，也是很困难，我们不能不感谢他们这个几百年的小说家，就是无意当中找到了这个公式，乱抓汉字，把汉字拿来写白话，写他们的白话的作品，写他们的活的文学。这样说起来，说破了所谓文学革命，是一个钱不值。简单得很，“白话”就是“汉字写白话”！就是我们几千年我们老祖宗给我们的语言，活的语言。这个几百年无数的无名的作家作的这些评话、儿歌、情歌、戏曲、小说都是了不得的东西。

所以呢，我们回头来想一想，我们这个文学的革命运动，不算是一个革命运动，实在是一个中国文艺复兴的一个阶段。因此我们常常说说笑话：我们是提倡有心，创作无力；提倡有心也不能说提倡有功。陈独秀、胡适之、钱玄同、刘半农这一班人，都不完全是弄文学的人，所以我们可以说是提倡有心。可是我们没有东西，比如那个时候我写了几首诗，现在我觉得我写诗的时代过去了。我一生只写了两个短篇小说。一个短篇小说，就收在《胡适文存》第一集里面，叫做《一个问题》，现在看了我都害羞，实在不像样子。一篇小说收在《胡适文存》台湾版的第四集里面，在大陆叫作《胡适论学近著》里面，叫作《<西游记>里的第八十一难》，那是我做了一个假古董，实在太寒伧。长篇小说是我在小孩子的时候写的，有一个提倡革命的报，叫作《竞业旬报》，我居然胆子很大，写了一个长篇小说给他们，叫作《真如岛》，内容是什么意思我也想不起来了，是章回小说，是要破除迷信，提倡开通民智的小说，写了七八回就没了，就放弃了。到后来走上了考据的路，文学这一条路就放弃了。戏剧是写了一个短篇的独幕剧，叫作“终身大事”，现在看来也是幼稚得很。不过在那个时候，还有许多学堂拿来演，当作一种新剧的独幕剧的教科书，现在回头看看觉得难为情得很。诗、小说、戏剧让给诸位去创作吧，所以诸位先生现在的责任很重。我们这般人现在已经老了！我今年照中国算法已经六十八岁了，就是算足了也是六十六岁半了，过了退休之年了！无论国内国外，大学教授到了六十五岁便是退休之年，我已经过了一年又半，现在应该可以退休了！在创作这一方面，也可以退休了，让给大家来努力向前。

我既然到这里来，也想多说几句话，就是在我们那个时候——四十年前所提倡的新的文学运动，难道单是这一个公式吗？——“汉字写白话”。人家都说胡适之所提倡不过是文体革命而已，这话也不错。我们当初所以能够成功，所以能够引起大家注意，就是我们那时认清楚了，这个文学的革命最重要的是文体的解放，把死的文字放弃了，采用活的文字。这个文体的革命是文学革命最重要最重要的一点。我们抓住了这一点不讲别的，不讲内容，什么内容也不谈，最重要的即先做到文体的革命，这的确不错的。但是，除了文体之外也曾经讨论过（见之于文字的），除了白话是活的文字活的文学之外。我们希望两个标准：第一个是人的文学；不是一种非人的文学；要够得上人味儿的文学。要有点儿人气，要有点儿人格，要有人味儿的，人的文学。第二，我们希望要有自由的文学。

诸位！我们今天在这个自由世界，要充分用我们创作的自由，我们做点东西——有价值的东西，给世界人士看看。

我们是自由世界的自由创作者！

诸位谢谢！

1958年5月4日，台北

注释

1. 中国广播公司：指台湾“中国广播公司”。

2. 蒋梦麟（1886—1964）：中国近现代著名教育家，北京大学教育系教授。

3. 罗家伦（1897—1969）：我国近现代著名的教育家、思想家、社会活动家。民国年间，曾担任中央大学、清华大学校长之职。

胡适年表（1891—1962）

1891 年

12 月 17 日未时生于江苏川沙县（今上海浦东新区）。

1893 年

随母去台湾其父胡传任所。

1895 年

甲午战争爆发后，随母亲离开台湾回上海，后回祖籍安徽绩溪上庄，进家塾读书。其父胡传病终于厦门。

1904 年

与江冬秀订婚，从三兄到上海，入梅溪学堂。接受《天演论》等新思潮，并开始在《竞业旬报》上发表白话文章，后任该报编辑。

1905 年

进澄衷学堂。

1906 年

考取上海中国公学。

1908 年

入中国新公学，兼任英文教员。

1910 年

考取“庚子赔款”第二期官费生赴美国留学，于康奈尔大学先读农科，后改读文科。

1915 年

入哥伦比亚大学哲学系，师从于约翰·杜威，接受了杜威的实用主义哲学，并一生服膺。

1917 年

通过哲学博士学位的最后考试，回国任北京大学教授，参加编辑《新青年》，积极提倡“文学改良”和白话文学，成为当时新文化运动的重要人物。在《新青年》上发表了《文学改良刍议》。回安徽绩溪与江冬秀结婚。

1919 年

接办《每周评论》，发表《多研究些问题，少谈些“主义”》，主张改良主义，引发“问题与主义论战”。

1920 年

离开《新青年》，在南京高等师范学校（今南京大学）暑期学校讲学。出版中国新文学史上第一部白话诗集《尝试集》。

1921 年

3 月，发表《红楼梦考证》初稿。

1922 年

任国立北京大学教务长兼代理文科学长，创办《努力周报》。在《努力同报》第二期（5 月 14 日）与蔡元培、李大钊、陶行知、梁漱溟等联名发表《我们的政治主张》，倡导“好人政治”。

1924 年

与陈西滢、王世杰等创办《现代评论》周刊。

1925 年

2 月，参加北京善后会议，并参与起草部分会议文件。

1926 年

与其师郭秉文等人在美国发起成立华美协进社。

1926 年 7 月—1927 年 5 月

游历英国、法国、美国、日本诸国。

1927 年

正式取得哥伦比亚大学哲学博士学位。与徐志摩等组织成立新月书店。在上海蒋介石与宋美龄婚礼上结识蒋介石。

1928 年

创办《新月》月刊。任上海中国公学校长。

1929 年

在《新月》杂志上发表《人权与约法》一文，标志着“人权运动”的开始，随后发表《我们什么时候才可有宪法——对于建国大纲的疑问》

《知难，行亦不易——孙中山先生的“行易知难”说述评》《新文化运动与国民党》等一系列文化政治评论文章。

1930 年

1 月，胡适、罗隆基、梁实秋三人有关人权问题的文章结集为《人权论集》交新月书店出版，后被国民党政府查禁。4 月 10 日，在《我们走哪条路》中提出：“要铲除打倒的是贫穷、疾病、愚昧、贪污、扰乱五大仇敌。”

1932 年

任国立北京大学文学院院长兼中国文学系主任，并邀蒋廷黻、丁文江、傅斯年、翁文灏创办《独立评论》，胡适先后共为其撰写了 1309 篇文章。

1935 年

1 月 5 日，香港大学授予法学名誉博士学位。胡适南游香港、广东、广西等地，并有《南游杂忆》。

1936 年 8 月

哈佛大学、美国南加州大学先后授予名誉文学博士学位。

1935 年至 1936 年

胡适多次要求出任驻日本大使，未果。

1937 年

“七七事变”后，蒋介石于 8 月 19 日要求胡适即日前往美国争取美方对中国的支持。

1938 年

任“中华民国”驻美国大使。

1939 年

哥伦比亚大学、芝加哥大学先后授予名誉法学博士学位。

1940 年

美国韦斯尔阳大学、杜克大学、克拉大学、卜隆大学、耶鲁大学、联合学院、柏令马学院、宾州大学等 8 所大学分别授予名誉法学博士学位。

1941 年

美国加利福尼亚大学、森林湖学院、狄克森学院、佛蒙特州密特勃雷大学、密达伯瑞学院等 5 所大学，加拿大多伦多大学分别授予法学博士学位；加拿大麦吉尔大学授予名誉文学博士学位。

1942 年

9 月 8 日，辞去驻美大使一职，旅居纽约，从事学术研究。美国俄亥俄州州立大学、罗切斯特大学、奥白林学院、威斯康星大学、妥尔陀大学、东北大学、普林斯顿大学、第纳逊大学等 8 所大学分别授予名誉法学博士学位；达脱茅斯学院、纽约州立大学分别授予名誉文学博士学位。

1943 年

应聘为美国国会图书馆东方部名誉顾问。美国柏克纳尔大学授予名誉文学博士学位。

1944 年

9 月在哈佛大学讲学。

1945 年

出任“中华民国”政府代表团代表，在旧金山出席联合国制宪会议；以“中华民国”政府代表团首席代表的身份，在伦敦出席联合国教科文组织会议，参与制订该组织的宪章。英国牛津大学授予名誉法学博士学位。

1946 年

7 月回到北平，任国立北京大学校长。

1948 年

辞去北京大学校长职务，离开北平，飞赴南京。

1949 年

旅美时与张爱玲相识，结下友谊；《自由中国》创刊，胡适任名义上的“发行人”。开始致力于《水经注》的考证等工作。美国柯鲁开特大学授予名誉文学博士学位。

1950 年

应聘为普林斯顿大学葛思德东亚图书馆馆长。美国克莱蒙研究所授予名誉文学博士学位。

1957 年

11 月，任台湾“中央研究院”院长。

1959 年

美国夏威夷大学授予名誉人文学博士学位。

1962 年

2 月 24 日，于“中央研究院”开酒会时心脏病猝发，病逝于台湾台北县南港镇（今台北市南港区）。